DELIUS KLASING

Arthur M. Neufeldt

Törn in den Tod

Roman

Delius Klasing Verlag

Bibliografische Information
Der Deutschen Bibliothek

Die Deutsche Bibliothek verzeichnet diese Publikation
in der Deutschen Nationalbibliografie;
detaillierte bibliografische Angaben sind im Internet
über »http://dnb.ddb.de« abrufbar.

2. Auflage
ISBN 3-7688-1314-2

Schutzumschlaggestaltung:
Buchholz / Hinsch / Hensinger, Hamburg
Druck und Einband: GGP Media, Pößneck
Printed in Germany 2003

Delius Klasing Verlag
Siekerwall 21, D-33602 Bielefeld
Tel. (0521) 559-0, Fax (0521) 559-115
E-mail: info@delius-klasing.de
www.delius-klasing.de

1

Er nahm es als weiches Rumpeln wahr. In der einen Hand den Teebecher, mit der anderen den Handlauf der Pantry festhaltend, lauschte er in das Stampfen des Schiffes. Das Geräusch kam von draußen. Dann polterte etwas dumpf an Deck.

Sein Puls raste augenblicklich auf Hochtouren. Hatte er etwas gerammt? Während er den Becher wegstellte und zum Niedergang stürzte, durchlief sein Verstand jede einzelne der gut zehntausend Seemeilen seines Seglerlebens. Nichts Vergleichbares zu finden. Doch! Ostsee. Das Treibholzfeld, nachts. Hatte ähnlich gerumpelt, aber härter. Dies hier war … im Schiff? Nein, das konnte eigentlich nicht sein. Er war allein an Bord, hundertpro. In Pula, wo er das Boot vor zwei Wochen übernommen hatte, war keine Möglichkeit, ins Innere zu kommen. Immer hatte er alle Luken dicht gemacht, sobald er sich mehr als zwanzig Schritte vom Schiff entfernte. Darin war er eigen.

Nein, das Geräusch kam von außen. Claudius blieb ruckartig stehen. Sein Blick fiel durch das Fenster nach Lee. Normalerweise sieht man durch dieses Seitenfenster im Kajütaufbau bei einer Lage wie der gegenwärtigen durch die Reling hindurch auf die blaugrüne, gischtige See, sieht Wellenkämme vorbeiziehen und den Schaum der Bugseen fliegen. Aber jetzt war der Blick verstellt. Da hing etwas großes Schwarzes draußen an der Reling. Etwas, das glänzte. Ein schwarzglänzender, glatter Körper. Ein Fisch? Ein Tümmler? Nein, das war ein Mensch! Jemand klammerte sich mit zwei sehr menschlichen Händen an eine Relingsstütze mittschiffs. Seltsam zierliche Hände. Ein dunkelblauer oder schwarzer Nassanzug. Kopf in Fahrtrichtung. Taucherbrille vor dem Gesicht. »Das gibt's nicht! Bei der Fahrt! Allein das Boot zu treffen, als Schwimmer. Ausgeschlossen!« Claudius fühlte, wie ihm Kälte über den Rücken kroch. Schiffbrüchiger oder Angreifer? Seine Fantasie begann zu rotieren. Profitaucher, Froschmänner, Überfall?

Die Person arbeitete sich soeben energisch unter dem unteren Relingdraht hindurch und versuchte, auf das Laufdeck zu gelangen. Ein schlankes Bein mit schwarzer Gummiflosse am Fuß war schon oben. Jetzt kam das andere nach. Claudius wollte nicht glauben, was er sah. »Entert hier jemand mein Schiff mitten in der Bora auf dem Kvarner? Bei sieben, acht Knoten Fahrt?« Dies war sein Territorium, sein Schiff, das er erst seit vierzehn Tagen besaß. Er hatte absolut keine Lust, es schon wieder zu verlieren.

Die 42-Fuß-Slup zog mit ihren vierzehn Tonnen ungerührt durch die anrollenden Seen. Der relativ lange Kiel stabilisierte den Kurs und erleichterte dem Autopilot die Arbeit. Claudius sah die flache schwarze Gummitasche dort draußen. Sie hing am Gürtel des Taucheranzuges und erinnerte ihn an Ausrüstungsgegenstände, mit denen er während seiner Militärzeit zu tun hatte.

Er entschied sich für Angreifer, holte das schärfste und längste Küchenmesser aus der Schublade und kletterte in die Plicht hinaus. Der Wind fuhr durch sein kurzes schwarzes Haar, und die Kapuze seines knallroten Overalls schlug ihm um die Ohren. Neben dem Wind war da noch ein anderes Geräusch: ein Knattern. Es kam nicht von den Segeln, die standen perfekt, faltenlos mit elegantem Schwung. Die kroatische Gastlandsflagge vibrierte unter der Saling. Aber das Knattern kaum aus der Luft. Egal. Das Geräusch ignorierend, wandte er sich dem Seitendeck in Lee zu. Die Gestalt lag jetzt vollständig zwischen Kabinenaufbau und Reling, bäuchlings neben der Laufschiene des Schotblocks. Der Körper in diesem Taucheranzug atmete schwer. Am rechten Unterschenkel war ein massives schwarzes Tauchermesser befestigt.

Das Knattern wurde lauter. Claudius machte einige Schritte in Richtung des neuen Passagiers. Die Gestalt bewegte sich, hob den Kopf, wandte sich ihm zu. Der Mensch schrie etwas in einem hohen schrillen Ton. Es klang englisch, doch Claudius verstand nichts. Das Rauschen der See, das Pfeifen des Windes, das Knattern in der Luft erstickten die Worte. Erneut legte sich das Boot etwas über, und Wasser wusch über die liegende Gestalt. Dann richtete sich *Amica* wieder auf. Die Person hob den Kopf.

Claudius brüllte: »Are you hurt? Do you need help?« Vielleicht handelte es sich ja doch um einen Schiffbrüchigen, der verletzt war, Hilfe brauchte. Jetzt antwortete die Person mehr als deutlich: »Stay at the steering! Go back! I'm okay! Stay at the steering!« Es war ein Befehl.

Die Person machte keinen verletzten Eindruck. Ihre Entschlossenheit verunsicherte ihn. Er zog sich zurück in die Plicht zum Steuerrad. Das Knattern verwirrte ihn noch mehr. Er suchte den Himmel ab. Es war ein Helikopter. Dunkelgrün, fast schwarz. Über den Kufen trug die Maschine hässliche, vieldornige Geräte. Das Ding ratterte vielleicht zweihundert Meter über dem Wasser dahin, kam von backbord, also von Land her, und schickte sich an, den Kurs der *Amica* eine halbe Meile achteraus zu kreuzen, Richtung Südwesten. Dort musste das Motorboot sein, das er vor einiger Zeit bemerkt hatte. Wahnsinn, mit so einem kleinen offenen Ding bei diesem Wetter auf dem Kvarner herumzukurven. Im November! Es hatte weit voraus die Kurslinie der *Amica* gekreuzt. Zwei Leute mit schwarzen Nassanzügen hatte er ausgemacht.

Claudius legte das Küchenmesser in die Backskiste unter seinem Sitz und nahm das Marineglas. Das Motorboot war kaum noch zu erkennen. Auch der Hubschrauber wurde rasch kleiner, ein schwarzes Insekt mit bösartigen Stacheln am zerrissenen Himmel. Claudius schrak zusammen. Jemand nahm ihm das Fernglas mit einem Ruck aus der Hand.

»Sorry. I need that.«

Eine keuchende, volle Frauenstimme. Die Person, der sie gehörte, stand vor ihm, schlank im nass glänzenden Taucheranzug, glatt wie ein Fisch. Sie hatte die Taucherbrille abgenommen und an den Gürtel gehängt. Mit einer Hand hielt sie sich am Sprayhoodbügel fest und sah durch das Fernglas. Immer noch schwer atmend glich sie wiegend die Schiffsbewegungen aus. »*Gott im Himmel, wem gehorcht bloß diese Scheißarmee?*«, fluchte sie auf Kroatisch.

»Sorry?«, fragte Claudius, und weil sie schwieg fuhr er fort: »Where do you come from? What did you do?«

»Saved my life«, gab sie knapp zurück.

»You risked your life!«

»I saved it. Look!«

Sie hielt ihm das Fernglas hin. Er riss es an die Augen. Da waren der Hubschrauber und das Boot. Fünf, sechs Meilen entfernt. Oder schon weiter. Jetzt löste sich ein orangerot leuchtender Punkt von dem Helikopter. Der feurige Punkt sank schnell auf das Wasser, vereinigte sich mit dem Motorboot. Ein grellgelber Blitz zuckte auf. Dann bildete sich ein Feuerball und entwickelte eine schwarze Rauchwolke. Der Hubschrauber kreiste darüber. Claudius glaubte, sein Rückenmark würde gefrieren.

Hier war sein Schiff, sein Traum, sein Leben, und dort trieb der Wind eine unheilgefüllte schwarze Rauchwolke nach Westen ab. Mindestens zwei Menschen starben dort jetzt jämmerlich vor seinen Augen. Das Feuer verlosch rasch. Eine schwarze Rauchfahne hing über dem Horizont. Das Boot war versunken. Der Helikopter vollendete die letzte Schleife nicht zum Kreis. Er kam zurück.

»Mist, verdammter!«, zischte Claudius. Er fühlte Schweiß auf der Stirn. »Mist, die kommen zurück!«, brüllte er. Einen Augenblick lang fühlte er sich völlig hilflos.

»Ah du sprichst deutsch«, keuchte die Frau, die ihre Flossen ablegte. »Gut.« Sie blickte sich nach dem Helikopter um. Noch war er einige Meilen entfernt. »Dürfen mich nicht sehen …« Sie wandte sich Claudius zu, zeigte auf den Niedergang und sagte: »Darf ich?«

»Was? Ja, warte, ich hole Hilfe.« Er stürzte an ihr vorbei zum Niedergang, schwang sich hinunter.

»Was machst du?«, schrie die Frau hinter ihm her.

»Ich hole Hilfe per Funk!«

»*Nein, Skipper.*« Sie warf die Flossen in die Ecke, rannte ihm hinterher, turnte in den Salon hinunter.

»Das ist Mord, wir sind in Gefahr ...«

Schon lehnte Claudius am Kartentisch, hatte den Funkhörer in der Hand, drückte am UKW-Gerät den roten Knopf, Kanal 16, den Notrufkanal.

»*Nein, Skipper!*« Ihre Stimme überschlug sich. Entschlossen riss sie ihm den Hörer aus der Hand. »Erst überlegen, Skipper!«

»Was überlegen? Da sterben Menschen.«

»Skipper! Das war eine *Exekutivoperation*, eine Exekutivoperation. Wenn du dich da einmischt ...« Sie holte tief Luft. »Ich habe gerade mein Leben gerettet und will es behalten!«

»Wir sind hier auf der Adria, in Europa. Hier kann nicht ein Boot abgeschossen werden, mit Raketen. Das geht nicht. Das darf nicht ...!«

»Du hast keine Ahnung, Skipper. Du weißt nicht, was hier los ist. Später kann ich erzählen. Aber kein Funk, bitte!« Sie schaltete das Gerät ab. Das Knattern des Helikopters kam näher.

»Die kommen. Mach, was du willst, ich ruf die Küstenwache.« Erneut griff Claudius nach dem Hörer. Sie riss Claudius an der Schulter zurück. »Das *ist* die Küstenwache, du Idiot!«, schrie sie. Er verlor das Gleichgewicht, flog vom Navigationstisch nach Lee hinunter, donnerte rücklings gegen die Tür zur Nasszelle und ging zu Boden.

»Sorry, Skipper, war nicht so gemeint. Hast du 'ne Leuchtpistole?« Claudius rappelte sich hastig auf und brüllte: »Du hast wohl nicht alle. Was soll das? Das ist mein Schiff!«

»Hast du eine Leuchtpistole?«

»Du spinnst wohl! Eine Leuchtpistole? Ach so. Gute Idee. Lass uns rot schießen ...«

»Gib sie mir«, befahl sie. Draußen knatterte der Helikopter.

»Total bescheuert? Ich geb dir doch nicht ...«

»Mann, ich will dein verdammtes Schiff retten, schnell!«, schrie sie ihn an. »Wo ist sie?«

»Wieso retten, was? Sie ist da unten drin.« Claudius griff in den Schrank unter dem Navigationstisch, angelte die Plastiktüte mit der Pistole heraus und drei Patronen aus dem Kasten mit der Aufschrift: »Leuchtpatronen Rot«. Blitzschnell griff sich die Frau die Tüte und holte die Pistole heraus. Während sie sie routiniert lud, herrschte sie Claudius an: »Stell dich ans Ruder. Halte Kurs. Tu, als ob gar nichts wäre!« Wie in Trance kletterte er ins Cockpit hinaus. Er sah den Hubschrauber an Steuerbord. Die Maschine flog jetzt eigenartig schräg gegen den Wind an. Sie kam aus Lee achterlicher als querab. Sah aus, als ob sie auf das Schiff zukommen würde. Er stellte sich an das Steuerrad. Irgendwas in seinen Knien war nicht in Ordnung. Offenbar spiegelten sie das Knattern des Helikopters akustisch wider, sie zitterten jedenfalls in dessen Takt.

Die Frau angelte ihre Flossen aus dem Cockpit: »Hey, Skipper! Tu, als ob du pennen würdest, leg dich hin, da auf die Bank, los!« Sie wies auf die Backbordbank. Er sah ihr Gesicht im dunklen Niedergang leuchten. Jetzt erst bemerkte er die Augen. Wie Bernstein. Obgleich das bleiche Gesicht mit Ringen unter den Augen und eingefallenen Wangen totale Erschöpfung verriet, strahlte es eine Energie aus, der schwer zu widerstehen war. Er tat, was sie gefordert hatte, legte sich auf die Backbordbank. »Mensch Marion, wenn du … «, dachte er, kam aber nicht weiter, denn sein Blick fiel auf die Blutflecken. Drei daumennagelgroße dunkle Flecken, die schon dabei waren, sich mit der Wassernässe auf dem Holz des Cockpitbodens zu vermischen. Sein Blick wanderte auf das Süll gegenüber, wo die Frau in die Plicht gestiegen sein musste. Auch dort waren zwei Flecken. Sie bildeten je ein dünnes Rinnsal hinunter auf die Bank. »Mist«, schimpfte Claudius und wollte aufspringen, um nach ihr zu sehen. Der Lärm aus der Luft hielt ihn zurück.

Der Helikopter kam rasch näher. Claudius mimte den schlafenden Skipper. Dabei behielt er die Kampfmaschine am Himmel stets im Blick. Er bebte vor Angst. Wo hat sie sich verletzt? Wenn er mit ihr in einen Hafen käme, wie sollte er ihre Existenz erklären? Würde er ihr helfen können? Das Knattern des Insekts am Himmel zerhackte seine Nerven.

Er versuchte, verschiedene Möglichkeiten zu durchdenken. Wenn man ihn beobachtete aus dem Hubschrauber, welche Schlüsse würde man ziehen? Schon wie er da auf der Backbordbank lag. Jeder Segler würde sofort erkennen, dass er auf der falschen Seite lag. Auf der Luvbank kannst du dich nicht ausruhen, nicht bei diesem Wetter. Die nächste Bö würde dich herunterkippen. Sind das Segler da oben in der Kiste? Küstenwache? Sein Boot zeigte am Heck tischtuchgroß die deutschen Farben Schwarz, Rot, Gold. Wer würde ein deutsches Segelboot in der Adria angreifen? Wer einen UKW-Notruf hören, jetzt im November? Keine andere Yacht aus Österreich, Italien oder Deutschland, die sich hier im Sommer zu Tausenden tummelten. Klar: Kroatische Behörden, was war von ihnen zu erwarten? Er ist Zeuge geworden. Wo kam das Motorboot her, wer saß drin, welcher Nationalität waren das Boot und der Hubschrauber?

Die Maschine flog zirka zwei Meilen achteraus, kreuzte das Kielwasser der *Amica*. Waren das am Heck die kroatischen Farben, das rotweiße Schachbrett? Wer würde ihm mit seinen dürren Angaben Glauben schenken? Warum sollten sie eigentlich Rot schießen? Warum schoss die Frau nicht?

Er robbte vorsichtig zum Niedergang, beugte sich hinein. Breitbeinig stemmte die Frau ihren Achtersteven gegen den Kartentisch, hielt mit beiden Händen die geladene Leuchtpistole schussbereit in den Himmel und beobachtete den Hubschrauber. »Auf was wartest du?«, fuhr er sie an.

»Leuchtraketen sind Wärmequellen«, erklärte sie mit erschreckender Ruhe. »Wir wollen uns doch nicht einfach abknallen lassen.«

»Mit Leuchtkugeln gegen Raketen? Bist du wahnsinnig geworden?«

»Bleib ganz ruhig Skipper! Die Raketen da oben haben Wärmesuchköpfe. Die Dinger hier, die Leuchtraketen, sind allemal heißer als dein Schiff!«

»Bist du vom Militär, oder was?«

»Nicht direkt, Skipper, nicht direkt.«

Erstaunt musterte er sie genauer. Sie hatte die Kapuze abgestreift und den Taucheranzug etwas geöffnet. Rötlich schimmerndes Haar klebte in nassen Strähnen auf Stirn und Wangen, schlängelte sich um den hellen Hals. Sie mochte etwa dreißig sein. Die Bernsteinaugen funkelten aus dem Halbdunkel der Kajüte. Die breiten Lippen waren bleich wie die übrige Haut. Eine Gänsehaut überzog den Hals. Sie musste erbärmlich frieren.

2

Claudius warf einen Blick auf den Helikopter. Die Kampfmaschine zog weit nach achtern ab. Er kletterte in den Salon hinunter. »Sie hauen ab«, sagte er. Die Frau ließ die Pistole sinken und klammerte sich mit der rechten Hand an den Navigationstisch. Wo sie stand, waren die lackierten Bodenbretter blutverschmiert. Sie bemerkte seinen Blick, sah das Blut und sagte: »Es ist nichts. Fast nichts. Hier.« Sie hob den linken Arm. An der Körperseite in Höhe der Brust war der Gummianzug zerfetzt. Wie ein Trichter, der sich vom Rücken her nach vorne weitete. Claudius hatte beim Militär einen Erste-Hilfe-Kurs absolviert. Er erinnerte sich: So sahen Verletzungen aus, die von ganz bestimmten Kugeln verursacht wurden.

»Wer hat auf dich geschossen?«

»Nur ein Streifschuss. Hast du was da zum …« Sie musste sich wieder festhalten. »Klar. Du frierst, du brauchst Kleider.«

»Sehr aufmerksam, Skipper. Hast du … ?« Sie bemühte sich um einen sachlichen Ton. Ihre Zähne begannen zitternd aufeinander zu schlagen.

»Ich glaub, das Ding brauchen wir im Moment nicht mehr«, sagte Claudius und nahm ihr die Leuchtpistole ab. Dabei spürte er, dass auch ihre Hände zitterten.

Er fühlte einen Kloß im Hals. Wenn die auch sein Schiff beschossen hätten! Abwesend entlud er die Pistole und legte sie mitsamt der Patrone in den Schrank unter dem Kartentisch zurück. Aus demselben Schrank kramte er die Bordapotheke, nahm Jod, Binden und Pflaster heraus. Die Frau öffnete ihren Taucheranzug und schälte sich mühsam heraus. Sie trug nichts darunter. Claudius sah, dass ihre linke Seite blutverschmiert war. »Merde«, fluchte sie, als sie es selbst entdeckte. »Eigentlich nur ein Kratzer auf der Haut.«

Den Anzug über dem Arm, öffnete sie die Tür zur achterlichen Nasszelle gegenüber der Navigation und fragte: »Kann ich den hier reinhängen?«

Claudius blickte sie an. Sie war blutverschmiert und fror. Aber sie war schön. Wie kam diese Erscheinung auf sein Schiff? Eine Tochter Nereus'? Ein Nymphe, eine Prinzessin der See? Breitbeinig stand sie da, im Auf und Ab des Schiffes bewegte sie sich in der Hüfte, fast wie im Tanz. Ein schlanker Hals, kräftige Schultern, die kecken Brüste mit großem Hof um die Knospen, die schmale Hüfte, die Scham kastanienbraun, schlanke, muskulöse Schenkel. Aber sie fror, klammerte sich mit einer Hand an die Verstrebung zwischen Kartentisch und Salonsitzgruppe und sagte: »Na was ist? Wohin damit?«

Claudius kam zu sich, kniff sich wie beiläufig ins Ohr und sagte: »Ja. Wirf's rein. Am besten waschen wir dich …«

Sie hängte den Anzug an den Haken hinter der Tür, sah sich kurz im Spiegel über dem Waschbecken an, strich ein paar Haarsträhnen zurecht und seufzte. Dann nahm sie die Einrichtung des Waschraumes wahr und sagte überrascht: »Eine Dusche? Heiß?«

»Könnte noch warm sein.«

»Darf ich?«

»Natürlich.« Sie verschwand in der Dusche. »Halte dich fest!«, rief er ihr nach.

»Okay, Skipper!«, kam es zurück.

Er schlingerte an der Tür zur Nasszelle vorbei in die achterliche Kajüte. Vor seinem Schrank spreizte er sich gegen die Wand, kramte aus den Fächern seine dunkelblaue Skiunterwäsche, die sich auch an kalten Tagen auf dem Meer bewährt hatte, den Trainingsanzug, ein Paar Socken und einen leichten Overall, den er zum Jollensegeln benutzt hatte.

Sie rief aus dem Waschraum: »Hast du irgendwo ein Handtuch?«

»Unter dem Waschbecken!«, brüllte er zurück. Er trug den Stapel in den Salon und rief: »Ich leg die Sachen auf den Kartentisch. Und halt dich fest!«

Eine Bö drückte in die Segel. Das Boot legte sich stark zur Seite. Er stieg ins Cockpit hinaus. Der Autopilot tat seine Pflicht. Der Wind hatte noch etwas zugelegt. Die Relingstützen in Lee zogen jetzt öfter durchs Wasser. Gischt wusch über das Vorschiff. Claudius suchte den Horizont rundherum ab. Kein Fahrzeug zu sehen. Im Westen schien an drei Stellen die Sonne durch die Wolken. Dort glitzerte das Wasser verführerisch golden und silbern. Aus Osten wälzte sich eine neue Wolkenbank über stahlblaue, weiß gezahnte Wellenkämme heran. Kein Hubschrauber am Himmel. »Wohl kein Flugwetter«, murmelte Claudius. Achteraus, dort wo *Amicas* Kielwasser längst verlaufen war, versank das Land hinter der Kimm, war kaum noch zu erkennen. An Backbord ragte die Insel Cres als dunkler Rücken auf. Die Kompassnadel pendelte um die 120-Grad-Marke.

Die Segel standen etwas zu dicht. Claudius fierte die Fock zwei Handbreit, dann das Groß. »Schön«, brummte er. Das Schiff segelte sofort ein paar Neigungsgrade aufrechter. Die Zahlen auf dem Speedometer wechselten von acht Komma sieben auf neun Komma sechs. »Bei so kleinen Segeln. Das glaubt keiner.« Eineinhalb Stunden bis ins ruhigere Wasser, rechnete er sich vor. Er setzte sich hinter das Ruderrad, schaltete den Autopilot aus und steuerte von Hand. »Macht nur so weiter! Du da oben, Meister unter den Wolken und deine Töchter hier, mit den weißen Löckchen ...« Abrupt verstummte er.

Durch den Niedergang sah er die Frau aus der Dusche kommen. Sie hatte das Handtuch in der Hand, schnappte sich den Stapel vom Kartentisch und verschwand damit Richtung Pantry. Claudius versuchte zwei große Wellenberge auszusteuern. Im Rauschen der See und im Pfeifen der Wanten ging das Klappen einer Schranktür aus der Pantry fast unter. Claudius hörte es trotzdem. »Vielleicht sucht sie den Mülleimer«, dachte er.

Schwankend erschien die Frau im Niedergang. Sie war in die Hose des Trainingsanzuges geschlüpft und presste ein Stück Mullbinde an die Seite. Mit der anderen Hand hielt sie sich am Handlauf des Niedergangs fest. Ihre hellen Brüste wippten ein wenig mit den Bewegungen des Bootes. Die nassen Haare hingen glattgekämmt auf die nackten Schultern herab. Ihre breiten Lippen hatten wieder Farbe. Aber es steckte noch Kälte im Gesicht, die Wangen waren zu bleich. Es war kein weiches Gesichtchen, aber ebenmäßig und selbstbewusst, selbst jetzt, da es ausgelaugt aussah. Kinn- und Backenknochen zeichneten sich deutlich ab. Die gelbbraunen Bernsteinaugen strahlten ihn Hilfe suchend an. »Kannst du mir mal helfen?«

»Natürlich«, sagte er, drückte wieder den Knopf am Autopilot und stieg den Niedergang hinab. Es war eine fingerbreite Hautverletzung, nach vorne geweitet, zerfranst, schon teilweise verschorft. Einen Zentimeter tiefer, und das Geschoss hätte der Frau den Brustkorb zerissen. »Du hast riesiges Schwein gehabt.« Er tupfte ihr Jod darauf.

Sie biss die Zähne zusammen. »Autsch. Ich weiß. Ich habe zwei neue Leben bekommen in den letzten zwölf Stunden.« Er legte eine sterile Mullbinde darüber, klebte sie mit Pflaster fest und murmelte: »Völlig unglaublich«.

»Du machst das sehr gut. Bist du Arzt?«, fragte sie sachlich. Er verneinte. Während er die Bordapotheke versorgte, zog sie sich das Oberteil des Trainingsanzuges über. Als er sich zum Niedergang wandte, um hinaufzuklettern, standen sie einen Moment dicht voreinander. Ihre Blicke trafen sich. Sie sagte: »Danke. Ich mache dir Schwierigkeiten. Es tut mir Leid.«

»Macht doch nichts«, log er und fügte hinzu: »Wie heißt du eigentlich?«

»Vanja.« Sie sagte es, ohne zu zögern.

»Vanja«, sprach er ihr nach. Wie das klingt, dachte er. Weich und warm.

»Und du?«, fragte sie kühl.

»Claudius.«

»Oh, schön. Claudius.« Sie bot ihm die Hand. Er ergriff sie und war überrascht, wie kräftig sie zudrückte, und darüber, wie rasch sie wieder losließ.

»Wie ist das passiert? Du warst auf dem Motorboot?« Er wies auf ihre Seite.

»Meinst du, ich schwimm hier raus?«

»Was weiß ich? Bist du von dem Boot gesprungen oder ...?«

»Hast du's nicht gesehen?«

»Nein, war wohl die Fock davor. Aber ist doch Wahnsinn, wirklich.«

»War die einzige Möglichkeit.«

»Und wenn du die Reling nicht erwischt hättest?«

»Mein Pech.«

Claudius schüttelte den Kopf. Er kletterte in die Plicht hinauf, um Ausschau zu halten, und lehnte sich an die Steuersäule. Sie kletterte hinterher und hockte sich unter der Sprayhood mit angezogenen Beinen in den Niedergang.

»Wer waren die Leute auf dem Boot?«

Sie blickte ihn flüchtig an und zuckte mit den Schultern.

»Weißt du nicht?« Sie sah jetzt zum östlichen Horizont hinüber und sagte leise: »Ist doch egal.«

»Da waren zwei Leute. Mindestens. Einer am Steuer ...«

»Na und? Du kennst sie sowieso nicht.«

»Werde sie auch kaum mehr kennen lernen«, maulte er. »Haben Sie dich ...«

»Nein, nein. Ist egal. Wirklich.« Nach einer Pause fuhr sie sich mit einer Hand über die Augen. Dann sah sie in den Himmel, als suchte sie die Sachlichkeit von vorhin: »Ich sage dir jetzt etwas, Skipper: Vergiss, was du gesehen hast. Es ist besser, glaub mir.«

Er blickte nach Südwesten, suchte die Stelle, wo das Motorboot verschwunden war. Nichts erinnerte daran. Einfach vergessen?, dachte er. Es waren zwei oder drei Menschen an Bord. Einfach vergessen? Laut sagte er: »Es waren Menschen. Jetzt sind sie tot. Das ist ein ...« Sie schüttelte leicht den Kopf. »Bitte, lass es. Vielleicht kann ich es dir später erklären, ich weiß nicht, vielleicht. Ich ...«

»Aber du bist verletzt. Man hat auf dich geschossen. War das im Boot?«

»Nein. Ist an Land passiert. Das heißt ... ich bin ihnen entwischt mit dem Boot.«

»Aber du warst nicht allein.«

»Vergiss es bitte. Ich kann jetzt nicht darüber reden. Ich …«

»Bist du Deutsche?«, fiel er ihr ins Wort.

»Nein.«

»Du sprichst perfekt Deutsch.«

»Dürfen das bloß Deutsche?«

»Natürlich nicht.«

Ein Gefühl wie Unterlegenheit beschlich ihn. Diese Vanja verfügte über unheimliche Energie und Beherrschung. Jedenfalls übertraf sie seine eigene, zumindest im Moment. Irgendetwas mahnte ihn zur Vorsicht.

»Wieso wollten die dir an den Kragen?«

»Lange Geschichte … Ich kann jetzt nicht.«

»Du bist gut. Kommst hier mitten auf dem Meer zu mir an Bord, bist verletzt, angeschossen, dein Boot wird vor meinen Augen versenkt, und du willst mir nicht erzählen, was das soll? Bist du aus dem Knast ausgerückt, oder was?«

»Nein nein. Sorry, Skipper. In dem Land hier herrscht Krieg, weiß du das nicht?«

»Also doch bei der Armee?«

»Nicht direkt. Ich arbeite für die Regierung. Wir haben hier Leute, die wollen was ganz anderes …«

»Für die Regierung? Für welche? Bist du bei der Polizei?«

»Mmh. Hier ist vieles schwierig. Ich kann dir nicht alles erzählen, leider …«

»Und die im Hubschrauber? Wer waren die?« Er wies mit einem Nicken in die Richtung, wo der Helikopter verschwunden war. »Militär? Kroaten?«

»Ja. Aber nicht direkt.« Sie blickte zum achterlichen Horizont. Claudius dachte, sie hätte dort etwas entdeckt, doch da war nichts. Fühlte sie sich verfolgt? Dann sagte sie plötzlich: »Wie lang brauchen wir nach Hvar?«

»Ich will gar nicht nach Hvar.«

»Ich muss da aber hin.«

»Warum?«

»Jemand warnen. Es ist wirklich wichtig.«

»Ruf ihn an.«

Beide schwiegen. Vanja biß sich auf den Lippen herum. Claudius sah nach vorn. Eine kräftige See wusch über das Vorschiff. Einige Kilo Wasser trafen die Sprayhood, unter der Vanja saß. Sie schrak zusammen.

»Entschuldigung«, sagte Claudius. »Passiert manchmal.«

»Solange ich nicht wieder nass werde …« Sie blickte durch die Windschutzscheibe nach vorn. Dann wandte sie sich wieder an Claudius: »Wo willst du hin?«

»Zypern oder Malta.«

»*Mamma*, das ist weit!«

»Es geht.«

»Und heute?«

»Silba, Olib oder so. Mal sehen.«

»Silba«, murmelte Vanja leise und wandte das Gesicht in den Wind. Sie biss sich auf die Unterlippe. Als ob sie einen Gedanken abschüttelte, wandte sie sich wieder Claudius zu.

»Bist du ein Aussteiger, also ich meine …?«

»Sagen wir mal so: Ich mache Pause.«

»Keine Arbeit mehr?«

»Mal sehen. Kennst du Silba?«

»Ich war noch nie dort«, antwortete sie eine Idee zu schnell.

»Ist schön da.«

»Wie lange noch?«

»Heute Abend irgendwann.«

»Wenn's dunkel ist?«

»Sicher.«

»Hm. Ich habe Hunger. Darf ich ein Stück von dem Kuchen?« Sie stand auf.

»Natürlich. Entschuldige … es ist auch Tee unten in der Thermoskanne … und Rum im Salontisch.«

Sie steckte ein Stück Kuchen in den Mund und stieg etwas steif in den Salon hinunter. Als sie sich dabei am Schiebeluk festhielt, bemerkte er, dass sie eine silbrige Armbanduhr und einen kleinen goldfarbenen Schmuckring mit einem glitzernden Stein an der linken Hand trug. Vanja, kroatische Beamtin, die irgendwas ausgefressen hat. Vielleicht sollte er sie in Losinj an Land setzen und die ganze Nacht hindurch weitersegeln. Am Ende legten sie ihm noch das Schiff an die Kette, weil er gegen irgendein idiotisches Gesetz verstößt, wenn er mit ihr an Bord in einen Hafen einläuft. Vertritt sie das Gesetz oder …? Wie sollte er sie an Land setzen? Sie hatte nichts, außer diesem Taucheranzug. Keine Schuhe, keine Klamotten, vermutlich kein Geld. Was befand sich eigentlich wirklich in der flachen Tauchertasche? Er peilte voraus. Sanfte, dunkle Rücken stiegen höher und höher aus dem Horizont. Die Insel Unje. Er würde sie backbord lassen, um in ihrem Lee in ruhigeres Wasser zu kommen. »Eine Stunde noch«, murmelte er, schaltete den Autopiloten ein und gab ihm drei Grad nach Süd.

3

Der Wind fiel nun noch raumer ein, und Claudius fierte die Schoten ein Stück. Nach einem weiteren Rundblick stieg er den Niedergang hinunter. Vanja wischte den Boden mit einem Küchenpapier.

»Ach, die Flecken. Hab ich ganz vergessen«, sagte Claudius.

»Und der Tee«, fügte Vanja an. »Einschenken bei dem Seegang! Können wir neuen kochen?«

»*Nema problema*«, antwortete Claudius. Sie sah auf. »Sprichst du auch kroatisch?«

»Nur *nema problema* und *bice bure* oder *govorite li njemacki*? Viel mehr nicht.« Sie lächelte wieder. »Ich komm gleich zum Teekochen.« Er ging in die Duschkabine, in der sich auch die Toilette befand, und schloss die Tür hinter sich. In der Ecke hing der Taucheranzug. Die Tasche war noch dran. Claudius öffnete sie. Sie war leer. Auch das Tauchermesser war weg. Er setzte sich, benutzte die Toilette, betätigte die Pumpe und durchsuchte den Raum. Im Trockenfach hinter der Toilette, im Handtuchschapp, im Waschzeugschrank: nichts Fremdes. Er verließ die Kabine. Vanja war mit dem Aufwischen fertig. Sie warf das blutgetränkte Wischpapier in den Mülleimer unter der Spüle.

»Wo ist eigentlich dein Tauchermesser geblieben?«

»Hier.« Vanja wies auf die Spüle. Das Messer lag in dem vorlicheren der beiden Becken. »Ich habe es abgewaschen.« Vanja sah ihn an. Sie blickte in unergründlich tiefe dunkelbraune Augen. Claudius fühlte sich ertappt. »Versteh mich bitte«, sagte er, »ich muss es wissen.«

»Was denn?«

»Wer du wirklich bist. Was hattest du in deiner Tasche?«

Anscheinend fühlte sie sich nicht weniger ertappt. »Wer ich

bin? Ach so.« Leise seufzend griff sie in die Tasche der Trainingshose. Ihre Hand kam mit einer völlig durchnässten, rotschwarzen Geldbörse aus Leder wieder hervor. Dabei sagte sie: »Also gut, Skipper. Mein Name ist Vanja Mutschler, ich bin kroatische Staatsbeamtin. Oberregierungsrätin würde das in Deutsch heißen. Ich arbeite im Präsidialbüro in Zagreb. Das ist die Hauptstadt von …«

»Kenn ich«, sagte er. »Präsidialbüro. Also ganz oben? Was machst du da?«

»Organisation. Ich bin zuständig für den Kontakt zu unseren Exekutivdiensten.«

»Exekutivdienste. Was …?«

»Zoll, Küstenwache, Polizei, Armee und so.«

»Ach, du machst das öfter, so wie eben?« Claudius versuchte ein trockenes Lachen. Er wandte sich dem Herd zu, entriegelte ihn, so dass er frei schwingen konnte und die Kochstellen waagerecht blieben, egal welche Lage das Schiff hatte. Dann ließ er Wasser in den Wasserkessel laufen, stellte ihn auf den Herd und zündete die Flamme.

»Nein. Natürlich nicht. Da ist was schief gelaufen«, erwiderte Vanja, klappte die Geldbörse auf und suchte darin herum.

»Das kann man wohl sagen. Wie kommst du in so eine Situation, wenn du in Zagreb direkt bei der Regierung arbeitest? Das kann es doch nicht geben. Im Film vielleicht …«

»Die Verhältnisse in diesem Land sind nicht … wie nennt man das? Gefestigt? Es gibt Gruppen mit unterschiedlichen Interessen. Auch von außen. Der Staat muss aufpassen, dass er nicht die Macht verliert.« Sie zog eine bunte Plastikkarte aus dem Geldbeutel.

»An wen? Die Mafia?« Er kramte zwei Teebeutel aus einem Schapp und hing sie in die stählerne Teekanne, die in der Spüle stand.

»Diverse.«

Sie hielt ihm ein Plastikkärtchen hin. Es war ihr Dienstausweis. Das kleine Schwarzweißfoto zeigte eine wohlgenährte, brave Vanja mit langem Haar, das hinter ein Ohr geklemmt war. Ein blasses Mädchen aus gutem Hause. Im Siegel das kroatische Schachbrettmuster. Geboren am achten Januar neunzehnhundertsechsund … Claudius rechnete. »Du hast schnell Karriere gemacht.«

»Es geht.«

Er gab ihr die Ausweiskarte zurück. »Ich glaub's einfach nicht. Ich ziehe zum ersten Mal mit einem eigenen Schiff los, um den ganzen Scheiß hinter mir zu lassen, und was passiert? Ich sitz schon wieder in der Klemme.« Er dachte an Marion. Seine verflossene Gattin. Krankhaft eifersüchtig. Und dann hat sie selbst die Brücke abgebrochen. Marions Speziallogik. Jetzt, in diesem Moment, saß sie wahrscheinlich in Marbella in einer Schicki-Micki-Kneipe, den Porsche vor der Tür und den käsegesichtigen Philipp neben sich mit seiner pomadeglänzenden Trendfrisur. Claudius schüttelte sich. Es war, als erinnerte er sich an einen schnulzigen Film.

»Hast du Probleme?«, schnitt Vanja in seine Gedanken.

»Ähm.« Er drehte sich wieder zu Vanja um. »Weniger als du, glaube ich. Irgendjemand hat es fürchterlich auf dich abgesehen.«

Vanja zuckte mit den Schultern. »Sieht so aus«, sagte sie und steckte den Ausweis weg. »Ich glaube, die Gefahr ist vielleicht vorüber.«

»Wieso?«

»Ich bin jetzt tot.«

Misstrauisch sah er sie an. »Ah, verstehe. Jemand glaubt, sie hätten dich abgeknallt. Und was machen wir jetzt?«

»Ich muss nach Hvar.«

»Warum?«

»Kann ich nicht sagen.«

»Was soll diese Geheimniskrämerei? Wem soll ich denn was weitererzählen hier draußen?«

»Du hast ein Funkgerät.«

»Und wem soll ich da was erzählen? Ist doch Quatsch.«

»Vielleicht erfahre ich mehr auf Silba. Ich glaube, jemand plant einen Anschlag.«

»In Hvar?«

»Wahrscheinlich.«

»Gut. Dann rufst du von Silba aus die Polizei in Hvar an. Die sollen aufpassen.«

»Die Polizei?«

»Deine Kollegen.«

»Wie die da?« Sie wies auf die See hinaus nach Westen.

»Dann rufst du eben deinen Chef an. Der kann sich darum kümmern.«

»Schon gemacht. Vor zwei Tagen, wegen einer anderen Sache. Trotzdem ist das hier passiert.« Vanja hob leicht den linken Arm.

»Scheiß Job. Kennst du sonst niemand?«

»Petar.«

»Wer ist Petar?«

»Mein Freund.«

»Wo ist der?«

»In Split. Dienstlich. Konnte ihn nicht erreichen.«

»Der ist in Split? Das ist ja praktisch. Da liegt Hvar ja gleich daneben.«

»Wenn das so einfach wäre!«

»Wir rufen ihn von Silba aus an, okay?«

»Vielleicht geht das … Wann werden wir denn da sein?«

»In Silba? Wir gehen in einer halben Stunde an Unje vorbei. Dann sind es noch gut dreißig Meilen. In der Abdeckung von Losinj werden wir etwas langsamer. Fünf, sechs Stunden.«

»Noch sechs Stunden. Ich komm um vor Hunger. Hast du noch mehr zum Essen außer diesem billigen Kuchen da?«

»Klar. Aber du kriegst nur was, wenn du mir erzählst, warum du mit dem Motorboot abhauen wolltest.«

»Was hast du zu bieten?«

»Putensteak, Bratkartoffeln und Salat.«

»Klingt gut. Wo sind die Sachen? Ich koche.« Sie öffnete die Kühlbox. Ihre rötlichen Haare fielen mit Schwung auf die linke Schulter, als sie ihm den Kopf zuwandte. Claudius hielt inne. Wieder fiel ihm Marion ein. Viereinhalb Jahre Ehe. Nicht, dass

Vanja ihn an Marion erinnerte. Im Gegenteil. Vanjas Kraft und Selbständigkeit waren von einer anderen Qualität. Marion hatte in all den Jahren, auf all ihren gemeinsamen Seereisen nie so in einem Schiff gestanden, so selbstverständlich. Nun gut, das Kapitel war abgeschlossen.

»Ist das hier drin?«, fragte Vanja.

Claudius zupfte abwesend am Reißverschluss seines Overalls und erwiderte: »Nein Mari …«

Vanja sah ihn schelmisch lächelnd an. »Wie heißt sie? Ist sie an Bord?«

»Nein, nein. Wir sollten erst die Kartoffeln machen. Willst du wirklich hier kochen bei dem Seegang?«

»Ich versuch's mal.« Wie selbstverständlich griff sie zum Schapp unter der Spüle. Claudius setzte an: »Die Kartoffeln sind … Ach, du weißt es schon. Gewohnheitsschnüfflerin, was?«

»*Oprostite.* Verzeihung. Hausfrau bleibt Hausfrau.«

»Okay, dann weißt du sicher auch, dass Pfannen und ein paar Töpfe unter dem Herd sind. Die Gewürze dort über der Spüle.«

Vanja legte ein halbes Dutzend Kartoffeln in die Spüle, riss einen Bogen Küchenpapier ab, fand in der Besteckschublade das Schälmesser und war schon bei der Arbeit. Die Schalen fielen exakt auf das Küchenpapier. Claudius kramte eine Pfanne aus dem Schapp unter dem Herd. Er stellte sie auf die Kochstelle neben dem Wasserkessel und richtete die Schlingerklemmen auf die Pfanne ein. Nun konnte sie nicht mehr vom Herd fallen, auch wenn das Boot bockspringen würde. Vanja sah interessiert zu.

»Du warst schon oft auf so einem Boot, stimmt's?«, setzte Claudius das Gespräch fort und strich mit einem Messer ein Stück Margarine in die Pfanne. Als die Kroatin ihm antwortete, fiel ihm das Küchenmesser in der Backskiste ein, mit dem er sich verteidigen wollte. Er sah Vanja von der Seite an. Kann ja nicht riechen, was da drinsteckt. Laut sagte er: »Wie bitte?«

»Ich sagte, auf so einem großen Boot war ich noch nie. Es ist sehr schön. Gehört es dir?«

»Ja«, gab er kurz zurück.

»Ein Onkel von mir in Österreich hatte ein kleines Boot«, erzählte Vanja. »Da bin ich oft mitgesegelt in den Ferien.«

»Wo denn? Hier auf der Adria?«

»Nein auf dem Attersee.«

Claudius fummelte sein Feuerzeug aus der Tasche.

»Ach so, du stammst aus Österreich?«

»Papa ist in Eisenstadt geboren, Mama in Zagreb. Ich war in der Steiermark in der Schule und in Zagreb im Gymnasium. Die Eltern haben sich getrennt. Mama ist zu ihrer Mutter zurück, mit mir.«

»Tut mir Leid für deine Kindheit.« Das Wasser kochte. Claudius goss Tee auf.

»War nicht schlecht in Österreich. Mama hat wieder geheiratet ... Reicht das?«, fragte Vanja und deutete auf die fünf geschälten Kartoffeln.

»Kommt auf deinen Hunger an. Groß sind sie ja.«

Wenig später brutzelten die geschnittenen Kartoffeln in der Pfanne.

»Und was treibt dich so alleine hier her nach Kroatien? Bist du verheiratet?«, wollte Vanja wissen.

»Ist vorbei. Seit einem halben Jahr. Sie hat einen anderen.«

»Oh, das tut mir Leid.«

»Ist schon okay. Geht ihr jetzt wahrscheinlich besser.«

»Wie lange wart ihr zusammen?«

»Viereinhalb Jahre.«

»Kinder?«

»Fehlanzeige.«

»Puh, ich glaube ...« Unvermittelt fasste Vanja sich an den Hals und stieß schnell hervor: »Ich glaube, ich muss mal raus.« Schnell zwängte sie sich an Claudius vorbei zum Niedergang und kletterte ins Cockpit.

Claudius sah ihr nach. »Alles okay?«, rief er ihr hinterher. Er sah, wie sie sich an die Steuersäule lehnte, sich an dem Nirobügel festhielt und tief durchatmete. Der Trainingsanzug war viel zu weit für ihren schlanken Körper. Sie drehte sich in die

Windrichtung. Der Wind presste den Stoff an ihren Leib, und Claudius sah, wie ihr Brustkorb sich hob und wieder zusammensank. Mit geschlossenen Augen stand sie da, das rot schimmernde Haar – Claudius fiel das Wort »tizianrot« ein – flog im Wind und schwebte wie eine Flammenwolke über ihrem Nacken. Der Skipper registrierte ihren runden Hinterkopf, den schlanken Hals. Die Flügel der schmalen Nase blähten sich im selben Takt, in dem sich ihr Busen hob und senkte. Dabei versuchte sie das Auf und Ab der Schiffsbewegung auszubalancieren.

Dann wandte er sich dem Herd zu und wendete die Kartoffeln. Auf der zweiten Flamme ließ er ein wenig Wasser zum Kochen kommen. Er schüttete einen Löffel Gemüsebrühpulver hinein. Als die meisten Kartoffeln rotbraune Krusten zeigten, kippte er die Brühe in die Pfanne und stoppte den aufsteigenden Dampf mit dem Pfannendeckel. Dann griff er in die Kühlbox. Mit dem Stück Fleisch in der Hand warf er einen Blick auf das Barometer. »Tief zieht ab. Ist in Ordnung«, murmelte er, angelte ein Schneidbrett unter dem Ofen hervor und begann, das Steak in gabelgerechte Happen zu sezieren.

4

Vanja fixierte den Horizont, um ihr Gleichgewicht wiederzugewinnen. Sie versuchte ihre Situation nach den letzten achtundvierzig Stunden zu analysieren. Wo hätte sie das besser tun können? Hier draußen blies ihr der frische Wind gleichsam durch das Gehirn.

Mein Gott, sie hätte es kaum besser treffen können. Das Schiff hätte auch von Leuten wimmeln können! Einer allein. Mit dem kannst du fertig werden. Der Typ mit seiner braunen Haut und dem schwarzen Haar sieht aus wie ein Italiener und ist doch ein korrekter Deutscher. Was hatte er für ein blödes Gesicht gemacht. Noch immer sah sie das Schiff auf sich zukommen. Sie hatte gewusst, dass solche Boote Abdrift haben, vom Wind nach Lee versetzt werden. Sie hatte es auskalkuliert, und dann hätte sie es um ein Haar doch verfehlt vor lauter Angst, überlaufen zu werden. Ein Schauer lief ihr den Rücken hinunter. Es war zweifellos knapp gewesen. Aber wenn sie an das Motorboot dachte, bekam sie ein ganz anderes Gefühl. Als ob ihr Zwerchfell von Ratten angenagt würde, die sich langsam zum Herzen durchfressen. Die halbe Nacht und den halben Tag hatte sie darauf zugebracht.

Ohne vorher Vladim zu informieren, hatte sie es beschlagnahmt. Vladim Mahov, 42, der für den Fall Nosty zuständige Kriminalkommissar der Polizei Rijeka, hätte das Boot mit Sicherheit im Hafen von Rijeka an die Kette gelegt. Ordnungsgemäß. Was hätte sie dann gemacht, als die beiden Typen in ihrem Hotel auftauchten? Mit dem Taxi fliehen? An ihrem eigenen Wagen war das rechte Vorderrad ja immer noch nicht ersetzt. Das hatte man in der Nacht zum Vortag abmontiert. Das rechte Vorderrad! Die Bremsscheibe auf einen Zielgelstein gestellt. Man merkt es nicht, wenn man links die Fahrertür öffnet, einsteigt, den Zündschlüssel reinschiebt, den Motor anlässt und losfahren will. Es macht ein sehr hässliches Kratzgeräusch, und dann plumpst die Achse vorne rechts aufs Pflaster. Das war ein Schuss vor den Bug. Eine Warnung. Der Hubschrauberangriff, das war die nächste Stufe, die letzte.

Vladim hatte nur die Schulter gezuckt: »Da hat jemand einen Reifen gebraucht. Das kommt doch jeden Tag vor. Was soll das mit dem Fall zu tun haben?« Vielleicht nicht mit dem Fall Nosty, dachte Vanja. Dass der Ungar Oggi Nosty mit seinem protzigen BMW von der Straße zwischen Rijeka und Kraljevica direkt über Bakar den Berg hinabstürzte, wurde zunächst von einigen Beamten des Staatsschutzes als Betriebsunfall innerhalb der Szene eingeschätzt. Fest steht, dass er zwei Tage vorher auf der Nationalstraße 12 von Ungarn nach Kroatien eingereist war. Der Wagen war auf Schmuggelware kontrolliert und als sauber befunden worden. Nosty übernachtete in Zagreb im Hilton, besuchte eine Bar in der Bahnhofsgegend, überschritt die Parkzeit, und speiste tags darauf zu Mittag in Gesellschaft zweier Herren in einem sehr hübschen Lokal mit Blick auf die Save. Auch da heißt es im Protokoll, er habe die Parkzeit überschritten, weshalb es ein Polizeiprotokoll über seinen Aufenthaltsort gab. Immer der alte Behördentrick, wenn eine Observierung unter der Decke gehalten werden soll. Es stand also groß und deutlich zwischen den Zeilen, dass der Ungar mehr als ein gewöhnlicher Handelsvertreter war. Das müssten Vladim und seine Kollegen bei der Kriminalpolizei von Rijeka doch längst auch mitgekriegt haben.

Am Nachmittag war Nosty weiter nach Rijeka gefahren, wo er gegen 19 Uhr eintraf. Erstaunlicherweise fehlten Vladim für den Aufenthalt Nostys an diesem Abend jegliche Angaben. War kein Parkwächter in der Nähe? Sehr seltsam.

Am nächsten Tag, einem Dienstag, besuchte Nosty am frühen Nachmittag den Kommandeur des Regionalkommandos Küste Nord. Danach kaufte er in einem Supermarkt Malerutensilien. Weiß der Teufel, was er damit wollte. Zwei Pinsel drei Töpfe Wandfarbe, weiß. Je zehn Liter. Anschließend kehrte er in der *Blauen Adria* ein und brachte dort fast eineinhalb Stunden zu. Scheint ein wichtiger Mann gewesen zu sein, denn auch in dieser Kneipe hat er einen Militärangehörigen getroffen. Oberst Bogdan Gerlan soll fast zwanzig Minuten mit ihm gesprochen haben. Als Urlauber, in Zivil. Danach habe sich Nosty direkt auf den Weg in Richtung Zadar gemacht.

Die zweihundertzweiunddreißig Kilometer Küstenstraße gehören sicherlich zum Aufregendsten, was Europa in dieser Art zu bieten hat. Aber Nosty kannte die Strecke ja schon, musste sie eigentlich im Schlaf fahren können. Er hatte ein Zimmer in Zadar gemietet, war Stammgast in dem Haus, kam alle paar Monate vorbei. Diesmal war für ihn schon nach vierundzwanzig Kilometern Schluss. Und zwar endgültig. Kurz hinter dem Ortsschild von Bakar. Seine Karre flog genau zwischen zwei massiven Begrenzungspfosten aus Stein von der Straße, segelte sechsundvierzig Meter in die Tiefe, knallte auf einen Felsen oberhalb des malerischen Bakar und ging in Flammen auf. Glücklicherweise hatte es geregnet. Im Sommer hätte die Macchia dort sofort Feuer gefangen. Die Häuser und der Campanile von Bakar wären von den Flammen nicht nur beleuchtet worden. Zwar hätte Nosty auf seiner Nachtfahrt sowieso wenig von der eindrucksvollen Aussicht auf den Velebitski-Kanal gehabt, aber dass sich die Fahrt auf diese Art erledigte, war doch etwas ungewöhnlich. Zumal sich in den Aussagen seiner letzten Gesprächspartner nichts findet, keine dunkle Stelle, keine Andeutung einer Bedrohung. Man wäre wirklich geneigt, es der regennassen Straße zuzuschieben. Wenn nur dieser Oberst aufzutreiben wäre. Eine Stellungnahme von Oberst Bogdan Gerlan könnte höchst aufschlussreich sein, doch er hatte sich zwei Tage vor dem »Unfall« in den Urlaub abgemeldet.

In den zwei Tagen, seit dem dies passiert war, hatte es niemand für nötig befunden, den weiteren Unfallbereich gründlich zu untersuchen. Es war in einer eigentlich harmlosen Kurve passiert. Keine Bremsspur, keine Fremdeinwirkung, Unfall. Schluss. Gut, da war die Kiste mit den fünf G3 von Rheinmetall. Deutsche Wertarbeit. Die waren nun auch nicht mehr zu gebrauchen. In der Gluthitze des Brandes wurden sie reichlich verformt, alle Kunststoffteile verbrannt. »Da geht kein Schuss mehr durchs Rohr«, hatte der Sachverständige der Armee festgestellt. Aber die Tatsache, dass sich im Kofferraum des Autos eines Handlungsreisenden aus Ungarn fünf Schnellfeuergewehre befanden, war alarmierend genug, um die Opposition auf den Plan zu rufen.

Wahrscheinlich war es der magersüchtige Dr. Klusnicz selbst gewesen, der bei Bolmanc entsprechend Druck machte. Jedenfalls kommandierte Direktor Boris Bolmanc sie, Vanja Mutschler, in seiner knödeligen Art nach Rijeka. »Schauen Sie denen auf die Finger«, hatte er wie üblich mit quäkender Stimme hervorgepresst. »Die Opposition riecht da einen sehr üblen Braten. Sollen nicht so viel Aufsehen machen, die Kollegen in Rijeka, verstehen Sie? Das können wir im Moment gar nicht gebrauchen. Kroatien ist ein Schön-Wetter-Land. Aber das wissen Sie ja, Gospoda Mutschler. Geben Sie mir über jeden Ihrer Schritte Bescheid, ja?«

Vladim, ausgerechnet Vladim sollte sie auf die Finger schauen. »Ist ja ein lieber Kerl, aber irgendwie hat sich seine Zärtlichkeit in Pedanterie verwandelt. Gibt es das? Nun gut, er hat jetzt seine zwei Sprösslinge. Wenn ich daran denke, dass ich an der Stelle von Silvia, seiner Frau sein könnte! Du liebe Zeit. Wäre ich auch so auseinander gegangen?«

Vanja seufzte in den Wind. Dort unten im Schiff hatte sie das Gefühl gehabt, der Magen käme ihr hoch. Nun hatte er sich beruhigt, und es war ihr sogar ein Genuss, den würzigen Duft zu schnuppern, der aus dem Niedergang heraufquoll. Bratkartoffeln und gebratenes Fleisch. Gut im Augenblick, aber für ihre Lage insgesamt gesehen auch keine Lösung. Sie war tot. Für die Leute im Helikopter, für jene, die ihr im Hotel aufgelauert hatten, für diejenigen, die ihr das Vorderrad vom Wagen montiert hatten, für all jene, die sie ausschalten wollten, war sie nun tot.

»Ach Petar! Was mach ich jetzt bloß?«, fragte sie leise und

wünschte sich, ihr Freund könnte augenblicklich bei ihr sein. War nix. Sie musste allein klarkommen.

Wie sollte es weitergehen? Sie hatte ihren Metzgerboss über jedes Fitzelchen informiert. »Metzgerboss« war ihr heimlicher Spitzname für Direktor Boris Bolmanc. Er war nicht außergewöhnlich groß, aber sehr kräftig gebaut. Konfektionsgröße 160 oder so. Natürlich hatte sie ihm als Erstem von dem Schlüsselbund erzählt.

»Hat das einen Zusammenhang mit Nosty?«, hatte er spitz gequäkt. Damals konnte sie das nur ahnen. Es war einfach die örtliche Nähe. Rund fünfzig Meter von dem unheilvollen Ort entfernt, vier oder fünf Meter unterhalb der Küstenstraße, auf einer Art Schotterfeld zwischen zwei kleineren Felsbrocken, klemmte das Schlüsselbund. Vanja hatte es glitzern gesehen, es war reiner Zufall. Die Sonne erreichte den Spalt allenfalls für fünf Minuten pro Tag. Ein schöner, polierter türkisfarbener Stein in Tropfenform mit Silberfassung hing daran. Schlüssel lässt man entweder aus Vergesslichkeit irgendwo liegen, oder man verliert sie bei außergewöhnlichen Aktionen: im Laufen, Springen, bei einem Kampf. Vielleicht auch beim Klettern? Wer sollte ein Schlüsselbund mutwillig einem abgestürzten Auto hinterherwerfen? Die Schlüssel waren keineswegs angerostet. Sie sahen aus, wie sie nach ein paar Tagen im Freien auszusehen hatten.

Entweder wurden sie nicht vermisst oder nicht gefunden. Sie mögen ja alle Recht haben, dachte Vanja und fuhr sich mit beiden Händen durchs windgezauste Haar. Mein Verdacht mag auf wackeligen Beinen stehen. Nicht aber für jemanden, der entschlossen war, an einer Theorie nicht rütteln zu lassen. Vanja hatte ihre Theorie auch im Kollegenkreis und Vladim gegenüber geäußert. Achtundzwanzig Stunden später fehlte an ihrem Wagen das rechte Vorderrad.

Vladim wollte auch diesen Zusammenhang nicht sehen. Er wollte überhaupt keinen sehen. Was das Schlüsselbund betraf meinte er nur: »Bring's aufs Fundamt. Lag zu weit entfernt vom Unfallort.« Tat sie nicht. Sie nahm den Stein überall mit hin und spielte recht auffällig damit herum. In der Kommandantur Nord, bei der Hafenpolizei, im Offizierscasino, bei der Konferenz mit der Küstenwache, in der »Blauen Adria«, in sechs Hotels – und an dem Tag, als Gospoda Eva Gerlan aus Italien zurückkam.

»Wo haben Sie denn diesen hübschen Stein her? Der sieht ja ganz genau aus wie der Schlüsselanhänger meines Mannes.« Blass, aber sehr dekorativ saß die Frau auf der anthrazitfarbenen Delgrado-Couch. Das leichte rosa Kostüm erinnerte deutlich an Mailand. Vanja fröstelte etwas bei ihrem Anblick. Der Wohnraum war zu kühl und der spiegelnde Carraramarmor des Fußbodens machte ihn auch nicht gerade wärmer. Eine dunkelbraune, fast schwarze Kassettenkommode im spanischen Stil schmückte eine Stirnwand des Raumes. Ein großes Aquarell hing darüber.

Im breiten Passepartout mit silbrigem Rahmen zeigte es ein schmuckes, ebenerdiges Häuschen zwischen vier Pinien, drei links eine rechts, und eine mit Ziermäuerchen eingefasste Terrasse, die von einem riesigen Oleander beschattet wurde. Zwischen der Lorbeerrose und dem Haus ergab sich eine Perspektive auf einen See oder das Meer. Ein weißes Segel auf dem Wasser zog den Blick auf sich. Am Horizont jenseits des Wassers erhob sich ein sanfter Hügel, an dessen Fuß sich ein paar Häuser um einen Kirchturm scharten. Unter dem Bild standen drei schmiedeeiserne Kerzenleuchter mit ungebrauchten weißen Kerzen drauf, ganz rechts ein gerahmtes Schwarzweißfoto. Offenbar das Hochzeitsbild der beiden. Er in Uniform, die Mütze in der Hand, schwarzes Haar, schmale Nase, Oberlippenbärtchen. Schneidig, hätte man früher gesagt.

Vanja hatte der munter plaudernden Gattin des Obersten interessiert zugehört. »Die ist völlig arglos«, ging ihr durch den Kopf. Ihr Mann sei wahrscheinlich beim Tauchen mit der *Rakovica*.

»Mit was, bitte?«

»*Rakovica*.« Madame lächelte. »Das ist sein Boot. Er hat es so genannt. Er mag *Rakovica*, es passt zu ihm, irgendwie.« Auf

Silba hätten sie ein kleines Haus. Frau Gerlan machte eine flüchtige Geste zu dem Bild über der Kommode. Sei ihr persönlich zu langweilig dort. Schon die Fahrt dahin: Drei bis vier Stunden mit dem Boot! Aber ihr Mann würde von da aus gerne nach Dugi Otok runterschippern und an den Felswänden, die dort senkrecht ins Meer fielen, mit Haifischen konferieren. Aber dieser Schlüsselanhänger, der gehöre ihm, so wahr ihre Tochter Veronika heiße und die schönsten Kinder von Pesaro habe. Ja, sie wohne drüben in Italien, und ihr Mann sei ein sehr bekannter Dottore und habe ihrem Mann, also Oberst Gerlan, exakt diesen Stein zum achtundvierzigsten Geburtstag geschenkt. Und das war vor drei Jahren. Seit dem ziere er das Schlüsselbund ihres Mannes.

Das war Vanjas Spur. Einer der Schlüssel passte zur Villa der Gerlans. Blieben noch der Schlüssel zum Mercedes und zwei weitere moderne Sicherheitsschlüssel. Einer, sagte Frau Gerlan, gehöre zur Haustür ihres Anwesens auf Silba. Der andere könnte zum Boot passen. Aber es gäbe noch ein weiteres Bund. Und das war nicht im Haus. Die anderen Schlüssel habe der Oberst bei sich, erklärte seine Frau. Vanja empfand sie als sehr kooperativ. Sie sprach mit Achtung von ihrem Ehemann. Allerdings schien sie mit seinen persönlichen Dingen nicht bis ins letzte Detail vertraut zu sein.

Vanja fertigte ein Protokoll über ihren Besuch in der Gerlan-Villa an. Dann rief sie bei den Kollegen von der Verkehrspolizei an. Der weinrote Daimler Benz 560 stand unten am Fährhafen, ordnungsgemäß geparkt. Seit nunmehr neun Tagen. Ja, Kroatien kann ein sicheres Land sein.

Vanja hatte alles ihrem Chef erzählt. Direktor Bolmanc wollte sich gleich um den Verbleib des Obersten kümmern. »Ich werde versuchen, den Herrn Oberst zu fragen, wie sein Schlüsselbund an die Küstenstraße kommen konnte.« Das war nicht ironisch. Da klang verteufelt viel Respekt durch. Spricht man so von einem Kumpel, mit dem man Staatsgründungstage, Titos Geburtstag, Maifeiern quasi Hand in Hand organisiert und begossen hat? Man kennt sich natürlich in der Führungsschicht der viereinhalb Millionen Kroaten. Besser gesagt: Man glaubte sich zu kennen. Einige haben ihre Masken fallen lassen, andere schienen hinter neue geschlüpft zu sein.

Vierundzwanzig Stunden später war der Metzgerboss auch nicht weiter. Direktor Bolmanc konnte nur in Erfahrung bringen, dass Gerlan Anfang November kurzfristig Urlaub angemeldet hatte. Sie hatte Bolmanc geradezu vor sich gesehen, wie er am Telefon rotgesichtig die Mundwinkel nach unten zog und ratlos die Schultern hob. Vanja hatte mit einem unsicheren Gefühl aufgelegt. Oberst Gerlan, einundfünfzig Jahre alt, lebte offenbar in edlem Luxus, dessen Farbigkeit dezent an venezianische Feste erinnerte. Aber seit dem Absturz von Nosty war er verschwunden.

5

Es war nicht nur ein internes Gespräch, der Anrufer erwies sich auch als kompetenter Insider, der von dem Fall offenbar mehr wusste als sie selbst. Fünf Minuten hatte sie gebraucht, bis sie seine Identität hatte. Sie kannte ihn von der Akademie. Vanja Markic. Über die Gleichheit der Vornamen war sie nicht überrascht, auf Vanja hören nun mal beide Geschlechter. Geradezu bestürzt aber war sie, was dieser Kollege von ihr wissen wollte. Ob das Boot dieses Armeeobersten schon gefunden sei, die *Rakovica* oder so.

»Nein. Aber wie, lieber Kollege, kommst du denn da drauf, dass es gefunden werden müsse?«

»Ähm ja«, hatte der Kollege am anderen Ende der Leitung daraufhin gemacht und gesagt, jemand von der Hafenbehörde habe bei ihm nach dem Boot gefragt.

Wo das denn sei, »bei ihm«, hatte sie nachgefragt. »Betrugsdezernat, und schönen Tag noch, Kollegin«, hatte er geantwortet und aufgelegt. Ihr Rückruf brachte zwar den Namen zu Tage, aber kein weiteres Gespräch mit diesem sonderbaren Insiderzeugen. Vielleicht hätte ein engerer Kontakt zu diesem Vanja Markic alles verändert? Seine Stimme hatte nicht unangenehm geklungen, eher etwas verunsichert. Minuten später hatte sich tatsächlich bei ihr jemand von der Hafenbehörde gemeldet. Wie hätte sie ahnen sollen, dass dieser Anruf das vorläufige Ende ihrer Ermittlungen brachte?

Der Fischereigehilfe Jovan Bregje hatte das Motorboot in den Haupthafen von Rijeka gebracht. Auf Anweisung seines Chefs hatte er es nahe der Hafenbehörde an der Pier festgebunden.

Jovan Bregje hatte den Schlüssel abgezogen, die Tür der Schiffskabine zugesperrt und war über den weiten gepflasterten Parkplatz hinübergestiefelt, an dem lang gestreckten gelben Bunker vorbei zum mächtigen Bau der Hafenkommandantur, um dort den Fund zu melden und den Schlüssel abzuliefern.

Glücklicherweise war Vladim nicht im Büro gewesen, als jemand von der Hafenkommandantur bei der Kripo anrief. Vanja hatte gehört, wie die Sekretärin das Gespräch von der Zentrale annahm, wie sie den Beamtenkollegen begrüßte und von einem aufgefundenen Motorboot *Rakovica* sprach.

Sie ließ sich das Gespräch geben. Der Kollege, der da drüben in dem wuchtigen alten K.u.k.-Gebäude der Hafenkommandantur saß, verfolgte nur eine Absicht: Den Fall loszuwerden. Das Boot war nicht im Hafen aufgefunden worden, sondern draußen auf dem Rijecki zaliv. Dafür sei er gar nicht zuständig. Vanja ließ ihn in dem Glauben, er hätte sie überredet, die Sache zu übernehmen. Wahrscheinlich würde er demnächst rumerzählen, wie er so einer Anfängerin von der Kripo lästige Arbeit aufs Auge gedrückt habe.

Sie war sogleich zur Hafenkommandantur gelaufen. Der Kollege sah genau so aus, wie sie sich ihn vorgestellt hatte: Ein gemütlicher Beamter in den Fünfzigern. Groß und rundlich, mit dunkler Hornbrille und glattem, angeklebtem grauem Haar. Die erste Befragung des Fischereigehilfen hatte nur in einem Punkt Klarheit gebracht: Der Oberst war nicht mehr mit seinem Boot unterwegs. Mag sein, dass er Tauchen war, aber ob er es freiwillig tat, schien immer fraglicher. Die Umstände des Auffindens enthielten einige sehr mysteriöse Aspekte.

Das Boot war auf dem Rijecki zaliv, eine Meile vor der Westküste der Insel Krk auf halbem Wege zwischen Malinska und Njivice, mit eingelegtem Vorwärtsgang über die See getuckert. Das Fahrzeug sei nicht ausgewichen, wie es die Regeln vorschrieben, und habe den Kutter gerammt. Es sei nicht viel passiert, sie seien in einem spitzen Winkel aneinander geraten, und das Motorboot sei einfach am Rumpf des Kutters hängen geblieben. Der Bootsmann des Fischers sei daraufhin übergestiegen, habe den Motor ab- und im Übrigen festgestellt, dass niemand an Bord sei. In der kleinen Kabine vorne lägen ein paar Tauchersachen. Der Kapitän habe schließlich angeordnet, es auf den Haken nehmen, sagte der Fischereigehilfe.

Nach der ersten Befragung dieses Zeugen hatte sie das Boot für beschlagnahmt erklärt und dem Kollegen einen entsprechenden Wisch unterschrieben. Dann waren sie alle drei hinausgegangen. Der Fischereigehilfe hatte ihnen das Boot noch gezeigt, bevor er wieder an seinen Arbeitsplatz zurückkehrte.

Rakovica stand in schwungvollen weißen Buchstaben auf dem schwarzen Heck und vorne an jeder Seite des Bugs. Während sie auf das Deck hinuntergeturnt war, blieb der Kollege oben auf der Pier stehen. Er hatte etwas verdutzt dreingeschaut, als sie den Zündschlüssel mit dem Türkis aus ihrer Tasche gezogen und den Bootsmotor gestartet hatte. Den anderen, den, der auf dem Boot gefunden worden war, hielt er in der Hand.

Mehr als ein »Wieso?« hatte er jedoch nicht hervorgebracht. Auf ihre Geste hin hatte er ihr den anderen zugeworfen. Dann löste er die Vorleine. Vanja hatte das Boot an die östliche Hafenecke verlegt, weil das näher zu ihrem Hotel war, in dem sie seit vier Tagen wohnte. Außerdem hatte sie das Gefühl, dass das Boot dort nicht so auffiel. Es lagen mehrere ähnliche Motorboote dort.

Ihre Motorbootkenntnisse stammten ausgerechnet aus ihrer Zeit mit Vladim. Wie oft waren sie mit dem alten Kasten seines Vaters nach Krk hinübergetuckert? Was ist eigentlich aus der Kiste geworden? Egal. Sie hatte das Boot ziemlich problemlos eingeparkt.

Danach musste sie irgendeinen Fehler begangen haben. Nur wusste sie nicht welchen. Sie wusste nicht, in welchem System sie sich systemwidrig verhalten haben könnte. Also versuchte sie, es Punkt für Punkt durchzugehen. Auf dem Rückweg zum Polizeigebäude hatte sie Silvia getroffen. Das war kurz nachdem sie per Mobiltelefon mit dem Metzgerboss gesprochen hatte. Silvia war total harmlos. Oder hatte Vanja ihr gegenüber irgendwas angedeutet, was Silvia weitertratschen konnte?

Nein, sie hatte nur gesagt, dass sie von der Hafenbehörde komme und gegenwärtig im Hotel Europa logiere.

Hatte Silvia eine unangemessene Reaktion gezeigt? Vanja hatte nichts bemerkt, war damals zu sehr im Stress gewesen, hatte zu viele Neuigkeiten im Kopf. Der Zettel aus dem Motorboot. Er hatte bei den Taucherklamotten vorn in der Kabine gelegen. Ein Stück weißes Papier, etwa ein Viertel einer normalen Schreibmaschinenseite, mit vier Löchern wie aus einem Notizblock. Dort stand in einer gut lesbaren Handschrift in Druckbuchstaben: DREI EIMER FARBE WEISS FÜR STARI GRAD. ULICA JELSA. RENOVIERUNG AM 14.11. 19 H. Was sollte das? Eine Renovierung, ausgerechnet in Stari Grad. Hatte der Oberst dort ebenfalls ein Haus? Stari Grad auf der Insel Hvar,südöstlich von Split. Sicher eine Tagesreise von Rijeka. Hatte sie damals schon Verdacht geschöpft?

Renovierung. In einem anderen Umfeld ein total harmloser Begriff. Aber jetzt, nach allem, was passiert war, erschien er in einem ganz anderen Licht.

Sie musste eine Kamera besorgen, um das Boot zu fotografieren, vor allem die sechs Neunmillimeter-Einschusslöcher und die Blutflecken an der linken Bordwand im Cockpit. Sie wirkten irgendwie banal und unscheinbar in dem ganzen Schmutz. Der Fischer hatte sie jedenfalls nicht erwähnt.

Vladim und sein eitler Chef, die hätten sicher eine Pressekonferenz gegeben. »Sportboot beschossen vor der Insel Krk«. Direktor Bolmanc hätte ganz schön getobt. »Das Letzte, was unser Tourismus braucht!«

Doch Vanja war anders: Sie hatte nach dem Fotografieren einige Proben der Blutreste abgekratzt, in eine Spurentüte gepackt und per Dienstpost an die Kriminaltechnik nach Zagreb gesandt. Am nächsten Tag wollte Vanja die Küstenwache informieren und Oberst Gerlans Blutgruppe ermitteln lassen. In aller Stille. Aber dazu kam es nicht mehr. »Ich bin tot. Ich werde die Geschichte versenken. Nicht mehr davon reden.«

6

Hey, Vanja. Lunch is ready!« Claudius stand unten an der Treppe und hielt ihr einen mit Bratkartoffeln und Fleisch gefüllten Teller entgegen. Überrascht setzte sie sich auf die Cockpitbank, rutschte zum Niedergang und nahm den Teller entgegen. »Danke. Wie das duftet.«

»Ist heiß, sei vorsichtig«, mahnte Claudius. Er reichte ihr einen zweiten Teller und zwei Gabeln. Dann stieg er ins Cockpit, setzte sich ihr gegenüber und nahm ihr einen Teller und eine Gabel wieder ab. Nach einem prüfenden Blick in den Mast checkte er den Horizont. Die bis zu hundert Meter hohen Buckel der Insel Unje waren nur noch zwei Meilen entfernt und lagen deutlich backbord voraus. Der übrige Horizont war leer. Das Speedometerdisplay zeigte acht Komma fünf Knoten. Die Seen hatten nun Höhen von gut über zwei Metern. Das Schiff wurde gerade kräftig angehoben, als Claudius mit vollem Mund sagte: »Ich habe meinen Teil erfüllt.«

»Augenblick. Ich muss das erst genießen«, erwiderte sie. Das Boot rauschte ins Wellental. Vanja schob eine volle Gabel in den Mund. Eine Weile aßen sie schweigend.

»Ich habe keine Ahnung«, hob Vanja dann an, »wie ich in diese Situation gekommen bin. Ich habe meinen Job gemacht … und seit zwei Tagen … erst haben sie ein Rad von meinem Auto abmontiert.«

»Ein Rad von deinem Wagen?«

»Genau.«

»Diebe?«

»Kann sein.«

»Und weil das Auto nicht mehr ging, hast du dir ein Motorboot geholt?«

»Quatsch.«

»Geklaut?«

»Nein. Irgendwelche besoffenen Rowdys haben es im Hafen von Rijeka entwendet und dann treiben lassen. Ich wollte es dem Eigentümer zurückbringen.«

»Kennst du den?«

»Nicht direkt.«

Er sah sie an. »Du mit deinem ›nicht direkt‹. Kennst du ihn oder kennst du ihn nicht?«

»Eigentlich nicht.«

»Erzähl mir keine Märchen. Du hast es mit irgendwelchen Kumpel geklaut und ihr seid erwischt worden. Deshalb haben sie auf euch geschossen.« Claudius war enttäuscht. Staatsbeamtin und Ausweis hin oder her. Sie war eine Kriminelle, hatte Komplizen. Sie ist von Bord gesprungen und die anderen hat's erwischt.

»*Nein.* Ich musste es benutzen. Die waren hinter mir her. Ich war allein.«

»Auf dem Boot waren noch andere. Hab ich doch gesehen.«

Sie sah Claudius an, als wollte sie in sein Innerstes schauen. Dann sagte sie: »Die sollen glauben, ich sei dort gewesen.«

»Wer?«

»Die hinter mir her sind.«

»Das wussten die doch. Aber wer stand dort am Steuer?«

»Ein Taucheranzug mit meinen Kleidern drin und so ein Gummidings, das du außen ans Boot hängst, zum Schutz.«

»Ein Fender. Und sonst war niemand auf dem Schiff? Deine Puppe hat ja wohl aber nicht gesteuert?«

»Da war so ein Ding, wie du da hast, eine automatische Steuerung. Wie sagst du in Deutsch?«

»Ein Autopilot. – Das ist ja … genial.«

»Finde ich auch.« Sie sah ihn bohrend an. »Und du bist außer mir der einzige Mensch, der weiß, dass ich nicht dort war, dass ich lebe.«

»Ich? Ist das ein Problem für dich?«

»Das kommt darauf an.«

»Ich werde es keinem erzählen.«

»Das wäre … *sehr hilfreich*. Weil ich will nämlich …«

»Gut. Du hast das Boot allein geklaut?«

»Nein, verdammt. Sie haben mir aufgelauert.«

»Wo denn? Wer denn? Die Rowdys?«

»*Nein*. In Rijeka. Im Hotel. ›Halt dich da raus. Tu deinen Job, aber halt dich aus unseren Angelegenheiten raus.‹ Das haben sie gesagt. Sie hatten Messer und Pistolen. Ich bin durch das Fenster abgehauen, über die Markise von der Terrasse gerutscht und die Straße zum Hafen runtergerannt. An der Ecke lag das Boot. So, jetzt weißt du es.«

»Da haben sie hinter dir her geschossen?«

»Nein, da noch nicht. Ich bin die halbe Nacht durchgefahren. Immer die Küste entlang. Ich habe in einem kleinen Ort festgemacht. Hab die Lichter gesehen von dem Hafen. Ich habe im Boot in der Kabine geschlafen. Am Morgen wollte ich nach Silba weiter … da hatte ich *kvar*, ein Panne.«

»Mit dem Boot?«

»Es war kaum hell. Ich wollte rückwärts, verstehst du, in dem kleinen Hafen waren viele kleine Fischerboote, und plötzlich starb der Motor ab.«

»Tau in der Schraube?«, grinste Claudius

»Ja. Wieso weißt du das?«

»Immer dasselbe.«

»Ach so. Ich musste ins Wasser. Da waren zwei Anzüge drauf *ronilastvo odijelo*, wie heißt das in Deutsch? Für unter Wasser?«

»Taucheranzüge.«

»Ja genau. Den kleineren habe ich angezogen. Bin ins Wasser und hab die Leine aus der Schraube geschnitten …« Entschlossen schob sie eine volle Gabel in den Mund. »Das war schwer. Als ich mal wieder auftauche, steht eine Streife da und schaut mir zu und notiert irgendwas. Einer geht weg. Endlich hab ich es geschafft, klettere *na brodu*, ähm, an Bord, da kommt der andere zurück und zwei weitere kommen gelaufen, richtig gerannt. Ich seh sie, starte und hau ab, raus aus dem Hafen. Die schrien und schossen hinter mir her. Da ist es passiert.« Vanja deutete auf ihre rechte Brustseite.

»Wer sind die? Die Polizei?«

»Nein, nein. Ich kenne sie selber nicht.«

»Aber es war Polizei?«

»Weiß nicht. Die waren in Zivil. Vielleicht *Tajna Navodna Odbrona.*«

»Was?«

»Ach, keine Ahnung. Ich bin raus. Da ist mir ein Kutter entgegengekommen. Vielleicht wollte der in den Hafen. Vielleicht …«

»Die haben auf den gewartet?«

»Vielleicht.«

Claudius schluckte einen Bissen hinunter ehe er sagte: »Moment mal. Du sagst, es war eine Streife da. Also Polizei.«

»Eine Zivilstreife, vielleicht TNO. Eine Art *inoffizieller Schutzdienst.* Was weiß ich. Jedenfalls eine Streife. Das sieht doch ein Blinder. Sie trugen Jeans und diese typischen Jacken aus Leder und Funkgeräte innen drin.«

»Inoffizieller was?«

»Schutzdienst. So eine Art Bürgerpolizei.«

»Nie gehört. Und die haben andere geholt?«

»Ja sie haben irgendwie das Boot erkannt.«

»Das Boot, das die Rowdies im Hafen von Rijeka …«

Sie stopfte sich den Mund voll Kartoffeln und nickte. Er fuhr fort: »Muss ja ein recht bekanntes Boot gewesen sein. Und wichtig obendrein, dass die gleich hinter dir her ballern.«

Sie schluckte. Als sie den Mund wieder frei hatte, sagte sie: »Du hast sicher auch was zum Trinken auf dem Schiff, oder?«

»Logisch. Was möchtest du? Bier, Wein, Tee, Kaffee, Saft?«

»Das ist wie im Hotel hier. Jetzt wäre vielleicht ein Bier ganz gut. Deutsches Bier?«

»Wie Madame wünschen. Normales Helles oder Weißbier?« Er leerte seinen Teller, stand auf und ließ seinen Blick über das Meer schweifen. Plötzlich sagte er: »Aha, da seid ihr ja. Passt mir schön auf die Lady auf, ja?«

Vanja blickt zu ihm hoch. »Ist da jemand?«

»Klar! Der Walbert und seine Frau, die Walberta.«

»Wer?«

»Die betreiben hier eine Delfinschule.« Er sagte es, als spräche er von alten Bekannten und wies mit der Rechten nach Lee auf eine Stelle im Wasser. Vanja sah ihn ungläubig an und drehte sich langsam in die Richtung. Ein blassblauer Delfin schoss aus dem Wasser. Sekunden später folgte ihm ein zweiter. Sie vollführten einen eleganten Bogen durch die Luft. Schon waren sie wieder weggetaucht. Dann waren die Rückenflossen wieder zu sehen. Vanja stieß einen spitzen Schrei der Begeisterung aus. *»Delfine! Oh wie süß!«*

»Sonderbar«, sagte Claudius. »Bei dem Wetter bleiben die meist zwischen den Inseln. Haben wohl einen Ausflug gemacht.«

»Wie hast du sie genannt?«

»Die Walberts, Herr Walbert und Frau Walberta. Sieht ganz nach Begrüßungsabordnung aus. Vielleicht begleiten sie uns um Unje herum.«

Vanja lachte laut auf. »Was bist du für ein Kauz? Frau Walberta. Hab ich noch nie gehört.« Sie fühlte, wie eine Erleichterung ihren Kopf durchzog, die die mörderische Gefahr einfach wegwischte. Claudius stieg den Niedergang hinunter, wandte sich unten um und sah zu ihr herauf. Einen Moment blickte sie ihm in die dunklen Augen. Sie lächelten. Er sah in ihre Augen und fühlte ein Verlangen nach Nähe und Wärme. Als er die Hand hob, reichte sie ihm rasch und geschäftig Teller und Besteck.

Während er unten die Sachen zur Spüle brachte, beobachtete sie das Delfinpärchen, das sich querab noch ein paarmal sehen ließ. Dann blieben die Flossen verschwunden. Das Schiff glitt in den Windschatten von Unje. Die See wurde ruhiger. Vanja begann wieder zu frösteln. Sie schlug die Arme um ihren Körper. Da entdeckte sie am leewärtigen Horizont Land. Ein kantiger Buckel ragte aus dem Meer. »Hey Skipper, was ist das?«

»Was denn?«, kam es von unten.

»Ist das Silba da draußen?«

Claudius kletterte den Niedergang hoch, sodass er durch die Windschutzscheibe sehen konnte. Vanja zeigte nach vorn.

»Das wäre dann wieder eine Frage aus dem Quiz: Kennen wir unsere Heimat?«, spottete er.

»*Klugscheißer*. Was meinst du, wie viele Kroaten hier rauskommen? Kennst du jedes Kaff in Deutschland?«

»Schon gut, schon gut. Das ist Sušak. Ein sehr eigenartiger Klotz im Meer.«

»Wieso eigenartig?«

»Das ist keine Felseninsel wie die übrigen hier, sondern ein Lehmhaufen. Ausgesprochen fruchtbar. Die machen dort einen verdammt süßen Wein.«

Claudius tauchte wieder ab.

»Wir könnten auch dort übernachten«, rief er über die Schulter.

»Wie bitte?«

»Wir könnten auch in Sušak übernachten. Es gibt einen schnuckeligen kleinen Hafen. Nur die Einfahrt ist ein bisschen blöd. Aber es ist ja erst nachmittags. In einer Stunde wären wir da.«

»Nein, nein. Silba ist besser.« Sie setzte sich in den Windschatten der Sprayhood und starrte in den hellen westlichen Horizont. Die Namen kamen wieder hoch. Gerlan, Silba, Nosty. Was würde ihr Metzgerboss jetzt unternehmen, jetzt, wo er annehmen musste, dass seine Mitarbeiterin bei einem tragischen Zwischenfall … Musste er es wissen? Was, wenn der Hubschraubereinsatz gar nicht offiziell war?

7

In seinem Kopf arbeiteten die Informationen unablässig weiter. Während er das Geschirr verräumte und schließlich eine Bodenklappe öffnete, um aus der Bilge zwei Dosen Bier zu holen, prüfte sein Verstand, was ihm diese Frau vorgesetzt hatte, verglich es mit dem, was er über dieses Land hier wusste und versuchte es gleichzeitig mit der Person Vanja Mutschler in Einklang zu bringen. Am Ende sollte natürlich eine Perspektive stehen, die sein Handeln in den nächsten Stunden und Tagen bestimmen könnte. Aber aus der klaren Analyse wurde nichts. Gut, die Geschichte mit den Rowdys, die konnte sie sich schenken. Deshalb würde man nicht vierzig, fünfzig Meilen weiter westlich auf sie schießen. Sie ist keine Kriminelle, hat aber Probleme, lebensgefährliche Probleme. Jedenfalls ist sie körperlich sehr gut in Form, kann mit Waffen umgehen und Entscheidungen fällen. Außerdem … Aber diesen Gedanken schob er beiseite.

Er steckte die beiden Bierdosen in die Taschen des Overalls, nahm zwei Gläser aus dem Schapp und stieg nach oben. Er trank nie aus Dosen oder Flaschen, das war nicht sein Stil. Vanja hockte verfroren auf der Leebank und musterte die grün bewachsene Insel Unje.

»Du brauchst einen Pullover«, stellte er fest und deponierte Dosen und Gläser in die kreisrunden Aussparungen an der Steuersäule.

»Ja Skipper. Ich hol ihn mir«, sagte sie und turnte gewandt in den Salon. Claudius ging an die Winsch, auf der die Reffleine für die Fock festgelegt war. Indem er die Leine fierte, vergrößerte sich das Vorsegel und fing etwas mehr vom schwächer gewordenen Wind ein. Claudius belegte die Leine wieder und holte mit der Winschkurbel die Genuaschot etwas dichter.

Dann öffnete er die Bierdosen und schenkte die beiden Gläser voll.

Sie wollte unbedingt nach Hvar. Sollte er sich dazu überreden lassen? Die Stadt liegt an der Westecke der Insel Hvar. Der malerische Hafen fiel ihm ein und die kleine Insel Palmecana, nur etwa drei Meilen davon entfernt. Sie umschließt eine hübsche Marina. Bilder früherer Aufenthalte tauchten auf. Aber was er in den letzten Monaten von dieser Gegend zu hören bekommen hatte, war alles andere als einladend. Rivalitäten zwischen einquartierten Bosnienflüchtlingen und der Bevölkerung, Reisebeschränkungen, Diebereien, Strippenzieher diverser Organisationen und üble Geschäftemacher sollen die Gunst des Durcheinanders weidlich nutzen, hieß es. Warum auch sollte es hier anders sein als überall auf dieser Welt in ähnlichen Situationen? Nein, das musste er nicht haben. Sollte und wollte er sie überhaupt so lange an Bord behalten, die ganzen einhundertzwanzig Seemeilen?

Sie trug seinen dicken, dunkelblauen Pullover, als sie heraufkam und sich ihm gegenüber auf der Cockpitbank niederließ. »Schön warm«, sagte sie und kuschelte sich hinter verschränkten Armen in die Wolle. Er griff nach seinem Bierglas und sagte: »Hoffentlich hast du dir nichts geholt bei der Kälte.«

»Ich bin eigentlich ziemlich stabil.« Auch sie nahm ihr Glas. »*Na zdrâvlje*! Skipper«.

»*Na zdrâvlje*!« Er nahm einen kräftigen Zug. Tat gut nach dem reichlichen, heißen Essen.

»Keine Delfine mehr«, bemerkte Vanja, um irgendwas zu sagen. Sie blickte zum westlichen Horizont. Kein Objekt am Himmel und auf dem Wasser. Es war, verdammt noch mal, nicht möglich, die Geschichte einfach zu versenken. Diese Leute dürfen keine freie Hand haben in diesem Land. »Ich muss in Silba von Bord gehen. Allein und unbemerkt. Ich muss das Haus finden«, dachte sie. Hoffentlich hielt sich Oberst Gerlan darin auf. Wenn nicht, musste sie es durchsuchen und spurlos wieder verlassen. Sollte sie was Bedeutsames finden, müsste es irgendwie angezettelt werden, dass die zuständigen Kollegen die

Hütte später offiziell durchsuchten. Eine Tote konnte keine Beweise vorlegen. Eine Tote konnte aber auch keinen Einbruch begehen. Irgendwie war es praktisch, tot zu sein.

»Wenn du Gesellschaft brauchst ... Sie sind zwar beschäftigt, aber ...« Claudius stellte das Glas weg und formte mit vier Fingern beider Hände eine Art Flöte vor seiner Mundhöhle. Ein schrilles Fiepen und schnatterndes Greischen flirrte in den Wind. Er wiederholte die Geräusche viermal. Gespannt beobachteten beide schweigend die glänzende, nur noch mäßig bewegte Wasserfläche zwischen dem Boot und Unje. Das Schiff zog stetig seine Bahn. Plötzlich zischte ein Fiepen durch die Luft. Claudius wandte sich um, aber Vanja sah es zuerst. Sie sprang auf und hielt sich an der Steuersäule fest. In Lee achteraus schoss ein Tümmler aus dem Wasser.

»Dort«, zischte sie und wies mit ausgestrecktem Arm die Richtung. Wieder erschallte das kurze Fiepen, und in elegantem Bogen kehrte der Meeressäuger in sein Element zurück. Eine Welle hob das Schiff, und Vanja verlor das Gleichgewicht. Sie kippte nach Lee und stützte sich rasch auf Claudius' Schulter. Er hatte immer noch nach dem Delfin Ausschau gehalten und drehte sich überrascht um. Ihre Hand glitt an seinem Arm entlang und am Ende der Bewegung erfasste seine Hand die ihre. »*Izvinjenje.* Entschuldigung«, sagte sie, und es klang etwas verlegen. Als sie wieder sicheren Halt hatte, zog sie ihre Hand schnell zurück. Er blickte zu ihr auf und brachte »macht nichts« hervor, während sie seinem Blick begegnete, sich leicht auf die Unterlippe biss und ein Lächeln andeutete. Plötzlich wandte sie den Blick ab, zeigte ins Wasser und stieß »da!« hervor. Ein blassblauer Schatten. Diesmal ganz nah am Heck. Dicht unter der Wasseroberfläche hielt er schwimmend die Geschwindigkeit der Yacht. Mit einem Mal legte er sich leicht auf die Seite. Kopf mit Auge und Nase kamen aus dem Wasser, und der Delfin beäugte die beiden Wesen im Cockpit. Für Sekunden schien er Claudius und Vanja zu mustern. »Hallo, schön dich zu sehen«, grinste Claudius. »Irgendwann bringst du mir das Schwimmen bei, so wie ihr das macht. Okay?«

»Das ist ja … das ist unglaublich«, flüsterte Vanja, als das wassergrau glänzende Delfinauge einmal blinzelte. Das Tier tauchte weg. Vanja starrte ins Wasser. Dann blickte sie Claudius an. Zum ersten Mal nahm er ein unsicheres Flimmern in ihrem Blick wahr. Aber nur kurz. »Cool, wirklich. Du verstehst dich gut mit ihnen.« Sie setzte sich wieder.

»Ich mag sie.« Er nahm sein Glas und leerte es mit einem Zug.

»Ich mag sie auch, aber …«

»Vielleicht kennst du sie nicht so.«

»Das stimmt. Hast du mit Delfinen gearbeitet?«

»Leider nein. Ich habe einiges über sie gelesen und sie lange beobachtet. Sie fordern uns heraus.«

»Wie meinst du das?«

»Sie … sie kommunizieren mit dem Körper. Wir brauchen Fantasie, um sie zu verstehen.« Er tippte sich an die Stirn. »Die rechte Gehirnhälfte, verstehst du?«

»Na ja, ich weiß nicht. – Wie lang werden wir noch brauchen bis Silba?«

»Komm, ich zeig es dir.«

Sie kletterten hinunter. Sofort suchte er nach der richtigen Seekarte und legte sie auf den Navigationstisch. Dann deutete er auf eine Stelle südwestlich der Insel Unje und erklärte: »Hier sind wir. Gleich haben wir Unje passiert. Sušak liegt hier draußen.«

»Und wo ist Silba?«

»Da, ein ganzes Stück weiter südöstlich. Noch gut zwanzig Meilen. Vier Stunden. Hier ist das GPS.« Er zeigte auf ein Gerät mit kleinem, grünlichem LCD-Display, das in die Wand neben dem Tisch eingelassen war. Das Display zeigte vier Zahlenreihen. Zwei davon wechselten ständig. »Ich habe zwei Wegepunkte eingegeben für den Kurs in den Hafen. Zum ersten Punkt haben wir noch drei Stunden und vierzehn Minuten.«

»Es ist dunkel, wenn wir ankommen?«

»Sicher. Ich hoffe, die Bora schläft bis dahin ein. Die Einfahrt kann sehr ungemütlich werden. Wir könnten auch in Lee, im Windschatten ankern. Hier ungefähr.« Er deutete auf die südwestliche Bucht der Insel. »Vielleicht sollten wir auch gleich nach Ist weitersegeln. Da gibt es auch eine hübsche Bucht. Hier.«

»Da können wir aber nichts kaufen. Ich brauche ein paar Klamotten.« Sie sagte es wieder eine Spur zu schnell, spürte es und versuchte davon abzulenken, indem sie an der Trainingshose zupfte, die ihr viel zu groß war.

»Richtig. Also doch Silba.« Er sah sie an. »Du kennst Silba, oder?«

»Nein. War noch nie dort. Aber …«

»Aber du kennst jemand auf Silba? Jemand, der dort einen Laden hat?«

»Nein, nein. Es ist … Ich weiß nicht, wenn da ein Dorf ist, eine Kirche, da auf der Karte, dann wird es auch einen Laden geben. Die brauchen doch auch Klamotten.« Sie sah ihm in die Augen. Ihre Wangen röteten sich. Verzagt hob sie die Schultern.

»Wenn ich dir helfen kann …«

Ach, so ein Quatsch, dachte sie. Wir sitzen im selben Boot. Laut sagte sie: »Du magst nicht in die Geschichte verwickelt werden.«

»Ach, darum geht's.«

»Um was? Was meinst du?«

»Wegen dem geklauten Boot. Lass mich raten. Es war was auf dem Boot, das nach Silba gehört oder mit dem man in Silba was anfangen kann. Ein Schlüssel?«

»Quatsch. Fang nicht schon wieder damit an. Ich habe das Boot nicht geklaut. Der Besitzer …«

»Ach so. Du möchtest dem Eigentümer Bescheid sagen, dass sein Boot leider Opfer einer Exekutivoperation geworden ist.«

»Nicht direkt, Skipper.«

»Nicht direkt, Skipper! Du machst mich noch wahnsinnig! Vanja, was willst du auf Silba, was suchst du dort?«

»Ein paar Unterhosen, eine Jeans, T-Shirts und ein Paar Socken.« Sie versuchte ein verschmitztes Lächeln.

»Lenk nicht ab.«

»Der Eigentümer von dem Boot ist verschwunden. Er hat ein Haus auf Silba. Vielleicht ist er da. Es ist wichtig zu wissen, ob er lebt, und wenn ja, was er treibt.« Sie schickte sich an, an Deck zu gehen.

»Na also. Hast du seine Adresse?«

»Nein.«

»Wie willst du das Haus finden? Wir könnten den Hafenmeister fragen.«

Sie drehte sich energisch um und sagte bestimmt: *»Auf gar keinen Fall!* Nein, das dürfen wir nicht. Ich bin tot und will es noch eine Weile bleiben, verstehst du?«

»Glaubst du, die Leute kennen dich dort?«

»Es reicht ein Einziger. Es steht fest, dass eine Spur nach Silba führt, und es besteht die Möglichkeit, dass weitere Personen in die Sache verwickelt sind. Kroatien ist ein kleines Land.« Sie dachte an das Schlüsselbund, das sie hinter der Verkleidung des Gemüsefachs unter der Spüle deponiert hatte. Neben der Tüte mit der HK23, mit der die Exekutive neuerdings ausgestattet wurde.

»Jawohl, Frau Inspektor. Und was wissen wir von dem Haus?«

»Ich habe ein Bild davon gesehen.«

»Ein Bild? Ein Foto?«

»Ein Gemälde.«

»Ein Gemälde.« Er schüttelte den Kopf und erhob sich. Sie kletterte an Deck, während er zur Kühlbox hinüberging und eine Dose Bier herausnahm.

Vanja stellte sich hinter das Steuerrad, hielt sich an dem Nirobügel vor dem Rad fest und blickte zum Mast hoch. Das gereffte Großsegel stand prall im Winddruck. Die Genua blähte sich davor. Vanja peilte am Mast vorbei das Vorstag und sah interessiert den roten und grünen Fäden zu, die auf beiden Tuchseiten der Genua quirlig im Wind tanzten. Claudius kam mit dem Bier nach oben.

»Was sollen die bunten Fäden da vorn?«, fragte sie. Er riss die Dose auf und goss Bier in die Gläser. Dabei warf er einen

Blick auf die Strömungsspione und antwortete: »Oh, die stehen aber schlecht.«

»Findest du?«

»Die Fäden zeigen an, wie das Segel angeströmt wird. Die äußeren sollten immer glatt am Tuch liegen. Dann stimmt die Strömung.« Er stellte die Dose weg, wandte sich der Schotwinsch zu und fuhr fort: »Der Windeinfallswinkel hat sich etwas geändert.« Er fierte die Schot, bis sich die tanzenden Außenfäden beruhigten. Die Zahlen auf dem Speedometer wechselten von 4,8 auf 5,2. »Siehst du, jetzt läuft sie wieder.« Er ging zur Großschotwinsch und ließ auch diese Schot etwas nach. Dann setzte er sich neben Vanja in die Leeecke hinter das Ruderrad und beobachtete von dort die Genua.

»Mein Onkel hatte so was nicht, glaub ich.« Vanja stand in zu großen Socken breitbeinig hinter dem Steuerrad. Als hätte sie die letzten Wochen nichts anderes getan als diese Yacht gesteuert. Sie sah nach Sušak hinüber. Mit der Rechten hielt sie ihre dunkelrote Mähne zurück, um freie Sicht zu haben. Die braune Insel wuchs stetig über den Horizont.

»Was? Was hatte dein Onkel nicht?«

»Solche Fäden, das Dings da mit den Zahlen und so. Aber es war trotzdem immer schön, das Segeln.« Die Tage ihrer Kindheit mit Onkel Adolf und seinem alten Segelboot waren wirklich perfekt. Manchmal waren sie viele Sommerwochenenden nacheinander hinausgefahren an den See. Papa und Mama segelten nicht so gern mit. Aber der Cousin Matthias und seine Schwester Christine waren fast immer dabei. Sie sollte den Kontakt wieder aufnehmen. Wie oft hatte sie sich das vorgenommen. Sie hatten sich gut verstanden. Die beiden anderen waren ein und zweieinhalb Jahre jünger als sie. Dann war plötzlich alles aus. Auch in all den Jahren hatte sie nicht herausgefunden, warum die Eltern sich getrennt hatten. Was Vater jetzt wohl trieb? Sie müssen sich beide sehr zurückgehalten haben, damals. Mutter war eine impulsive Frau. Vanja konnte sich an kein lautes Wort mehr erinnern, das eine Ehekrise hätte vermuten lassen. Ihr war es vorgekommen, als bereiteten sie einen Urlaub vor. Schließlich saß sie mit Mama im Zug nach Zagreb, ins kommunistische Jugoslawien, in Mamas Heimat. Kurz davor war sie noch bei Onkel Adolf am Attersee gewesen.

Mama! Ob man sie informieren wird über ihr Verschwinden? Vielleicht würde man erst die nächsten zwei Tage abwarten. Dann würde man bei Mama nachfragen, ob sie wisse, wo die Kollegin Mutschler abgeblieben sei. Und Mama würde in dem Glauben leben, ihrer Tochter, ihrem einzigen Kind sei etwas zugestoßen. Entsetzlich. Vanja schossen Tränen in die Augen. Wer konnte so eine Aktion überhaupt veranlassen? Vanja fiel auf, dass sie zum ersten Mal darüber wirklich nachdachte. Zu Küstenschutzpatrouillen mit dem Hubschrauber aufzusteigen, das ist ganz normal. Den Befehl dazu zu geben nicht weniger. Aber so einen Angriff zu fliegen, das ist mehr als gewagt. Zumal, wenn er nicht befohlen war. Da gibt es mindestens einen Mitwisser: den Kopiloten. So etwas geht entweder offiziell oder konspirativ. Bei der offiziellen Version müsste erklärt werden, wer in dem »bearbeiteten« Boot saß. Müsste man es nicht zwangsläufig mit ihrer Person in Verbindung bringen? Die Hafenkommandantur, das ganze Kommissariat, alle wussten letztlich doch, dass sie das Boot beschlagnahmt hatte und den Schlüssel dazu besaß. Verschwand das Boot und gleichzeitig die Oberinspektorin Mutschler, brauchte man nicht mal bis drei zu zählen, um auf den Zusammenhang zu kommen. Man konnte natürlich auch behaupten, die Dame sei mit dem Boot abgehauen. Aber es gab außer diesem Claudius hier mindestens zwei weitere Menschen, die es besser wussten, wenn sie auch nicht alles wussten.

Der andere Fall schien einfacher: Die Täter wussten genau, wer in dem Boot saß. Sie suchte nach Gerlan und nach Leuten, denen Oggi Nosty zuletzt begegnet war. Eines von beiden oder beides missfiel jemandem ganz gewaltig. Dieser jemand hatte Zugang zu Hubschraubern des Küstenschutzkommandos. Oder er war in der Lage, Befehle zu geben. Vanja lief es kalt den Rücken hinunter.

Das rhythmische Aufrauschen der Bugwelle, das leise Singen in den Wanten umfing sie.

»Segeln auf dem Attersee war schön?«, fragte Claudius und riss Vanja damit aus ihren Gedanken.

»Ja.« Und nach einer Weile: »Aber ich war noch ganz klein.« Sie wandte sich nach Luv, fing mit der anderen Hand ihre Haarwolke ein und hielt sie hoch. Claudius bemerkte ihren schlanken Nacken und ihr Ohr. Sie trug keinen Ohrring. Sein Blick schweifte zum Horizont. Der Kalvarienberg von Losinj beherrschte die östliche Kimm. »Eigentlich ist diese Frau ...« Er wagte es nicht, den Gedanken, der sich um ihre schlanke Gestalt winden wollte, weiter zu verfolgen. Das leise Beben zwischen Zwerchfell und Herz wollte er nicht anschwellen lassen. Er griff zu seinem Bierglas und sah nach achtern.

Unje lag nun in Luv achteraus, und der Wind legte wieder zu. Südöstlich der Insel liegen zwei Felseilande. Sie sind nicht hoch genug, um den Luftstrom abzuhalten, aber sie stoppten den von Nordosten anrollenden Seegang. Das Schiff glitt fast ungebremst durch die Fluten. Das Speedometer zeigte wieder über sechs Knoten an.

»Wir sollten eine Liste schreiben«, setzte er das Gespräch fort. Sie ließ ihre Haare fallen und setzte sich in die Luvecke neben das Steuerrad.

»Wieso?«

»Du brauchst auch Schuhe.«

»Und eine Haarbürste, Haarwaschmittel, Zahnbürste. Eine ganze Menge.«

»Fällt das nicht auf?«

»Was?«

»Wenn ich in den Laden gehe und das ganze Frauenzeug einkaufe?«

»Ich könnte deinen Anzug anziehen und selber ...«

»Prima Idee. Das wäre wirklich sehr unauffällig. Davon würden die in zehn Jahren noch erzählen. Du könntest die Taucherbrille aufsetzen und die Kapuze darüber ziehen. Macht sich gut im Supermarkt.«

»Ach was, mit Kopftuch und Sonnenbrille … und wenn ich deutsch spreche.«

»Hast du ein Kopftuch?«

»Sehr witzig. Nein, natürlich nicht, aber ich dachte, dass du … vergiss es! Mir wird schon was einfallen. Ich muss an Land.«

»Wegen des Hauses?«

»Genau.«

»Was war auf dem Gemälde?«

»Ein einstöckiges Haus mit Terrasse, ein großer Oleander daneben. Links ein paar Pinien und rechts ein paar. Dazwischen über die Terrasse hinweg ein Blick aufs Wasser und dahinter Land mit einem Dorf.«

»Das ist alles?«

Sie nickte. Während er nach seinem Bierglas griff, schaute er sie an. »Eine gute Adresse: Bungalow mit Oleander und Blick aufs Wasser.«

»Auf eine Insel«, verbesserte sie. »Ich glaube, man blickt auf eine Insel. Was könnte das für eine sein?«

»Olib.«

»Wie bitte?« Misstrauisch sah sie ihn an.

»Es muss Olib sein. Die Nachbarinsel.«

Claudius nahm einen Schluck Bier. »Wir können es uns auf der Karte angucken. Silba ist flach, jedenfalls dort, wo das Dorf steht. Da wird es nicht viele Häuser geben, von denen aus man Olib so schön sieht.«

»Wie viele meinst du?«

»Ein paar Dutzend schätze ich.«

»Puh. Ich dachte, das wäre eine kleine Insel.«

»Ist alles relativ. Wer soll denn dort wohnen?«

»Der Besitzer von dem Motorboot.«

»Das habe ich schon mitgekriegt. Aber wer ist das?«

»Ein Beamter aus Rijeka.«

»Kollege?«

»Da ich auch Beamtin bin, kannst du das so sagen. Aber …«

»Andere Baustelle. Ich verstehe. Aber welche?«

»Armee.«

»Ah. Kombiniere: Lebt in Rijeka, Motorboot, Haus auf Silba. Kein Soldat Plattfuß also. Einer mit ein paar Sternen hier droben.« Er deutete auf seine Schulter. »Und was hat er ausgefressen, außer, dass er sein Motorboot irgendwelchen Rowdys überlassen hat?«

»Hey Skipper, ich kann dir nicht alles erzählen. Könnte gefährlich werden. Außerdem weiß ich es selber nicht. Der Typ ist verschwunden.«

»Aber liebe Frau Inspektor, warum ruft man dann nicht einfach die reizende Hafenkommandantin von Silba an und bittet sie, mal nachzusehen, ob der Mensch in seinem Heim aufhältig ist, wenn man ihn schon nicht direkt anrufen kann?«

»Weil ...« Sie sah ihn wieder mit diesem durchdringenden Blick an. Verdammt noch mal, dachte sie. Der Metzgerboss hat doch nicht etwa hier angerufen? Sie hatte ihn gar nicht gefragt nach dem Haus auf Silba. Wenn er so vertraut mit Gerlan war, wie es schien, musste er von dem Haus gewusst haben. Was, wenn nun schon eine andere Dienststelle ... Nein, Direktor Bolmanc würde das nicht veranlasst haben, ohne sie zu informieren. Laut sagte sie: »Die Diskretion, lieber Skipper, die Diskretion verbietet das. Wenigstens, was meine Arbeit angeht ...«

Gerlan muss ein sympathischer Mensch sein. Aufrichtig, geradeheraus. Das sagten alle. Ein Patriot, der die Republik gern in der Europäischen Gemeinschaft sähe. Aber was die Integrität der Führung betraf, schien er einen gewissen Skeptizismus, wenn nicht Pessimismus mit sich herumzutragen. Jedenfalls ließ dieser Major vom Kommando Nord dies durchblicken. Wie sagte er noch? »Der liebe Gerlan hat offenbar ein Problem mit gewissen Strukturen. Das Unerklärliche macht ihm zu schaffen. Da kann er bitter werden. Und das gipfelt meist in der Bemerkung Manus manum lavat. Sie verstehen?«

So viel Latein hatte sie durchaus behalten. Denkbar, dass er sich damit Feinde geschaffen hat. Dass er sich in jenem unsichtbaren Netz verfangen hat, an dem die vielen kaum noch waschbaren Hände webten.

»Scheint eine heiße Kartoffel zu sein, die du da aus dem Feuer holen willst.« Die Bemerkung des Skippers störte Vanjas Überlegungen.

»Ich hoffe, dass sie noch einigermaßen warm ist.« Sie sah ihn an, und bettelte still darum, er habe sie nicht verstanden oder gar nicht gehört. Sie biss sich auf die Unterlippe und versuchte mit einem Lächeln, den Sinn ihrer Worte zu vertuschen. Vergebens.

»Du meinst, du fürchtest … Ich will damit nichts zu tun haben, verstehst du? Ich will in aller Ruhe nach Malta segeln. Oder Zypern. Und zwar noch vor dem Winter.«

»Du kommst dahin. Keine Sorge, Skipper. Ich will dich nicht mehr lange belästigen. Vielleicht wirst du mich in Silba schon los.«

8

Vanja fand das Feuer zuerst. Die Sonne hatte sich nicht mehr blicken lassen. Hinter dicken Wolkenballen war sie unsichtbar und unter Mitnahme des Tageslichts hinter der Kimm verschwunden. Claudius hatte die Navigationslichter eingeschaltet und Vanja eine rote Gummijacke gebracht. Es war eine der drei Ölzeugjacken, die mit zur Schiffsausrüstung gehörten. Der Vorbesitzer hatte sie für seine Familie gekauft. Das Exemplar, das nun Vanja trug, war vermutlich der Tochter zugedacht. Die Außentemperatur sank gegen fünf Grad Celsius. Vanja hatte noch mal Tee gekocht und dem Skipper nacheinander drei große Tassen mit je einem satten Schuss Captain Morgan serviert. Sie selbst bevorzugte ihn pur. Den Tee. Claudius hatte sich jedes Mal höflich für den Service bedankt. Wobei mit jedem Mal die Höflichkeit ausgesuchter geworden war. »Wenigen Menschen ist es vergönnt, so charmant bedient zu werden. Ich weiß das wohl zu schätzen und möchte mich außerordentlich herzlich dafür bedanken.« Vanja fühlte sich an ein Bankett im Kaptol erinnert, dem ältesten Teil Zagrebs. Ein sehr intellektuell wirkender Prälat hatte ihr ganz ähnliche Sätze zwischen zwei Handküssen zugewispert. Damals war sie ein wenig schockiert gewesen, und wenn sie wollte, konnte sie immer noch das Kribbeln im Rücken spüren, das ihr seinerzeit so neu erschienen war.

Was Claudius mit seinem weichen Bariton von sich gab, amüsierte sie. Überhaupt schien er einerseits besorgt um sie zu sein, während er sie gleichzeitig vermutlich als Einbrecherin in seine Sphäre empfand. Wenn dem so war, überspielte er dieses Gefühl geschickt. Jedenfalls schien er ein Mann mit ungewöhnlich guten Manieren zu sein. Und obendrein einer, der Wagnisse einging, Sinn für Schönes hatte und diesen ganz besonderen Zugang zur Natur besaß. Die Geschichte mit den Delfinen ging ihr nicht aus dem Kopf.

Was würde Petar dazu sagen? Der ordentliche, eifrige, kantige Petar. »Du und die Heimat seid mir das Wichtigste.« Leute wie er galten als die Hoffnung der Republik. Der Gerechtigkeit wollte er sein Leben widmen. Und dabei natürlich Karriere machen. »Für dich, mein Liebes, für uns.« Ihr klangen die Worte im Ohr. Beim Abschied, kurz bevor er in den Wagen stieg, vor dem Gartentor beim Häuschen seiner Mutter, hatte er sie ihr zugewispert. Was war das für eine niedliche Geschichte, von hier aus betrachtet, wo die Böen von Losinj herunterfegten und in den Wanten sangen, Wellen mit Gischtzähnen das Boot ansprangen. Eine ferne Romanze aus ihrem ersten Leben.

Vanja hatte sich vor den Niedergang gestellt, die Arme auf das Sprayhood gelegt und dem Verschwinden des Tages zugesehen. In Split sollte Petar die Kriminalpolizei-Inspektion nach den neuen Planungen umorganisieren. Nach deutschem Vorbild. »Effiziente Strukturen schaffen«, hieß die Parole in praktisch allen Dienststellen. Ein halbes Jahr sollte er zunächst in Dalmatien bleiben. Kommendes Wochenende wollte sie ihn besuchen. Den Montag hatte sie frei genommen. Sie würde sein verschmitztes Lachen hören, das so wenig zu seinen ernsten Zügen passte, und seine Hände fühlen, seine Wärme, seine Kraft, seine Zärtlichkeit genießen. Sie würden ihre Pläne für die gemeinsame Zukunft weiter schmieden. Und wieder würde sie seinem Drängen widersprechen, ihren Job aufzugeben zugunsten der neuen Familie. Jetzt fühlte sie sich noch nicht reif für Kinder und Haushalt. Würden sie wieder in einer Missstimmung auseinander gehen?

Plötzlich sah sie ein Blitzen. Direkt voraus. Dann am gleichen Ort wieder. »Da ist ein Blinklicht oder so was.« Sie wandte sich zu Claudius um. Der Skipper stellte die Teetasse in die Halterung und stand auf.

»Das wird Guijca sein. Das GPS wird bald Alarm geben.«

»Was heißt das?«

»Wir kommen zum ersten Wegepunkt und werden gleich

eins auf die Mütze kriegen.« Er nahm das Fernglas, das neben ihm auf der Bank lag, und peilte voraus.

»Ich verstehe kein Wort. Was meinst du?« Wärme suchend setzte sich Vanja unter die Sprayhood.

»Wir kommen aus der Abdeckung von Losinj und Ilovik. Das ist eine Insel gleich neben Losinj. Da dürfte es ganz schön winden. Und außerdem müssen wir den Kurs ändern, wenn wir nach Silba wollen … Ja, das ist das Leuchtfeuer Guijca.« Er legte das Fernglas auf die Bank zurück, ging um die Steuersäule herum zum Niedergang und kletterte hinunter. Im Vorbeigehen erklärte er: »In ein paar Minuten werden wir den Kurs auf achtzig Grad ändern. Wir sind dann höher am Wind. Es wird etwas feucht hier oben, weil wir stärker gegen den Seegang fahren.«

»Was müssen wir tun?«

»Die Genua verkleinern und die Schoten dichtholen. Ich seh mal eben nach.«

Unten beugte er sich über den beleuchteten Kartentisch, maß mit dem Kurslineal die erforderliche Gradzahl, um mit ausreichendem Sicherheitsabstand die Nordküste von Silba zu passieren.

Vanja nahm ihren Beobachtungsposten wieder ein. In der Magengrube spürte sie ein Gefühl der Unsicherheit. Wie kann man ein Schiff durch die Nacht rauschen lassen, ohne dauernd das Fahrwasser voraus zu beobachten? Laut rief sie ihm zu: »Hey Skipper, was, wenn da irgendetwas ist? Eine Insel, ein Fels, ein Schiff?«

»Da ist nix. Schiffe tragen Lichter. Ich weiß genau, wo ich bin, und die Karte sagt mir, dass da nichts ist außer Wasser. Erst drei Meilen weiter liegt die kleine Insel Guijca mit einem Leuchtfeuer drauf. Beruhigt?«

»Wenn du das sagst.«

»Wir sollten auch bald das Leuchtfeuer von Silba sehen. Müsste links von Guijca auftauchen.«

Gemeinsam machten sie sich daran, die Segelfläche zu verkleinern.

»*Puh. Das ist ja Arbeit*«, stöhnte Vanja.

»Wie?«

»Arbeit ist das. Jetzt friere ich nicht mehr.«

»Gut, dann machen wir das öfter.« Claudius lachte. Im Schiffsinneren ertönte plötzlich ein durchdringendes Piepen.

»Was ist das?« Sie sah ihn fragend an.

»Das GPS. Wir sind am Wegepunkt.«

»Das ist ja praktisch.«

Er ging zur Steuersäule und tippte einige Male auf die Kurskorrekturtaste der automatischen Steuerung. Das Schiff ging höher an den Wind.

»Nun die Segel noch dichter.«

Vanja riss an der Kurbel der Genuawinsch. Claudius holte gleichzeitig die Großschot an.

»Kannst du das Piepen nicht abstellen?«, ächzte sie.

»Kannst du auch. Unten am GPS-Display den Knopf ganz rechts.«

Sie ließ von der Winsch ab und turnte aus dem nachtdunklen Cockpit hinunter an den rötlich schwach beleuchteten Kartentisch. Das Piepen verstummte.

9

Claudius wusste, dass das Schiff in diesen Augenblicken aus der Abdeckung der Insel Ilovik kommen würde. Er hatte sich ablenken lassen. Versonnen sah er Vanja zu und schoss nebenbei das lose Ende der Großschot zu einem ordentlichen Bündel auf. Er hatte keine Chance, in der Dunkelheit die veränderte Wasseroberfläche in Luv zu erkennen. Bei Tage hätte ihn der Anblick alarmiert. Er hätte die Segel etwas gefiert, vielleicht noch mehr gerefft und einen Lifebelt, eine Sicherheitsleine, angelegt.

Ein erster harter Windstoß erfasste *Amica*. Das Schiff beschleunigte fast ruckartig und legte sich gleichzeitig weit nach Lee. Claudius flog über die leewärtige Cockpitbank, über das Süll und über die Reling. Sein Körper folgte einfach der Schwerkraft. Der Skipper hörte nicht, wie es im Schiffsinnern krachte. Er fühlte die nasse Kälte zuerst in seinem linken Arm. Dann tauchte er mit dem Kopf unter Wasser und sein linker Fuß trat in die Adria. Das Hosenbein füllte sich mit Wasser. Das rechte Bein folgte. Mit der rechten Hand griff er blitzschnell zu, als er Widerstand am Unterarm entlanggleiten spürte. Der dünne, plastikummantelte Relingsdraht. Mit Macht wurde sein Körper um diesen Drehpunkt herumgeschleudert. Sein Kopf kam wieder über die Wasseroberfläche. Der Overall füllte sich nun von oben mit kaltem grünem Wasser wie ein offener Sack im Strom. Mit eisernem Willen klammerte sich Claudius mit der Rechten an den Relingsdraht. Seine Faust rutschte daran zurück bis zur nächsten Stütze. Claudius schrie. Er versuchte sich zu drehen, die Linke ebenfalls an die Reling zu bekommen, doch es war unmöglich. Sein Körper schien zentnerschwer.

Währenddessen lag Vanja in der Pantry auf den Türen der

Spüle. Ihre linke Schulter schmerzte. Sie war vom Kartentisch fast senkrecht in einer eleganten Drehung nach unten auf die Ecke der Nasszelle geflogen, von dort nach vorn in die Pantry gekugelt und auf die Schranktüren gedonnert. Als das Schiff sich zögernd wieder aufrichtete, rutschte sie auf den kirschholzroten Riemenboden.

»*Scheiße. Ver…*«, fluchte sie und schrie dann: »Was machst du da draußen?«

Mit der Rechten fasste sie nach ihrer Schulter und bewegte vorsichtig den linken Arm. »Au. *Himmel, Mama. Was macht der bloß. Meine Schulter. Scheiße. Ich dachte, der kann segeln.*« Sie rappelte sich hoch, kroch Richtung Niedergang und krabbelte über die gesamte nördliche Adria auf der Seekarte hinweg, die vor der Tür zur Nasszelle lag. »He, Skipper. Willst du uns umbringen?«

Mühsam zog sie sich mit der rechten Hand am Handlauf hoch, stieg auf die erste Stufe und beugte sich hinaus. »Wo bist du, verdammt noch mal.« Die Panik mobilisierte ihre Kraftreserven; wie ein Wiesel kletterte sie ins finstere Cockpit. »He, Skipper, wo bist du?«, kreischte sie in die Dunkelheit. Sie hielt sich an der Sprayhood fest. »He, Skipper!« Ihre Stimme überschlug sich. »*Mein Gott, was soll ich denn machen. Ist der …*« Sie versuchte das Vorschiff zu überblicken, das in Finsternis fahl unter den Segeln lag und auf und ab schwankte. Nichts.

Sie wandte sich nach achtern, sah in die Schwärze der See, die nur durch Streifen heller Gischt unterbrochen wurde. Sie glaubte Köpfe, Körper, Kleider schwimmen zu sehen. Es waren Wellenkämme, die in der Finsternis schimmerten, die Schaumstreifen des Kielwassers im kaum wahrnehmbaren Restlicht einer mondlosen Wolkennacht. Hilflos sah Vanja zum Rigg hinauf. Die Segel standen dichtgeknallt steif im Winddruck, irgendwie unnahbar im Dunkeln. Das Schiff zog ungerührt seine Bahn. Böen drückten es auf fünfzehn, zwanzig Grad Lage. Sie nahm ein Geräusch war. Es kam von achtern. Ein Platschen, ein Grunzen.

Sie stürzte zur Steuersäule. Jetzt sah sie die Faust am Relingdraht. Den schwarzen Ärmel darunter, der bei Tage rot leuchtete. »Skipper!«, kreischte sie und hangelte sich vorsichtig zum Ende der Steuerbordreling.

»Ich kann nicht …«, keuchte Claudius. »Einen Tampen, ein Tau …«

»Was?«, brüllte sie zurück.

Sie zerrte an seinem Arm. Er ruderte mit der Linken über der Wasserfläche herum. Plötzlich erwischte sie die Kapuze des Overalls und zerrte sie hoch. Sein Körper drehte sich zum Schiff. Seine linke Hand kam hoch. Vanja konnte sie greifen und zur Reling führen. Claudius klammerte sich nun mit beiden Händen an die Reling. Der gesamte Oberkörper kam aus dem Wasser. Die Fahrt des Schiffes zog ihm die Beine ins Kielwasser. Er versuchte einen Klimmzug, und Vanja zerrte an seinem Overall. Seine Kleider hatten sich mit vielen Kilogramm Wasser vollgesogen.

»Lass es«, stieß er hervor. »Vielleicht schaffe ich … Löse die Schoten, die Schoten, beide, schnell.«

Vanja verstand und ärgerte sich, nicht selbst darauf gekommen zu sein. Sie turnte ins Cockpit zurück. Rasch warf sie die Genuaschot los. Das Segel begann wütend im Wind zu knallen. Als sie auch die Großschot löste, richtete sich die Yacht völlig auf, aber das Segel knatterte wie eine ganze Staffel Hubschrauber. Das Schiff wurde rasch langsamer.

»Klapp die Badeleiter runter!«, schrie Claudius.

Vanja turnte zum Heck. Badeleiter, so was hatte Onkel Adolf nicht. Dennoch fand sie in der Dunkelheit den Heckkorb, das Rohrgeländer, das sich um das Heck des Schiffes zog. Was von dem Gestänge ist hier die Badeleiter? Claudius hatte den Griff gewechselt. Er hing jetzt seitlich am Heckkorb. Wieder versuchte er sich hochzuziehen, aber seine Füße wurden vom vorbeiströmenden Wasser weggezogen; nicht einmal die Knie erreichten die Deckskante. Vanja fand die Badeleiter, drehte den Schraubverschluss auf, klappte die schmale Leiter runter. *Amica* verlor weiter an Fahrt. Bald tanzte sie fast auf der Stelle, ein Spielball der Wellen. Mehrfach klatschte das Heck hart in die See. Vanja versuchte, die Geräusche zu ignorieren: die knallenden Segel, das Krachen des Rumpfes in den Wellen, das Heulen der Böen in den Wanten. Stattdessen konzentrierte sie sich mit aller Gewalt auf Claudius' Kapuze, führte den Skipper daran um die Ecke des Hecks, bis er sich langsam zur Badeleiter hangeln konnte.

»Verdammt Skipper, ist das normal bei dir?« Jetzt, da Claudius wieder im Cockpit saß, schwer atmend und tropfnass, fühlte Vanja neben dem Schmerz in der linken Schulter auch ein Zittern in den Beinen.

»Mist ... sorry«, war alles, was er herausbrachte. Er stellte sich an die Steuersäule, schaltete den Autopilot aus, drehte das Steuerrad in Mittelposition fest und ging zur Großschot.

»Was soll ich allein hier anfangen? Ich kenn mich nicht aus ...« Sie brüllte sich den Schock vom Leib und hielt sich mit der rechten Hand die Schulter.

Claudius holte die Genuaschot dicht, bis das Segel ruhig wurde. Es kam Fahrt ins Schiff. Er sprang zur Steuersäule, brachte das Boot auf Kurs, steuerte es, am ganzen Körper bibbernd, einige Minuten und schaltete den Autopilot ein. »Wir müssen Lifebelts anlegen«, sagte er, nachdem auch das Großsegel ruhig gestellt war. »Ich bring dir einen.« Er wies auf die metallenen Ösen, die im Cockpit am Niedergang angebracht waren. Es waren die einzigen, die in der Dunkelheit zu sehen waren. »Hier einpicken.« Vanja sah ihm rätselnd nach. »Ich zieh mich um«, warf er ihr über die Schulter zu und verschwand unter Deck. Vanja fühlte, dass die Erschöpfung von ihr Besitz ergriff. Der Wille, die Ankunft in Silba wach zu erleben, kämpfte verzweifelt gegen die Müdigkeit an. Da sie in der Dunkelheit jenseits des schwach glänzenden Bugkorbs nichts erkennen konnte, setzte sie sich unter die Sprayhood.

Als Minuten später Claudius völlig neu eingekleidet in gelber Ölhose und dunkelblauer dicker Wetterjacke mit einem Lifebelt um den Leib und einem weiteren in der Hand an Deck stieg, schlief Vanja tief und fest. Sie lag in der Ecke des Cockpits.

»He, Vanja.« Sanft rüttelte er sie an der Schulter.

»*Autsch! Bist du wahnsinnig!*«, schrie sie auf.

»Entschuldigung. Was ist denn mit deiner Schulter los?«

Sie berichtete von ihrem Flug durch den Salon.

»Oh Gott, sorry, ich hab das nicht mitgekriegt.«

»Kein Wunder, wenn du einfach baden gehst.«

»Du solltest drinnen schlafen. Im Vorschiff. Dort gibt's ein gemütliches Bett für dich.« Er schlug den Karabinerhaken seines Lifebelts mit einem Klacken ins luvwärtige Auge.

»Und Silba?«

»Du siehst heute sowieso nichts.«

»Wird es wieder so schaukeln, ich meine, kommt so was bei dir öfter vor?« Sie machte eine umstürzende Geste.

»Du wirst es vielleicht nicht glauben, aber es ist mir noch nie passiert. Von Bord fallen. Ich dachte immer, das können nur andere. Ich glaube, ich war abgelenkt.«

»Aha, nun bin ich schuld.«

»Quatsch. Geh jetzt schlafen. Ich habe das Bett schon bezogen.«

Vanja ließ sich überzeugen. Sie wankte den Niedergang hinab und durch das Schiff nach vorn. Sah das frisch bezogene Bett mit Kissen und dicker Bettdecke. Schlüpfte aus den Kleidern und kuschelte sich unter die Decke. »*Blöder Kerl, fällt über Bord. Oh Petar, was hätte ich allein auf diesem Schiff gemacht?*« Sekunden später war sie eingeschlafen.

10

Die Schiffsuhr in ihrem messingfarbenen Gehäuse zeigte kurz vor 21 Uhr, als Claudius auf den Anlasserknopf drückte. Er warf die Genuaschot los und kurbelte wie besessen das Vorsegel weg. Anschließend barg er das Großsegel. Nun brauste *Amica* mit gut acht Knoten Fahrt auf Silba zu.

Er wusste um die Schwierigkeit, bei achterlichem Wind in den winzigen Hafen einzulaufen, aber jetzt, im November, dürfte er ziemlich leer sein und genügend Raum für Manöver bieten.

Etwa zwanzig Bootslängen vor der Einfahrt legte er eine lange Trosse am Heck und zwei Vorleinen auf dem Vorschiff bereit. Außerdem knüpfte er je drei Fender an jeder Seite an die Reling. Mit fünf Knoten Fahrt passierte er die Hafeneinfahrt. Claudius wusste, dass gleich links dahinter die Bojenliegeplätze aneinander gereiht waren. Auf der anderen Seite konnte er im Schein der Hafenlaternen ein halbes Dutzend der typischen kleinen Fischerkähne mit ihren putzigen indschutzaufbauten erkennen. Aber im tieferen Becken, gleich hinter der Mole, schimmerte wie ein Kalkfelsen, unübersehbar im schwarz glänzenden Hafenwasser, ein größeres Schiff. Eine solide Motoryacht, ganz in Weiß mit sympathischen Linien. Kein Renner wie diese TV-Superagenten in *Miami Vice* sie benutzen, wenn sie Bösewichtern in Karibischen Nächten hinterher rasten. Nein, dies war ein gemütliches Boot mit Deckssalon und Flybridge, mit hölzerner Reling und hölzernen Handläufen rundherum.

Claudius kuppelte den Motor aus und steuerte auf einen Liegeplatz drei Plätze von der Motoryacht entfernt zu. Er drehte *Amica* schwungvoll gegen den Wind, wodurch sie rasch an Fahrt verlor. Nachdem er eine Boje erwischt und die Leine eingefädelt hatte, lief das Boot sachte gegen den heulenden Wind schräg auf die Mole zu und zog die Trosse durch das Bojenauge. Mit dem anderen Trossenende ging Claudius nach vorn und stoppte den Schwung der Yacht genau in dem Moment, in dem sie in Sprungweite vor der Steinmole angelangt war. Er belegte die Achtertrosse, nahm eine Vorleine, sprang an Land, schlang sie um einen der Poller, kletterte mit dem Ende an Bord zurück und knotete es auf die Klampe an Deck. Auf die gleiche Art verfuhr er mit der zweiten Vorleine. Dann schaltete er den Motor ab.

Er sah sich um. Keine Menschenseele schien sich im Hafen aufzuhalten. Kein Wunder. Die kalte Bora pfiff feindselig über die Molenmauer und warf schaumige Gischtfahnen ins Hafenbecken. Kräftiger Schwell stand herein und wiegte *Amica* lebhaft. Das Schiff lag schräg über drei Liegeplätze und bot so dem Nordostwind den Bug. Die Motoryacht lag nun hinter ihrem Heck, ebenfalls mit dem Bug zur Mole vertäut.

Claudius entschied sich, im Salon noch einen kleinen Sherry zu sich zu nehmen. Er trug die Ankunftszeit in seinen Logbuchkalender ein. Es war ein schlichtes Terminbuch, wie er es seit Jahren auch als Tagebuch benutzte. Er genoss den trockenen Sherry und legte sich dann in seine Koje in der großen Achterkajüte. Sorgfältig schloss er zuvor den Niedergang ab. Schon wegen der Temperaturen im Schiff hielt er das für angebracht. Beiläufig stellte er fest, dass Vanja die Tür zum Vorschiff ebenfalls geschlossen hatte, dann legte er sich in seine Achterkabine.

Stunden später schüttelte Claudius sich. Nicht wegen der Kälte, nein, er wollte seine Flossen spüren, aber das ging nicht. War er denn kein Fisch? Erstaunt erwachte er. Er hatte Hände, Arme und Beine. Und er spürte seine Männlichkeit. Claudius fuhr sich über die Augen. Es war blendend hell. Offenbar schien die Sonne draußen. Durch das kleine Seitenfenster neben seiner Bettstatt blickte er auf spiegelglattes Hafenwasser, eine Reihe roter Bojen und die weiße Motoryacht. Kein Mensch zu sehen, kein Heulen mehr zu hören. Das Schiff lag ruhig, und es roch irgendwie fremd … es roch nach Kaffee. Claudius schälte sich aus seiner Bettdecke und schüttelte sich wieder. Diesmal ausschließlich wegen der Kälte. Als hätte die Bora jedes Plusgrad aus dem Schiff gesogen. Claudius sah seinen Atem als Dampfwolke vor sich her wallen. Er gähnte, schüttelte sich noch mal und ging zur Tür seines Schlafgemachs.

Am anderen Ende des Durchganges zum Salon lag die Pantry. Auf dem Ofen zischte der Wasserkessel. Die gelbe Thermoskanne mit dem Henkel stand neben der Spüle. Vermutlich war sie voll schwarzen Kaffees. Wo sollte der Duft sonst herrühren? Er trank seit drei Jahren keinen Kaffee mehr. Hatte er mit Vanja darüber gesprochen? Sie war nirgends zu sehen. Aber dann hörte er unter dem Zischen des Wasserkessels die Wasserpumpe und den Wasserhahn im Vorschiff.

Schlaftrunken tappte er in den Salon. Auch der lichtdurchflutet. Claudius trat an das Steuerungspaneel und zündete die Dieselheizung. Mit leisem Wummern begann sie zu arbeiten. Da ging im Vorschiff die Tür zum Waschraum auf.

Sie trug nur die Trainingshose und wärmte mit der Jacke ihre Brust. »Wunderschönen guten Morgen, Skipper«, krächzte sie.

»Hey Vanja, Morgen. Was mit deiner Stimme?«

»Zu kalt gewesen gestern.«

»Tut mir Leid.«

»Kommt schon wieder nach dem Kaffee.«

»Kochst du auch Tee?«

»Ja.«

»Wie kommst du darauf?«

»Kaffeekanne total versteckt. Schließe daraus: exklusiv Teetrinker.«

»Schlau irgendwie. Ich mach mich fertig, dann hol ich frisches Brot, okay?«

»*Mach schnell.* Der Tee wird kalt.« Dann verschwand sie in der Kabine im Vorschiff.

Wenig später, an Land, bemerkte Claudius, dass eine ganze Reihe der Häuser am Hafen frisch renoviert waren. Der kleine Laden hatte bereits geöffnet. Die blaue Tür zur Hafenkommandantur war zu. Gegenüber gab es zwei nagelneue Telefonzellen.

In dem kleinen Geschäft unterhielten sich neben der Kasse zwei Frauen. Die eine mit stämmiger Figur in hellblauem Kittel. Claudius glaubte, sie wiederzuerkennen. Schwarz gefärbtes Haar, leichter Damenbart, gütige dunkle Augen, fülliges Gesicht. Die andere war eine ältliche Kundin in schwarzer Strickjacke über gemustertem Kleid, mit weinroter Kunstledertasche am angewinkelten Arm, die Geldbörse noch in der Hand.

»*Dobar dan*«, begrüßte die Verkäuferin Claudius. Die andere nickte zustimmend, ohne jedoch ihren Redefluss zu unterbrechen. Rasch verschaffte er sich einen Überblick über das Sortiment, sah Lebensmittel und Toilettenartikel, aber keine Damenunterwäsche. »Ich Sie helfen was suchen?« Das war zwar schlechtes, aber immerhin Deutsch.

»Haben Sie Kleider?« Er zupfte an seinem Sweater und setzte nach: »Kleider, Hemden, Pullover, Hosen.« Alle drei sahen ihn fragend an.

»Nix hier. In Supermarket dort.« Sie wies zum Dorfzentrum der Insel.

»Ach so, im anderen Laden. Gut. Dann bekomm ich jetzt nur ein Brot.« Er deutete hinter sie ins Regal, wo einige goldgelbe Weißbrote gestapelt waren.

»Brot. Genug?«, fragte sie zurück.

»Ja. Danke. *Hvala.*« Er reichte ihr eine Zwanzig-Kuna-Note, nahm das Brot in Papier gewickelt in Empfang und erhielt einige Münzen zurück. »*Zdravo!*« Claudius grüßte in die Runde und verließ den Laden. Draußen fröstelte ihn ein wenig. Zwar schien die Sonne, aber der Tag war noch jung, und es war November, wenn es hier auch nicht danach aussah. Der Hafen lag ruhig vor ihm. *Amica* reckte einsam ihren Mast in den seidenblauen Himmel. Still und unbewegt lag sie mitten im Hafen. Auch der Kalkfelsen wankte nicht. Aber als er die zwei

Männer entdeckte, füllte augenblicklich ein flaues Gefühl seinen Magen.

Sie steckten in Jeans und Bomberjacken. Der eine trug eine dunkelgrüne Wollmütze auf dem Kopf. Beide hatten die Hände in die Taschen gesteckt und schlenderten scheinbar arglos die Mole entlang landeinwärts. Eben waren sie am Bug der *Amica* vorbei. Festen Schrittes ging er ihnen entgegen. An der äußeren Ecke des Hafenbeckens begegnete er ihnen. Beide waren kleiner als er und ungefähr 25 und 30 Jahre alt. Der eine hatte blaue Augen, der andere, der mit der Wollmütze, braune. Der Blauäugige schien eine Menge Zeit auf seinen Schnauz zu verwenden. Buschig und sorgsam aufgezwirbelt beherrschte er sein etwas blasses Gesicht. Höflich grüßten sie, und Claudius zwinkerte ihnen ein »*Dobar dan*« zu.

11

Der Tisch war märchenhaft gedeckt. Weiße Tischdecke, Wurst, Marmelade, Butter, gekochte Eier, Saft. Als er den Niedergang herabkam, schnitt sie gerade eine zweite Scheibe Gouda ab. Es war angenehm warm im Salon. Claudius schob das Niedergangsluk zu.

»Mensch, Vanja. Das hast du schön gemacht!« Er sprach leise.

»Für meinen Retter«, gab sie ebenso vorsichtig zurück.

»Quatsch. Du hast doch mich gerettet.«

»Lass uns nicht streiten. Hast du sie gesehen?« Mit dem Kopf machte sie eine Bewegung zur Mole und stellte das Brettchen mit dem Käse auf den Tisch.

»Ja. Haben sie dich gesehen?«

»Glaub nicht. Sie kamen hier vorbei, als du im Laden warst. Ich hab mich nicht gerührt.«

»Was hältst du von denen?«

»*Inoffizieller Schutzdienst.*«

»Was?«

»Wie soll ich das sagen, Skipper? Man spricht nicht darüber, okay?«

Claudius spähte durch ein Seitenfenster, um die beiden noch mal in Augenschein zu nehmen. Sie waren weg. Ein alter Mann mit Stock, schwarzer Hose, halblanger blauer Jacke und Schiffermütze bog um den Kalkfelsen von Motorboot und schlenderte die Mole entlang. Rechts vom Bug der *Amica* stolzierte eine weiß-rote Katze in der Sonne elegant auf der Molenkrone. Claudius setzte sich an das Kopfende der Tafel. »Das große kroatische Staatsgeheimnis oder was?«

»Dieses Land braucht … es ist bedroht, verstehst du?« Sie sah ihn mit kraus gezogener Stirn an. Fast bittend.

»Ehrlich gesagt: Nein.«

»Das ist … wie gesagt … nicht amtlich, aber … halb … Bürgerwehr, glaub ich, sagt man in deutsch.« Sie stellte die Teekanne auf den Tisch und setzte sich ihm gegenüber.

»Eine Bürgerwehr?«

»Wir haben sie. Es bestand die Gefahr, dass Kroatien seine Eigenständigkeit …«

»Soweit bin ich im Bilde. Serbien hätte Kroatien gern unter der Fuchtel behalten.«

»Genau. Monatelang, jahrelang wurde eine heimliche Besetzung befürchtet. Über Nacht. Deshalb hat man … wie damals die Kanalwache der Briten ungefähr, als die Invasion der Deutschen drohte.« Sie goss sich Kaffee ein. Claudius nahm sich Tee, löffelte Zucker in die Tasse und angelte sich die Rumflasche aus dem Barfach über der Polsterbank.

»Du fängst den Tag ja gut an.« Vanja lächelte spitzbübisch.

»Dient der Ausgeglichenheit, Temperaturausgleich.« Nach einem kleinen Spritzer Rum in der Tasse stellte er die Flasche wieder zurück.

»Aha.« Vanja begann sich Brot mit Butter zu bestreichen. »Und dann fällt man ab und zu über Bord.«

»Quatsch. Du glaubst doch nicht …«

»War nur eine Idee.« Sie prostete ihm mit der Kaffeetasse zu: »*Na zdrâvlje!*«

»Skål«, antwortete Claudius und hob seinen gläsernen Teebecher. »Ah, herrlich. Und du glaubst, die beiden gehören zu dieser Under-Cover-Truppe?«

»Eigentlich ist die schon wieder in Auflösung.«

»Ach so. Und was dürfen oder durften die? Ich meine, haben die besondere Befugnisse?«

»Ausweise kontrollieren, Personalien überprüfen, vorläufig festnehmen, Gefahren abwehren. Fast wie Polizei.«

»Bewaffnet?«

»Pistolen. In Zagreb gibt es sie nicht mehr. Offiziell.«

»Aber die gehen immer noch Streife hier?«

»Ehrlich gesagt, ich weiß nicht genau, wer die jetzt noch

kommandiert. Früher war es die Armee. Es ist wie mit dem Hubschrauber.«

»Tss.« Er schüttelte den Kopf. »Kann es sein, dass da Verschiedenes schief läuft?«

»Vielleicht schon. Deshalb muss ich den Oberst finden.« Unwillkürlich biss sie sich auf die Unterlippe und hielt eine Hand vor den Mund. Eine Haarsträhne fiel ihr ins Gesicht. Durch sie hindurch blickte sie Claudius an. Er suchte die bernsteinfarbenen Augen und fragte verwundert: »Welchen Oberst? Deinen Chef?«

»Ich meine das Haus«, fügte sie rasch hinzu.

»Verstehe. Der Besitzer des Motorbootes ist Oberst. Da werde ich wohl heute mal einen ausgedehnten Inselrundgang machen müssen.«

»Würdest du das tun?«

»Wir können auf der Karte die Objekte einschränken. Soll ich klingeln und fragen, ob wer zu Hause ist, oder was?«

»Nein, nein. Nur schauen.«

»Das reicht?«

»Ich glaube schon.«

»Dann solltest du dich nachher hinsetzen und eine Zeichnung machen.«

12

Die gleißende Vormittagssonne ließ den Kalkanstrich des recht neu wirkenden Hauses noch weißer strahlen. Der leichte Wind, der mit der Erwärmung der Insel aufgekommen war, bewegte einige welke Oleanderblätter und herabgefallene, vertrocknete Blüten auf der Terrasse, was ein leises Kratzen verursachte. Das einzige Geräusch im Moment. Der Blick aufs Meer und zur Insel Olib hinüber war durch wuchernden Bambus fast ganz zugewachsen. Trotzdem ergab sich von der Einfahrt her ein schönes Bild: der rötliche Kiesweg im Vordergrund, gesäumt von zackigen blaugrünen Algarven, deren wuchtige Spitzen immer etwas Wehrhaftes haben, und die wohl mit Bedacht hier platziert waren, die dunklen Pinien zu beiden Seiten, einige Ölbäume daneben, der rote Oleander, das sanft geneigte italienische Ziegeldach über den schmalen hohen Fenstern des ebenerdigen Hauses und die Melancholie der Verlassenheit, die über dem Ganzen lag.

Diese Komposition konnte talentierte Besucher durchaus verleiten, das Motiv zu fotografieren oder mit dem Bleistift zu skizzieren.

Der Mann auf dem Traktorkarren hatte allerdings nur einen flüchtigen Blick dafür übrig, als er spät am Vormittag an dem Grundstück vorbeifuhr. Was ihn viel mehr verwunderte, war der dunkelhaarige Fremde mit dem schwarzen Schnauz, der gegenüber der Einfahrt auf einem Mauersockel hockte. Er trug solide Segelschuhe, blaue Jeans, einen dunkelblauen Pulli und bemühte sich, dieses Bild auf einem Block festzuhalten, den er auf seinen Knien liegen hatte. Eine Bleistiftzeichnung auf einem Blatt kleinkarierten Papiers, herausgerissen aus einem Spiralblock, lag neben ihm, offenbar eine Vorskizze.

Der Fahrer zog die Brauen hinter der Sonnenbrille kurz

hoch, nahm die Zigarette genau für den Moment aus dem Mund, in dem er prüfend und suchend das Haus musterte und zu dem Zeichner zurückblickte. Mit einem leichten Kopfschütteln ratterte er weiter die Straße hinauf.

An dem Haus befanden sich weder Name noch Hausnummer. Die geschlossenen Läden an der Straßenseite unterstrichen den Eindruck der Verschlafenheit. Claudius hatte eine knappe Stunde damit zugebracht, das Anwesen zu suchen. Zwar hatten sie an Bord den Bereich anhand der Seekarte eingekreist, aber er hatte sich dann vor Ort nicht recht entscheiden können. Doch die Zahl der Pinien, der Oleander, die Terrasse definierten schließlich das Objekt.

Es lag knapp zehn Minuten zu Fuß vom Hafen entfernt an einer schmalen, zerbröselnden Betonstraße. Ein hübsches Refugium für jemanden, der seine absolute Ruhe genießen wollte. Die Straße zweigte nach Osten von einer Art Hauptstraße ab, die in den nördlichen und höher gelegenen Teil der Insel führte. Auf dem Grundstück links davon war ein weiterer Garten angelegt. Das Haus dazu stand etwas tiefer im Gelände Richtung Küste. Das Grundstück rechts war komplett mit silbrigen Olivenbäumen zugewachsen. Ein Wall aus grauen Feldsteinen, von Ginster und wilden Brombeeren überwuchert, trennte es ab. Erst mehr als hundert Meter weiter stand das südliche Nachbarhaus. Es war weniger sorgsam gepflegt, dafür aber bewohnt. Im Vorbeigehen hatte Claudius ein Mädchen und einen Jungen im Kindergartenalter bemerkt. Sie schoben vor der offen stehenden Haustür im Schatten eines Olivenbaumes Spielzeugfahrzeuge über einen Steinhaufen. Auf dessen Spitze saß eine weißgraue Katze, die sich die Pfote leckte. Sie hatte innegehalten und aufgesehen, als er vorbeigegangen war, und auch die Kinder hatten von dem Fremden Notiz genommen.

Nun saß er seit geraumer Zeit in der Sonne und zeichnete. Das war ihm prinzipiell nicht unangenehm. Aber das Motiv wurde ihm immer unheimlicher. Er bekam das Gefühl, am Rande eines Abgrundes zu sitzen, wenn er sich die Ursachen, die zu dieser Situation führten, vor Augen hielt. »Was mach ich hier eigentlich«, ging es ihm durch den Kopf, »sitze auf Silba und male ein Haus. Am 13. November. Dabei wollte ich so schnell es eben geht nach Süden. Total blödsinnig, vor dieser Hütte zu sitzen. Wenn da jemand wohnt oder gewohnt hat, der in dunkle Machenschaften verwickelt ist …« In diesem Moment wünschte er sich, früher darüber nachgedacht zu haben.

Das ratternde Gefährt war längst über alle Berge. Stille war wieder eingekehrt. Deshalb waren die Schritte deutlich zu hören. Claudius beugte sich etwas vor, um die Wegbiegung zu überblicken. Er sah einen Mann mit grüner Wollmütze und Bomberjacke. Sekunden später kam ein zweiter ins Bild. Einer mit sorgsam aufgezwirbeltem Schnauzbart. Zu spät, um wegzulaufen. Er konzentrierte sich auf die Zeichnung. Er sah und fühlte, dass die beiden nur seinetwegen diesen Weg machten. Sie versuchten, beiläufig zu tun. Mit Sicherheit wussten die schon bevor sie um die Kurve kamen, dass er hier sitzen würde. Er roch es.

Sie blieben bei ihm stehen, sahen sich das Haus an, als würden sie prüfen, ob es wert sei, gezeichnet zu werden. Der Kleinere machte »Hm, hm« und nickte dem mit der Wollmütze zu. Der Kollege zuckte mit den Schultern. Dann wandten sie sich Claudius zu und sahen auf den Block herab. Der Kleinere sagte: »*Lijep. Doch, schön. Aber warum das?*«

Claudius blinzelte zu ihnen hoch und nickte ihnen freundlich zu. Er hatte kein Wort verstanden. Er sagte: »Guten Tag, *Dobar dan.*« Und zeichnete weiter.

»*Aha. Govorite li hvratski?*«, fragte der Kleinere.

Claudius schüttelte den Kopf. Diesen Satz kannte er. Deshalb antwortete er: »*Govorite li njemački?* Verstehen Sie Deutsch oder Englisch, äh *engleski?*«

»Wenig Deutsch«, sagte der Kleinere. »Warum das zeichnen?«, fragte er und deutete auf das Haus.

»Schönes Bild. Oleander, sehr schön, Algarven, Olivenbäume sehr, sehr schön.« Claudius machte eine ausholende, bewundernde Geste. »Sehr schönes Haus. Wer wohnt da?«

Der Kleinere wechselte einen Blick mit dem Größeren, dem mit der Wollmütze. Der schüttelte leicht den Kopf und der Kleinere sagte: »Ich nix weiß. Urlaubsleute glaube ich. Niemand da.«

»Das ist zum Greifen, dass der lügt«, dachte Claudius. Die Wollmütze sagte etwas sehr schnell auf Kroatisch. Daraufhin sagte der Kleinere: »Du von Schiff *Amica*?«

»Ja, si. *Amica*, mein Schiff.«

»Wir müssen Passoporto kontrollieren. Hafen und bezahlen, verstehen?« Er hielt ihm fordernd die Hand hin.

»Jetzt bist du in der Mühle drin«, dachte sich Claudius. »Sollte ich den Dienstausweis verlangen? Ach was. Nur kein Aufsehen.« Umständlich fummelte er seinen Pass aus der Brusttasche seines Hemdes unter dem Pullover hervor. Der Kleinere blätterte ihn durch, verglich das Foto, sah ihm prüfend in die Augen. Wieder sagte der unter der Wollmütze etwas Unverständliches auf Kroatisch. Der Kleine sah stirnrunzelnd zu ihm auf, klappte den Pass zu und schlug sich damit leicht in die andere Hand. Dann sagte er zu Claudius: »Bitte mitkommen, Hafenkommandantur.« Dabei steckte er den Pass ein, als wäre es sein eigener.

Claudius spürte augenblicklich seinen Puls auf höhere Touren kommen. Doch zwang er sich zu Gelassenheit. »Wieso? Wer sind Sie überhaupt? Polizei oder was?«

»*Oh, Izvinite.*« Umständlich zog der Kleinere einen Ausweis aus der äußeren Brusttasche der grünlichen Bomberjacke. »*Da, Polizija.*«

Claudius erhob sich und nahm den Ausweis in die Hand. Er hatte dasselbe Format wie jener Vanjas. Nur die Grundfarbe war anders. Der hier schimmerte grünlich und trug ein farbiges Foto. Aber das Siegel mit dem kroatischen Schachbrettmuster war drauf. Der Typ hieß Branco Dijaldic und war 26 Jahre alt. Im Februar geboren.

Claudius sah dem Kleineren in die Augen, während er den Dienstausweis zurückreichte. Es waren sympathische, schalkhafte Augen. Der Mann verstand Spaß. Diejenigen, die unter der Wollmütze vorlugten, streifte Claudius nur flüchtig. Genug, um das Misstrauen zu erkennen, das sie ihm entgegenbrachten. Er wusste, dass er in Stresssituationen richtige Entscheidungen traf. Und diese Situation drohte in Stress auszuarten. Was konnte daraus werden, wenn er mit ihnen ging? Konnten sie ihn länger festhalten? Wollten sie wirklich nur die Hafenformalitäten erledigen? Dann hätten sie ihn gebeten, später dort mal vorbeizukommen. Wenn sie ihn festhielten, was würde solange aus Vanja? Eins war nun klar: Dieses Haus war kein gewöhnliches Ferienhaus. Es zu zeichnen war nicht opportun, um es vorsichtig auszudrücken. Es näher zu untersuchen, was Vanja sicher insgeheim plante, dürfte schwierig werden. Andererseits: Was würde passieren, wenn er sich dem Zugriff entzog? Er hielt es nicht für völlig unmöglich, die beiden Typen für gewisse Zeit auf den Beton zu schicken, bevor sie ihre Schießeisen aus den Bomberjacken fummeln konnten. Er taxierte den Kleineren auf knapp achtzig Kilo, den Größeren auf fünfundachtzig. Es wäre ziemlich anstrengend, und er müsste Silba sofort verlassen. Ohne Klamotten für Vanja. Und *Amica* segelte dann direkt im Visier dieser dubiosen Bürgerwehr-Organisation. Keine gute Option. Claudius entschied sich, weiterhin den Hobbymaler zu mimen.

»Okay«, sagte er schließlich. »Aber meinen Pass bekomme ich wieder. Jetzt. Passoporto.« Er hielt dem Kleinen die Hand hin. »Ich bin Deutscher, Gast hier und habe nichts Falsches gemacht.« Offenbar verstand ihn der Große ganz gut, denn er sagte wieder etwas zu dem Kleineren, und dieser griff in die Tasche, holte den Pass heraus und reichte ihn Claudius. Dabei sagte er: »Natürlich, verständlich, in Ordnung.« Claudius kannte diesen Blick. Er bedeutete so viel wie: Sorry, hätte ja auch klappen können. Ein beunruhigender Aspekt.

»Danke«, sagte Claudius. Er hatte Oberwasser, und das wollte er nutzen. »Aber das Licht. Sehen Sie. Jetzt ist das Licht am besten für dieses Motiv.« Er wies auf die Sonne und wieder auf das Haus und auf seine Zeichnung. Er hielt den beiden die Zeichnung hin und erklärte: »Sehen Sie den Oleanderbaum, hier. Ich muss den Schatten jetzt noch fertig machen. Schauen Sie«, sagte er eifrig, schob die beiden entschlossen auseinander, ging zwischen ihnen durch stracks auf das Grundstück zu, den Kiesweg entlang bis zur Terrasse. Erst dort drehte er sich um und winkte ihnen zu folgen: »Schauen Sie, der Schatten.« Er wies auf die beschatteten Flächen der Terrasse und der Hauswand. Und er sah, dass die beiden miteinander diskutierten.

Der Oleander warf in der Tat hübsche Schatten auf die kalkweiße Wand. Während Claudius mit großen Gesten die Umrisse nachzeichnete, fiel sein Blick beiläufig durch die Scheiben der Terrassentür ins Innere. Ein hell gehaltener Wohnraum mit rotem Terrakottaboden, sparsam möbliert. Zwei, drei Meter von der Tür entfernt ein Schreibtisch, sehr dunkel, eine Art Sekretär, aufgeklappt, mit allerlei Papieren auf der Schreibfläche. »Sehr typisch für eine Ferienwohnung«, dachte er. Ein schöner, hochlehniger Stuhl davor. Ein paar gerahmte Bilder standen oben auf dem Sekretär. Weiter rechts im Raum das Ende eines fast schwarzen Tisches mit ein paar weiteren hochlehnigen Stühlen. Auf einem lag eine Mütze. Eine grüne Militär- oder Polzeimütze mit schwarzem Schirm und goldener Borte rundherum. Von hier konnte er auch den tiefer gelegenen Teil des Gartens einsehen. Gepflegter Rasen bis zu einem Bambus- und Schilfgestrüpp. Dahinter schien es nur einen schmalen Streifen Macchia zu geben, der bis zum Ufer reichte. Ein Trampelpfad führte am linken Gartenrand durch das mannshohe Gestrüpp. Sicher zu einem verschwiegenen Badeplatz.

»Zurück! Zurück!«, rief jetzt der Kleinere. »Fremdes Grundstück.« Beide kamen nun ebenfalls an den Algarven vorbei in den Garten. Claudius hatte genug gesehen.

»Aber der Schatten, sehen Sie nur«, begann er wieder zu erklären. »Wann soll ich den malen? Morgen muss ich wieder weg.«

»Kommen Sie. Nicht erlaubt das. Fremdes Haus. In Deutschland auch nicht erlaubt.« Der Kleine war gar nicht mehr spaßig.

»Ist ja gut. Ich komm ja schon.« Sie nahmen ihn zwischen sich, ohne ihn zu berühren.

»Du morgen wieder weg?«

»Ja. Sicher. Was soll ich denn hier?«

»Kein Urlaub hier in Silba?«

»Nein, nein.«

»Wohin fahren?«

»Malta oder Zypern»

»*Bože!* So weit? Allein?«

»Ja. Ist das auch nicht erlaubt?«

Der Kleinere lachte irgendwie erleichtert. »*Nema Problema.* Segeln gut. Ich weiß. Aber allein?«

»Segeln sehr gut, am besten allein«, bestätigte Claudius.

Na bitte, dachte er. Die Klippe wäre umschifft. Sie gingen den Weg zum Hafen hinunter. Die Wollmütze hielt sich dabei immer zwei, drei Schritte abseits, meist hinter Claudius und dem Kleineren. Auf dem Weg machte Branco zwei Motivvorschläge für den Maler. »Er hat ein Gespür für Bilder«, dachte Claudius. Als sie am Hafen anlangten, erklärte er seinem Gesprächspartner gerade, dass er die Bilder, die er male, später verkaufen wolle.

Plötzlich stockte er mitten im Satz. Im Hafen hatte sich etwas verändert. Die *Amica* lag wohlvertäut an ihrem Platz. Aber der Kalkfelsen fehlte. Er fühlte, dass dies eine Bedeutung für ihn oder besser gesagt für Vanja haben würde. Welche, erschloss sich ihm nicht.

Im kleinen Büro der Hafenbehörde standen ein Schreibtisch rechts neben dem Fenster und an der anderen Wand ein hölzernes Regal und ein grauer Stahlschrank. Der alte Stephan schien nicht mehr im Dienst zu sein. Claudius hatte diverse Gläser Sliwowiz mit ihm getrunken, wenn der Hafenmeister abends mit seiner schwarzen Schiffermütze seine Runde machte, um Liegegebühren zu kassieren.

Ein streng blickender Mann von etwa dreißig Jahren, kurzes brünettes Haar, perfekte Frisur, glatt rasiert, in hellblauem Hemd mit grauem ärmellosem Pulli, schob Claudius nun den

Block mit dem Anmeldeformular hin. Claudius holte den Bootsschein aus der Hemdtasche und füllte den Zettel aus. Dabei fiel sein Blick auf das Pinboard über dem Schreibtisch. Neben ein paar bunten Ansichtskarten und einer Liste mit Telefonnummern hing dort ein Zettel mit weiteren Zahlenkolonnen und Namen dahinter. Einen Namen konnte er identifizieren: Branco Dijaldic. Er stand mit einem anderen Namen unter dem 13.11. 10–22. In der Zeile 22–10 stand ein anderes Namenpaar.

Die Wollmütze hatte die Tür hinter sich geschlossen. Er und der Kleinere standen hinter Claudius, blickten ihm über die Schulter. Er hatte bemerkt, dass sich Wollmütze und Hafenkapitän verständigende Blicke zuwarfen. Als Claudius fertig war, nahm nicht der Hafenkapitän den Block an sich, sondern Wollmütze, und las aufmerksam, was der Skipper eingetragen hatte. Dann sagte er etwas zu dem Kleineren. In amtlichem Ton wandte sich dieser an Claudius:

»Von Pula kommen diese Nacht?«

»Richtig. Ja.«

»Starke Bora. Gefährlich. Warum nicht Westhafen von Silba? Bei Bora Hafen hier nicht gut.«

»Das kann ich euch sagen. Ich habe dort mal eine vom Jugo zerschellte Yacht gesehen. Seitdem habe ich den Hafen gestrichen.«

»Was?«

»Ich gesehen, *Lada*, Schiff kaputt in Westhafen. Von starkem Jugo. Deshalb nix Westhafen für mich.« Er unterstrich seine Erklärung mit deutlichen Gesten. Alle wiegten bedenklich den Kopf. Der Hafenkapitän meinte: »Sehr schwierig heute Nacht, sehr schwierig, in Osthafen zu kommen.« Claudius hob die Schultern. Der Kleine nickte Zustimmung. Dann fuhr er fort: »Andere Boote gesehen gestern? Irgendetwas Besonderes? Flugzeuge?«

Claudius bohrte seinen Blick in die blauen Augen des Fragers. War das eine Routinefrage oder wussten die hier Bescheid darüber, was da draußen vorgefallen war? Wenn sie es wussten, gab es zwei Möglichkeiten: Sie würden ihn entweder als Zeugen hier festhalten oder als lästigen Mitwisser auf irgendeine Weise verschwinden lassen. Keine der beiden Möglichkeiten sagte ihm auf Anhieb so richtig zu. Wenn sie es nicht wussten, würden sie es durch ihn erst erfahren, und die beiden Optionen wären ebenso offen. Claudius glaubte, in den Augen seines Gegenübers Wissen zu erkennen. Er entschied sich für den sicheren Weg.

»Gestern Nachmittag, so gegen 15 Uhr. Einen Tanker weit draußen. War auf dem Weg nach Triest, nehme ich an.«

»Noch andere nicht?«

»Nichts. Es war sehr stürmisch.«

»Okay. Ist klar«, sagte der Hafenkapitän.

»Warum das Haus malen?« Zum ersten Mal sprach Wollmütze deutsch.

»Mein Gott, fängt das schon wieder an. Weil es ein wunderschönes Motiv hergibt, Himmel noch mal.« Claudius stand auf und verstaute seine Papiere. Er überragte alle. »Was ist denn so wichtig an der Bude?«

Der Kleine wechselte ein paar schnelle Worte mit der Wollmütze. Dann sagte er: »Nicht wichtig. Aber Sicherheit. Bitte verstehen. Es gab, äh, *krada*, Einbruch.«

»In dieses Haus?«, fragte Claudius schnell.

»Nee. Andere. Noch eine Frage bitte: Haben Sie Freunde in *Hvratska Republika*?«

»Das dürfte mir schwer fallen, so wie man hier behandelt wird.«

»Bitte. Ist wegen Sicherheit. Haben Sie Bekannte?«

»Ich, Bekannte? Den Stephan, den alten Hafenmeister hier in Silba, den kannte ich. Was macht er denn jetzt?«

»Oh, Stephan *godisnije odmor*, wie sagt man? In Urlaub. Und noch andere?«

»Chris, den Mechaniker in Pula. Nein, sonst eigentlich niemand.«

Claudius fand die Situation zunehmend abartig. Wo käme er hin, wenn er alle Freunde aufzählen würde, die er in den

Kneipen und Häfen der istrischen Küste und bis hinunter nach Dubrovnik kennen gelernt hatte und mit Namen kannte.

Dann fragte der Kleine: »Waren Sie schon mal in *Srpska*?«

»In Serbien?« Claudius blickte in die Runde. Die drei sahen ihn erwartungsvoll an, die schwarzen Augen unter der Wollmütze geradezu feindselig, seit dem dieses Wort gefallen war.

Er antwortete sehr langsam, wie zum Mitschreiben. »Dort gibt es keinen Hafen für mich.« Der dunkle Blick hellte sich etwas auf. Der Kleine hakte nach: »Waren Sie schon mal dort?«

»Nein, verdammt noch mal. Was soll ich in Serbien?«

Die drei grinsten erleichtert und zustimmend. Aber der Kleine fuhr fort, als müsste er einen Katalog abarbeiten: »Haben Sie Waffen an Bord?«

»Waffen? Eine Leuchtpistole.« Er hob die Hand und knickte den Zeigefinger, als würde er in die Luft feuern.

Der Kleine wechselte wieder einen Blick mit der Wollmütze. Der nickte und der Kleine sagte: »Tut uns Leid, dass wir fragen mussten. Danke, vielen Dank.« Er hielt ihm die Hand zum Abschied hin. Claudius ergriff sie und musste sich dann auch von Wollmütze und Hafenkapitän per Handschlag verabschieden. Er hatte den Eindruck, dass dies die Besiegelung eines ungeschriebenen Protokolls war.

Draußen überblickte er den Hafen. Er wusste, dass Vanja ihn beobachten würde. Als würde er damit die Augen beschatten, hob er den Zeichenblock. Vanja würde es als Gruß auslegen und als Zeichen dafür, dass alles in Ordnung sei. Dann wandte er sich um und schlenderte Richtung Ortschaft.

13

Der kleine Supermarkt bot tatsächlich Damenunterwäsche und andere Kleidungsstücke. Claudius ließ sich von einem Ladenmädchen beraten. Es war damit beschäftigt gewesen, den Boden zu wischen. Als er das Regal mit der Wäsche gefunden hatte, sprach er sie an. Glücklicherweise verstand sie etwas Deutsch. Die junge Frau lächelte zuerst verlegen. »Sie findet es wahrscheinlich wahnsinnig ulkig, dass ein Mann für eine Frau Wäsche kauft«, dachte er sich. »Kommt ja auch nicht alle Tage vor.«

Er wählte drei Schlüpfer und drei Unterhemden und erklärte, es seien Mitbringsel für seine Freundin, die er in Zadar treffen wollte. Es gab sogar T-Shirts, Socken, ein paar Jeans und Sportschuhe in der Größe, die Vanja ihm genannt hatte. Er erwarb dazu noch eine Zahnbürste, einen Kamm, einen bordeauxrot schimmernden Haarreif mit goldenen Sternen drauf, Shampoo, zwei Flaschen Weißwein, eine Packung Käseaufschnitt, einen Salatkopf, einen Liter Milch, zwei Packungen Biskuits und eine Telefonkarte. Froh über seinen Erfolg, verließ Claudius beschwingt den Laden. Er hatte den Ausgang noch nicht ganz erreicht, da tuschelte das Ladenmädchen schon eifrig mit der Kassiererin.

Irgendwoher roch es nach gebratenem Fisch. Die Wahrnehmung förderte sein Hungergefühl. Sein Schritt wurde schneller. Zu Mittag sollte es gebackenen Käse mit grünem Salat und ein Glas Weißwein geben. Er überlegte, was dafür zu tun sein würde.

Doch an Bord überfiel ihn Vanja mit tausend Fragen. Während er den Teig aus vier Eiern, etwas Mehl und Milch schlug, Salz und Pfeffer dazugab, musste er haarklein seine Erlebnisse schildern. Dazwischen schlüpfte sie in die neuen Klamotten.

Die Jeans waren ein wenig zu weit. Alles andere war wie für sie gemacht. Als sie umgezogen aus dem Vorschiff kam, schlang sie ihre Arme um seinen Nacken, gab ihm auf jede Backe einen dicken Kuss und sagte leise: »Danke, Skipper.« Er war völlig überrascht. Ehe er sie seinerseits richtig umfassen konnte, löste sie sich flink von ihm. Sie lächelte ihn an, warf ihre Haare in den Nacken und sagte: »Du hast sehr gut eingekauft. Bloß der Haarreif. Echter Kitsch.«

»Wirklich?«

»Ich seh ihn ja nicht, du musst ihn ertragen, wenn ich ihn trage«, grinste sie, verschwand in das vorliche Bad und kam gleich drauf mit dem Reif auf dem Kopf wieder zurück. Die goldenen Sternchen zähmten ihre Mähne, was Claudius wirklich nicht übel fand.

»Ich bezahle dir alles, sobald sich die Sache geklärt hat«, versicherte sie.

Claudius nickte. »Ist schon gut. Du hast Kredit.«

»Männlicher Kredit ist bedenklich für eine Frau.« Sie machte sich daran, den Salat zu bereiten.

»Was soll das heißen?«

»Weißt du genau. Bisschen Abhängigkeit, bisschen Dankbarkeit, oder zumindest so ein Gefühl.«

»Ich weiß, dass du deinen Petar hast.«

»Oh, der edle Skipper.«

»Du kannst mich mal.«

»Dann sind wir uns ja einig.«

Er vermied es, ihr einen Blick zuzuwerfen, wendete die Stücke in der Pfanne und schwieg. Vanja hatte den Salat fertig. Sie stellte zwei Teller auf den Tisch und legte Besteck dazu. Als sie sich setzten, nahm sie das Gespräch wieder auf. »Wir müssen dringend Petar benachrichtigen.«

»Soll ich telefonieren? Spricht er Deutsch?«

Sie sah auf die Schiffsuhr. »Ein wenig. Nach dem Essen wird er wieder im Büro sein.«

Er entkorkte eine Weinflasche und sagte: »Möchtest du?«

»Bisschen.«

Er schenkte ein und sie prosteten sich zu.

»Ich werde heute Nachmittag noch mal malen gehen müssen.« Er stellte sein Glas ab und schob ein weiteres Käsestück in den Mund.

»Noch mal das Haus?«

»Nee, irgendwas. Den Turm der eifersüchtigen Kapitänsfrau vielleicht. «

»Den Turm der was?«

»Der eifersüchtigen Kapitänsfrau. Ein Turm, der hier mitten im Ort steht. Soll ein Fischerkapitän gebaut haben, weil ihm seine Alte nicht glaubte, dass er immer nur zum Fischen rausfuhr. Von dem Turm aus kannst du die ganze Insel und die Fischgründe rundherum überblicken. Hat mir Milos mal erzählt.«

»Und den willst du malen? Wieso?«

»Die zwei Typen von eurer Bürgerwehr sollen wissen, dass ich als Maler auch andere Motive interessant finde.«

»Ist das nicht ein bisschen simpel?«

»Hast du eine andere Idee?«

»Bootfahren.«

»Wie? Heute wieder losfahren? Prima.«

»Nein«, winkte sie ab. »So weit weg will ich noch nicht. Aber du hast doch ein Schlauchboot mit Außenbordmotor. Wir könnten ein bisschen Angeln fahren.«

»Wir beide? Ist das nicht zu gewagt?«

»Wenn ich aus der Vorschiffsluke klettere und am Bug im Schatten in das Schlauchboot steige, nicht. Ich leg mich flach rein. Sieht man das?«

Claudius schüttelte den Kopf. Nicht nur als Antwort auf ihre Frage, sondern auch in Bezug auf ihren starken Willen. »Man müsste schon sehr genau hinschauen. Oder auf der Pier stehen. Aber du willst doch nicht angeln?«

»Also, wenn keiner dort rumsteht, ginge es doch, oder?«, hakte sie nach.

»Du willst dem Haus unbedingt einen Besuch abstatten.« Claudius schmunzelte, obwohl er sich nicht wirklich sicher war, ob er sie in ihrem Vorhaben auch weiterhin unterstützen sollte.

Vanja bemerkte seine Zweifel. »Ich will dich da nicht reinziehen, Skipper. Ich kann das allein. Wirklich. Ich muss mich nur orientieren.«

Er sah sie ungläubig an, und es entstand eine unangenehme Pause. Als Vanja ihren Teller geleert hatte, versuchte sie, die Situation wieder zu entspannen. »Du kochst ausgezeichnet.«

»Danke gleichfalls. Der Salat war erste Klasse«, erwiderte er. Dennoch war er nicht bereit, das heikle Thema ruhen zu lassen. »Was versprichst du dir von dem Einbruch?«

Sie begann das Geschirr zusammenzustellen. »Wieso Einbruch? Ich habe den Schlüssel.«

»Du hast was?«

»Das ist eine andere Geschichte. Ich muss wissen, mit wem ich es zu tun habe. Auf welcher Seite er steht. Er hat versucht, den Eindruck zu vermitteln, dass er tot sei. Und hier kurvt er quicklebendig herum.«

»Dein Oberst tot? Jetzt wird's aber kryptisch.«

»Hab ich dir das nicht erzählt? Das Boot, sein Boot. Da waren Einschusslöcher … und Blutspuren.« Sie machte eine kurze Pause. »Ich habe ihn gesehen. Als du unterwegs warst. Auf dem Motorboot nebenan. Der *Bella Adria*. Das passt doch nicht zusammen.«

»War es denn sein Blut?«

»Sieht so aus.«

»Gut, dann wurde er halt verletzt. Aber tot?«

»Das würde eine Menge Fragen aufwerfen. Verletzt von wem? Warum? Er hat sich nirgends mehr gemeldet.«

»Was vermutest du?«

»Ich kann mir kaum vorstellen, dass er das Land verrät. Dass er eine persönliche Suppe kocht.«

»Du möchtest dir das nicht vorstellen. Der Typ gefällt dir, stimmt's?«

»Quatsch.« Sie erhob sich und stellte das Geschirr in die Spüle. Sah durch das Backbordfenster nach draußen. »Ich würde dir gerne ein paar Sätze aufschreiben, die du Petar sagen solltest. Ginge das?«

»Ich sehe kein Problem. Telefonkarte hab ich.«

»*Ich bin beeindruckt.*«

»Was?«

»Du bist sehr vorausschauend.«

»Danke.«

Sie setzte sich an den Kartentisch und schrieb in den Spiralblock: *Vijesti od Vanje. Desila mi se nesreca. Dobro sam. Opasnost, napad: Otok Hvar, Stari Grad Ulica Jelsa, cetraestog novembar, devetnaest sat. Kontroliraj motorni čamac Bella Adria.* Sie schrieb eine Telefonnummer darüber, riss den Zettel aus dem Block und reichte ihn Claudius. »Hier. Wähle bitte diese Nummer. Nur wenn sich Petar Brendijlkovic selbst meldet, liest du ihm das vor. Wenn sich jemand anderes meldet, verlange ihn. Okay?« Sie schrieb den Namen neben die Telefonnummer und wiederholte: »Petar Brendijlkovic«.

»Alles klar. Brendijlkovic«, wiederholte er, erhob sich und fuhr fort: »Und was erzähle ich ihm da?«

»Dass es mir gut geht und dass er nach Hvar kommen soll, beziehungsweise was veranlassen soll, weil dort wahrscheinlich in der Nacht vom 14. auf 15. November irgendeine, wie sagt man, eine schlimme … eine Sauerei abläuft, ein Überfall in Stari Grad.«

»Okay. Verstehe.« Am Niedergang blieb er noch mal stehen. Er hatte einen Einfall. »Du willst wirklich nachher mit dem Schlauchboot …?«

»Was dagegen?«

»Mir ist das eigentlich …« Er fühlte, dass das sowieso nicht wahr gewesen wäre. Er sah sie an, wie sie vom Kartentisch zur Spüle ging. Ihre Mähne wippte, und mit entschiedenen Handgriffen begann sie den Abwasch. Sie wandte sich zu ihm um, warf die Haare zurück, blickte ihn an und fragte: »Na, was?«

»Wenn, dann … Ich hab eine Idee.«

»Das finde ich ausgezeichnet. Welche?«

Claudius holte das Hand-GPS aus dem Kartentisch.

»Was ist das?«, fragte Vanja.

»Ein GPS. Global positioning system. Im Prinzip das gleiche, das hier eingebaut ist. Eben nur mobil. Damit gehe ich noch mal zu dem Haus und nehme die Position als Wegepunkt. Als Landwegepunkt.«

»Und dann?«

»Ganz einfach. Dann können wir nachts die Bude von See aus anpeilen. Brauchen nicht lang suchen.«

»Genial. Aber wäre es nicht vorteilhaft, eine Landemöglichkeit schon jetzt bei Tag zu finden?«

»Schon möglich. Aber auch die finden wir dann leichter.«

14

Unterwegs las er den Zettel noch mal durch. Verstehen konnte er die Worte nicht genau. Ein Anschlag in Stari Grad auf Hvar am 14. oder 15. November. Frühestens am 15. November abends könnte er mit der *Amica* in Hvar sein. Dann müsste er aber morgen in aller Frühe auslaufen. Und es lag nicht auf seinem Kurs. Hat sie sich das ausgerechnet? Der alte Stadthafen von Hvar! Im Sommer gab es dort immer Platzprobleme. Man musste im Hafenbecken ankern oder gegenüber in der kleinen Marina Palmecana übernachten.

Er wählte eine der zwei neuen Telefonzellen gegenüber der Hafenmeisterei. Die Verbindung klappte auf Anhieb. »Petar Brendijlkovic?«

»*Da.*«

Claudius las die Nachricht vor.

»*Ko je?*«, fragte Petar Brendijlkovic danach sehr hektisch. Claudius fragte: »*Govorite li njemački?*«

Die Stimme im Hörer antwortete nach einer kleinen Pause: »Deutsch wenig sprechen. Wer Sie sind? Wer? Wo? Wo Vanja?« Petar schien ziemlich aus dem Häuschen zu sein. Er hatte sich in einer harten, amtlich klingenden Aussprache gemeldet. Jetzt ließ die Stimme mehr Tiefe, mehr Wärme erkennen.

»Mein Name ist Claudius Kettermann. Vanja ist auf meinem Schiff. Ich hab sie aus dem Meer … ähm … Sie ist sicher.«

»*Da*. Kommen nach Hvar? Ich auch.«

»Vanja nach Hvar. Ich nicht.«

»Du nicht? Wohin?«

»Nach Malta oder Zypern.«

»*Bože*. Sehr weit. Und Vanja?«

»Vanja mit Fähre, ähm *trajekt*.«

»*Da. Razumijem.*«

»Wie bitte?«

»Verstehen. Ich verstehe: *Vanja sa trajektom do Hvara. Hvala.* Dankschön.«

»Bitte schön. *Do videnja!*«

Claudius legte auf. Er zog die Telefonkarte aus dem Gerät und steckte sie mit dem Zettel aus dem Block weg, während er weiterging. Er schlenderte Richtung Ortszentrum, um von der anderen Seite an das Haus heranzukommen. Der arme Petar, dachte Claudius. Er hat von seiner Vanja tagelang nichts gehört. Oder doch? War er deshalb so hektisch geworden? Wer sollte ihm von dem Vorfall auf See erzählt haben? Sollte Vanja wirklich den Job haben, den sie mit dem so genannten Dienstausweis beweisen wollte, dann lag nichts weniger als ein Mordversuch an einer kroatischen Staatsbeamtin vor. Die Täter würden es sicher nicht hinausposaunen. »Die Täter«, sinnierte er. Es kam ganz darauf an, wer sie waren. War sie zwischen zwei Fronten geraten? Kämpft hier die Armee gegen die Polizei oder ein Teil der Armee gegen den Rest? Er fühlte wieder dieses flaue Drücken in der Magengegend. Und ich mitten drin! Nichts wie weg! »Ich will und ich werde mich da nicht einmischen. Diesen einen Gefallen hier kann ich ihr noch tun. Aber dann ist Feierabend. Sie kann ja hier bleiben und mit der Fähre weiterreisen. Sie bekommt meinetwegen eine Sonnenbrille und eine Mütze und schon ist sie inkognito. Wer soll sie hier auch kennen, auf einer Insel, die sie noch nie betreten hat!« Er sagte es laut vor sich hin, wie um sich selbst zu überzeugen.

Nach wenigen Minuten passierte er den hübschen Bungalow. Er blickte die Straße hinunter und hinauf. Kein Mensch zu sehen. Er blieb stehen, nahm das GPS-Handy aus der Hosentasche und las die Positionsdaten ab. Das Gerät korrigierte sich um drei Zehntelgrad. Dann blieb die Anzeige konstant mit null Fahrt. Er drückte auf »Speichern«, wählte eine Wegepunktdatei aus, gab der Zeichenkette den Namen »Lasilba«. Wobei »La« für Land stand. Diesen einen Dienst noch, dann werden die Daten wieder gelöscht.

Als er wieder zur *Amica* zurückkehrte, bestürmte sie ihn natürlich sogleich. Mit vor Erleichterung strahlenden Augen fragte sie: »Du hast ihn tatsächlich erreicht, gleich auf Anhieb? Was sagte er?«

»Er schien ziemlich aus dem Häuschen. Er sprach kroatisch.«

»Aber es ist sicher, dass er kommt?«

»Ja. Das sagte er auf Deutsch. Ich habe ihm erklärt, dass du nach Hvar kommen würdest, mit der Fähre.«

»Ich, mit der Fähre? Wieso mit der Fähre?« Die Schärfe in ihrer Stimme ließ ihn zusammenzucken.

»Vanja, ich segle nicht nach Hvar. Das hab ich dir gesagt. Du wolltest nur bis Silba mitsegeln.«

»Wie soll ich mit der Fähre nach Hvar kommen?«

»Ganz einfach. Ich kaufe dir eine Sonnenbrille, einen schönen unauffälligen Hut und ein Ticket. Wir warten, bis hier eine Fähre ankommt, und mit der verschwindest du von hier.«

»Wohin?«

»Nach Zadar vermutlich. Von dort kannst du doch ganz bequem nach Split fahren. Und von Split nach Stari Grad.«

»Mit dem Zug von Zadar?«

»Ja. Oder mit dem Bus. Das geht vielleicht sogar schneller. Schau, nach Zadar brauchst du von hier vielleicht vier Stunden. Von Zadar nach Split sechs mit dem Schiff und viel weniger mit dem Bus. Ich brauche mindestens zwanzig Stunden, und dann müssten wir sofort aufbrechen.«

»Ich muss aber noch in das Haus …«

»Eben. Und morgen um acht oder so kommt hier die Fähre. In den Westhafen drüben.«

Sie sah ihn kurz bohrend an, aber sie widersprach nicht. Claudius wäre gern beruhigt gewesen. Die Sache sollte bereinigt sein, es sollte Klarheit herrschen. Aber die Stimmung war getrübt. Das fühlten beide. Abschied lag in der Luft.

In dieser dumpfen Stille machten sie ihren Plan wahr, nach einem seeseitigen Zugang zu dem Haus zu suchen. Er zog das Schlauchboot nach vorn zwischen Bug und Kaimauer, und sie schlich nach vorn, glitt unter der Reling hindurch ins Boot und legte sich sofort flach auf den Boden. Claudius startete den Motor.

Tatsächlich fanden sie einen kleinen Badeplatz unterhalb des Hauses. Es war genau genommen eine versteckte Anlegestelle mit einer Minimole aus Steinen. Wie Claudius im Fernglas erkannte, lag sie am Ende einer weit offenen Bucht. Ein flachgehendes Motorboot konnte hier gut geschützt liegen. Es gab einen kleinen Strand links der Mole. Nach etwa fünf Metern war eine mannshohe Felskante zu überwinden, um ins Innere der Insel vorzudringen. Soweit sie es erkennen konnten, – es war später Nachmittag geworden und die Küste lag im Schatten – war dies offenbar leicht, denn man hatte drei Stufen in den Fels gehauen. Oben führte ein schmaler Trampelpfad in das dichte Macchiagestrüpp.

Es war dunkel, als sie zur *Amica* zurückkehrten. Die Stimmung hatte sich nicht gebessert. Vanja bereitete eine kleine Mahlzeit, indem sie Brot, Butter Wurst und Käse aus dem Kühlschrank holte und auf den Salontisch knallte. Sie hatte eine Stinkwut im Bauch. Um sie abzulenken, erzählte der Skipper von dem Dienstplan, der im Büro des Hafenmeisters hing. Tatsächlich konnten sie um 22 Uhr am Hafenbüro eine Art Wachwechsel beobachten.

Sie hatten alle Lichter im Schiff gelöscht. Claudius saß auf der Brücke im schwarzen Schatten der Sprayhood, die Füße im Cockpit. Vanja stand hinter ihm auf den Stufen des Niedergangs. Er fühlte ihren Atem in seinem Nacken. Als er ihr das Fernglas reichte, lehnte sie sich auf seine Schulter. Er spürte ihre Brüste auf seinem Rücken. So verharrten sie eine Weile und beobachteten eine Gruppe Leute, die schwatzend und rauchend vor dem Laden stand. Dann gingen zwei Männer in das Büro nebenan. Wenig später kamen die Wollmütze und der Kleine heraus und gesellten sich zu den anderen. Wieder ein paar Minuten später verließen die beiden Neuen das Büro. Sie waren etwa gleich groß. Einer trug eine dunkle Baseballkappe und Bluejeans. Der andere schien etwas schlanker und jünger. Im Schein der letzten Lampe sah Vanja, dass er brünette, kurze

Locken trug. Zielstrebig verschwanden die beiden in der Dunkelheit Richtung Norden.

Vanja bedauerte es, aber es war nicht zu ändern: Die Nacht war wesentlich heller als die vorhergegangene. Am wolkenlosen Himmel blinkten Myriaden von Sternen. Aber das Meer war ruhig. Auch draußen, außerhalb des Hafens, gab es kaum Seegang. Nur das ewige leichte Heben und Senken war fühlbar, das immer an das Ein- und Ausatmen eines gigantischen Wesens denken lässt. »Wieso lässt mich der Typ im Stich?«, grübelte Vanja. Wie zufällig lehnte sie sich wieder an seinen Rücken. »Wie spät ist es?«, flüsterte sie in sein Ohr.

»Viertel nach elf, schätze ich.« Sie fühlte sich weich und warm an.

»Okay. Dann ziehen wir los«, entschied sie.

Er lehnte sich etwas zurück, aber sie war schon weg. Während der Skipper einen dunklen Pulli aus seiner Kabine holte, hörte er das Klappern der Schranktür unter der Spüle.

»Darf ich die haben?«, fragte sie und hielt ihm die schwarze gummierte Taschenlampe hin, die in dem Schapp am Navigationstisch steckte.

»Wiedersehen macht Freude«, brummte er und schwang sich den Niedergang hinauf.

Erst außerhalb der Mole warf Claudius den Außenborder an. Vanja saß vorne am Bug. Jetzt in der Dunkelheit würde sie sowieso niemand sehen. Sie hielt das GPS-Handy in der Hand. Das beleuchtete Display warf ein fahles Licht auf ihr Gesicht. Claudius steuerte. Er ließ den Motor gemächlich tuckern, um nicht zu laut zu werden. Das GPS führte sie problemlos an den kleinen Strand.

Er sah den hellen Fleck im schwarzen Uferstreifen und hielt genau darauf zu. Fünfzig Meter davor ließ er den Motor absterben. Sie griffen zu den Paddeln und erreichten beinahe lautlos das Ufer. Lediglich das Plätschern der Wellen war zu hören. Dann knirschte es leise, als das Schlauchboot auf den Sand rutschte. Den Motor hatte Claudius hochgeklappt. Gemeinsam zogen sie das Boot halb aufs Land.

»He, schon mal an eine Alarmanlage gedacht?«, fragte er, als sie die Stufen hinaufschlichen.

»Fällt dir aber früh ein. Glaube nicht. Hier auf der Insel. Hast du am Haus Sensoren gesehen?«

»Mir ist nichts aufgefallen. Soll ich hier am Boot warten?«

Es wäre ihm lieb gewesen, wenn sie einfach »Ja« gesagt hätte. Aber sie flüsterte: »Du kennst dich besser aus da oben, oder?« Also tappte er hinter ihr her durch die Dunkelheit. Der Trampelpfad schien durchaus benutzt zu werden. Er führte durch zwei Meter hohes Ginstergestrüpp, Erdbeersträucher und andere Heidehölzer. Macchia eben. Schließlich gab es eine weitere Geländestufe nach oben, die wieder ein kleines Treppchen erforderte. Von dort führte der Weg in das Schilf-Bambus-Gestrüpp. Plötzlich prallte Vanja zurück und fiel Claudius in die Arme. »*Quadratscheiße*«, fluchte sie.

»Was is'n los?«, zischte Claudius.

»*Spinnennetz. Blöde Viecher.*« Sie wischte sich über das Gesicht und schüttelte ihr Haare aus, sodass sie ihm durchs Gesicht wedelten. Sie dufteten nach Nelken.

»Was?«

»Ähm, Spinnweben.«

»Und deswegen machst du so ein Theater? Ich dachte, du hättest sonst was gesehen!« Als er die Hände wieder frei hatte, brach er einen Schilfstängel ab und grummelte: »Lass mich vor, ich mach den Weg frei.«

Es waren nur noch drei Meter. Der Pfad führte um eine Kurve, dann traten sie auf den Rasen vor dem Haus. An dieser Seite war das Dach vorgezogen und wurde von drei Bögen gestützt, hinter denen sich eine überdachte Terrasse befand. Die Säulen wuchsen aus einer maurisch anmutenden Balustrade. Unter der Terrasse gab es eine dunkle Souterraintür, die sich von der weißen Hauswand deutlich absetzte. Diese Tür war ihr Ziel.

Claudius blieb am Rand des Rasens stehen, um die Lage zu peilen. Ein Hund bellte. Er machte einen Schritt zurück. »Ist der im Haus?«, fragte Vanja.

»Nein. Das kommt von dort drüben. Ein paar Grundstücke weiter«, murmelte er.

»*Hoffentlich ist er angeleint*«, sagte sie auf Kroatisch.

»Was?«

»Hoffentlich mit Kette.«

»Und ich hab keine Wurst dabei.«

»Schlecht ausgerüstet. Komm jetzt. Wer weiß, wie viel Zeit wir noch haben.«

Vorsichtig schlichen sie weiter.

Sie hatten gerade die Hälfte des Rasens überquert, als oben das Terrassenlicht anging und den Garten hell erleuchtete.

»Shit. Zurück«, zischte er. Sie rannten in den Bambus zurück. Hinter der Biegung blieb Vanja plötzlich stehen, sodass Claudius mit voller Wucht auf sie prallte. Vanja stürzte zu Boden. Äste knackten.

»Bist du total verrückt! Was soll das?«, schimpfte sie zornig mit gedämpfter Stimme.

»Warum bleibst du stehen? Wir wollten zum Boot.«

»Du vielleicht.« Sie rappelte sich auf. Er reichte ihr eine Hand, doch sie verzichtete auf die Hilfe und rieb sich stattdessen die Schulter. Sie war sauer. Das stärkte ihre Entschlossenheit. Mit blitzenden Augen fuhr sie ihn an: »Du machst mich noch zum Krüppel. Verdammt. Lass uns doch erst mal sehen, was dort los ist. Ich muss da rein.« In der Ferne rief jemand den Hund zurück. Das Gebell verstummte.

»Was dort los ist? Die haben Licht angemacht.«

»Wo kommst du eigentlich her? Schon mal was von Bewegungsmeldern gehört?«

»Also doch Sensoren.«

»Genau. Kann mir egal sein. Ich bin hier wie zu Hause, schließlich habe ich einen Schlüssel. Vielleicht bin ich die Tochter …«

»Wie bitte? Wer bist du?«

»Das ist zu kompliziert. Pass auf: Ich geh jetzt da rein und sehe mich ein wenig um. Du wartest hier. Wenn du Krach hörst, einen Knall, Türen, Klatschen oder so, dann wartest du noch drei Minuten hier. Komm ich nicht, fährst du zum Schiff zurück. Okay?«

»Wieso nur drei …«

»Okay?«

»Ja ist gut. Ich fahr zum Schiff zurück und dann?«

»Mir egal. Wir werden sehen.«

Sie ging bis zum Ende des Gestrüpps. Das Licht auf der Terrasse beleuchtete immer noch den Garten. Es war kein Mensch zu sehen. Vanja atmete tief durch und trat auf den Rasen. Sie ging über die Fläche, als wäre sie hier zu Hause.

15

Eigentlich ein hübscher Service mit dem Licht«, murmelte sie und zog das Schlüsselbund aus der Tasche. Sie fingerte den Schlüssel zurecht, den sie für den Hausschlüssel hielt. An der Tür angekommen, steckte sie ihn ins Schloß. Er passte nicht. Aber der zweite. Es war eine solide Holztür. Sie fühlte innen links an der Wand einen Lichtschalter und knipste das Licht an. Sie befand sich in einem schmalen, fensterlosen Raum, einem Flur. Ein Benzinrasenmäher stand am gegenüberliegenden Ende vor einer geschlossenen Tür, neben der eine Treppe nach oben führte. Neben zwei Blecheimern befanden sich dort auch eine gebrauchte Harke und ein nagelneuer Spaten. Links gab es zwei Türen in angrenzende Räume, rechts nur eine; sie stand offen. Unter der Klinke steckte ein Schlüssel im Schloss. Ebenso wie im Flur war der Boden dort mit großen, ockerfarbenen Quadraten gefliest. Ein unbezogenes Bett und eine schlichte helle Kommode mit zwei Schubladen waren zu erkennen.

Vanja steckte das Schlüsselbund ein und drückte die Außentür hinter sich ins Schloss. Sie hielt einen Moment inne und lauschte. Dann ging sie zur Treppe, sah nach oben und stieg hinauf. Das schwache Licht, das vom unteren Flur heraufschimmerte, beleuchtete eine Art Halle. Rechts die Hauseingangstür und links gegenüber eine zweiflügelige, dunkle Kassettentür. Wenn man zur Haustür hereinkam, lief man geradewegs auf sie zu.

»Schön«, sagte Vanja leise und bewunderte die geschmackvolle Anordnung: Neben der Haustür ein Tischchen mit zwei Rattanstühlen, eine große Messingamphore, aus der große Schilfwedel herausragten, glitzerte in der Ecke neben der Flügeltür und auf der anderen Seite … Vanja zuckte zusammen. Dort stand jemand. Eine Person, sprungbereit. Vanja zog sich schnell zurück. Aber sie fasste sich rasch. Es war eine leblose Statue. Ein klassischer antiker Frauenakt. Die Nase fehlte, der rechte Arm und am linken die Hand. Die Dame hatte sich früher vielleicht auf eine Säule oder einen marmornen Liebhaber gestützt. Nun stand sie jedenfalls trotz ihrer idealen Proportionen etwas verloren und verrenkt in der Ecke.

Vanja ging zu der Flügeltür und drückte entschlossen die Klinke. Es war der Raum, den der Skipper von außen gesehen hatte. Er war völlig dunkel. Das Terrassenlicht war wieder verloschen. Da stand der kleine Schreibtisch. Sie trat vor den Sekretär, holte ihre Taschenlampe heraus und leuchtete über die Papiere, die dort lagen. Es war ein Stapel Rechnungen von Werkstätten. Zu oberst zwei von einer Autowerkstatt in Losinj. Offenbar handelte es sich um ein Auto der Marke Fiat. Dann war da eine Werftrechnung. Wartung der Schiffsmaschine *Bella Adria*. Tatsächlich, der Name stand drauf. »*Gut, ich bin hier richtig*«, murmelte Vanja. Sie stieß auf Steuerabrechnungen, Einkaufslisten. Darunter ein abgegriffener blauer Aktendeckel voller Kopien von Zeitungsausschnitten. Sie blätterte ihn durch. Ausnahmslos Berichte über Unfälle. Eine ganz bestimmte Art von Unfällen. *Bus von der Autobahn gekippt*; *Aus der Kurve geflogen: tot*; *Abgestürzt wegen Alkohol?*; *Mit Auto im Meer gelandet: ertrunken*. Bei einer hielt Vanja inne: *Todessturz über Bakari*. Den Artikel kannte sie. Sie schloss den Aktendeckel. Was bedeutete diese makabere Sammlung?

Dann zog sie die erste Schublade auf. Eine angebrochene Schachtel Zigaretten kroatischer Herkunft lag da, drei weiße Einwegfeuerzeuge mit dem Werbeaufdruck eines deutschen Unternehmens, einer Exportfirma in München, ein Dutzend unterschiedlicher Visitenkarten. Eine kam ihr sofort bekannt vor. Es war eine der schlichteren, eine typische kroatische Behördenkarte. »Direktor Boris Bolmanc« und ihre eigene Dienstadresse in Zagreb, Abteilung II a. »*Na ja, man kennt sich*«, dachte Vanja. Aber dann fand sie eine andere. Sie war aus gutem, glänzend beschichtetem Karton. Die Buchstaben glitzerten silbern. Magyar Köztársaság stand drauf, eine Firma Import & Export Scaleman Ltd. in Budapest. Der Inhaber: Oggy Nosty. »Dass der eine eigene Firma hat, stand auch nirgends in den Akten«, wunderte sie sich. Aber es ging weiter: Eine Import-Exportfirma aus Mailand, eine aus Pesaro, eine aus Frankfurt, eine aus München, eine aus Pula, eine aus Triest.

»*Ich müsste sie alle kopieren, verdammt noch mal.*« Sie sah sich um. Weiter hinten im Raum stand der lange Esstisch mit den hochlehnigen Stühlen und vor dem großen Fenster zum Meer eine ausladende Sitzgruppe. Links in der Ecke neben dem Fenster glotzte ein protziger Fernsehapparat in den Raum. Mit dem Rücken zur rechten Wand stand ein hoher, offener Bücherschrank, ebenfalls im spanischen Stil, daneben ein hochlehniger Ohrensessel zum Fenster gedreht. War da nicht was mit dem Esstisch? Richtig. Die Mütze. Sie lag nicht mehr da. »Der Onkel war also da, nachdem der Skipper hier gewesen war.«

Sie suchte weiter in der Schublade. Zog einen Stapel weißer Schreibmaschinenblätter heraus. Obenauf lag eine Architekturskizze. Es war ohne Zweifel das Haus, in dem sie sich befand. Darunter eine Lageskizze mit den Inselumrissen. Und dann eine Skizze einer anderen Insel. Erinnerte im oberen Teil an einen Teddy. Dort war offenbar eine Landungsstelle bezeichnet. Ein paar Häuser als Rechtecke dargestellt, eine Kirche, ein Hügel und ein kurzer gewundener Weg zu einem runden Objekt. Um das Objekt sonderbare Zeichen: nach außen gewölbte Bögen mit kleinen Strichen in der Mitte. Ein paar kurvige Striche mit angedeuteten Schraffuren, ein paar Symbole, die wohl Bäume darstellen sollten. Unten ein langer Sporn nach Süden. Keinerlei Namen. Nur der Nordpfeil und eine Reihe von Zahlen.

Unter diesem Blatt fand sich eine kurze, handgeschriebene Liste aus Buchstaben und Zahlen. Eine ordentliche, gut lesbare Handschrift, alles akurat in Linie, leicht nach rechts fallend. Vanja überflog die Liste: 10 PzF 48, 100 PFG, 60 HG 110, 20 UZI KS, 10 MG, 120 G3HS, 5 DF ZEISS, 5 NSG, 10000 7,62,

5000 9,0. Sie schluckte und legte die Liste zu dem Blatt mit der unbekannten Insel.

Damit fiel ihr Blick auf das nächste Blatt. Es sah aus wie ein Stammbaum: Oben ein Name und nach unten Striche, die sich verästelten und an deren Enden wieder Namen standen. Als sie den obersten Namen las, lief ihr ein eiskalter Schauer über den Rücken. In der folgenden Reihe standen vier Namen nebeneinander. Zwei waren durchgestrichen. Der ganz links, Elmar Brengemann, und der rechts außen stehende: Oggi Nosty. Zwischen den beiden waren G. Titus Bagheri, in Klammern Tito, und Franco Almeno notiert.

Das also war es. Sie legte das Blatt zu den anderen mit der unerklärten Inselskizze. Darunter lag ein Bogen mit einer Reihe von Namen und Telefonnummern, Adressen und anderen Daten. Sie füllten nur den halben A4-Zettel. Am Ende hatte jemand in anderer Handschrift drei Bankverbindungen notiert. Eine betraf zweifellos eine deutsche Bank, eine italienische und eine der USB. »Wenn ich keinen Kopierer finde …«, murmelte Vanja. Sie steckte den Stapel unter ihren Pullover in den Hosenbund. Sie dachte, sie hätte etwas zu Boden fallen lassen, aber eine Sekunde später wurde ihr klar, dass das Geräusch eine andere Quelle hatte.

Im Haus wurde eine Tür geöffnet. In der Halle ging Licht an. Vanja pochte das Herz bis zum Hals. Rückwärts tastete sie sich zur Terrassentür und fingerte an dem Riegel herum. Ein Schatten zeichnete sich ab, als das Licht aus der Halle durch die offen stehende Hälfte der Flügeltür in den Wohnraum warf. Der Schatten erinnerte sie an die Figur in der Halle.

Dann traf der Türknauf der Terrassentür sie hart im Rücken. Einen Schmerzensschrei unterdrückend fiel sie nach vorn. Wie sie es zigmal geübt hatte, rollte sie sich über die rechte Schulter ab, riss dabei die HK23 aus dem Hosenbund und warf sich nach rechts hinter den Ohrensessel. Zugleich nahm sie einen irgendwie unpassenden Geruch wahr. Auf der Terrasse flammte die Beleuchtung auf. Fast gleichzeitig tauchten vier schmiedeeiserne Wandlampen mit rautenförmig verlöteten, weiß und ocker getönten Glasscheiben den Wohnraum in angenehm helles Licht.

»*Jetzt ist aber Schluss*«, fauchte eine männliche Stimme unmittelbar über ihr in vertrautem Kroatisch. Ein kräftige Hand entwand ihr blitzschnell die Pistole, während eine andere ihr Handgelenk packte und ihr den Arm routiniert auf den Rücken drehte. Auf den Knien liegend presste sie ein »*Au, verdammte Quadratsch… au, lass los*«, hervor. Schräg hinter sich nahm sie zwei schwarze staubige Schnürstiefel wahr, die aus einer abgewetzten Röhrenjeans ragten und fest auf den Terrakottafliesen standen. Endlich konnte sie auch den Geruch zuordnen. Bier. Es roch hier nach Bier.

»*Sie sind vorläufig festgenommen*«, setzte die Stimme fort. Andere Füße schritten in den Raum. Eine zweite Stimme sagte: »*Hast du ihn?*«

»*Wieso ihn? Es ist eine Frau!*«

»*Eine Frau?*«

Vanja fiel ihr witziger Gedanke wieder ein.

»*He, was soll das? Ich will meinen Onkel besuchen. Wo ist Onkel Bogdan?*«, schrie sie. An dem Griff am Handgelenk konnte sie fühlen, wie die Überraschung wirkte. Mit voller Kraft warf sie ihren Körper herum. Ihr Handgelenk entglitt dem Griff. Sie kam auf den Rücken zu liegen und sah den Mann über sich. Dunkler Teint, glatt rasiertes Gesicht, vor Überraschung weit aufgerissene Augen, die vom Schirm einer schwarzen Baseballmütze beschirmt wurden. In der Linken hielt er die HK23, die Rechte versuchte nach Vanja zu greifen. Sie wusste die Pistole gesichert und nicht durchgeladen. In panischer Kraftanstrengung streckte sie ihren Körper. Wie eine Stahlfeder schnellte sie hoch und ihre beiden Füße trafen den Unterleib des Mannes. Er schrie auf und sank zusammengekrümmt in den Sessel zurück.

»*Was machst du?*«, schrie der andere Mann.

Von der Tür her mischte sich eine Frauenstimme ein: »*Wer ist das?*«

Vanja fiel auf den Boden zurück, rollte sich ab und war

schon auf den Füßen, als der zweite Mann auf sie zustürmte. Er war jünger als sie und hatte kurze, dunkelblonde Locken. Ein hübscher Kerl eigentlich, dachte sie. Sie kippte mit einem schnellen Fußtritt zwei der hochlehnigen Stühle um, die mit Gepolter vor seine Füße fielen, und sprang ans Kopfende des Tisches zurück. Der Mann stoppte knapp vor dem Hindernis. »*Ich will meinen Onkel sprechen. Wo ist Onkel Bogdan?*«, wiederholte sie.

»*Wie kommen Sie hier rein?*«, rief die Frau, die immer noch an der Flügeltür stand. Die Dame trug ein türkisfarbenes, durchsichtiges Negligé und einen silberfarbenen Schlüpfer darunter. Die Füße mit rosa gemalten Nägeln steckten in silbern glänzenden Sandalen. Sie war mittelgroß, schlank, aber nicht eben zierlich gebaut, mit einer stattlichen Oberweite gesegnet. Der kurze Hals trug einen kugelrunden Kopf mit einem Puttengesichtchen und strohblonden Marilyn-Monroe-Locken. Vanja schätzte die Frau auf Anfang vierzig. Jedenfalls ein gutes Stück jünger als ihre Pseudotante, der Silba nicht gefiel.

»*Ich habe den Schlüssel von Onkel Bogdan. Hier.*« Sie fummelte das Schlüsselbund aus der Hosentasche und hielt es hoch, sodass der silbergefasste Türkis gut zur Geltung kam. »*Sie sind jedenfalls nicht meine Tante*«, setzte Vanja fort. »*Wer sind Sie? Onkel Bogdan hat gesagt, ich soll hierher kommen.*«

»*Bože. Das ist sein Schlüsselbund. Eindeutig. Lassen Sie mal sehen.*« Sie machte ein paar Schritte ins Zimmer.

»*Au, au, blödes Biest*«, jammerte der mit der schwarzen Kappe im Sessel mit schmerzverzerrtem Gesicht und beschirmte mit beiden Händen sein Geschlecht. Der andere stand verwirrt vor den umgekippten Stühlen und sah von der Frau an der Tür zu Vanja und zurück. Der aus dem Sessel rappelte sich auf. Er hob die Pistole gegen Vanja. »*Ich mach dich alle, du geile Hurenziege!*«

Der andere fuhr ihn an: »*Lass den Quatsch. Steck deine Knarre weg, verdammt noch mal.*«

»*Meine Knarre, du spinnst wohl. Das ist ihre!*«

»*Eine Milicia-Knarre, wieso?*«

»*'türlich. Ich bin Spezialagentin, Abteilung II a Präsidialbüro, ihr Nasenbären. Deshalb soll ich ja meinen Onkel besuchen. Hier, mein Ausweis.*« Die Logik erschloss sich den beiden nicht unmittelbar. Sie sahen sich an, während Vanja ihren Dienstausweis aus der Gesäßtasche zog. Sie nutzte die Verwirrung, ging zum Sessel, hielt dem Mann mit einer Hand den Dienstausweis vor die Nase und riss ihm mit der anderen die Waffe aus der Hand.

»*Moment mal. Weshalb hast du dann so heimlich die Papiere da aus dem Schrank genommen?*«

Vanja entging nicht, dass der junge Wachmann, oder was immer der Typ darstellte, zum vertrauten Kumpelton wechselte.

»*Die sollte ich doch sicherstellen, lieber Kollege.*«

»*Warum hat man uns das nicht mitgeteilt?*«

»*Keine Ahnung. Vielleicht, weil es eine inoffizielle Operation sein soll.*«

»*Nee, nee, so geht das nicht.*« Der im Sessel hatte sich wieder gefangen. Er stand auf und ging auf Vanja zu. »*Wir stellen erst mal Ihre Personalien fest. Wir haben Sie hier in Silba noch nie gesehen. Dann rufen wir den General über Handy an, und es wird sich alles in Minuten klären lassen. Und bis dahin geben Sie uns Ihre Knarre und die Papiere wieder. So einfach ist das.*« Dabei griff er in seine Blousonjacke.

Vanja wich drei Schritte zurück, lud die Pistole durch, entsicherte sie und hob sie in Augenhöhe. »*Viel zu einfach, Leute*«, sagte sie cool. »*Nimm die Finger aus der Tasche, und zwar ohne Knarre, das ist keine Übung und kein Scherz.*«

Als sich die Blicke von Vanja und dem Mann trafen, fand sie die Lösung eines Rätsels. Diese Augen waren nicht ganz klar. Das passte zum Biergeruch. Aber deshalb war der Typ um so gefährlicher. Der Mann zögerte zwei Sekunden zu lange. Ein Schuss detonierte. Der HK23 in Vanjas Hand entwich eine blaue Rauchfahne, und eine messingfarbene NeunMillimeter-Hülse torkelte in verspielten Kreisen über den Terrakottaboden. Aus dem oberen Teil der Glasfüllung der Terrassentür fielen zwei große Stücke auf die roten Platten. Der Rest erinnerte an ein Spinnennetz. Die Dame in der Flügeltür mischte einen gellenden Schrei in das Geklirre und verschwand. Der mit der schwarzen Kappe riss die Hände in die Höhe. Der lockige Jüngling rief »*Hör auf, hör auf! Nicht schießen*«, rannte in die Halle und schlug die Flügeltür hinter sich zu.

»*Los, raus hier. In den Keller runter, schnell*«, befahl Vanja dem Kerl ihr gegenüber. Völlig verdattert bewegte er sich auf die Flügeltür zu, öffnete sie und trat in die Halle. Im selben Moment ließ ein dumpfes Krachen die Wände zittern. Es war die schwere Haustür, die ins Schloss knallte. Danach klirrte es im Rücken der beiden. Ein weiteres Stück aus der Scheibe war am Boden zerschellt.

»*Quadratsch…*«, schimpfte Vanja. Sie folgte dem großen Kollegen vor ihr und schubste ihn die Treppe runter. Er fing sich am Treppengeländer. Unten bugsierte sie ihn in den Raum mit dem Bett. »*Hier kannst du weiterpennen, ciao.*«

Sie schloss die Tür, drehte den Schlüssel um und zog ihn ab. Dann lief sie durch den Flur zur Außentür. Dabei fiel der Packen Papiere aus ihrem Pullover. Hastig bückte sie sich, klaubte die Bogen auf und verstaute sie wieder.

Draußen stand sie im Lichtschein der Terrassenbeleuchtung, bevor sie über den Rasen auf das Gebüsch zurannte. Als sie den Trampelpfad erreichte, hörte sie, wie der Außenborder ansprang und sich entfernte. »*Idiot!*«, fauchte sie in die Dunkelheit. »*Es waren keine drei Minuten.*«

Sie machte kehrt, rannte über den Rasen zurück, links am Haus vorbei und den Hang hinauf. Schlüpfte zwischen Pinien und Oleander hindurch. Gelangte auf die Straße. Dann hörte sie Stimmen. Rechts von ihr sah sie vier Männer beieinander stehen und diskutieren. Links kamen zwei weitere herangeschritten. »*Was ist los?*«, rief einer in rauchigem Bass.

»*Es wurde geschossen!*«, kam eine Antwort aus dem Dunkel. Eine helle ängstliche Männerstimme. Sie kam ihr bekannt vor.

»*Das hab ich gehört. Wer?*« Es mischten sich andere ein.

»*Eine Frau.*«

»Eine Frau? Wo?«

»Im Haus des Generals.«

»Anna?«

»Wieso Anna?«

»Nein, eine Fremde, glaub ich.«

»Jemand verletzt? Ist der Doktor da?«

»Weiß nicht.«

Vanja ließ die beiden passieren. Dicht am Straßenrand lief sie Richtung Hafen hinunter. Nach der Biegung, wo die Straße, von höheren Kiefernbäumen gesäumt, besonders dunkel war, spurtete sie los. Völlig außer Atem sah sie die *Amica* friedlich im Hafen dümpeln. Verlassen lagen drüben im Schein der zwei Straßenlaternen der Laden und das Büro des Hafenmeisters.

Aus der Ferne hörte Vanja einen Außenbordmotor. Sie lief um das Hafenbecken herum. An der Vorleine holte sie den Bug der Segelyacht heran und turnte auf das Vorschiff. Sie öffnete die Luke, glitt in ihre Kajüte, klappte die Luke zu und verriegelte sie.

16

Die Novemberkälte war längst unter seinen zu dünnen Pullover gekrochen. Aber er spürte sie nicht. Im Gegenteil. Sein Nacken war heiß. Der ganze Kerl bebte innerlich. Es war eine Mischung aus Wut, Enttäuschung und Angst. Die Frau hatte dort oben einen Affentanz veranstaltet. Entweder war sie jetzt gefangen, verletzt oder tot. »Wenn du Krach hörst …« Claudius gab Vollgas. Er hielt auf das Molenfeuer zu. Er blickte zurück. Das Haus war hell erleuchtet. Es war gut eine Meile weit weg, aber er glaubte, einige Menschen auf der Terrasse unter den Bögen gesehen zu haben.

Wie sollte er sich jetzt verhalten? Sofort ablegen und diese unselige Insel verlassen? Das Wetter war ruhig, ohne Wind. Er müsste motoren. Würde man ihn mit dem Vorfall in Verbindung bringen? Wenn er jetzt nach dem Zirkus da drüben verschwand, auf jeden Fall. Aber auch, wenn er blieb. Er hörte schon die Fragen: »Warum das Haus zeichnen? Ausgerechnet das? Für wen?« Dann würden sie das Schiff untersuchen, an die Kette legen bis zu einem Verfahren. »O Gott, das kann dauern.«

Warum musste Vanja dort rein? Wenn man sie gefasst hat, wird man sich fragen, wie sie auf die Insel kam. Mit der Autofähre, die den Westhafen anläuft? Dann müsste sie ein Ticket haben. Außerdem war sie dort nicht gesehen worden. Also gab es nur die Segelyacht, die in der Boranacht ankam.

Internationale Gewässer. Das wär's. Vielleicht sogar nach Italien rüber, so schnell es irgend ging. »Ciao Vanja. Führ du deinen Krieg allein!«

Elegant kurvte Claudius in die Hafeneinfahrt. Er überlegte, was alles zu tun sein würde. Das Schlauchboot glitt an der Mole entlang unter den Vorleinen durch und verschwand im Schatten des Rumpfes. An der dunklen Seite verholte er sich an der Reling entlang nach achtern, band das Dinghi am Heckkorb fest und kletterte an Bord. Er wollte keine Zeit verlieren. Er schloss den Niedergang auf, verräumte das Steckschott, schaltete die Instrumente ein und warf die Maschine an. Kaum hörbar brubbelte der Diesel vor sich hin. Für Claudius' Gefühl plätscherte das Kühlwasser zu laut ins Hafenbecken. Er lief nach vorn, löste beide Vorleinen und warf sie in die Segelkammer.

Die Achtertrosse an der Boje zog das Schiff von der Mole weg. Schnell holte er sie ein. *Amica* war frei. Entschieden schob Claudius den Gashebel nach vorn und drehte nach backbord. Er wandte sich zum Land. Noch immer war kein Mensch zu sehen. Minuten später hatte er das Molenfeuer erneut passiert. Das unendliche Meer lag vor ihm. Er schüttelte sich. Es war empfindlich kalt geworden. Nachdem er einen südöstlichen Kurs eingestellt hatte, überließ er die Steuerung dem Autopiloten. Von Land hörte er die Sirene eines Polizeiautos.

»Völlig überflüssig«, dachte er. »Wer soll auf der Insel dem Wagen schon in die Quere kommen?« Die Sirene verstummte. Er wertete sie als Zeichen, dass dort allerhand Unruhe im Gange war. Vielleicht haben sie Vanja doch nicht geschnappt und nun durchkämmen sie die ganze Insel. Tatsächlich konnte er ein blitzendes Blaulicht ausmachen. »Vielleicht der Notarzt. Hoffentlich bist du nicht schwer verletzt. Ich wünsche dir viel Glück, Vanja.« Er sagte es laut vor sich hin und verneigte sich in Richtung Silba.

Dann machte er sich daran, das Schlauchboot aus dem Schlepp zu bergen. Nachdem er den Außenborder am Heckkorb versorgt hatte, holte er das Schlauchboot aufs Achterdeck und laschte es dort über Kopf so über seiner Kajütluke fest, dass diese unter dem Gummiboot noch zu öffnen war. Er zurrte das Boot sorgfältig fest, brachte *Amica* auf sieben Knoten Fahrt, sah zufrieden ins Kielwasser und stieg in den Salon hinab. Zwar war ihm von der anstrengenden Arbeit warm geworden, aber er wusste, dass er dringend wärmere Kleidung brauchte und vor allem einen heißen Tee mit Rum. Als er den

Wasserkessel aufsetzte, fiel sein Blick auf die Uhr. Zwei Uhr und vierundzwanzig Minuten. »Hätte eine wirklich schöne Nacht werden können«, bedauerte er sich. Er zündete die Gasflamme an.

Um in der Seekarte arbeiten zu können, musste er die Bücher vom Kartentisch räumen, die Vanja dort wohl liegen gelassen hatte. »Verwirrung und Unordnung, dein Name ist Weib«, dozierte er. In der Karte suchte er den kürzesten Kurs hinaus aus der Inselwelt, Richtung Italien. Draußen im Cockpit führte er die Steuerung nach, dann ging er nach vorne und sammelte die immer noch an der Reling hängenden Fender ein und versorgte sie in der Segelkammer. Bei der Gelegenheit waren die beiden Trossen aufzuschießen, die er als Vorleinen benutzt hatte. Als er unten eine Tür klappen hörte, glaubte er, seine Kajütentür zu vernehmen. Er nahm sich vor, sie später festzuhängen.

Die Südosthuk der Insel Silba lag steuerbord querab. Sie wanderte zügig achteraus. Er begab sich wieder in die Pantry, um den Tee aufzugießen. Doch der Tee war schon aufgegossen. Es war genauso gemacht, wie er es zu tun pflegte. Die Kanne stand in der Spüle, sein stabiles Teeglas dazu mit einem Löffel zum Umrühren.

»Hab ich schon?«, fragte er sich verunsichert. Er griff sich an den Kopf. »War ein langer Tag.« Er angelte sich die Rumflasche aus dem Barfach, goss einen Schuss ein, warf Zucker dazu und schüttete schwarzen Tee drauf. Er ging wieder hinauf und hockte sich unter die Sprayhood. Es war bitterkalt jetzt am frühen Morgen, und er hatte gute Lust, die Heizung anzuwerfen. Doch er wollte Diesel sparen. »Wer weiß, wie lange ich noch motoren muss, bis ich diesen verrückten Adriaindianern entkomme«, murmelte er vor sich hin. Aber das mit dem Tee? Kopfschüttelnd schlürfte er einen heißen Schluck.

Er dachte wieder an Vanja. Ihr Taucheranzug fiel ihm ein, der nun sinnlos in der Dusche hing. »Ich habe ihr Klamotten besorgt und sie an Land gesetzt. Das ist es, was man mit Schiffbrüchigen normalerweise macht, nicht wahr?« Rechtfertigungsversuche? »Hättet ihr das anders gemacht?«, fragte er in die Nacht. »Ich habe gewartet, wie sie es wollte. Es war eine Schießerei! Sie hat von Krach und Klatschen gesprochen, nicht von Schüssen. Oder wollte sie das Wort vermeiden?«

Er trank einen Schluck. Hatte er eine Verantwortung für sie? Sie war wie ein zugeflogener Vogel, eine Katze, die sich traulich bei ihm einnistete. Hatte sie ihm vertraut? Sie war so eigenständig, selbstbewusst. Er trank. Der Rum wärmte. Und beschleunigte sein Denken.

»Verdammter Mist, Vanja, warum? Warum du? Warum ich?«

Die Lichter von Silba zerflossen vor seinen Augen, die Sterne bekamen verschwommene Kränze. Seine Mundwinkel zuckten hilflos. Mit dem Ärmel wischte er sich über die Augen. »Vanja, warum?«, schrie er in die Dunkelheit und schleuderte den Teebecher samt Restinhalt in hohem Bogen ins Kielwasser. Dann stützte er die Arme auf die angezogenen Knie und verschränkte die Hände vor dem Gesicht.

Währenddessen lag sie mit offenen Augen vollständig bekleidet in der dunklen Kammer und starrte durch das Luk in den Sternenhimmel. Ihre Schulter schmerzte ein wenig. Die HK23, das Schlüsselbund und die Papiere hatte sie am Fußende unter der Matratze deponiert. Sie wusste das Tauchermesser neben sich in der Ablagerinne.

Er wäre also ohne sie abgehauen. Keine fünf Minuten hat er gewartet. Angsthase. Dekadenter Egoist. Hat vermutlich einen Haufen Kies im Kreuz und keinen Plan, was er mit seinem Leben anfangen soll. Nur immer schön Sonnenschein. Von wegen was wagen! Zum eigenen Vorteil, ja. Petar hätte … Sie warf sich herum und barg ihr Gesicht im Kissen. Petar, Petar. Der Gedanke ließ sie zittern. Tränen schossen ihr in die Augen. Sie begann hemmungslos zu heulen.

Vor sechsunddreißig Stunden war sie dem sicheren Tod entronnen. Weshalb war sie in diese Situation geraten? Sie war eine ganz normale Beamtin im gehobenen Dienst mit einer Menge Auslandserfahrung. Sie hatte einen alltäglichen Auftrag in der Heimat bekommen und tat ihren Job. Wenn es der

Oberst und seine Leute waren, die ihr nach dem Leben trachteten, hatte sie soeben die zweite Chance genutzt, am Leben zu bleiben. Sie hatten auf sie gewartet, hatten sie gewähren lassen. Sie wollten sehen …

Was hatte ihnen dieser Deutsche erzählt? War er deshalb abgehauen? Er hat gar nicht mehr mit ihr gerechnet! »Petar, wie konnte es so weit kommen? Wer hat mich in dieses Dickicht gehetzt, in dieses unsichtbare Spinnennetz? Wer kann es zerreißen? Petar! Dieses Schiff muss mich zu dir bringen!« Sie fröstelte. Rasch zog sie sich die Bettdecke über den Körper und fiel in einen tiefen, traumlosen Schlaf.

17

Er war keine zehn Jahre alt und schlenderte neben einem großen schlanken Mann über den Rummelplatz. Er hatte das Gefühl, der Mann habe eine enge, intime Verbindung zu ihm. Der Große hatte glattes, kurz geschnittenes schwarzes Haar und lustige, braune Augen. Der Bub ergriff seine Hand, und der Mann lächelte zu ihm herab. Ach ja, er kannte dieses Lächeln, es war sein Vater. Es war abends oder schon nachts und die glitzernde verwirrende Lichterwelt umgab sie mit Farben und Tönen. Sie blieben vor der großen bunten Jahrmarktorgel stehen. Die Nixe mit ihrem blanken Busen und dem himmelblauen, wie ein Fisch geschuppten Unterleib faszinierte ihn. Sie schwebte im Zentrum der Orgelpfeifen, einen Neptun neben sich mit Krone und Dreizack. Ihre rosa Arme schlugen in eckigen Bewegungen auf ein muschelbesetztes Glockenspiel. Dabei wackelte der eiförmige Kopf im Takt der Musik, und ihre starrenden Glupschaugen visierten nach jedem Schlag andere Menschen an.

Vater wollte weitergehen, zog ihn, den Jungen, an der Hand fort. Aber er schrie »Sieh, Vater, hör doch.« Die Nixe schlug plötzlich immer denselben Ton. Immer denselben Ton. Aber seltsam. Es war kein klingendes Glockenspiel. Es war ein Piepen. Piep, piep, piep, piep. Es war nicht auszuhalten. Vater! Der Mann zog ihn weiter.

Claudius fiel von der Cockpitbank. Er schlug die Augen auf, und es piepte noch immer.

»Verdammt, eingepennt. Mist« Er zitterte vor Kälte.

Er stand auf und blickte um sich. Der Horizont war rundum dunkel. Die Sterne glitzerten. Er stieg den Niedergang hinunter und setzte sich an den Kartentisch. Er drückte auf »Enter« am GPS-Gerät. Ruhe kehrte zurück. Das Gerät zeigte ihm den

Standort. Der erste Wegepunkt war erreicht. »Ich sollte irgendwo vor Anker gehen und mich ausschlafen.« Er suchte auf der Karte nach einer geeigneten Bucht. Skarda. Uvala Griparica. Sie war nach Südosten offen. Fünf Meter Wassertiefe. Ideal. Nicht schön, aber die nächste, die bei der gegenwärtigen Wetterlage möglich war. »Wenn ich es noch schaffe bis dahin.« Er änderte den Kurs.

Drei Becher Tee und fünfundvierzig Minuten später legte er Ruder, um in die Bucht einzusteuern. Er nahm den Gashebel zurück, stellte das Ruder fest und ging nach vorn. Wie in Trance öffnete er den Deckel des Ankerkastens, nahm die Winschsteuerung heraus und drückte kurz auf DOWN. Die elektrische Winsch spulte einen halben Meter Kette nach vorn, genug, um den Siebenundzwanzig-Kilo-Anker aus seinem Lager zu stoßen und zum Fallen bereit zu machen. Als er glaubte, die Mitte der Bucht erreicht zu haben, nahm er den Bremshebel der Ankerwinsch, löste die Sperre, und der Anker ratterte in die Tiefe. Als die vier weißen Markierungen der Zwanzig-Meter-Marke durchliefen, stoppte er die Kette, versorgte den Stick und die Steuerung und ging zurück zum Kartentisch im Salon. Er schaltete das GPS auf Positionsüberwachung, legte den Hebel der Starterbatterie um, schrieb in seinen Kalender den Namen der Bucht, die Uhrzeit und malte einen Anker daneben. Er stierte eine Weile auf die Zeichen. »Vanja!«, dachte er. Und laut sagte er: »Morgen fahr ich zurück und hol dich da raus. Egal wie.« Er klappte das Buch zu.

Dann verkroch er sich in seine Koje. Die Nixe mit dem Glockenspiel kam nicht wieder.

18

Noch nie in ihrem Leben hatte sie den Dieselmotor eines Segelschiffes gestartet. Vanja saß draußen vor der schwarzen Schalttafel im Cockpit und versuchte sie zu enträtseln. Sie starrte die drei gummierten Knöpfe an: START, ALARM und OFF. Zwei Kontrollleuchten, zwei kleine Rundinstrumente und der große Drehzahlmesser sagten ihr nichts über die Funktionsweise. Sie versuchte am Steuerrad zu drehen. Es war blockiert. Sie fühlte ein Kribbeln im Magen. »Was hat der gemacht?«, grübelte sie. Sie fand die Feststellschraube und löste sie. Das Rad ließ sich frei drehen. Dann drückte sie mutig auf den Knopf, unter dem das Wort START stand.

Nichts. Nicht mal eine Kontrollleuchte ging an. Ihr Mut sank, und ihr Entschluss geriet ins Wanken. Sie blickte über die Bucht und dachte nach.

Es war das erste Licht des neuen Morgens gewesen, das sie geweckt hatte. »Dieses Schiff bringt mich heute nach Hvar.« Das war ihr erster Gedanke gewesen. Leise hatte sie die Luke geöffnet und war in einen klaren, kalten Tag hinausgeklettert.

Der Bug der Yacht zeigte gegen einen hohen, aus weißen und grauen Felsschichten aufgetürmten kahlen Berg, sicher über hundert Meter hoch. Links am Ufer entdeckte sie ein altes Gemäuer, eine Ruine. Schließlich stellte sie fest, dass das Boot fast völlig von Land umgeben war. Nur dort, wo die Sonne aufging, schien es eine gewundene Lücke zum Meer zu geben. Auf der anderen Seite am Ende der Bucht, kaum achtzig Meter vom Heck der *Amica* entfernt, spiegelte sich eine kurze Kaimauer im unbewegten Wasser. Wo Fische nach Mücken schnappten, verbreiteten sich zierliche silbrige Wellenkreise. An Land, auf den blanken Felsen zwischen dem spärlichen Grün, zeigte sich kein weiteres Leben.

Eine Weile stand sie so am Bug und verfolgte die Ankerkette in die grüne Tiefe. Dann hob sie vorsichtig den Teakdeckel des Ankerkastens, betrachtete die Ankerwinsch und das gekringelte schwarze Kabel mit dem roten Handapparat der Steuerung. »UP« und »DOWN« stand auf den beiden gelben Gummiknöpfen.

Lautlos wie eine Katze war sie vorhin ins Cockpit geschlichen. Der Niedergang war offen. Das GPS hatte ihr die Position gezeigt, und sie hatte rasch in der Karte den neuen Standort der Yacht gefunden. 106 Seemeilen. Das hatte sie schon im Hafen von Silba ausgerechnet. Einundzwanzig Stunden nach Hvar. Entschlossen hatte sie sich hinter das Steuerrad gesetzt. Irgendwie würde sie es schon schaffen.

Aber sie kam nicht weiter. Ihr fehlten einige Informationen. Auf dem Motorboot war das irgendwie einfacher gewesen. Da war ein Zündschlüssel, den man nur zu drehen brauchte und schon sprang die Maschine an. Man musste den Gashebel zur Seite und dann nach vorn ... »*Ich brauche sowieso erst ein Frühstück und klare Verhältnisse*«, sagte sie und stand auf. »Aber ich werde ihn kaum überzeugen können«, dachte sie. »Wie bekomme ich bloß das Schiff hier weg?« Beiläufig bemerkte sie hinter sich das Schlauchboot, das auf dem Dach der Achterkajüte lag. Es war ordentlich festgezurrt.

Sie stieg in den Salon hinunter, setzte Wasser auf, sah auf das Barometer und machte sich ein Brot zurecht. Ein paar Schritte ging sie in den Flur, der zur achterlichen Kammer führte. Es war nichts zu hören. Sie betrachtete die Türklinke. Die massive Teakholztür war nach innen zu öffnen. Es gab keinen Schlüssel, vielleicht nur innen einen Riegel. Der Türrahmen stand rundherum einige Zentimeter über. »Man müsste hinter die Türklinke einen langen kräftigen Gegenstand, einen Besenstiel ...«

Sie fand den Bootshaken und stieß nur einmal gegen die Decke, im übrigen schaffte sie es lautlos.

Würde er es einundzwanzig Stunden aushalten? Und wenn er mal musste? Vielleicht würde er ja einlenken.

Vanja besah sich die Schalttafel am Navigationstisch. Sie fand die beiden Batterieschalter und die Kippschalter für die Instrumente und die Ankerwinsch. »Siehst du, so einfach ist das«, freute sie sich. »Mit ein wenig Glück, Geduld und Nachdenken findet sich doch immer eine Lösung.«

Das Wasser begann zu sieden. Sie brühte den Kaffee auf. Eine Duftwolke zog durch den Salon.

Der Anlasser drehte zwar, aber der Motor sprang nicht an. Einmal, zweimal, dreimal. Er stotterte, aber sprang nicht an. Vanja schob verunsichert den Gashebel etwas nach vorn und probierte es noch mal. Nun lief der Motor. Schraubenwasser gurgelte, und das Schiff setzte sich sofort in Bewegung. Es fuhr direkt auf die Felswand zu. Vanja nahm erschrocken den Gashebel zurück und drehte am Ruderrad. Der Bug schwenkte nach rechts. Im Schiff rumorte es.

Claudius flog über die Alpen. Zwei oder drei nicht identifizierte Wesen verfolgten ihn, hetzten ihn fauchend von Gebirgskamm zu Gebirgskamm. Eine fantastische Landschaft. Felsen, Schnee, vereinzelte Bäume und immer wieder lose herumliegende, wackelige Felsen. Sehr knapp schaffte er den nächsten Grat. Seine Verfolger kamen über den letzten nicht hinweg. Sie stießen gegen einen Felsklotz, der donnernd zu Tal polterte. Erschrocken stürzte Claudius ihm nach. Es galt, die Menschen im Dorf unten zu warnen. Er breitete krampfhaft die Arme aus, krallte sich in der Matratze fest und erwachte.

Das Poltern aber wollte nicht aufhören. Es bekam einen Rhythmus.

Er hob den Kopf und blinzelte. Durch die Seitenfenster fiel Licht in seine Kajüte. Das Deckenluk war dunkel, und die Maschine lief.

Er schnappte nach Luft. Schweiß schoss ihm auf die Stirn. Er sprang in seine Kleider und stürzte zur Tür. Die Klinke ließ sich nicht richtig bewegen. Die Tür klemmte. Er riss daran, rüttelte. Vergeblich. Durch die Seitenfenster sah er Land. Felsküste, zackig, scharfkantige bösartige Klippen, die vorbeizogen. Seine *Amica* bewegte sich also. Er stieg auf das Bett und klappte die Decksluke auf, bis sie an den Innenboden des Dinghis stieß. Das Boot war gut festgelascht. Er hatte die Knoten schließlich selbst gemacht. Fluchend verwünschte er seine Idee, das Luk mit dem Dinghi zuzustauen. Aber er konnte die Ventile des Schlauchbootes erreichen und dann hinausklettern. »Wer kann an Bord sein? Haben die mich verfolgt?«

Vanja steuerte auf die Ausfahrt zu und dachte an den Anker. Das Schiff war nicht schnell geworden, aber es gab dennoch einen spürbaren Ruck, als der Haken am Grund wieder fasste. Langsam trieb die Yacht zurück und drehte sich. Vanja sprang nach vorn, klappte den Deckel des Ankerkastens auf, nahm die Handsteuerung heraus und drückte auf »UP«. Befriedigt registrierte sie, wie die Winsch mit zuverlässiger Kraft die Kette holte. Rasselnd lief sie Meter um Meter in den Kasten. Vanja beugte sich über den Bugkorb.

Der Anker brach aus dem Grund, sie sah ihn kommen. Es machte ihr Spaß, mit dieser Technik umzugehen. Endlich zog die Winsch den schweren Pflugscharanker über die Waage, bis er scheppernd in sein Lager fiel.

Als sie den »UP«-Knopf losließ, hörte sie ein Zischen. Sie räumte die Handsteuerung weg, schlug den Deckel zu und lief nach achtern. Sie dachte an die Küche, an Gas. Aber es war nichts zu riechen unten und alles war ausgeschaltet. Das Zischen erstarb. Hatte sie sich getäuscht? Sie stellte sich ans Steuerrad und schob den Gashebel kräftig nach vorn. Das Brummen des Motors schwoll an. Sie dirigierte *Amica* aus der Bucht. Als das offene Meer vor dem Bug lag, schaltete sie die automatische Steuerung ein.

Vanja blickte zurück. »Ein gutes Versteck hat er da gefunden«, dachte sie und stutzte. Irgendetwas war anders. Ja! Das Schlauchboot! In diesem Moment sank es auf dem Achterdeck zusammen. Dann hob es sich wieder.

»*Oh nein*«, fluchte Vanja und stieg aus dem Cockpit. »*So nicht! Nicht mit mir! Aber schlau ist er schon, der Herr Skipper.*« Flugs zog sie die Leinen nach, die das Schlauchboot hielten. Sie vernahm ein Stöhnen.

»Verdammt, wer ist da oben?«, rief Claudius. »Lasst mich hier gefälligst raus!«

»Hallo Skipper! Guten Morgen. Wir sind wieder unterwegs. Gleich bekommst du Frühstück!«

»Hey Vanja! Was machst du?«

»Hast geglaubt, du wärst mich losgeworden, was?«

»Quatsch. Ich wollte dich nicht loswerden.«

»*Quadratsch*... Die haben auf mich gewartet, Skipper. Ich frage mich, warum die auf mich gewartet haben.«

»Du glaubst doch nicht ... Mein Gott, ich hab dich nicht verpfiffen.«

»Wo warst du denn mit deinem bescheuerten Schlauchboot? Und warum haben die mich dort erwartet?«

»Vielleicht wegen der Zeichnung, was weiß ich. Hast du die Tür verrammelt?«

»Ich muss wirklich nach Hvar, Skipper. Ich kann nicht riskieren, dass du mich wieder sitzen lässt.«

»Mach keinen Scheiß. Ich wollte dich nicht sitzen lassen ... Hör jetzt auf mit dem Scherz! Ich kann mich nicht mehr bewegen hier drunter.«

»Das tut mir aber Leid.« Sie schlang den Knoten zu Ende. »Ich sag dir was, Skipper: Wir werden jetzt zirka fünf Meilen Kurs 180 Grad nehmen und dann für die nächsten zehn Stunden 138. Vom Wegepunkt zwei an gehen wir dann auf 126 für zirka acht Stunden. Dann sind wir vor Sveti Klement und gehen mit 116 Grad direkt nach Hvar. Dort steig ich aus und dann kannst du von mir aus nach China segeln.«

»Du spinnst wohl. Du kannst mich unmöglich so lange hier drin festhalten!«

»Das lässt sich ausprobieren«, sagte Vanja sachlich und zog die nächste Leine fest.

»Du kannst nicht wach bleiben so lange, Vanja. Es sind eine Menge Inseln auf dem Weg.«

»Ich weiß, wo ich bin, und die Karte sagt mir, dass dort draußen nichts ist, außer ein paar Inseln. Und die lassen wir links liegen.«

»Ha, ha«, machte er und wusste genau, dass sie auf seine Erklärung anspielte. »Vanja, sei nicht kindisch. Das war vorgestern ganz was anderes.«

»Ja, es war Nacht.«

»Das Schiff kann von Strom und Wind versetzt werden. Du weißt ja gar nicht …«

»Dann frag ich dich. Okay?«

Er lag krumm unter dem Schlauchboot und arbeitete sich zur Luke zurück. Sie ließ sich nur noch so weit öffnen, dass er den Kopf hineinbrachte. Endlich gelang es ihm, kopfüber in seinen Schlafraum zurückzukehren.

»Hey Skipper. Eine Frage: Wie kann ich Gas geben ohne Schraube?«

»Du meinst den Leerlauf? Siehst du, keine Ahnung hast du. Das wird eine Katastrophe. Los mach die Tür auf.«

»*Bože. Wie stur*. Ich komm schon noch drauf.«

Sie turnte in den Salon hinunter und begab sich in die Pantry. Sie goss sich Kaffee in einen Becher und bereitete Tee und Brote für Claudius vor. Dann überlegte sie, wie sie ihm die Sachen zukommen lassen könnte.

Währenddessen dachte Claudius fieberhaft darüber nach, wie er seinem Gefängnis entkommen könnte. Wenn er nur ein Messer zur Verfügung hätte! In seinem bescheuerten Ordnungswahn hatte er sogar sein Klappmesser im Kartentisch versorgt. Mit einem Messer könnte er die Leinen durchschneiden, die das Dinghi hielten. Notfalls könnte er noch ein Loch in den Dinghiboden schneiden. Jetzt ließen ihn lediglich die beiden schmalen Seitenfenster seiner Achterkabine an der Außenwelt teilhaben.

An Backbord fiel die Huk zurück, die er heute Nacht umrundet hatte. Weit dahinter lag die Insel Ist. An Steuerbord war die Küste stärker bewachsen. Etwas vorlicher sah er auf das offene Wasser. Es wirkte dunkler, der Horizont erschien wie ein schwarzer Streifen. Er wusste, was das verhieß. Plötzlich traten Vanjas neue Sportschuhe ins Bild. Dann hörte er sie auf dem Kajütdeck. Es fiel mehr Licht durch die Luke.

»Frühstück, Skipper!«

Schon stand er auf dem Bett und steckte den Kopf durch das Luk. Er sah einen roten Plastikbeutel auf sich zukommen, ergriff ihn und zog ihn durch das Luk. Es wurde wieder dunkel über ihm.

»Mensch, Vanja. Das bringt doch nichts. Ich segle mit dir nach Hvar meinetwegen, aber mach endlich die Tür auf.« Er packte hastig aus. Die Teekanne, eine Glastasse, drei Doppelscheiben Brot, zwei fertig mit Marmelade und eine mit Wurst belegt. Kein Besteck.

»Skipper, mein Vertrauen in die Menschheit ist in den letzten sechsunddreißig Stunden ziemlich … ähm wie sagt man in Deutsch? Es ist strapaziert. Ich will leben, verstehst du?«

»Das will ich auch. Ich hab dich nicht verpfiffen, Vanja, wenn du das meinst. Wer hat auf dich gewartet?«

»Die zwei Typen vom TNO. Und so eine Tussy. Die Zweitfrau von dem Oberst.«

»Und wer hat geschossen?«

»Ist doch egal.«

»Ist jemand verletzt worden?«

»Nein. Nur die Terrassentür ist hinüber.«

»Also hast du …?«

Sie sagte nichts. Vanja saß hinter dem Steuerrad und erkundete den südlichen Horizont. Er zeigte eine schwarze Linie. »Also hat sie eine Kanone«. Der Gedanke machte ihn nicht fröhlicher.

»Hast du eigentlich gefunden, was du gesucht hast?«

»Es reicht.«

»Was schließt du daraus?«

»Jemand will Krieg führen.«

»Wer gegen wen?«

»Der Oberst oder General oder was der ist. Gegen wen weiß ich nicht.«

»Gegen dich, gegen euch, die Regierung?«

»Weiß nicht.«

»Vanja, ich will dir helfen, ehrlich.«

»Ich kann mich nur auf mich selbst verlassen, bis …«

Er hatte keine Lust auf Frühstück, der Appetit war ihm gründlich vergangen. Die Situation erinnerte ihn unangenehm an seine Ehe. Marion hatte ihn damals aus der Wohnung ausgesperrt. Aus seiner eigenen Wohnung! Er hatte sie wegen eines Geschäftstermins versetzt. Ihre Fähigkeit, gekränkt zu sein, überzog alles mit diesem grüngrauen Schimmer der Ungenießbarkeit. War Vanja nicht ganz anders?

Nach einer Pause fragte er: »Hast du den Horizont gesehen?«

»Ja.«

»Siehst du den schwarzen Strich? Das kann eine Menge Wind sein. Schirokko. Es wäre wirklich besser, wir würden innen fahren. Vanja, komm, lass mich dir helfen! Es ist mein Schiff und mein Leben, das du hier aufs Spiel setzt. Das ist nicht fair!«

»Wie innen?«

»Innerhalb von Dugi Otok. In zehn Minuten kann hier die Hölle los sein.« Er wusste genau, dass sich der Schirokko in der Regel langsam aufbaut.

»Dann ist es besser, du bleibst unten, sonst fällst du wieder über Bord«, entschied sie. »Ich schau mal in die Karte.«

So richtig einladend sah der Horizont wirklich nicht aus. Sie ging zum Kartentisch hinunter. Noch fünf Meilen bis zum Nordkap von Dugi, Kurs hundertdreißig. Vier kleine Inseln mußten umfahren werden. Sie ging zum Barometer. Es war um eine Einheit gefallen. Sie ging hinauf und änderte den Kurs. »Gut, wir fahren innen durch. Das Barometer ist gefallen.«

»Viel?«

»Einen Strich.«

»Das reicht. Mach die Tür auf, du wirst Hilfe brauchen.«

»Das lass ich drauf ankommen«, erwiderte sie trotzig und stieg in den Salon hinunter.

Claudius untersuchte den Türbeschlag. Der war von außen montiert, und um den Splint aus der Klinke zu drücken, fehlte ihm das Werkzeug. Er überlegte, ob es sich lohnte, das ganze

Schott einzutreten. Das Ergebnis fiel negativ aus. Im Grunde musste er den Mut dieser Frau bewundern. Oder bestürzt sein über ihre Verzweiflung. Das Gefühl, dazu beigetragen zu haben, schmerzte ihn. Er beschloss, ein Verfahren zu wählen, das sich in seinem Leben mehrfach bewährt hatte. Geduldig sein. Und wachsam.

19

Es war kurz vor acht Uhr, als sie das Radio einschaltete. In den Nachrichten spielten irgendwelche außenpolitischen Erfolge des Regimes die erste Geige. Außerdem waren angeblich einige Provokationen serbischer Milizen beantwortet worden. Und es gab Spannungen zwischen Flüchtlingen aus Bosnien und einheimischen Kroaten auf der Insel Hvar. Die »Eingeborenen« waren der Ansicht, die Fremden würden bevorzugt. Dass eine Oberinspektorin der Abteilung II a des Präsidialbüros in Zagreb spurlos verschwunden war, kam nicht vor. Und dass ein Armeeoberst an seinem Zweitwohnsitz eine Privatstreitkraft aufbaute und sich General nennen ließ, interessierte den Sender auch nicht. Dafür fiel der Wetterbericht sehr exakt aus.

Wegen des Hochdruckgebietes über Griechenland und des Tiefdruckgebietes über den Alpen und Slowenien würde warmer Wind aus Süden die Küste Kroatiens erreichen. Schirokko. Er war schon da.

Amica hatte die Passage zwischen Molat und Dugi Otok hinter sich. Sie lief mit sieben Knoten Kurs 130 Grad. Der warme Wind kam aus 160 bis 170 Grad. Für die kleinen Wellen, die er im Schatten von Dugi Otok verursachte, war das Wort Seegang zu groß. Ruhig zog die Yacht ein schnurgerades Kielwasser durch den Zverinac-Kanal. Man hätte kreuzen müssen, um zu segeln. Aber davon verstand Vanja nicht viel. Sie hielt alle zehn Minuten Ausguck und verbrachte die übrige Zeit am Kartentisch.

Sie ließ das Musikprogramm eingeschaltet und vertiefte sich in die Blätter, die sie aus der Schreibtischschublade des Oberst Gerlan genommen hatte. Sie war nie beim Militär gewesen, aber im Laufe ihrer Ausbildung war sie mit den Gegebenheiten der Armee vertraut geworden. Es war ihr klar, dass sie eine Ausrüstungsliste für eine kriegsstarke Infanteriekompanie vor sich liegen hatte. Schnellfeuergewehre, Maschinengewehre, Maschinenpistolen, Panzerfäuste, die entsprechende Munition dazu und Ferngläser sowie Nachtsichtgeräte. Für wen?

Der andere Zettel erinnerte sie an die Mannschaftsaufstellung für ein Fußballmatch. Nur dass oben nicht der Keeper stand. Von den vier Verteidigern waren zwei durchgestrichen. Der Name Gerlan tauchte nicht auf. Nosty war gestrichen. Und sein Kollege Elmar Brengemann. Was war mit Brengemann passiert? Waren die übrigen auch noch Ziele? Wenn der Typ an der Torwartposition wirklich der Boss dieser Leute war, dann war dieses Papier das heißeste, das sie je in die Finger bekommen hatte. Dann stand dem Land noch einiges bevor.

Aber was hatte das mit ihr persönlich zu tun? Sie war beauftragt worden, den Fall Nosty zu durchleuchten. Von dem Zeitpunkt an, an dem sie vermuten musste, dass Gerlan in diese Sache verwickelt war, lief sie im Fadenkreuz einer Organisation herum, die sie nicht kannte.

Wie würde Direktor Bolmanc sagen: »Wissen Sie, diese Leute haben kein Interesse daran, aufzufliegen.« Diese Leute! Die, um die es hier ging, hatten kein Interesse daran, dass eine Beteiligung Gerlans an dem Unfall Nostys ans Licht kam. Oder sie hatten kein Interesse daran, dass die Rolle Nostys in ihrer eigenen Organisation offenbar würde.

Dieser Elmar Brengemann. Gestrichen. Ein erledigter Fall, erledigt wie Nosty. Fürchteten sie um die übrigen beiden, die laut Organigramm auf gleicher Ebene tätig waren?

Übrig blieben ein Kroate und ein Italiener. Iwan Presvic und Giovanni Titus Bagheri. Beim Letzten stand in Klammer »Tito«. Alle vier dieser Ebene hatten nachgeordnete Leute, teilweise bis zu vier. Der Brengemann zum Beispiel. Unter seinem Namen standen in einer Reihe: ein Horatio, ein Äneas und eine Diana. »*Hübsche Decknamen, typisch deutsch, ein Klassikfan*«, flüsterte Vanja. Der Iwan Presvic führte ein Team, das aus einem Kalinov, einem Zviriak und einem Sadikovnac bestand.

Zwei dieser Namen hatten ebenfalls Begriffe in Klammern vermerkt. Vanja musste bitter schmunzeln, als sie es las. Bei Kalinov hieß es Vanja Markic, Rijeka. Vanja Markic! Er war zwei Jahrgänge über ihr in der Akademie gewesen. Der interessierte Kollege vom Betrug in Rijeka. Wird den Metzgerboss aber freuen!

Die Klammer hinter Sadikovnac enthielt den Namen Stipe, den Buchstaben P und ein Fragezeichen. Die Leute des Italieners hießen Radames, Amonasro, Ramphis und Amneris. Waren das nicht die Hauptrollen dieser ägyptischen Oper von Verdi? Hier gab es auch nur zwei Klammern. Hinter Ramphis stand Alberto, und hinter Amneris war »Dr. K.T.« notiert. Nostys Gruppe bestand aus Silba, Zirje und Vis. Das waren alles Inseln. Silba!

Oberst Gerlan unter Nosty? Unwahrscheinlich, aber nicht unmöglich. Die beiden kennen bzw. kannten sich gut. Nosty war unterwegs nach Zadar. Vielleicht mit Gerlan im Auto. Sie werden angehalten. Gerlan steigt aus. Er wird angegriffen. Ein Kampf entbrennt. Er verliert sein Schlüsselbund. Das Auto stürzt ab, brennt aus. Gerlan kann fliehen, taucht unter.

Noch etwas verband die beiden. Vanja dachte fieberhaft nach. Sie wusste es, aber es fiel ihr nicht ein. Irgendwas in dem Wust von Informationen, der den Fall Nosty umgab, verband die beiden. Nicht nur, dass sie sich getroffen hatten, es war etwas anderes. Wandfarbe. Drei Eimer weiße Wandfarbe. Im Boot Gerlans lag der Zettel: »Drei Eimer Farbe weiß. Stari Grad, Ulica Jelsa, Renovierung. 14.11., 19 h«. Es sollte aussehen wie eine Spende zur Renovierung einer Wohnanlage für Flüchtlinge aus Bosnien. Nosty hatte die drei Eimer besorgt.

In einen Zehnlitereimer Wandfarbe passen gut und gerne acht Kilogramm Sempex T, ohne dass es auffällt. Die spezifischen Gewichte von Wandfarbe und Sprengstoff dürften nicht weit auseinander liegen. Zusammen ergibt der mögliche Inhalt achtundzwanzig Kilogramm. Damit ließe sich jedes Haus in einen Trümmerhaufen verwandeln.

Wo war sie geblieben, die Wandfarbe? Im Wagen war keine

Spur davon, jedenfalls kam im Untersuchungsbericht nichts darüber vor. Auch Vladim hatte nie eine Andeutung gemacht, dass man sich über den Verbleib der drei Kübel Gedanken gemacht habe. Hundertpro wollte Nosty sie mit nach Zadar nehmen. Waren die drei Eimer Grund für den Unfall? Ist damit die »Renovierung« geplatzt? Das würde bedeuten, dass jemand sie verhindern wollte. Dann hätte er sie im Wagen lassen können. Hatte er eine andere Verwendung dafür? So viel war klar: Von hier aus würde sie nichts weiter ermitteln können.

Erst am frühen Morgen würden sie in Hvar einlaufen. Von dort sind es noch fünfzehn Kilometer bis Stari Grad. Petar, das hoffte sie inständig, hatte mit seinen Leuten das Flüchtlingsheim bereits abgeschirmt. Ein Anschlag wäre fatal. Das Regime hätte einen Anlass mehr, die Sicherheitskräfte zu verstärken. Man müsste noch mehr Ausrüstung und Waffen kaufen. Freiheiten wieder einschränken.

Der Gedanke daran ließ sie ebenso zusammenfahren wie das plötzliche Brüllen ihres Skippers.

20

Vanja! Schau nach backbord achtern. Jetzt ist das Spiel aus. Mach die Tür auf, sofort.«

»Was?« Verwirrt versuchte Vanja, aus dem offenen Niedergang zu linsen, ohne sich selbst blicken zu lassen. Negativ. Sie stieg auf das L-Sofa und sah durch die schmalen Fenster des Kajütaufbaus. Dann hörte sie auch schon den Lautsprecher.

»*Amica, Amica. Hier ist der Küstenschutz der Republik Kroatien. Wir müssen eine Kontrolle vornehmen. Bitte halten sie Kurs und Geschwindigkeit. Wir gehen längsseits. Zwei Beamte kommen an Bord.*«

Ein schnittiges Schnellboot lief neben der Yacht. Grau gestrichen mit einer Zwanzigmillimeter-Kanone unter einer grauen Persenning auf dem Vorschiff. Ein Mann in dunkelblauer Uniform und weißer Marinemütze stand mittschiffs an der Reling. Er hielt einen knallig orange-roten Ballonfender außenbords fest. Es war ein junger Beamter, vielleicht fünfundzwanzig und aus dem Süden, so braungebrannt wie er war. Neben ihm tauchten zwei weitere auf. Glattrasierte junge Gesichter, das schwarze Haar unter den Baretten kurz gehalten. Braune Augen spiegelten eine Mischung aus Dienstpflicht und Gelassenheit wider. Sie trugen dunkelgrüne, eng sitzende Overalls und Schwimmwesten. Alle drei waren bewaffnet. Sie kannte die Pistolenmarke.

Vanja überlegte nicht lange. Kurs und Geschwindigkeit halten, das konnte die Automatik viel besser. Sie gab dem Bootshaken vor Claudius' Tür einen Tritt, sodass er aus der Türklinke sprang. »He, Skipper, nun hast du wieder Gelegenheit, mich zu verpfeifen.«

Schnell raffte sie die Papiere zusammen, griff sich eine Taschenlampe aus dem Regal gegenüber der Navigation und verschwand im Vorschiff. Dort klappte sie die Matratze hoch. Darunter wusste sie einen riesigen Stauraum, in dem unter einer Plane allerlei Vorräte und Ersatzteile lagerten. Sie nahm die gesamte Bettwäsche und die Decke mit und natürlich die HK23. Klappte die Sperrholzplatte hoch, auf der sonst das Bettpolster lag, warf alles hinein und stieg selbst nach. Im Zuklappen achtete sie darauf, dass das Polster wieder ordnungsgemäß an seinem Platz zu liegen kam. Sie knipste die Lampe an und verstaute alles inklusive sich selbst unter der Plane.

Durch die offene Tür zum Vorschiff sah Claudius gerade noch, wie sich das Polster senkte. Er rannte nach vorn, rückte es zurecht und legte die zwei Kissen darüber, die sonst immer im Salon das Sofa zierten. Er nahm sich sogar Zeit, im vorlichen Waschraum das Handtuch wegzunehmen und es in den achterlichen zu werfen. Nun sah alles wieder wie bei einem Einhandsegler aus.

Polizei auf See an Bord. Das hatte er noch nie. Die werden sich fragen, warum niemand an Deck ist, dachte er. Und dann werden sie nach gestern Abend fragen, werden ihn festnehmen. Mit irgendeiner aberwitzigen Begründung.

Er spürte, wie ihm Schweiß auf die Stirn perlte. Im Gehen öffnete er seinen Hosenbund. Er kletterte ins Cockpit hinauf. Oben zog er sich die Hose zurecht und schloss seinen Gürtel. »Sorry«, rief er hinüber und versuchte ein entschuldigendes Grinsen.

Inzwischen war das Polizeiboot auf Sprungnähe herangekommen. Der Beamte mit dem Fender winkte und grinste wissend. Hilfsbereit bot Claudius dem ersten Beamten die Hand zum Übersteigen. Als der Ballonfender die Bordwand der *Amica* berührte, stieg der erste herüber und gleich nach ihm sein Kollege. Sie hatten Übung darin, unverkennbar. Das Schnellboot entfernte sich sogleich wieder, hielt aber Kurs und Geschwindigkeit auf Rufweite bei. Der erste Beamte sagte: »Gutten Tag.«

»Dobro dan.« Claudius bemühte sich um ein freundliches Gesicht. Die beiden lächelten.

»Du allein auf Boot?«

»Wie bitte?«

Der Beamte wiederholte seine Frage wortgleich und sah Claudius aufmerksam ins Gesicht. Der schluckte: »Ja. Ich bin allein.«

»Papiere? Passoporto, Bootschein?«

»Ja sicher. Einen Augenblick.« Er holte das Gewünschte aus dem Kartentisch.

Der zweite sah sich das Deck, das Rigg und das halb zusammengesunkene Dinghi an. »Kaput?«, fragte er und nickte zu dem Schlauchboot. Claudius sah ihn fragend an. »Boot kaput?«

Der Skipper machte ein betrübtes Gesicht und sagte: »Ja, leider. Undicht. Ich muss es reparieren.« Mit einem undichten Schlauchboot kann man kaum an Land rudern. Nicht schlecht, wenn die das glauben, dachte er sich.

»Woher kommst du heute?«, wollte der Erste wissen. Claudius deutete nach achtern. »Skarda, uvala griparica.«

»Und wohin? «

»Malta oder Zypern. «

»*Mamma*. Sehr weit! Ohne Stopp?«

»Stopp vielleicht Kornati oder Hvar.«

»*Da*. Anker?«

»Ja, ja. In einer Bucht ankern.«

»Keine Frau auf Boot?«

Claudius machte ein noch betrübteres Gesicht: »Nee, leider keine Frau.«

»Darf ich gucken?«, fragte der Erste höflich und zeigte in den Salon. Ehe Claudius »bitte«, sagen konnte, war er schon unterwegs.

Claudius sah ihn im Achterschiff verschwinden. »Hoffentlich geht alles gut, hoffentlich entdeckt er sie nicht, sonst habe ich hier ein wirklich dickes Problem«, dachte Claudius, während er sich bemühte, sein Mienenspiel unter Kontrolle zu halten. Dann hörte er die Tür zur vorderen Kabine und dann die zum Waschraum. Das nächste Klappern schrieb er den

Schnappverschlüssen des Kleiderschranks zu. Der Beamte kam zurück und sagte auf Kroatisch: »*Nichts. Da ist sie jedenfalls nicht.*«

Der Zweite wies auf das Schlauchboot und sagte zu Claudius gewandt: »Bitte hoch machen, das Boot.«

Claudius sah ihn so dumm wie möglich an und fragte: »Was? Das Boot? Wie? Willst du das reparieren?«

»Nee, nee. Hoch. Gucken.«

»Ach so.« Claudius löste einen Knoten und hob das Boot etwas an. Der Zweite war gezwungen, in die Hocke zu gehen, um drunter zu sehen.

»Suchen Sie jemanden?«

»*Da. Otok Silba.* Einbruch und Schießen mit Revolver.« Seine Hand wurde zur Pistole.

»Wow«, machte der Skipper. »Wer?«

»Frau. Haare so lang. Dunkel. Rot. Du warst in Silba Hafen?«

»Ja sicher. Hab nichts gehört.«

»Nichts hören? Nichts sehen?«

»Nein, keine Frau, kein Schießen. Immer schlafen.« Er legte den Kopf schief auf beide Hände.

»*Da. Razumjem.*« Claudius ließ das Boot fallen und zurrte es wieder fest.

Der Erste lief an Backbord über das Laufdeck nach vorn. Er sah in den Ankerkasten und öffnete dann die Luke zur Segellast. Er stieg in die Kammer hinab, kam wenige Augenblicke später wieder zum Vorschein und verschloss sie sorgfältig. Claudius bemerkte erleichtert, dass er auf dem Rückweg das Milizboot heranwinkte.

»*Ich glaube nicht, dass sie hier an Bord war. Sieht nichts nach einer Frau aus. Die haben vielleicht Gespenster gesehen*«, erklärte er in schnellem Kroatisch seinem Kollegen. Claudius verstand nichts. Aber aus Tonfall und Minenspiel schloss er, dass sie ihn in einen Hafen beordern wollten, um das Schiff genauer zu untersuchen. »Mist, verdammter. Worauf habe ich mich da nur eingelassen?«, fluchte er in seinen Gedanken. Doch der Mann in Kampfuniform überraschte ihn: »Okay. Gutte Fahrt, Herr von Kettermann.« Dann kehrten beide Beamte gewandt auf ihr Boot zurück, das sofort nach Backbord abdrehte. Mit brüllenden Maschinen hob sich das Schiff aus dem Wasser und schäumte mit Höchstfahrt nach Norden.

»Beeindruckend«, murmelte Claudius und sah erleichtert dem Fahrzeug nach, bis es hinter der Huk von Molat verschwunden war.

Dann überlegte er. Es musste doch wohl möglich sein, mit Vanja vernünftig zu sprechen, ihr ein Gefühl von Sicherheit zu geben. Mit leisem Bangen schob er im Vorschiff die Polster zur Seite und öffnete den Sperrholzdeckel.

»Sie sind weg.«

Sie schlug die schwere blaue Persenning zurück, und Claudius blickte in die Mündung einer Pistole.

»Hey, mach keinen Quatsch. Vanja, sie sind weg!« brüllte er mit überschlagender Stimme.

»*Izvini.* Entschuldigung.« Sie schnappte nach Luft. »Hier drin kriegst du überhaupt nichts mit. Halt mal.« Sie reichte ihm die Pistole.

»Was?«

»Na die Kanone hier.«

»Ist die geladen?«

»Was glaubst denn du?«

»Ist sie gesichert?«

»Klar. Jetzt nimm schon, ich will hier raus.«

Er nahm ihr die Pistole ab. Es war Jahrzehnte her, dass er eine Waffe in der Hand gehalten hatte. Verwirrt betrachtete er das schwere, schwarz glänzende Ding. Es roch nach Schwarzpulver, TNT. Zweifellos war damit vor kurzem geschossen worden. Er löste den Sperrhebel des Magazins, ließ es herausgleiten und fing es mit der anderen Hand auf. Er schüttelte den Kopf. »Erst sperrst du mich ein und dann drückst du mir deine Knarre in die Hand.« Er legte die Waffe in die Ablage neben dem Bett.

»Die Zeiten ändern sich. Du hast mich nicht verpfiffen.«

Sie begannen, das Bett wieder zu beziehen.

»Ich werde dich nie verpfeifen.«

»Man soll nie nie sagen.«

»Sie fahnden tatsächlich nach dir, wegen der Schießerei.«

»Schießerei. Ein einziger Schuss. Der Junge ist davongerannt wie ein Hase.«

»Und der andere?«

»Eingesperrt im Keller. War ziemlich blau.«

»Betrunken?«

»Bier. Ist doch immer das Gleiche bei den Typen.«

Sie warf den Stapel Papier auf die Ablage neben dem Kleiderschrank. »Nur daraus werde ich nicht schlau.«

Er stülpte das Spannbetttuch über das schmale Fußende der Matratze. Sie griff ebenfalls zu. Er bewunderte ihre geschmeidigen Bewegungen. Sie kehrte ihm den Rücken zu, während sie vor dem Spiegel ihre Haare zurechtschüttelte.

»Hey, Vanja«, setzte er an.

»Ja?«

»Ich bring dich nach Hvar oder wohin du willst.«

Sie drehte sich zu ihm um und setzte sich auf die Bettkante. »Ich war ziemlich fertig gestern Abend.« Sie sah ihn an, aber ihr Blick glitt an seinem Körper entlang zu Boden.

»Kann ich mir vorstellen. Vanja, es tut mir Leid, dass ich …« antwortete er. Er wollte nicht aussprechen, was sie beide schmerzte. Sie sah auf, und er spürte einen Anflug von Unsicherheit in ihren Augen, als sich ihre Blicke begegneten.

»Vergiss es«, sagte sie und fuhr fort: »Heute Morgen … Skipper, ich weiß nicht, ob du … Ich hatte einfach Angst.«

»Ich hab's überlebt.«

»Ich muss immer alles selbst machen, weißt du. Alles unter Kontrolle haben. Tut mir Leid, wenn ich dir …«

Er lächelte. Seine Hand zuckte nach der ihren. Aber sie wandte sich den Papieren zu, während er leise erwiderte: »Kommt mir irgendwie bekannt vor.«

»Ich will wissen, was hier eigentlich los ist, wie ich ins Leben zurückkomme.«

»Erfahren wir das in Hvar?«

»Petar. Ich glaube, er wird damit was anfangen können.« Sie nickte zu den Papieren hin.

»Sollen wir noch mal versuchen, ihn zu erreichen?«

»Hätte ich nur mein *Mobitel* … Aber er wird verstanden haben.« Sie ging in den Salon zum Kartentisch.

Ironischerweise knödelte gerade jetzt aus dem Radio eine Comicstimme die Vorteile eines Handys herunter. Claudius ahnte nicht, worum es in dem Spot ging. Vanja fühlte sich an ihren Boss erinnert. Sollte sie ihn bei nächster Gelegenheit anrufen? Sie dachte an die Visitenkarte in der Schublade des Obersten und schaltete das Radio ab.

21

Der Südostwind legte etwas zu, die Wolken wurden dicker, aber es war angenehm warm. Vanja hatte vorgeschlagen, die Tomaten und die Gurke aus Silba aufzubrauchen. Sie richteten also Salat an und kochten dazu Spaghetti mit Thunfischsoße. Wieder speisten sie draußen in der Plicht. Vanja ließ sich sogar zu einem Glas Rotwein überreden. Sie erzählte, wie sie es mit dem Unfall bei Bakari zu tun bekommen hatte, der für sie ein klarer Mord war. Sie berichtete von dem abmontierten Autoreifen, dem Schlüsselbund, ihren Nachforschungen, den vielen Befragungen und vor allem von dem Gespräch mit der Gattin des Obersten. Und von den verschwundenen Farbeimern und dem ominösen Zettel aus dem Motorboot.

»Du bist sicher, dass in den Eimern Sprengstoff …?« Ihm schwirrte der Kopf von dem Informationspuzzle.

»Ich glaube nicht, dass sich solche Leute mit weißer Farbe bekleckern«, gab sie zurück und sammelte Teller und Besteck ein, um sie in die Pantry hinunterzubringen. Er folgte ihr.

Beim Geschirrspülen beobachtete Vanja ihren Skipper von der Seite, während das Brummen der Maschine und das Plätschern der Bugwelle das Schweigen beherrschten.

»Renovierung! Wie zynisch! Was bezwecken diese Leute damit?«, fragte er plötzlich und hob den Topf aus dem Becken.

»Was bezwecken die Radikalen in Deutschland mit ihrem fanatischen Ausländerhass?«

»Das sind bescheuerte, verführte Idioten. Aber in Hvar, das sind doch Kroaten gegen Kroaten!«

»*Hvrati* und *Bosanci*. Die einen wohnen schon immer da, die anderen sind neu. Die bosnischen Kroaten sind vor den Serben nach Kroatien abgehauen, und die Regierung hat sie in Hvar untergebracht.«

»Na und?«

»Wer mag schon Fremde, die keine Kohle haben?«

»Es sind Landsleute.«

»Pah. Alle Menschen sind Landsleute auf diesem Planeten. Und was machen sie?« Sie nahm ihm den Topf aus der Hand, um ihn abzutrocknen. Er fischte nach dem Besteck im Spülbecken.

»Planetenleute«, lachte er bitter.

»Das ist gut. Planetenleute. Hier sind es Inselleute. Bist du nicht von meiner Insel, bist du Fremder.«

»Aber gleich mit Anschlägen, Bomben!«

»Aufmerksamkeit.«

»Was bringt's denen, wenn sie Wirbel um Flüchtlingsheime machen, in dem sie sie heiß renovieren?«

»Ich weiß noch nicht, ob ich richtig liege. Aber ich glaube, dass hier ganz bestimmte Leute ihre Finger drin haben. Wo Hass gedeiht, ist Pulverdampf nicht weit, verstehst du?«

»Alte balkanische Lebensweisheit?«

»Papa sagte das immer, und Mama hat es übernommen.«

»Gut. Du glaubst also, irgendeine Waffenlobby steckt dahinter?« Er zog den Stöpsel aus dem Becken

»Könnte zumindest sein.« Sie richtete sich auf und sah ihn an. Seine dunklen Augen forschten in den ihren. »Was heißt das für dich? Für uns?«

»Dieser Ungar war einer von ihnen, so viel steht fest«, sagte sie, »und dieser Brengemann vermutlich ebenfalls. Den haben sie auch irgendwie umgelegt.«

»Wer sind ›die‹? Sind es die, die hinter dir her sind?«

»Genau das würde ich auch gerne wissen.« Sie nahm einen Lappen und wischte die Arbeitsfläche ab.

»Also, wenn der Oberst mit dem Tod dieses Ungarn zu tun hat, dann hat er vermutlich auch was damit zu tun, dass dieser Brengemann von der Liste gestrichen wurde. Wäre jedenfalls logisch, nach diesen Angaben.«

»Man müsste sämtliche Unfälle untersuchen, von denen der Oberst oder wer auch immer die Zeitungsberichte archiviert hat.« Sie wandte den Blick ab und ging zum Kartentisch. »Wenn die alle inszeniert waren ...«

»Wenn sie den Nosty überwacht haben, dann sicher auch den Deutschen«, folgerte Claudius.

»Das wäre nur logisch. Aber was, verdammt noch mal, habe ich damit zu tun? Ich stehe auf keiner Liste.«

»Dein neuer Kollege Josip?«

»Josip? Nein, er vergießt kein kroatisches Blut. Wo denkst du hin.«

»Du bist halbe Österreicherin.«

»Nein, nein, der Josip ist kein Rassist. Glaube ich nicht. Der mag nur keine Serben.«

»Aha. Aber kein Rassist. Und du?«

»Ich mag keine bewaffneten Serben, verstehst du?«, antwortete sie energisch und setzte sich an den Kartentisch. Um sich abzulenken, blätterte sie in den Papieren. Claudius merkte, dass er eine empfindliche Saite angeschlagen hatte. Er lehnte sich an den Niedergang und sagte ruhig: »Entschuldige. Ich auch nicht. Ich mag überhaupt keine bewaffneten Leute. Aber was ist mit Vladim? Die späte Rache des Verschmähten?«

»Vladim?« Vanja blickte zum Fenster hinaus. »Ich weiß nicht. Ich glaube, der ist zu blöd.«

»Ein blöder Kriminalkommissar?«

»Oberkommissar. Der Onkel seiner Frau hockt im Innenministerium ziemlich weit oben. Vladim tut sich mit größeren Zusammenhängen schwer. Wie sollte der so was einfädeln?«

»Okay«, sagte er, »bleiben Gerlans Leute.« Er trat an den Kartentisch und nahm die Liste, die Vanja gerade aufgeblättert hatte, zur Hand. »Der Ungar ist gestrichen und der Deutsche auch. Das waren Gegner.«

»Wenn der Oberst im Wagen des Ungarn gesessen hatte?«, überlegte sie laut. »Sie werden nachts angehalten. Der Oberst kämpft, und trotzdem fliegt der BMW den Berg hinunter?«

»Das ist mir zu kompliziert. Lass uns doch mal alles zusammenzählen: Er wusste, dass der Typ nach Zadar oder noch weiter in den Süden wollte. Er ist als aufrechter Patriot bekannt, sagtest du. Er war am Tatort. Zumindest sein Schlüsselbund. Er hat in seinem Schreibtisch diese Liste liegen, auf der zwei Leute ausgestrichen sind. Nicht irgendwie mit Kreuz versehen. Ausgestrichen, eliminiert. Ich glaube, das ist eine Zielliste.«

»Und sein Motorboot mit den Einschüssen? Das Blut dort? Der Angriff auf mich im Hotel? Der Angriff auf mich mit dem Hubschrauber?«

»Jemand wollte verhindern, dass der Unfall als Mord entlarvt wird. Dieser jemand kann eigentlich nur der Oberst sein. Bedenke, wer als Boss auf der Liste steht. Man hat dich vielleicht als Torpedo auf den Oberst losgeschickt.«

»Du meinst, man hat mich über Bolmanc … gegen Gerlan?«

»Wir können jetzt nur diese Papiere interpretieren. Mir scheint, du bist irgendwie zwischen die Fronten geraten.«

»Wenn ich nur wüsste, wo sie verlaufen.«

»Sehen wir uns doch mal die Zettel an. Wenn die alle vom gleichen Schreiber sind, wird's doch schon einfacher.«

»Findest du?« Vanja zog die Bestellliste hervor, legte sie neben das Organigramm, ein weiteres Blatt mit drei Zahlenkolonnen und schließlich auch die Inselzeichnung. Claudius stützte sich neben Vanja auf den Kartentisch.

»Es sind eindeutig dieselben. Bis auf die hier. Die Zeichnung scheint von jemand anderem zu stammen«, sagte Vanja.

Die gezeichnete Inselkarte kam ihm vor wie ein Relikt aus seiner Militärzeit in Deutschland. Die Bogen, Striche und Kästchen sprangen ihm geradezu ins Auge. Es waren Symbole einer militärischen Geländekarte. Da waren Maschinengewehrstände, Riegelstellungen, Minenfelder, Beobachtungsposten, Nachschublinien, natürliche und künstliche Hindernisse wie Felsabstürze und Mauern und Zäune eingezeichnet.

»Solche Zeichen benutzen deutsche Militärs mindestens seit dem Ersten Weltkrieg. Das ist eine Festung. Eine Inselfestung. Hier sind die Stellungen. Eins, zwei, drei, vier Maschinengewehre. Hier eine Flak und hier eine zweite. Hier, das müsste das Munitionsdepot sein, da führen alle Linien hin. Das ist der Hubschrauberlandeplatz. Wo soll die Insel sein?«

Vanja hob die Schultern. »Keine Ahnung. Vielleicht sollten wir anrufen dort und fragen.«

»Sehr witzig. Hast du die Telefonnummer?«

»Hier steht sie.« Sie deutete auf eine Ziffernfolge, die rechts unterhalb der Zeichnung hingekritzelt war. Vanja las sie vor: »42 58 16 02.«

»Komisch«, sagte er. »Diese Nummer ist total gerade geschrieben. Die Buchstaben der anderen Zettel fallen alle leicht nach rechts.«

»Sag ich doch. Hat ein anderer geschrieben. Und schau dir die Eins an. So schreibt man sie in Österreich oder in Deutschland. Auf den anderen Zetteln ist sie nur ein Strich.«

»Der Deutsche?«

»Weiß der Teufel, wie viele Leute da noch mitmischen.«

»Kann es nicht eine Kaserneninsel sein? Ein ganz normaler Stützpunkt der kroatischen Armee, den Gerlan benutzt?«

»Hätte er dann nicht einen besseren Plan als diese Handskizze?«

»Richtig. Zu dumm, dass wir kein Mobiltelefon ...«

»Silba kann es nicht sein?«

»Ausgeschlossen. Silba sieht aus wie eine Acht. Dies hier ist eher ein Rechteck. Der Norden erinnert an einen Teddybär mit den Buchten im Westen und nach Süden eine lange Halbinsel.«

»Die Bäreninsel. So hab ich sie auch gesehen, komisch.«

Er schob die Zettel etwas beiseite. Die Seekarte für das Gebiet der Kornaten lag darunter. Er sagte: »Da sind zig Inseln. Kaum abzuschätzen, wie groß die ist.«

»Und wenn wir es wüssten, was würde uns das bringen?«, sagte sie und legte die schlanke Hand flach auf die Karte, sodass sie fast ganz Dalmatien zudeckte. Er roch Vanjas Haar.

»Wir könnten hinsegeln und ein bisschen dumm fragen.«

Sie sah erstaunt zu ihm auf. »Bist du lebensmüde?«

»Nicht mehr als du.« Sie musterte ihn. Jetzt gibt er den Helden. Er war stark, sicher, aber gleichzeitig ein Weichling, ein verwöhnter Softie. Und er roch gut und sah blendend aus.

Er stieg in die Plicht hinaus. »Vielleicht ist es eine ganz normale Insel, von der keiner weiß, was sie verbirgt.« Er rief es ihr von draußen zu.

Die Yacht lief mit Kurs 140 Grad an der Südküste Veli Iz entlang. Das Inselchen Fulija lag achteraus. Dort schaukelte abseits vom Kielwasser ein kleines Fischerboot. Das einzige Fahrzeug, das Claudius wahrnahm. Weit vor dem Bug der *Amica* stieg Lavdara empor und dahinter der grüne Buckel von Zut. »Alles lang gestreckte Inseln, nicht kompakt und rundlich wie die auf der Zeichnung«, dachte er.

Er stieg wieder hinunter, ging zur Pantry, holte sich einen der braunen Glasbecher und die angebrochene Flasche Rotwein.

»Möchtest du auch?«, fragte er Vanja im Vorübergehen.

Sie saß am Kartentisch und hantierte mit dem Kurslineal. »Ja, kann vielleicht gut tun.«

Er kehrte zurück und holte ein zweites Glas aus dem Schapp. Er wusste nicht warum, aber als er das Schapp schloss, hatte er einen Einfall. »Sag mal, das Blut im Boot.«

»In der *Rakovica*?«

»Ja. Das wird untersucht?«

»Ich hoffe es. Ich habe einiges abgekratzt und der Kriminaltechnik geschickt.«

»Wie lange brauchen die?«

»Oh je. Eine Woche mindestens. Wieso?«

»Na ja, wenn das Blut nicht von Gerlan ist – das können die doch feststellen oder?«

»Davon gehe ich aus. Fragt sich, ob sie auch wollen.«

»Man hat auf dem Boot vielleicht jemand anderen beseitigt … dann *sollte* das Boot gar nicht mehr auftauchen. Und da es nicht von selbst verschwand …«

Sie sah ihn mit einem Blick voll spöttischen Mitleids an: »Sehr clever. Da bin ich auch schon draufgekommen, stell dir vor.«

»Na klar. Aber das Boot. Verstehst du? Die sehen das Boot und vernichten es. Auf Nummer sicher. Egal, wer da draufhockt.«

Sie zog die Stirn kraus. »Du meinst, denen war ich völlig egal?«

»Völlig. Es ging nur um das Boot. Das Boot mit den Einschusslöchern, den Blutspuren und was sonst noch darauf war und … gefährlich werden könnte.«

»Und das Rad an meinem Auto und die Typen im Hotel?«

»Könnte es die andere Front gewesen sein?«

»Aber warum? Ihr Mann, der Oggi, war doch schon tot!«

»Du hast ihn ausgeforscht. Zu genau. Du bist den einen entkommen und den anderen in die Hände gefahren, mit dem Motorboot.«

Er stieg hinaus in die Plicht, steckte die Gläser in die Halterungen und setzte sich. Vanja folgte ihm.

»Du meinst, sie haben in diesem kleinen Hafen nicht mich, sondern die *Rakovica* erkannt?«

»Das nehme ich an, so wie du das erzählt hast. Ist doch viel einfacher.«

»Du meinst, die zielten gar nicht auf mich?«

Sie hob den linken Arm, schob von der Taille an das T-Shirt hoch, sodass das Pflaster auf ihrer Haut sichtbar wurde und sagte gereizt: »Und was soll das?«

»Du hast das Boot gesteuert, sie wollten das Boot.«

Sie ließ sich ihm gegenüber nieder und zog die Beine auf die Bank. Er schenkte ein.

»Ich weiß nicht«, sagte sie. Vanja blickte nachdenklich in die weite Runde. Ihr Haar wehte im Wind, legte verwegene Strähnen über ihre schönen Wangen, die schmale Nase und die breite Stirn, auf der sich zwischen den Augenbrauen zwei senkrechte Falten abzeichneten. Das T-Shirt flatterte ihr um Schultern und Brust. Nach einer Weile strich sie das Haar aus dem Gesicht und sagte: »Wenn sie mich gar nicht treffen wollten …«

»Wie viele Leute, glaubst du, wissen von der Exekutivoperation?«

»Von dem Flug natürlich viele. Flugleitung, Bodenpersonal, Nachschub, der Kommandeur wahrscheinlich. Aber was sie da gemacht haben, da draußen? Das weiß nur die Besatzung, zwei Leute … und du und ich.« Sie warf ihm einen langen Blick zu.

»Und die zwei im Hafen, die das Boot entdeckt und die Meldung weitergegeben haben? Und derjenige, der den Einsatzbefehl gab?«

Sie nahm schnell die Beine von der Bank, saß ihm aufrecht gegenüber, fuhr sich mit beiden Händen durch die Haare, sah ihm ins Gesicht und sagte: »Ja klar. Die hab ich ganz vergessen. Das ist … Da steckt der ganze TNO dahinter.«

»Hinter was?«

»Hinter Bogdan Gerlan.«

»Wenn sich schon einer General schimpfen lässt, braucht er auch eine Armee.«

»Gut. Dann wissen sie jetzt, dass ich lebe. Seit heute Nacht. Das war auch TNO. Ich habe zwar keinen Namen gesagt, aber die Dienststelle.«

»Hast du? Deine Dienststelle?«

»Hat die besoffenen Kerle schwer beeindruckt. Aber wenn die alle zusammengehören …«

»Dann können wir was erleben.«

»Dann gibt es erst mal zwei Möglichkeiten.«

»Aha. Und zwar?«

»Erstens: Sie wussten, dass ich auf dem Boot war, oder zweitens, sie wussten es nicht. Wenn sie wussten, dass ich auf dem Boot war, werden sie die Hubschrauberbesatzung jetzt in die Mangel nehmen. Denn ich war tot und seit heute Nacht existiere ich wieder.«

»Dann hoffe ich inständig, dass diese TNO-Leute einen guten Draht zur kroatischen Küstenmiliz haben.«

»Wieso?«

»Weil die ihnen sagen können, dass du nicht auf der Segelyacht *Amica* zu finden bist.«

»Aber es geht ihnen gar nicht um mich.«

»Früher. Jetzt hast du ihnen dieses ganze Zeug da geklaut.«

»Aber sie wissen ja …«

»Eben … Sie wissen hoffentlich, dass du nicht auf der *Amica* bist. Und wenn sie dich nicht finden auf Silba?

Vanja stand auf und suchte wieder den Horizont ab. Der Wind drückte ihr das T-Shirt an den Körper.

Er lehnte sich zurück und trank einen Schluck Rotwein. Er war sich nicht sicher, ob diese Frau ihm alles erzählt hatte. Aber er fühlte, dass ihre beiden Existenzen begannen, miteinander zu verschmelzen. Sollte er sich dagegen weiterhin wehren? Sie hatten sich aneinander gestoßen. Schmerzlich.

Seine Gedanken wurden gestört, als Vanja plötzlich fragte: »Gehen wir links oder rechts an der Insel da vorbei?«

Er erhob sich ebenfalls und sah über die Sprayhood. Ein kleines Eiland aus weißen und gelben Felsen lag nur noch ein paar Kabellängen voraus. »Tukoschak oder so ähnlich. Ich wollte sie backbord lassen, aber der Wind hat uns versetzt. Wir passieren sie nördlich.« Er ging zum Steuerstand und korrigierte den Kurs.

»Also gut«, setzte sie das Gespräch fort. »Sie werden vielleicht noch mal kommen und genauer nachsehen wollen.«

Er hockte sich wieder unter die Sprayhood. »Und wenn sie dich finden?«

»Sie werden sich höflich dafür bedanken, dass ich ihnen auf die Schliche gekommen bin«.

»Im Ernst. Was würden sie machen?«

»Mann, Skipper! Die legen keinen Wert auf Zeugen. Es sind ganz offensichtlich zwei Morde passiert. Die gehen auf deren Rechnung. Und wir beide wissen davon. Damit werden die nicht leben wollen. Ich tippe mal auf kurzen Prozess.«

»Sollen wir versuchen, über Funk deinen Boss zu erreichen?«

»Direktor Bolmanc?«

Ihre Lippen wurden schmal. Sie sah Claudius aus zusammengekniffenen Augen an und sagte: »Seine Visitenkarte lag im Schreibtisch von Gerlan.«

»Na und?«

»Vielleicht wissen sie dann ganz genau, dass ich hier bin. Willst du das?«

»Verdammt, es muss doch einen Weg geben. Und wenn wir eine Zeitung anfunken, irgendjemand um Hilfe rufen?«

»Die hören doch den ganzen Funkverkehr ab. Darauf kannst du dein Schiff wetten. Was willst du der Zeitung über Funk sagen? Hilfe, wir werden vom TNO verfolgt?«

»Zum Beispiel.«

»Die lachen sich kaputt. Den TNO gibt es offiziell gar nicht. Wenn die darüber ein einziges Wort drucken, können sie gleich zumachen.«

»Was schlägst du vor?«

»So schnell wie möglich nach Hvar fahren. Petar treffen. Er ist der Einzige, auf den ich mich verlassen kann.«

»Das sind noch acht Stunden, mindestens.«

»Davon dreieinhalb bei Tageslicht.«

22

Er stand auf. Im Osten lag dunkelgrün hingestreckt Pasman. Dort machte er zwei Fischerboote aus. Voraus lief ein Kutter quer zum Kurs der *Amica*. Vermutlich ging er in den Hafen von Sali auf Dugi Otok. Auch zwei Tümmler waren zu sehen, doch er hatte keine Lust, darüber zu reden. Stattdessen starrte er auf die See und die aufkommenden Gischtkämme. Durch die Kursänderung fiel der Wind jetzt günstiger ein, günstiger für ein Segelschiff. Aber nicht günstig genug.

Vanja betrachtete die felsigen Höhen von Dugi Otok, sah in der Ferne knapp über der Wasserlinie der Insel die wenigen, wie hingewürfelt verstreuten Häuser von Sali. Direkt vor ihr stand der Skipper. Seine Backen mahlten. Das Samtene im Blick seiner dunklen Augen war verschwunden. Er hielt sich mit einer Hand am Bügel der Sprayhood fest und glich wiegend die Bewegungen des Schiffes aus. Der Wind zauste seine kurzen schwarzen Haare und brachte graue Strähnen darin zum Vorschein. Er sah zum Verklicker im Masttopp hoch und überblickte prüfend den Horizont. Vanja folgte seinem Blick.

»Ich habe mich in sein Leben gedrängt, genau in dem Moment, in dem er ein neues beginnen wollte«, dachte sie. Was ging vor in diesem Mann? War er zu Hause in Deutschland gescheitert? Er hatte sich für die Fahrt ins Ungewisse entschieden, ganz auf sich allein angewiesen. Viel mehr wusste sie nicht von ihm. Doch. Er war hilfsbereit. Sie hatte es ausgenutzt bis an die Grenze. Hatte ihn gedemütigt. Hätte Petar ihr das verziehen? Kann ein Mann so etwas verzeihen? Hat er sie akzeptiert? »Und ich? Habe ich ihn akzeptiert?«

Sie stand auf.

»Wir könnten segeln«, sagte er halblaut. Wieder sah er zum Verklicker hinauf. Plötzlich merkte er, dass Vanja dicht neben ihm stand. Ihr Kopf überragte eine Handbreit seine Schulter. Ihr rechter Arm berührte leicht seinen linken. Sie hielt sich an der Sprayhood fest. Der Wind legte ihre Stirn frei. Die dunkelroten Haare wirbelten um ihren Hinterkopf. Sie kniff die Augen zusammen, um in den Wind zu sehen. Ihre Lippen erinnerten an einen Schmollmund. Sie sagte: »Wären wir dann schneller?«

»Möglich. Aber Segel leuchten prächtig über die See. Vielleicht in der Dämmerung.« Er sah auf sie herab. Sie war schön, ohne Zweifel. Die hohen Backenknochen, der Mund. Er dachte an Hvar und sagte: »Hilft nichts. Da müssen wir durch.«

Sie antwortete, und die Sanftheit in ihrer Stimme überraschte ihn, nein, schlimmer, sie erschütterte ihn: »Es ist doch wunderbar hier und wir kommen gut voran.«

»Leider nimmt der Wind uns gut einen Knoten. Aber ...«

»Was noch?« Sie sah ihn erwartungsvoll an und hielt mit der freien Hand die Haare aus dem Gesicht.

Er tat es wie im Traum. Ihre Augen, es war wie ein Befehl, der sanfteste Befehl, der ihm vorstellbar schien. Er legte seinen Arm um ihre Schulter, sah in die hellen Bernsteinaugen und flüsterte: »Mir macht es nichts aus, weil ... du bist ... ich finde, es ist, es ist wirklich kaum zu fassen, dass du an Bord bist, bei mir.«

Ihre vollen blassroten Lippen verzogen sich zu einem süß verlegenen Lächeln, und die Augen unter den langen dunklen Wimpern bekamen noch mehr Schmelz. Ohne den Blick abzuwenden, lehnte sie den Kopf leicht an seine Schulter und sagte leise: »Wenn du solche Sachen sagst ... Ich bin auch jetzt gern auf dem Schiff bei dir.« Sie drückte ihre Wange an seine Schulter. Er küsste sie auf die Stirn. Sie legte ihren rechten Arm um ihn und schmiegte ihren Körper an seine Seite.

Er roch wirklich gut. Sie ließ die Sprayhood los und legte auch den linken Arm um ihn. Spürte seinen warmen, kräftigen Körper und genoss es, ihrem Sehnen nachgegeben zu haben. Nicht einmal die Bewegungen der Yacht ließen sie wanken. Sie klammerte sich an ihn und empfand Festigkeit. Und doch bewegten sie sich beide. Sein Arm umfing kräftig ihren Oberkörper. Ihre Hände tasteten über seinen Rücken, seine Schultern und seinen Hals. Nein, sie wollte nicht an Petar denken. Dieser Mann hier, Claudius, bedeutete jetzt in diesem Augenblick ihr Leben. Sie war ihm dankbar, sie fühlte, ihm etwas zu schulden. Wie sollte sie das sagen? Sie wollte es ihn fühlen lassen. Und sie wollte sich von ihm auffangen lassen.

Sie legte ihren Kopf auf seinen Oberarm. Die langen Wimpern senkten sich, und ihre Lippen öffneten sich leicht.

Er beugte sich, und sie empfing mit unbeschreiblicher Zartheit Weiches, Warmes auf ihren Lippen. Sie fühlte, wie ein Schauer durch jede Faser ihres Körpers zu rieseln schien. Als sich ihre Zungen trafen, glaubte sie ein leises Beben seines Körpers mitzuleben. Es trug wenig zu ihrer Beruhigung bei. Im Gegenteil. Sie fühlte Wärme die Wirbelsäule hinabgleiten, fühlte die Wärme sich im Becken sammeln, brodelnde Hitze zurückstrahlen bis in den Nacken hinauf. Selbst in ihre Oberarme liefen die Strahlen.

Plötzlich hatte sie seine warme Haut unter ihren Händen. Ihre Fingerkuppen und Fingernägel gruben sich unter seinem Hemd in spielende, schmiegende Muskelstränge, fuhren den Rücken hinab bis unter den Gürtel und hinauf in den Nacken, glitten an seinen Seiten herab.

Noch standen sie beide wie ineinander verschmolzen, eine lebende Säule im Cockpit. Kurz lösten sich ihre Lippen. »Komm«, hauchte er. Zusammen ließen sie sich auf die Cockpitbank nieder. Er saß und sie lag mit dem Oberkörper in seinem Schoß. Mit der Linken stützte er ihren Nacken. Sie schlang ihre Arme um seinen Hals. Schon trafen sich ihre Lippen erneut und wie ein wohliges Fühlen fand seine rechte Hand unter ihr T-Shirt, strich über den Bauch und umfasste mit zärtlicher Scheu ihren linken Busen, spürte die erregten Knospen, umfing sogleich auch den rechten und wechselte sanft streichelnd von einem zum andern.

Sie genoss ihn, genoss diesen Mann, seine kundige Zärtlichkeit, hinter der sie eine beruhigende Kraft schlummern wusste.

Sie riss sein Hemd auf und verbiss sich in seine Brust. Claudius warf den Kopf in den Nacken und schrie vor Schmerz und Lust. Er presste sie an sich, und sie grub ihre Nägel in seinen Rücken. Sie überschüttete ihn mit einer Kaskade von Küssen, und er empfing ihre Lippen und ihr Knutschen mit erregender Freude. Plötzlich hielten sie inne und ihre Augen versanken wieder ineinander in grenzenlosem Vertrauen und unbekümmertem Verlangen. Er zog ihr das T-Shirt über den Kopf, hob sie auf seinen Schoß. Jetzt war sie es, die sein Gesicht an ihren Leib presste. Sie beugte sich über seinen Kopf und ihre Haare fielen über ihn, verbargen ihn, als er mit Lippen und Zunge ihre Brüste und ihren Bauch liebkoste. Seine Hände umfassten ihre muskulösen Schenkel und den runden Po, strichen an ihren Seiten hinauf und über den schlanken Rücken herab. Als er den Bund ihrer Jeans erreichte, biss sie ihm ins Ohr und keuchte: »Küss mich.« Sie hob ihm ihr Becken entgegen. Langsam knöpfte er den Bund auf, öffnete den Schlitz und sog den süßherben Geruch ihres Schoßes ein.

Seine Erregung machte ihn zittern. Sie hielt seinen Kopf und die schwarze Bürste seiner Haare in beiden Händen zärtlich gefangen, streckte sich und warf ihr Haar in den Nacken.

Was sie sagte, hörte er wie durch einen rauschenden Wasserfall. Aber er hörte es, und seine Erregung war wie weggeblasen. Ein gewaltiges Kartenhaus, ein Turm der Lust, des Fühlens und Wollens fiel lautlos in sich zusammen. Sie sagte: »Ein Schiff folgt uns.«

Sie drückte ihn noch einmal an sich, stand auf und angelte sich ihr T-Shirt. Dann ging sie wieder zu ihm zurück, doch noch während sie ihn koste, spähte er nach achtern. Das Schiff war weiß wie ein Kalkfelsen. Es war so weit weg, dass man es für eine der zahllosen kleinen Felseninseln hätte halten können, wenn die Bugwelle nicht so deutlich geleuchtet hätte.

»Bella Adria«, sagte Claudius und knöpfte sein blaues Kordhemd zu. Das Zittern war noch nicht ganz gewichen. Vanja war unter Deck gegangen. »Was tun wir?«, fragte er laut. Er hörte eine Tür klappern, dann wurde sie geschlossen. »Was machen wir nur?«, rief er ins Boot. Er beugte sich in den Niedergang und angelte sich das Fernglas aus der Halterung. Er fing das Boot in den Sehkreis des Glases ein. Ein hübsches weißes Motorboot mit Flybridge und schäumender Bugwelle. »Volle Fahrt«, murmelte er.

Einhändig turnte Vanja an Deck zurück. Sie hatte sich den dunklen Pullover übergezogen. »Vielleicht lässt er mit sich diskutieren« sagte sie und hob die HK23.

»Ich glaube nicht, dass das die richtige Methode ist«, entgegnete er. »Wenn ich an die Liste denke, die dort unten liegt …«

»Hast du eine andere Idee?« Ihre Stimme war erstaunlich sachlich und hart. Er dachte an einen Regenschauer im Sonnenschein. Er legte das Fernglas weg.

»Das Schlauchboot.«

»Was ist damit?«

»Wir sollten das Schlauboot klar machen. Für alle Fälle.«

»Bringt das was?«

Er war schon dabei, das Dinghi loszubinden. »Wir müssen es vor allem erst mal wieder richtig aufpumpen.« Er wies auf eine Backskiste. Mit einer glatten, hundertfach geübten Bewegung steckte sie die Pistole in den Hosenbund und zog den Pullover darüber. Dann brachte sie ihm rasch die Schlauchbootpumpe.

»Was hast du vor?«, fragte sie ihn. Es lag kein Misstrauen in der Frage, es war Neugierde.

»Ich weiß noch nicht. Vielleicht wollen die ja gar nichts von uns. Aber wir sollten vorbereitet sein.«

»Oh, Skipper!« Sie nahm seinen Kopf in beide Hände und drückte ihm einen Kuss auf den Mund. »Tut mir Leid, dass ich dir solche Probleme mache.«

»Schon gut, Vanja. Wir packen das.« Er nahm ihre beiden Hände und löste sich von ihr. Er sah nach achtern. Der Kalkfelsen wuchs. »Wir schlagen einen Haken und gehen südlich von Lavdara durch.« Er ging zur Steuersäule und tippte am Autopilot die Kursänderung ein. Sofort schwenkte *Amica* um sechzig Grad auf Kurs Süd. Vanja ging zum Niedergang und holte sich das Fernglas. Sie stand im Cockpit und peilte die Motoryacht an. Währenddessen kümmerte er sich um das Schlauchboot.

»Vielleicht haben sie es noch nicht gemerkt«, murmelte Vanja.

Pfeifend fuhr die Luft in die Gummikammern. »Was hast du vor mit dem Boot?«, fragte Vanja.

»Wir können damit abhauen«, keuchte er.

»Und dein Schiff?«

Er schüttelte den Kopf.

Sie peilte wieder durch das Fernglas. Er hielt inne und sah zu ihr. »Und?«

Sie setzte das Glas ab und schüttelte den Kopf. »Keine Reaktion. Den Namen kann ich immer noch nicht lesen.«

Inzwischen war das Schlauchboot prall aufgepumpt. Er stemmte es hoch, hob es über den Heckkorb und ließ es langsam zu Wasser. Die Vorleine befestigte er kurzstag am Heckkorb. Dann löste er den Außenbordmotor aus seiner Halterung und legte ihn auf die Deckskante am Heck.

Vanja spähte mit dem Glas nach achtern. »Bist du sicher, dass sie es ist?«, fragte sie.

»Viele Motoryachten werden zu dieser Jahreszeit hier nicht herumkurven.« Er wandte sich um. Jetzt war die Flybridge mit bloßem Auge zu erkennen. Claudius klappte die Badeleiter aus und stieg hinunter. Das Beiboot sprang seitlich der Badeleiter munter über die Wellen. Claudius hielt sich mit der Linken am Heckkorb fest und ergriff mit der Rechten den kleinen Motor. Mit dem rechten Fuß holte er das Beiboot dichter, hielt es fest und senkte langsam den Motor ins Schlauchboot. Schließlich ließ er ihn das letzte Stück auf die Bodenbretter plumpsen. Er atmete tief durch und stieg selbst ins Boot. Mit wenigen Handgriffen hatte er den Motor ans Heck des Beibootes geschraubt.

Als er fertig war, sah er zu ihr auf. Sie stand oben am Heckkorb. Die dunkelroten Haare umwehten ihr Gesicht, der Wind zerrte an ihrem Pullover. Breitbeinig stand sie da, das Wiegen des Bootes in den Hüften, das blaue Marineglas vor den Augen.

Mit der Rechten hielt sie sich an der Backbordpart des geteilten Achterstags fest. Immer noch außer Atem, kletterte er an Bord und sah zurück. Mit dem Außenborder am Heck lief das Dinghi etwas ruhiger im Kielwasser.

»Jetzt!« Sie schrie es fast. »*Quadratsch*... Sie drehen auch!«

»Lass sehen«, sagte er und griff nach dem Glas.

»Okay«, murmelte Claudius und setzte es wieder ab. »Dann ist es die *Bella Adria*. Und sie wollen was ...«

»Was machen wir jetzt?«

»Entweder gehen wir dort rüber nach Sali, in den Hafen ...«

»Auf keinen Fall!«, warf sie ein. »Auch dort werden sie TNO haben. Und ich will die Papiere behalten. Es sind wirklich wichtige Beweismittel.«

»Wir verstecken sie.«

»Und was wird mit uns? Können wir sie nicht irgendwie ... abschütteln?«

Er musterte Vanja. Was für eine Frau. Jede andere würde den nächsten schützenden Hafen suchen und sich irgendwo an Land verkrümeln. Sie hingegen war von Land geflohen, hatte auf See ihre Rettung gefunden. Mit dem Fernglas in der Hand stieg er den Niedergang hinunter. Sie folgte ihm zum Navigationstisch. Er deutete in der Karte auf ihren Standort. »Hier sind wir. Nordwestlich von Lavdara. Wir könnten dicht unter Land weiterfahren. Vielleicht können wir sie ein wenig ausbremsen.«

»Wie?«

»Sie werden uns sowieso einholen. In zehn Minuten sind sie da. Dann sind wir zwei Meilen weiter, ungefähr hier.« Er deutete auf einen Punkt südöstlich von Lavdara. »Wir brauchen eine Stunde, um uns in eine Bucht zu verziehen oder zwischen diesen Inseln so zu verschwinden, dass sie wenig Chancen haben, uns wieder zu finden.«

»Eine Stunde.« Sie sah auf den Chronometer an der Wand. Er zeigte elf Uhr zweiundvierzig. »Und wie kriegen wir diese Stunde?«

»Wir könnten uns teilen. Ich nehm das Dinghi und düse ab.

Wem sollen sie dann folgen? Wir vereinbaren einen Treffpunkt irgendwo.«

»Nicht trennen, Skipper. Nicht jetzt.« Sie sah ihn flehend an. »Können die nicht irgendwo in ein Netz fahren?«

»Tss, Vanja.« Er sah sie mitleidig an. Dann hellte sich sein Blick plötzlich auf. »Moment mal. In was?« Er legte einen Arm um ihre Schultern und drückte ihr einen schnellen Kuss auf die Stirn. Dann kletterte er an Deck: »Gute Idee! Wirklich super!«

Amica lief auf Dugi Otok zu. Claudius sah das Motorboot jetzt steuerbord achterlicher als querab. Sie kürzten offenbar die Ecke ab, die *Amica* dank der Kursänderung gelaufen war.

»Noch eine Meile, dann drehen wir auf 135 Grad.«

»Und wo sind hier Netze?«, fragte Vanja und suchte die Küstenlinie der Insel Lavdara ab.

»Werden wir selbst auslegen müssen«, versetzte Claudius grinsend. »Vorn in der Segellkammer liegt eine sauber aufgeschossene Trosse. Schwarz, hundert Meter lang, schwimmfähig. Mit einer irren Bruchlast. Holst du sie?«

Vanja war schon unterwegs.

»Unter der Fock, dem braunen Segelsack«, rief er ihr nach. Sie lief nach vorn, klappte das Luk auf und verschwand in der Segelkammer.

Er gab dem Autopilot zwanzig Grad nach Nord. Der Schirokko hatte im Windschatten der Insel nachgelassen und die Wellenhöhe ging zurück. »Wir hätten gleich dichter unter Dugi Otok fahren sollen«, murmelte er vor sich hin.

Vanja kam mit einem großen Bund Tauwerk wieder, warf es auf die Cockpitbank und stellte sich neben dem Skipper ans Ruderrad. Besorgt sah sie nach achtern.

»Und wie soll das gehen? Glaubst du, die fahren da freiwillig rein?« Sie sagte es ätzend sachlich.

»Einen Versuch ist es wert«, erwiderte er. »Wenn sie was von uns wollen, müssen sie herkommen. Dann fahr ich ihnen mit dem Schlauchboot ein Stück entgegen.«

»Und dann?«

»Und dann habe ich die schwarze Trosse im Schlepp.«

»Genial.« Sie drehte sich wieder nach dem Motorboot um.

»Wenn's schief geht versuchst du es mit deiner Methode.« Claudius biss sich auf die Lippen. »Ich hoffe allerdings, es wird nicht nötig sein.«

»Okay. Wir lassen sie an Bord kommen.«

»Wenn sie sich die Mühe machen.«

»Er wird die Papiere wieder haben wollen. Dann nehme ich ihn fest. Unter Mordverdacht.«

»Du nimmst was? Du meinst, der Oberst kommt selbst?«

Sie zuckte mit den Schultern.

»Das gibt massiven Ärger, kleine Nixe. Ich will mein Schiff behalten. Unbeschädigt. Vielleicht solltest du ihn zum Tee einladen über Funk.«

Sie sah ihn ungläubig an. »Über Funk? Was?«

»Du sprichst ihn per UKW-Funk an. Erzählst ihm lang und breit, wo wir sind und dass er an Bord kommen soll.«

»Das kann doch jeder mithören.«

»Eben. Jeder weiß dann, wo wir sind und wo sich der Herr Oberst aufhält.«

»Dann stürzen sich alle auf uns.«

»Oder auf ihn. Denk an die andere Front. Der Ungar und der Deutsche waren nicht gerade seine Freunde, oder?«

Ihr Misstrauen wandelte sich in Nachdenken. Sie sah ihn unentschlossen an, kniff die Augen zusammen und grinste. Schließlich meinte sie: »Das ist gar nicht so blöd, Skipper.«

»Und dann sagst du, dass er wegen dem Fall Dingsda, wegen dem Ungarn oder was gesucht wird. Und dass die Beweismittel schon auf dem Weg zu deinem Direktor sind oder zur Kripo in Rijeka oder zu wem auch immer.«

»Zur Staatsanwaltschaft in Zagreb. Das wird ihn mehr interessieren. Komm, das machen wir gleich.« Sie warf noch einen Blick auf die Motoryacht und kletterte in den Salon hinunter. Claudius überzeugte sich, dass das Fahrwasser vor dem Bug der *Amica* frei war und folgte ihr.

Sie saß bereits am Navigationstisch und hatte die Pistole vor sich auf den Tisch gelegt. Er gab ihr einen Kuss auf die Stirn.

Sie griff nach seiner Hand, führte sie zu ihrem Mund, drückte ihre Lippen in die Innenhand und blickte verschmitzt zu ihm auf. Er lächelte sie an, zog seine Hand zurück und nahm den Funkhörer. Im Display standen die Ziffern eins und sechs. Ohne zu Zögern legte Claudius los: »*Bella Adria*, *Bella Adria*, *Bella Adria* im Lavdarski-Kanal, im Lavdarski-Kanal. Please hear on channel seven two for sailboat *Amica*.«

Er tippte sogleich Kanal sieben zwei ein. Rauschen aus dem Lautsprecher erfüllte den Salon. Das rhythmische Wummern der Maschine und das helle Platschen der Bugwelle bildeten den Hintergrund.

Sie sahen sich erwartungsvoll an. Er schaltete auf Kanal sechzehn zurück und wiederholte seinen Ruf. Diesmal setzte er dazu: »You are following us and it's necessary to speak together.« Wieder schaltete er auf Kanal sieben zwo. Diesmal hörten sie ein zweifaches Klicken. Jedesmal blieb das Rauschen kurz weg.

»Hast du gehört? Was war das? Sind wir nicht mehr allein auf der Frequenz?«

Er wiederholte den Ruf ein drittes Mal, sprach sehr langsam und deutlich wie zum Mitschreiben. Wieder klickte es auf Kanal sieben zwo.

Nach einer Weile sagte Vanja: »Lass mich mal.« Sie nahm den Hörer und wiederholte den Ruf in kroatisch. Am Ende setzte sie noch hinzu: »*Wir vermuten, dass Sie eine gesuchte Person an Bord haben. Bitte melden Sie sich.*«

Als Claudius umgeschaltet hatte, klickte es dreimal im Rauschen des Äthers. Er wartete noch drei Minuten ehe er die Geduld verlor.

»Die werden den Teufel tun.« Er stieg ins Cockpit. Sein erster Blick galt der Motoryacht. Als er sie wahrnahm, musste er schlucken.

»He, die drehen ab!« rief er.

Vanja kam an Deck und lehnte sich an seine Schulter. »*Tatsächlich*. Nach Sali?«

»Sieht so aus«, brummte Claudius. Deutlich war die

Breitseite der Yacht zu erkennen. Der Bug wies nach links. Das Schiff fuhr auf Dugi Otok zu.

»Eine Finte?«, fragte Vanja.

»Weiß nicht. Sie haben reagiert, und wir sind sie los.« Claudius atmete erleichtert durch. Er nahm sie in den Arm.

»Vielleicht kriegen wir jetzt noch mehr Besuch«, sagte sie sachlich.

»Keiner weiß, wohin wir gehen«, beruhigte er sie und setzte hinzu: »Es ist schwer, uns zu finden.«

»Glaubst du?« Sie drückte sich an ihn. Er roch ihr Haar. Sanft berührten seine Lippen ihre Stirn.

»Das war auch nicht ganz einfach, Meerfrau«, sagte er nachdenklich.

»Was war nicht ganz einfach?«, fragte sie irritiert.

»Dass wir uns fanden.«

»Ja«, sagte sie leise und drückte sich an ihn.

»Was wirst du Petar sagen?«

Sie sah zu ihm auf. »Er hat nichts damit zu tun. Er ist mein Leben. Ich liebe ihn. Jetzt ich gehe einen kurzen Weg mit dir, Skipper. Ein kurzer Weg.«

»Kannst du das? Heute der, morgen der?«

»So ist es nicht, Skipper. Petar und ich, das ist … wie …« Sie sah nach Dugi Otok hinüber und zu Lavdara. Grauweiße Felseilande, abweisend mit niedrigem Grün bewachsen. »Wie die zwei Inseln. Du bist ein Schiff, das vorbeikommt. Verstehst du?« Sie blickte ihm strahlend in die Augen und fuhr leise fort: »Wie diese Felsen dort, so sind Petar und ich.«

»Und wir?« Er fasste sie um die Hüften.

»Ach, Skipper. Du bist sehr …« Sie bog mit der freien Hand seinen Kopf zu sich herunter und flüstere ihm ins Ohr: »Du bist lieb. Du hast mich gerettet. Aber später, nach Hvar … wir werden uns nicht mehr sehen. Nie mehr.« Sie küsste ihn auf das Ohr und auf den Hals. Obgleich ihre Worte schmerzten, tat die Berührung unendlich gut. Als er etwas sagen wollte, verschluckte er sich und hustete. Endlich brachte er heiser hervor: »Nie mehr? Du, Meerfrau? Und wenn ich …«

»Nie mehr.« Sie küsste ihn auf den Mund und wisperte: »Es ist schön, mit dir zu sein. Aber morgen seh ich dich hinter dem Horizont verschwinden, und ich bin die Insel, die zurückbleibt.«

»Und wenn ich nicht weitersegle morgen?« Er sah sie verliebt an. »Wenn ich den Anker …«

»Ich werde mit ihm nach Split gehen. Er ist mein Leben.« Sie ließ ihn los, lehnte sich zurück, gehalten von seinen Armen, legte den Kopf in den Nacken und fing ihre Haare ein.

»Du kennst Petar nicht«, fuhr sie fort. »Er ist wie ein Fels. Wir werden ein Haus an der Küste haben und eine Wohnung in Zagreb. Eine Familie in einem freien Land. Wir werden nach Paris und London und New York oder woanders hin reisen. Wir werden …« Vanja verlor sich in ihren Träumereien.

»Aber er ist nur ein Polizist. Wie soll das gehen?«, holte Claudius sie in die Wirklichkeit zurück.

Sie richtete sich wieder auf und sah ihn an. Sie zog die Augenbrauen ein wenig zusammen zu einem ernsten Blick. »Er ist Offizier. Er kennt eine Menge Leute.«

»Er wird Karriere machen?«

Ihr Ernst wich einem spöttischen Lächeln. Sie sagte nichts.

»Wird er?«, fragte er lächelnd, immer noch heiser.

Sie stemmte sich von ihm weg, nahm seine Hände von ihren Hüften, ohne sie loszulassen, setzte sich auf die Cockpitbank und ließ seine Hände erst fahren, als sie saß.

»Wenn du mehr über dieses Land wüsstest … Aber egal. Er hat gute Chancen.« Sie sah nach achtern.

Er griff nach der schwarzen Trosse, die auf der Cockpitbank lag. »Schöne Zukunft?«

»Stimmt«, sagte sie, breitete nach beiden Seiten die Arme aus und legte sie auf das Cockpitsüll.

Er verließ mit der Trosse die Plicht und ging nach vorn. Vanja rückte nach achtern neben das Ruderrad. Durch die Windschutzscheibe konnte sie Claudius sehen. Er öffnete die Luke der Segelkammer und warf die Trosse hinunter.

Sorgfältig schloss er die Klappe, richtete sich auf und ging zurück. Am Mast blieb er stehen, wandte sich um und betrachtete das Fahrwasser vor dem Bug seines Schiffes.

»Auf gar keinen Fall«, sagte er halblaut. Er würde kein Interesse mehr an irgendeiner Insel bekunden. Nicht an Vanja, nicht an Petar und schon gar nicht an dieser gezeichneten Bäreninsel.

23

Vanja war nach unten gegangen und hatte Wasser für den Tee aufgesetzt. Danach hatte sie sich an den Kartentisch gesetzt und den Kurs überprüft. Das GPS zeigte ihr mit N 43°49'58 E 15°20'41 den Standort und den gegenwärtigen Kurs von 128 Grad. Sie zeichnete den Punkt in der Karte ein und verfolgte die Kurslinie, die das Lineal vorgab. Sie führte an der Südküste einer Insel vorbei: Zut und schließlich vierkant auf die winzige Insel Crnikovac. Noch eine halbe Meile. »Der Skipper ist draußen. Er wird es sehen«, dachte sie.

Vor ihr lag die HK23. Sie nahm sie in die Hand und ließ ihre Augen durch den Salon schweifen. Die Kanone musste verstaut werden, aber wo? Gerade, als sie sie in die Vorschiffkammer bringen wollte, begann der Wasserkessel zu pfeifen. Sie drehte das Gas ab, wandte sich um und betrachtete den Weg zur Achterkajüte. »Was soll das Ding im Vorschiff, wenn wir …« Wer hier rauskam, passierte zunächst die Tür zum Waschraum und dann die Kühlbox. Die Kühlbox! »Ein kühles Bier!« Sie kniff die Augen zusammen murmelte: »Das ist es.« Sie steckte die Waffe hinter den Stapel Bierdosen unter dem ersten Ablagegitter, auf dem eine Menge in Klarsichtfolie eingepackte Wurstwaren, Käse und andere Lebensmittel lagen.

Sie klappte die Kühlbox zu. Aus dem Schapp über der Spüle holte sie zwei Teebeutel, warf sie in die Glaskanne und goss kochendes Wasser darüber. Dann kletterte sie ins Cockpit. Claudius stand am Steuerrad und dirigierte das Schiff von Hand. An Steuerbord waren zwei kleine Felsinseln zu erkennen. Dahinter ragte steil die Insel Kornat auf. Der Skipper warf Vanja ein unverfängliches Lächeln zu.

»Bald ist es vorbei mit dem Schutz«, rief er.

Sie stieg auf die Bank und sah über die Sprayhood hinweg.

Das Südkap von Zut war an Backbord nur noch ein paar hundert Meter entfernt. Dahinter änderte sich die Farbe des Wassers. Es sah bedrohlich dunkel aus.

»Wind?«, fragte sie nach achtern.

»Genug«, grinste er.

»Segeln?«

»Ich glaube, wir können es wagen. Die *Bella Adria* ist weg.«

Sie sah auf ihre Armbanduhr. »Noch drei Stunden Tageslicht.«

»Wir werden schneller sein.«

»Okay. Was muss ich tun?«

»Tee umgießen.«

»Zu Befehl.« Sie kletterte in den Salon hinunter.

Das Speedometer zeigte 6,3 Knoten. *Amica* passierte das Südkap von Zut. Jetzt hatte er gleich freie Sicht auf das Mursko More, das Murter Meer. Der Windmesser verkündete 21 Knoten Wind.

»Rauf mit den Lappen«, kommandierte er sich selbst. »Aber erst muss das Schlauchboot wieder rein.« Nachdem er das Dinghi wieder über die Luke seiner Achterkabine gewuchtet hatte, turnte er etwas außer Atem auf das Kabinendach. Mit vier Handgriffen hatte er die Segelbändsel gelöst und sich in den Gürtel gesteckt. Die Lazyjacks verhinderten, dass das Tuch herunterfiel. Schon winschte er am Mast das Groß hoch. Unter dem knatternden Segel brachte er das Boot auf Kurs 110 und trimmte das Segel vorläufig. Dann warf er die Reffleine der Genua los und holte das Vorsegel an der Schot, bis die Winsch ächzte. Der Wind fuhr hinein. Ein Ruck ging durch das Schiff 6,8, 7, 8 Knoten. Die Ziffern purzelten nur so. *Amica* segelte mit etwas mehr als zehn Grad Lage nach backbord unter einem dunkelgrauen Novemberhimmel Richtung Südosten. Der Horizont dort sah wenig einladend aus. Schon war die heraufziehende Nacht zu ahnen. Tief hängende Wolken über dem dunklen Land trugen auch nicht zur Aufhellung bei.

Vanja balancierte zwei Teebecher an Deck. »Genau, was ich jetzt brauche!« Claudius strahlte sie an. Seine Zähne blitzten unter dem schwarzen Schnurrbart, die Augen glänzten. Vanja setzte sich vor die Steuersäule und reichte ihm eine Tasse. »Kaum zu übersehen«, dachte sie, »der Mann ist in seinem Element.«

Er nahm die Tasse entgegen und prostete ihr zu. »Danke, Vanja. Wir schaffen es. Hast du in die Karte gesehen?«

»Ja. Wir segeln nach Murter?«

»Daran vorbei. In diesen Kanal nördlich der Insel Zmain oder wie die heißt.«

»Zmajan. Die Dracheninsel.«

»Dracheninsel. Klingt abenteuerlich. Jedenfalls zwanzig Meilen auf diesem Kurs.«

»Wie schnell?«, fragte sie.

»Acht Komma sechs Knoten.«

»Zweieinhalb Stunden?« Sie sah auf ihre Armbanduhr.

»Dann ist es dunkel.«

»Dann findet uns niemand mehr.«

Er sah Vanja an. Brauchen Beziehungen immer Perspektiven? Ist das nur mein Problem? Sein Blick verlor Vanja, fand den Horizont vor dem Bug und blieb im grauen Himmel hängen. Zwölf Stunden, und sie ist weg. »Was habt ihr mir für einen Streich gespielt?« Gleichzeitig fühlte er an seiner Schulter ihren festen Griff. Verwundert sah er sie an. Sie lächelte. Er schüttelte sich leicht, wie, um aus einem Traum in die Wirklichkeit zurückzukehren, übergab die Steuerung dem Autopiloten, nahm seine Teetasse aus der Halterung und trank. Beide setzten sich hinter das Ruderrad.

»Wir müssen verdammt aufpassen heute Nacht«, sagte er. »Sind eine Menge winziger Inseln im Fahrwasser, sobald wir die Dracheninsel passiert haben.«

»Mmh.« Schweigend und gedankenverloren schlürften sie ihren Tee.

»Hast du mir schon verziehen?«, unterbrach sie seine Gedanken.

»Was?«

»Heute Morgen.«
»Haben wir doch schon abgehakt.«
»Es tut mir Leid.«
»Vergiss es.«
Sie küsste ihn auf den Mund. Er öffnete seine Lippen und ihre Zungen trafen sich. Sie zog sich zurück, betrachtete sein Gesicht und sagte: »Ich habe das Schiff ganz alleine gefahren.«
»Hat es dir Spaß gemacht?«
»Schon.«
»Kannst du öfter haben. Musst mich nicht einsperren dazu.«
»Du vertraust mir?«
»Ich glaub schon. Heute Nacht muss ich es.«
»Wieso?«
»Wir werden uns abwechseln müssen hier oben. Einer schläft, einer wacht.«
»Schade.«
»Was?«
»Wir sind nicht zusammen.«
»Jetzt …« Er kam nicht weiter. Sie hatte ihre Tasse abgestellt und nahm seinen Kopf in beide Hände. »Jetzt sind wir's«, hauchte sie und küsste ihn auf den Mund. Auch er stellte die Tasse weg und umfing sie. Sie rutschten in die Leeecke des Cockpits. Seine Hand glitt unter ihren Pullover und das T-Shirt. Vanja nahm die Berührung wohlig auf, schob sich gegen ihn und umschlang seinen Hals. Ihre Lippen liebkosten einander, und mit geschlossenen Augen atmeten sie sich ihre Seelen gegenseitig zu.

Er spürte eine unheimliche Kraft in ihr. Ihr Wollen und Drängen begannen ihm den Atem zu nehmen. Er spürte, wie sie ihn erregte. Schon rollte die Woge, und das sanfte Vibrieren ihrer Muskeln am Rücken steigerte fordernd seine Kraft.

Wieder stieg diese Wärme in ihr auf. Schon waren ihre Hände unter seinem Hemd, tasteten und strichen über seine Seiten. Sie glitten über seine Brust und den Bauch, stießen an den Gürtel.

Ihre Gedanken wirbelten in einem Strudel von Lust, der

alles Vergangene in den herrlichen Schlund einer still ruhenden Gleichgültigkeit versenkte. Noch waren die rasenden Bilder zu erkennen. Sie sah die Gartenpforte, das Auto, den Abschied, seinen klaren, selbstbewussten Blick. Da erwachte sie aus dem Rausch. Ihre Hände zogen sich zurück. Ihre Lippen verließen plötzlich die seinen. Sie vergrub ihr Gesicht in seiner Schulter und flüsterte atemlos: »*Nicht weiter*, nicht weiter, bitte.«

»Hey Meerfrau, was ist? Ich denke … Du magst …«

»Es ist wunderbar. Es ist …« Sie schluchzte. Plötzlich ließ sie ihn fahren, sprang auf, turnte den Niedergang hinunter. Claudius hörte die Vorschifftür knallend ins Schloss fallen. Er atmete tief durch, fuhr sich mit beiden Händen durch die Haare und setzte sich langsam auf die Bank zurück.

»Was soll das? Was spielt ihr für ein Spiel mit mir? Beim Neptun, verdammt noch mal. Bin ich ein Fisch an eurer Angel? Gut, dann spucke ich hiermit den Haken samt Köder wieder aus. Ende der Vorstellung. Sucht euch einen anderen. Ich schmeiß sie in Hvar raus und fertig.«

24

Er stand auf, trat hinter das Ruderrad und setzte sich auf den Steuermannssitz, mit sich nicht im Reinen. »Warum spielt sie so mit mir? Hab ich sie gerufen? Kann mir einer von euch das erklären?«

Er betrachtete die dunklen Höhen von Murter voraus. Aber er sah sie nicht. Er sah Bernsteinaugen und tizianrotes Haar. Er lauschte auf die Bugseen, aber er hörte sie nicht. Er hörte ihre feste, volle Stimme »Hey, Skipper, tut mir Leid« sagen und im nächsten Moment ihr Flüstern: »Küss mich.« Aber es sprach niemand mit ihm. Er schüttelte sich.

Von Osten kroch die Nacht näher und näher. Claudius holte sich seine Teetasse und verzog sich wieder in die Ecke des Heckkorbes. Kein Mensch weit und breit, nur er und Vanja.

Sie hatte die Beine angezogen und ihr Gesicht in die Hände vergraben. »*Petar, verdammt noch mal, warum bist du so weit weg*?« Auch sie hörte nicht die nahen Geräusche, das vielstimmige Gurgeln der Bugwelle. Sie hörte seinen angenehmen Bariton und hatte sein Gesicht vor Augen. Sein dunkler Teint, die funkelnde Begeisterung für seinen Dienst. Sie bewunderte seine Entschlossenheit, sein Eintreten für die Heimat und für sie, Vanja selbst. Sie wusste mit jeder Zelle ihres Gehirns, dass er nur sie wollte. Er war ihre Zukunft.

Das Bild verschwamm und Claudius' Samtblick geriet ihr ins Bewusstsein. Seine Vernunft, sein zurückhaltendes Wesen, seine schillernde Eigenwilligkeit, seine Wärme und Nachsicht. Seine Perspektive war dieses Schiff, die *Amica*, seine Freundin. Die Weite der See, Freiheit total.

Nein, es ging um Petar und sie. Hatten sie sich nicht oft und oft in gemeinsamen Träumen getroffen? Die Villa bei Trogir in einem parkähnlichen Garten mit Blick zum Meer, mit eigenem

Strand. Nicht weit zum Flughafen von Split. Er würde diesen Traum wahr machen. Sie würden ihn gemeinsam wahr machen. Die Zeichen standen gut. Er war ein glücklich Geborener.

Sein Großvater war Kampfgefährte des späteren Diktators Josip Broz Tito gewesen. In der Partisanenarmee hatten sie gemeinsam die Deutschen aus dem Land geworfen. Später war er General geworden unter dem Feldmarschall. Schon deshalb hatte Petars Vater weniger Probleme gehabt als manch anderer Kroate. Allerdings hatte Brendijlkovic sen. sich später als Kommandeur deutlich für die kroatische Selbstverwaltung aus dem Fenster gehängt. Nicht nur das. Er vertrat auch zur Unzeit die Ansicht, Zagreb solle gewisse Bereiche der inneren Sicherheit und der Landesverteidigung selbst in die Hand nehmen. Jetzt kam diese kroatisch-patriotische Familiengeschichte Petar sehr zustatten. Er war ins richtige Boot geboren und seine Karriere vorgezeichnet.

Aber wie mit ihm Kontakt aufnehmen? Ein Funkgespräch? Das konnte quasi jeder mithören. Sie müsste von Hvar aus versuchen, die Polizeistation in Stari Grad anzurufen. Ganz sicher war Petar bereits dort. »*Dieses blöde Schiff ist einfach zu langsam*«, dachte sie.

Wie könnte der Anschlag eigentlich geplant gewesen sein? Jemand fuhr dort vor: »*Bitte schön, hier sind einige Kübel Farbe für unsere armen vertriebenen Bosniaci. Damit sie ein schönes Quartier bekommen.*«? Oder jemand stellte die Eimer einfach in einen Putzschrank. Waren sie mit einem Fern- oder Zeitzünder versehen? »Wer so was plant«, dachte sie, »muss einen Defekt haben. Und dieser Defekt … Wer einen solchen Defekt hat, macht auch andere Fehler.«

Der Ungar Nosty war nur ein Rädchen gewesen in der großen Uhr. Sie hielt ihn für zu clever, sich an einer solchen Sauerei zu beteiligen. Er war Geschäftsmann. Waffen verkaufen ist eine Sache. Bomben legen eine andere. »*Absurd*«, dachte Vanja, »*im Grunde ist es das Gleiche.*«

Dieser Brengemann? Wenn der auf dem Boot, auf der *Rako-*

vica liquidiert worden war ... Dort lag auch der Zettel. Hoffnung keimte in ihr auf. Das war die Lösung.

»*Bin ich blöd, verdammte Quadratsch...*« Sie rutschte vom Bett und stand vor dem Spiegel. Wenn der die Nachricht in der Tasche gehabt hatte, war sie vielleicht nicht weitergegeben worden. Man hat ihm den Zettel auf dem Schiff abgenommen und ihn dann zu den Haien geschickt. Aus irgendeinem Grund war der Zettel im Boot zurückgeblieben.

Könnte die »Renovierung« in der Ulica Jelsa ausgefallen sein? Kein Anschlag. Petar in Sicherheit. Vorausgesetzt, es war Brengemann, der auf der *Rakovica* sein Blut lassen musste. Wo befanden sich die Farbeimer? Da war noch eine Reihe Namen in der nächst tieferen Ebene. Und die zwei Kroaten.

Es schien ihr immer dringender, die Papiere noch einmal durchzusehen. Vielleicht würde sie ihre schöne Hoffnung nähren können, Petar hätte gar nicht mit Sprengstoff zu tun. Sie nahm die Türklinke in die Hand. Bevor sie drückte, zuckte sie zurück. Würde sie dem Skipper unter die Augen treten können? Seiner Wärme und seiner Sanftheit begegnen?

Sie musste schlucken. Ihre Augen wurden feucht. »*Verdammt noch mal, warum können wir nicht wie ganz normale Menschen miteinander umgehen*«, sagte sie sich trotzig. Energisch wischte sie sich mit dem Pulloverärmel über die Augen und sah in den Spiegel. Dann atmete sie einige Male tief durch, wandte sich ab und blickte zur Luke hinauf. Es war schon fast dunkel.

Leise öffnete sie die Tür, ging durch den Salon, blickte kurz durch den offenen Niedergang und setzte sich an den Navigationstisch. Aus der Klappe unter dem Kartentisch holte sie die Papiere hervor. Die Liste mit der »Mannschaftsaufstellung« lag obenauf. Dann kam die Skizze der Insel mit der ominösen Telefonnummer. Die Ausrüstungsliste und die Liste mit den anderen Telefonnummern. Dieses Blatt nahm sie sich vor.

Die Buchstaben und Ziffern waren sauber mit blauem Kugelschreiber hingemalt. Über den Nummern stand ein großes N und auf gleicher Ebene ein großes E. Die Zahlenkolonnen standen rechts auf dem Blatt. Am linken Rand waren ebenfalls Zahlen angeordnet und davor je einer, zwei oder drei Großbuchstaben. Da stand zum Beispiel links BA 12–14 und rechts in der gleichen Zeile 43 57 80 15 17 90 oder RJ 18–20 und 43 49 40 15 15 60. Oder weiter unten K 22–24 und 43 09 80 16 24 20.

Eigentlich ganz einfach, dachte sie. Links die Kürzel für bestimmte Personen oder Einrichtungen und rechts die Telefonnummern dazu. Es waren allerdings merkwürdig lange Nummern. Vielleicht internationale Verbindungen? »Hätte ich nur mein Mobiltelefon«, seufzte sie.

Eine Zeile fiel aus der Reihe. Sie begann mit einem »R«. Es war durchgestrichen.

Die Zahlenkombinationen reichten in der ersten Spalte von der Paarung null bis zwei bis zu der Paarung vierzehn bis sechzehn. In der nächsten von sechzehn bis achtzehn und dreißig bis null. Alle Zahlen von null bis dreißig. Einunddreißig insgesamt. »Ein Monat!« Vanja rief es halblaut aus. »Gibt aber keinen Sinn. Was soll hier ein Monat mit diesen Nummern?«

Ihr Blick wanderte durch den Salon und landete auf den Instrumenten am Navigationstisch. Das leuchtende Display des GPS. Sieben Komma neun Knoten zeigte es an und die Position N 43°45'38 E 15°35'81. »Verdammt langsam«, murmelte sie.

Sie starrte das Display an. Die Endziffern der Positionsangaben wechselten unterschiedlich schnell. Die Längenposition lief ziemlich rasch. Schon waren es 15°38'34. Die Breite gab das Gerät mit 43°45'25 an. Sie stierte auf das Blatt mit den Zahlenkolonnen. Die dreiundvierzig erschien häufig unter den Telefonnummern.

»Nein!« Sie rief es richtig laut. »Das sind Positionen!« Augenblicklich sah sie das Papier mit ganz anderen Augen. Kolonnen von Positionsangaben. Sie räumte alle anderen Zettel weg, sodass die Seekarte frei wurde. Sie las die Zeile BA. Dort stand: zwölf bis vierzehn 43 57 80. »Der Lavdarski-Kanal! Mein Gott. Das ist ja … Skipper!«

25

Claudius hatte bemerkt, dass Vanja Licht in der Navigation gemacht hatte. Er hatte dem ersten Impuls widerstanden, zu ihr zu gehen. Im nächsten Augenblick hatte er sich darüber geärgert. »Soll sie ihrem Petar Brendlwitsch, oder wie er heißt, um den Hals fallen.«

Nur um sich abzulenken, hatte er überlegt, ob er das Dinghi ganz wegräumen sollte. Doch da hörte er ihr aufgeregtes Rufen: »Hey, Skipper! Ich hab's!«

Er warf einen prüfenden Blick nach vorn. Das Fahrwasser war frei. Dann stieg er hinunter. Im Salon lehnte er sich an den Kartentisch. Vanja strahlte ihn an.

»Böse?«, fragte sie.

Er hob die Schultern, blies die Backen auf und lies die Luft entweichen. »Weißt du, ich versuche dich zu verstehen, aber …«

»Tut mir Leid, Skipper. Ich bin ein bisschen durcheinander. Lass mir Zeit. Okay?«

»Mmh. Was hast du Sensationelles entdeckt?«

Sie sah verlegen zur Uhr an der gegenüberliegenden Salonwand. »Wenn du mich verstehen willst … Er und ich, wir wollen zusammen eine Zukunft …« Sie sah ihn ernst an, presste die Lippen aufeinander und strich eine Haarsträhne aus dem Gesicht. Zwischen ihren Augenbrauen standen zwei senkrechte Falten.

»Okay. Ihr seid ein Paar. Ich ähm … ist egal. Was hast du herausgefunden?«

»Das sind keine Telefonnummern hier.«

»Was ist das für eine Liste?«

»War bei den Unterlagen von unserem Oberst.«

»Steht ja Nord und Ost darüber. Hier: ›N‹ und ›E‹. E für East.«

»Ich hätte dich gleich fragen sollen«, sagte sie ernüchtert.

»Und was bedeuten die Positionen? Sind das Häfen?«

»Nein. Buchten meistens. Seegebiete. Hier 43 56 60 und 15 12 40. Guck.« Sie ergriff den Zirkel, nahm am Kartenrand den Breitengrad ab und übertrug die Distanz in die Karte. »Ist das nicht genau dort, wo wir die *Bella Adria* gesehen haben?«

»Genau. Das ist im Lavdarski-Kanal.«

»Und jetzt guck, was hier in der Zeile steht: BA zwölf bis vierzehn und dreißig bis null. Was mag das heißen?«

Er wiederholte leise die Buchstaben und Zahlen. Er angelte sich die Liste und überflog die Zahlenkolonne. »BA ist ja wohl klar: *Bella Adria*. Und die Zahlen … gehen nicht über dreißig. Dreißig Tage im Monat.«

»Gut, Skipper. Sehr gut. Soweit war ich auch schon.«

»Und heute haben wir den vierzehnten November.«

»Genau. Deshalb war die BA dort auf Posten. Und was sagt dir der Rest?«

Er zählte die Zeilen. »Die haben acht Schiffe im Einsatz.«

»Das war einmal. Schau hier.« Sie wies auf das durchgestrichene R. »Die Liste ist sehr aktuell. Diese Leute wissen jedenfalls, was gespielt wird.«

»Mein Gott. Soll das dein Motorboot …?«

»*Rakovica*. Die Meeresspinne. Es war einmal.«

»Du meinst, die wussten schon von dem Hubschrauberangriff?«

Sie zuckte mit den Schultern. »Sie haben ihn wohl eher veranlasst. Aber schau, diese Aufstellung erzählt uns noch viel mehr. Hier kannst du sehen, wo in den nächsten Tagen überall Patrouillenboote des Herrn Oberst anzutreffen sind.«

»Was machen die Boote, wenn sie nicht eingeteilt sind?«

Sie hob die Schultern. »Ich werde mal die für uns interessanten Gebiete heraussuchen.«

»Das erklärt vielleicht, warum die *Bella Adria* abgedreht hat.«

»Du meinst, unsere Funkerei war vergeblich?«

»Keine Ahnung, was die für einen Auftrag haben. Sieh mal,

das geht runter bis zweiundvierzig Grad. Die überwachen ganz Dalmatien.«

»Wozu?«

»Wir hätten den Oberst fragen sollen.«

»Wenn wir's da schon gewusst hätten, Mister Schlau.«

»Tut mir Leid. Mich geht das nichts an. Ich fahr hier nur durch.«

»Das ist bequem.«

»Richtig. Und vernünftig.«

»Darüber kann man streiten.«

»Wo Leute sich Köpfe heiß reden und sie sich gar einschlagen, da halte ich mich raus.«

»Hauptsache, du hast deine Ruhe. Die wollen andere auch. Man könnte ihnen dazu verhelfen.«

»Ich bin weder Polizist, noch Soldat oder Politiker.«

»Ich verstehe. Du bist Mensch. Und Menschlichkeit, das ist ein anderes Wort für *deine* Ruhe.«

Er richtete sich auf und schnaubte. »Mensch, Vanja. Was soll ich kleiner Wurm zwischen Organisationen wie der kroatischen Armee, diesem besoffenen Schutzdienst und dem Oberst? Was soll ich da? Bei euch anheuern, 'ne Knarre in die Hand nehmen und den Helden spielen? Würde das was ändern? Ich sag dir was: Es würde weniger ändern, als wenn im Velebit droben ein vertrockneter Baum umfällt. Für euch. Aber für mich? Es würde mein Leben zerstören. Es wäre total sinnlos. Außerdem …« Er stockte.

Sie blickte zu ihm auf. Seine Augen funkelten im Halblicht der Arbeitslampe. Er hatte sich in Eifer geredet und die Stirn kraus gezogen.

»Außerdem?«, fragte sie.

»Wenn ich dich aus diesem Wirrwarr … Wenn du … Vergiss es. Ich bring dich nach Hvar und dann verschwinde ich.« Er wandte sich entschieden zum Niedergang und schickte sich an, hinaufzuklettern.

»Ich verstehe. Du hast keine Heimat«, rief sie ihm nach.

»Heimat?« Er blieb stehen und schlug mit der flachen Hand

gegen die Wand neben dem Niedergang. »Das ist meine Heimat. Und die See da draußen. Und jeder, der das mit mir teilt, jedes Wesen, verstehst du, das gehört dazu. Das ist meine Heimat.«

»Mehr brauchst du nicht?«

»Ich glaube, das ist eine ganze Menge.« Er kletterte hinaus.

Vanja lehnte sich zurück und sah auf die Schiffsuhr auf der gegenüberliegenden Wand. »Deine Heimat ist das Meer«, murmelte sie und dachte an einen alten Schlager mit ähnlicher Titelzeile. Sie suchte nach der Melodie dazu aber ihre Aufmerksamkeit blieb beim Chronometer hängen. Der Minutenzeiger rückte auf die Zwölf. Siebzehn Uhr. Sie schaltete das Radio ein.

Der Sprecher von Radio Zagreb hatte mit den Nachrichten schon begonnen. Das Parlament diskutiere über das Ansinnen von UN-Vertretern, kroatischen Offizieren Verstöße gegen das Kriegsrecht anzulasten. Der Präsident lehne das kategorisch ab. Das Kabinett berate über die Innere Sicherheit der Republik. Diese sei auch eine Voraussetzung dafür, Kandidat für eine Mitgliedschaft in der Europäischen Union zu werden, habe der Innenminister gesagt. Vorwürfe, in der Republik Kroatien gebe es Defizite bei der Respektierung der Menschenrechte, habe der Fraktionssprecher der Kroatischen Demokratischen Union im Zagreber Parlament scharf zurückgewiesen. Die Umsatzzahlen der kroatischen Tourismus-Industrie für das dritte Quartal hätten im Vergleich zum Vorjahr um siebeneinhalb Prozent zugelegt. Die Begegnung Croatia Zagreb gegen Heiduck Split in der dalmatinischen Stadt werde ab neunzehn Uhr fünfzehn auf dieser Welle übertragen. Das Tiefdruckgebiet über Slowenien und Nordkroatien fülle sich langsam auf. Morgen Mittag werde der Regen in Zagreb aufhören. An der Küste werde der Wind aus Südosten voraussichtlich noch zwei Tage anhalten und auf fünf Beaufort zunehmen.

Erleichtert schaltete sie das Radio ab. Kein Vorfall in Hvar. »Jedenfalls ist noch nichts bekannt gegeben«, murmelte sie. Auf dem Bogen vor sich suchte sie die Tageszahlen vierzehn bis sechzehn. Die Zeile begann mit RJ und die Breitenangabe in der rechten Spalte mit vierundvierzig. Sie stellte fest, dass diese Breite längst hinter ihnen lag. Sie befanden sich auf dem Weg nach Südosten und waren bei einer Breite von 43°44' angelangt.

Sie drehte die Suche um. In der Spalte der Breiten suchte sie nach dem zweiundvierzigsten Grad. Es gab zwei solche Zeilen. Eine für den sechsten bis achten Tag im Monat und den vierundzwanzigsten bis sechsundzwanzigsten. Den Längengraden nach lag die Position vor Dubrovnik im äußersten Südosten des Landes. Dann fand sie eine Zeile mit 43°10' und 16°26'. Die Zeile begann links mit einem »S«. In der zweiten Kolonne standen die Ziffern sechzehn und achtzehn. »Den sechzehnten bis achtzehnten Tag des Monats. Also übermorgen«, flüsterte sie.

Die Koordinaten bezeichneten die Nordseite der Pakleni-Inseln. Eine buchtenreiche, zergliederte Inselgruppe, unmittelbar vor der Stadt Hvar. »Gut zu wissen«, murmelte sie und legte den Zettel mit allen anderen in den Kartentisch zurück.

Als sie nach oben kam, mussten sich ihre Augen erst an die Dämmerung gewöhnen. Die dicke Wolkendecke verkürzte den Übergang zur Nacht. Claudius stand neben dem Ruderrad und spähte mit dem Fernglas nach backbord.

»Ist was?«, fragte sie.

»Das Feuer von Kap Murteric. Grün, alle drei Sekunden.« Er setzte das Glas ab und fuhr fort: »Ich muss einen genauen Standort in die Karte malen. Bleibst du so lange da?«

»Okay.«

Sie bezog Position an der Steuersäule. Das Schiff lief am Kompass Richtung 115 Grad. Der Wind wehte etwa aus hundertsiebzig Grad. Der Seegang war kaum erwähnenswert. Die Inselgruppen im Süden verhinderten, dass sich starker Seegang aufbaute oder aus der Adria zu heftig hereinschwappte.

Claudius setzte sich an den Kartentisch. Mit dem Zirkel übertrug er Breite und Länge, die ihm das GPS anzeigte, in die Seekarte. Er zeichnete mit dem Bleistift den Schnittpunkt der beiden Linien in die Karte und schrieb siebzehn Uhr zwanzig daneben. Auch in seinem Logbuchkalender notierte er den Standort.

Bis zum Zmajanski-Kanal waren es noch etwas über sechs Meilen. Nach vier Meilen würden sie auf diesem Kurs direkt auf den Fels Prcevac treffen, der nördlich der Insel Kaprije im Wasser stand. Natürlich unbeleuchtet wie die meisten Eilande in der Inselwelt der Kornaten. Allerdings würde die Abdrift dafür sorgen, dass sie weiter nördlich in den Drachenkanal einliefen. Aufmerksamkeit war angesagt.

»Wir gehen zwischen Zmajan und Obonjan durch. Wenn wir das Feuer auf dreihundertundfünfzig Grad peilen, drehen wir auf hundertsiebzig ab. Hoffentlich steht kein Strom«, murmelte Claudius. Er versuchte durch ein Kabinenfenster nach draußen zu sehen. Es war finster. Er schaltete die Positionslichter ein, stand auf und turnte hinaus.

Sie lehnte an der Steuersäule und peilte mit dem Fernglas nach Murter hinüber.

»Alles klar?«, fragte er.

»Eine Menge Leuchtfeuer.« Sie setzte das Glas ab und deutete nach Murter. Eine dunkle Masse, zwei Meilen entfernt an Backbord. »Dort drüben ein weißer Blitz alle fünf Sekunden und gleich daneben blinkt es zweimal alle zehn Sekunden und auf der anderen Seite, dahinten auch zwei weiße Blitze, alle fünf oder sechs Sekunden.«

»Lauter Untiefentonnen hier draußen. Was wir brauchen, ist unser Leitfeuer. Tijascica. Genau voraus. Drei weiße Blinke alle zehn Sekunden. Müsste bald auftauchen.«

Sie peilte wieder durch das Glas diesmal nach Steuerbord achtern. »Und was ist das?« Es waren nicht die Worte, es war der Ton, der ihn alarmierte.

»Was?«, fragte er knapp. Stumm reichte sie ihm das Fernglas.

26

Das Objekt war schwer auszumachen in der hereinbrechenden Nacht. Mit bloßem Auge überhaupt nicht zu sehen. Aber nun trug der Wind Motorengeräusch herüber. Im runden Gesichtsfeld des Glases zeichneten sich die Umrisse schemenhaft ab. Hin und wieder schien die Bugwelle hell auf.

»Ein weißes Schiff. Unbeleuchtet«, fasste Claudius zusammen.

»Ein weißes Schiff?«, fragte sie und versuchte ihrer Stimme Festigkeit zu geben.

»Eine Motoryacht. Hat vergessen, die Lichter anzumachen.«

»Vergessen?«

»Kommt aus den Kornaten und läuft Richtung Šibenik. Was sagt der Patrouillenplan dazu?«

»Nichts vorgesehen, soviel ich weiß. Die nächste Patrouille wäre erst übermorgen vor den Pakleni-Inseln fällig.«

»Könnte es ein Fischer sein?«

»*Ribarski ćamac?* Sieht so ein Fischkutter aus?«

Claudius setzte das Glas ab. Warum konnte er nicht unbeschwert durch dieses Meer pflügen? Die See war weiß Gott gefährlich genug. Wieso musste er bei jeder Begegnung dieses blöde Gefühl bekommen, sich verstecken zu müssen? Er überlegte, ob es geraten sei, die Navigationslichter abzuschalten. Natürlich war die Lichterführung vorgeschrieben zwischen Sonnenuntergang und Sonnenaufgang. Unter den gegebenen Umständen aber … Noch ein paar Minuten und es würde stockfinster sein.

»Was meinst du?«, fragte Vanja. Ihre Stimme klang wie trainiert, fest und selbstsicher.

»Keine Ahnung. Vielleicht Urlauber «, sagte er unwirsch.

»Jetzt, hier draußen? «

»Wir werden sehen.« Er sah auf den Kompass. »Ich glaube, er wird uns ziemlich nahe kommen bei dem Kurs.«

»Sollen wir was unternehmen?«

»Hm«, machte er. »Sie haben uns sicher längst gesehen. Wenn die Radar haben … Kann ich nicht erkennen.«

»Was tun wir?«

»Bleiben auf unserem Kurs und tun harmlos.«

»Okay. Dann kümmere ich mich um das Abendessen.«

»Gute Idee. Du könntest Würste heiß machen. In der Kühlbox liegen welche eingeschweißt.«

»Was sind die?«

»Eingeschweißt. In Folie. Kennst du das nicht?«

»Eingeschweißt«, wiederholte sie kopfschüttelnd, während sie den Niedergang hinabstieg. In der Messe knipste sie das Licht an.

Der helle Schein blendete Claudius. Er ging zum Niedergang und griff nach dem Blendschutzvorhang. Als er den Knoten des Vorhangbändsels öffnete, stand Vanja an der Kühlbox und hatte die Wurstpackung in der Hand. Sie wandte sich zu ihm, hielt sie hoch, warf ihre Haare zurück und fragte: »Die? Ist das einge-schweißt?«

»Genau.« Gequält lächelte er ihr zu.

Dann kehrte er ans Ruder zurück, nahm das Fernglas und suchte das Motorboot. Er konnte es nicht finden. »Zu dunkel oder sie sind hinter einer Insel verschwunden«, dachte er. Das Motorengeräusch war schwach zu vernehmen.

Mit achteinhalb Knoten rauschte *Amica* unter Segel und Maschine dahin. Claudius hockte sich auf die Luvseite des Cockpits und stierte voraus in die Nacht.

Es war stockfinster geworden. Nur am östlichen Himmel spiegelten die Wolken schwachen Lichtschimmer wider. »Šibenik«, brummte Claudius. Es mussten die Lichter der alten venezianischen Stadt sein. *Tresnja* fiel ihm ein, die Zahnärztin mit den pechschwarzen Haaren. Es war ein Kariesproblem gewesen mit irrsinnigen Schmerzen. Er hätte es zu Hause reparieren lassen sollen. Aber wie hätte er Silvia dann kennen gelernt, die alle *Tresnja*, die Kirsche, nannten? Er hätte seinem Dasein eine radikale Wendung geben können, damals. Garantiert hatte sie nun auch ihren Petar, Milan oder Franjo.

Ein Blinklicht riss ihn aus der Erinnerung. Weiß. Dreimal erschien es direkt neben dem Vorstag, dann war Pause. Automatisch begann er zu zählen. Er startete mit einundzwanzig und kam bis zweiunddreißig, ehe die Lichterfolge erneut aufblitzte. »Das Leitfeuer. Wir sind drauf«, sagte er.

Der Seegang nahm weiter ab. Das Schiff pflügte wie auf Schienen durch das schwarze Wasser. Im Hecklicht glitzerte das schaumig gequirlte Meer. Ein paar Meter weiter nach achtern verlor sich die Spur in der Finsternis. An Backbord bezeichneten ein paar verstreute Lichtpunkte die Küstenlinie. Im Übrigen umgab Dunkelheit das Boot. Dennoch konnte er mit dem Restlichtverstärker seines Marineglases die Umrisse einer Insel erkennen. Er ging nach unten. Vanja stand in der Pantry. Sie schälte Kartoffeln.

»Hab mir gedacht, die Würste allein wären zu langweilig.«

»Gute Idee.«

Er setzte sich an den Kartentisch und zeichnete die Standlinie ein.

»Ist es noch da?«, fragte Vanja und warf eine geschälte Kartoffel in den Topf auf dem Herd.

»Nix zu sehen. Nur voraus eine kleine Insel. Prcevak. Wir haben eine saftige Abdrift.«

»Was heißt das?«

»Der Wind versetzt uns nach Lee.«

»Ach so.«

»In zwanzig Minuten sind wir im Drachenkanal. Dann werde ich die Segel wieder wegpacken.« Er trug den Standort auch in den Logbuchkalender ein.

»Gut, dann essen wir danach.«

»Gibt es vielleicht schon was zu trinken?« Es war eine rhetorische Frage. Er stand auf und ging zur Kühlbox. Vanja beobachtete ihn von der Seite. Claudius nahm sich eine Dose Bier heraus und klappte die Box wieder zu.

Vanja warf ihr Haar über die Schulter und schälte weiter. Hatte er die Pistole wirklich nicht wahrgenommen? Sie hatte allerdings drei Packungen geräucherten Schinken darauf gelegt.

»Ich habe die Pistole in der Kühlbox verstaut. Nur damit du Bescheid weißt«, erklärte sie nüchtern.

»Die Pistole in der Kühlbox? Genial. Hab sie nicht gesehen.«

»Unter dem Schinken.«

Er sah noch mal hinein. »Gute Idee. Hoffentlich brauchen wir sie nicht mehr.« Er trat an den Kartentisch und knipste auf der Schalttafel wortlos die Positionslichter aus. Dann goss er das Bier in ein Glas, warf die Dose in den Müll und stieg wieder an Deck. An Backbord blinkte ein weißes Licht zweimal und blieb dann aus. Er zählte acht Sekunden und stellte fest, dass er schon wieder zu schnell gewesen war. Das Feuer saß auf einer Warnboje und blieb laut Karte zehn Sekunden dunkel. Voraus fand er auf Anhieb die drei Blinke seines Leitfeuers auf Kap Tijascica. Achteraus blinkten die Feuer von Murter und querab sah er Autoscheinwerfer aufleuchten. Er setzte sich in die Luvecke des Cockpits uns schlürfte sein Bier. Niemand würde das Schiff jetzt wahrnehmen, dachte er.

Er wandte sich nach Steuerbord um. Als schwarze Masse lag die Insel Kaprije dort, nicht mal eine Meile entfernt. Sie vermischte sich übergangslos mit einem ebenso schwarzen Himmel. Nur ganz allmählich tauchte grauer Schimmer über dem Inselkamm auf. Die wenigen Lichter der Ortschaft auf der Südseite wurden an den tiefhängenden Wolken widergespiegelt. *Amica* glitt in den knapp eine Meile breiten Zmajanski-Kanal.

Als Claudius sein Leitfeuer auf dem Südkap auf dreihundertfünfzig Grad peilte, barg er die Segel und drehte *Amicas* Bug so weit nach Süd, dass er das Feuer exakt achteraus hatte. Auf diesem Kurs müsste er genau zwischen den Inseln Zmajan und Obonjan durchschlüpfen können.

In der Enge nahm der Seegang erwartungsgemäß beträchtlich zu und Claudius gestand seinen Freunden wortreich ein, beeindruckt zu sein vom Donnern der Brandung, die zu beiden Seiten keine zweihundert Meter entfernt die Ufer markierte. Die Dünung der freien See traf hier auf die Felsen, von denen außer der Brandung in der Finsternis nichts wahrzunehmen war. Die Anzeige am Echolot ging rasch zurück auf 32 Meter. Vielleicht lag es an den beiden Bieren, vielleicht aber auch am Tosen der Brandung in diesem engen Gewässer, dass Claudius das andere Geräusch so spät wahrnahm. Vielleicht aber auch daran, dass sich seine Aufmerksamkeit auf die Vorgänge unter Deck konzentrierte. Versonnen betrachtete er das rote Licht, das an Steuerbord die Südhuk der Dracheninsel bezeichnete und still vor sich hin blinkte.

27

Vanja klapperte mit Geschirr. Sie stellte Teller auf den Tisch, schnitt Brot ab, holte Gläser und legte Besteck zurecht. Sie sah auf den Schiffschronometer: zwanzig vor sieben. Renovierung um neunzehn Uhr, stand auf dem Zettel. Hatte sie ihn richtig interpretiert? Wo mochte Petar jetzt sein? Vielleicht hatte er die Sache in Stari Grad erledigt und fuhr in die Stadt Hvar, um auf sie zu warten. Wo würde er unterkommen?

Sie stellte das Gas unter dem Kartoffeltopf ab, holte ein Gurkenglas aus der Kühlbox und piekte mit einer Gabel für jeden zwei Gewürzgurken heraus.

Als sie sein panisches Brüllen hörte, entglitt ihr eine der Gurken, kullerte über die Arbeitsfläche der Pantry, traf auf die Schlingerleiste, rutschte an ihr entlang und plumpste ins Spülbecken. Bevor Vanja reagieren konnte, drang das erste böse Knattern in die Messe. Automatisch griff sie nach ihrer Wunde unter dem linken Arm. Genauso hatte es sich damals angehört.

Teller, Besteck, Gläser, alles warf sie in die Spüle und löschte bis auf die schwache Arbeitsleuchte am Kartentisch sämtliche Lichter. In der Kühlbox ertastete sie die HK23, schob sie sich in den Hosenbund und rannte in die Vorschiffskammer.

Die Bugwelle leuchtete matt, aber gefährlich wie der Oberkiefer eines riesigen Hais. Das Boot kam von steuerbord achterlicher als querab. Es schoss eine Kabellänge südlich der roten Laterne heran. Der Steuermann musste ausgezeichnete Ortskenntnis besitzen oder sich direkt nach dem Radarbild orientieren.

Claudius war ans Steuer gesprungen. Keine Chance, auszuweichen. Kaum hundert Meter entfernt an Backbord lag die Nase von Obonjan, gefährliche Klippen. Er schob den Gashebel bis zum Anschlag nach vorn. Die Ziffern am Speedometer wechselten auf neun, dann auf zehn. Aber es reichte nicht. Nicht gegen Dünung und Wind.

Er hatte aus Leibeskräften mit überschlagender Stimme »Vanja, Licht aus!«, geschrien, als das Dröhnen der Motoren unüberhörbar geworden war. Es hatte eine Ewigkeit gedauert, bis sie reagierte. Er hatte das Mündungsfeuer gesehen. Kurz darauf war *Amica* dunkel. Die Leute dort auf dem Boot wollten offenbar einen ungeheuer eindrucksvollen Auftritt veranstalten. Die Salve aus der Maschinenpistole war ungezielt in die Luft geballert worden. Er hatte das Mündungsfeuer als gelbroten Flammenstrahl und nicht als Punkt gesehen. Es waren keine Platzpatronen, er hatte den Überschallknall der Geschosse registriert. Dann ging alles rasend schnell.

Das Boot schwenkte auf die Fahrtrichtung der *Amica* ein und passte seine Geschwindigkeit der Segelyacht an. Für Sekunden liefen die beiden Schiffe völlig dunkel im Abstand von rund vierzig Metern nebeneinander durch das enge Fahrwasser. Plötzlich stand Claudius in grellem weißem Licht. Das fremde Boot schien auf fünf Meter herangekommen zu sein. Er blinzelte in einen Halogenscheinwerfer. Es hatte keinen Sinn, auf dem Nachbarboot war nichts zu erkennen. Seine ganze Konzentration richtete er auf die *Amica*. Er erwarte einen Rammstoß von steuerbord. Aber dort war nur gleißende Helligkeit. Wieder ein mörderisches Knattern. Eine Lautsprecherstimme krächzte irgendetwas in die Nacht. Er verstand nichts. Er fühlte nur, dass das fremde Boot stetig näher rückte.

Er überblickte das Deck der *Amica*. Eigenartige harte Schatten lagen darüber. Die Bewegung der Vorschiffsluke war in ihrer Langsamkeit kaum wahrzunehmen. Die Luke öffnete wie ein Maul nach vorne. Er konnte nur einen Arm erkennen, der sich auf Deck stützte, und eine Hand, die ein schwarzes Etwas hielt. Er wollte schreien, aber da hörte er schon den Knall. Dann noch einen. Dem folgte ein verzweifelter Schrei von steuerbord. Der Dritte endete in einem dumpfen Klirren. Danach sah der Skipper der *Amica* nichts mehr. In vollkommener Finsternis steuerte er die jagende Yacht aus der Erinnerung, hörte die Brandung von Backbord immer deutlicher und fühlte, wie seine Oberlippe zu zittern begann.

Wieder ließ ihn ein Knattern zusammenzucken. Aber diesmal mischte sich hartes Prasseln, ein metallener Schlag und irrwitziges sirrendes Pfeifen in das Echo. Als Antwort kam vom Vorschiff eine erneute Detonation und danach noch eine. Jemand schrie unartikuliert in die Nacht.

Er hatte den leichten Schlag am Ruderrad verspürt und wusste sofort, dass sein Schiff getroffen war, obgleich es sich anhörte, als wäre die Salve zumindest teilweise ins Wasser gegangen. Seine Knie begannen leicht zu zittern. Aber er spürte eine heiße Welle sich über seinen Rücken in den Nacken heraufschieben. Aus seiner Angst wuchs ungebändigter Zorn, der wie wahnsinnig nach einer befreienden Aktion suchte. Eine gewaltige Energie stand bereit und ließ jede Faser seines Körpers beben. Das beruhigte.

Als sich seine Augen an die Dunkelheit gewöhnt hatten, war das weiße Motorboot auf einen oder zwei Meter herangekommen. Es baumelte kein Fender an der Bordwand. Aber an der Reling standen zwei schwarze Schatten. Claudius musterte sie flüchtig und sah, dass sie bereits außerhalb ihrer Reling sprungbereit waren. Sie trugen Jeans, Sportschuhe und Blousons, schwarze Baseballkappen und Handschuhe. Einwandfreie Ziele. Warum schoss sie nicht?

Fieberhaft überlegte er. Weiträumig nach backbord auszuweichen, schien ihm zu riskant. Die südliche Landzunge der Insel Obonjan sprang zu weit vor. Er wusste nicht, wo und wie flach dort das Wasser wurde. Auch eine schnelle, enge Hundertachtzig-Grad-Kurve würde *Amica* bei diesem Tempo sehr dicht unter Land bringen. Falls Raum genug wäre, würde das Boot weit über fünfunddreißig Grad krängen. Das würde die Maschine nicht mitmachen. Wenn in einem der Zylinder der Ölfilm riss … sie lief Höchstdrehzahl … Es blieb nur ein Manöver übrig.

Seine rechte Hand umschloss den Gashebel, während er die beiden Typen nicht aus den Augen ließ. Als das Motorboot erneut einen Fuß näher kam, spürte er den richtigen Augenblick. Er stellte den Gashebel senkrecht und ließ ihn dort kurz verharren.

Gerade als er den Gashebel nach achtern zog und das Ruder zehn Grad nach backbord legte, sprangen beide Kerle. Das Motorboot schoss an der langsamer werdenden Segelyacht vorbei. Die beiden Angreifer landeten nicht mittschiffs der *Amica*, sondern in Höhe des Mastes, dort, wo das Unterwant auf das Deck traf. Der vorlichere erreichte das Deck überhaupt nicht. Der zweite sprang direkt gegen das Want, von dem er abprallte und rücklings über die Reling ins Wasser flog.

Das Motorboot war bereits drei Schiffslängen voraus. Es drehte nach steuerbord. Am Spiegel war der Schiffsname in schräger Handschrift auflackiert. Es war dunkel, aber Claudius glaubte ein M und ein E zu erkennen.

Die Schraube der *Amica* mahlte knirschend auf hohen Touren rückwärts. Claudius schmerzte die hörbare Belastung der Wellenanlage. Die beiden Angreifer konnte er nicht mehr sehen. Aber er hörte von achtern prustendes Schreien: »*Sranje, u pomoc, u pomoc! Amo!*«

Es interessierte ihn nicht. Seine Gedanken waren bei seinem Schiff. Wo war es getroffen? Nahm es Wasser? Das Speedometer zeigte zwei Knoten Fahrt voraus. Er schob den Gashebel in die Mittelposition und dann nach vorn. Auf dem Vorschiff sah er Vanjas Haarmähne fliegen. Sie saß an Deck und trat mit den Füßen gegen etwas, das außen an der Reling zu hängen schien. Sie schrie: »*Nestani, Hau ab, verschwinde!*«

28

Als sie die Luke geöffnet hatte, war sie vom anderen Schiff aus nicht zu sehen. Ein Schiff in Fahrt ist kein Polizeischießkeller, hatte sie sich gesagt. Aber sie erinnerte sich an die Übungen mit den bewegten Zielen. Und an ihre Auszeichnungen in dieser Disziplin. Das gab Sicherheit. Sie sah den Kerl mit der Maschinenpistole auf der Motoryacht und verbrauchte zwei Kugeln, um ihn auszuschalten. Ihr dritter Schuss galt dem Scheinwerfer, der klirrend zerbarst. Für den zweiten Schützen hatte sie noch mal zwei Patronen verschwendet. Dann erschienen die zwei Kerle an der Reling des anderen Bootes. Sprungbereit. Sie hatten keine Waffen in der Hand. Ein Blick zu ihrem Skipper sagte ihr, dass er den Angriff auf seine Art zu parieren gedachte.

Auch ihr war klar, dass *Amica* getroffen war. Deshalb hatte sie die Luke geschlossen und war in die Messe gegangen, um eine Taschenlampe zu holen. Gewissenhaft suchte sie damit nach Schäden, fand aber keine Unregelmäßigkeit. Die Bilge unter den Bodenbrettern war staubtrocken. Als sie das Brett wieder darüber schob, hörte sie dumpfes Rumpeln am Schiffskörper. Was hatte das zu bedeuten? Durch das Vorschiffsluk kehrte sie hastig an Deck zurück.

Amica passierte das Südkap von Obonjan. Das Motorboot war vier, fünf Schiffslängen entfernt und drehte schäumend eine Kurve nach steuerbord in die Finsternis.

Vanja sah dem Boot hinterher und hielt den Kampf für beendet. Aber dann rumpelte es erneut am Rumpf ihrer Segelyacht. Kurz darauf entdeckte sie die beiden Fäuste am Relingsdraht. Der Mann hatte zwar das Deck verfehlt, aber den unteren Durchzug des Seezaunes noch erwischt. Er versuchte ein Bein über die Deckskante zu schwingen. Wie eine Spinne krabbelte sie auf allen Vieren auf ihn zu. Er erwies sich als ziemlich hartnäckig.

»Was ist los Vanja? Bist du okay?«, brüllte Claudius gegen die Geräuschkulisse und seine eigene Unsicherheit an.

»*Nema problema,* Skipper!«, schrie sie zurück. »Wir haben hier ein Anhängsel.« Sie sah dem Mann ins bleiche Gesicht. Er schaffte es gerade, das Kinn auf Deckshöhe zu recken. Eigentlich hatte er wohl schwarze Augen, aber unter der schwarzen Baseballkappe leuchtete das Weiße seiner Augäpfel. Sie bemerkte eine kräftige breite Nase, einen schwarzen buschigen Schnauzbart über weißen Zähnen und schwarze Bartstoppeln auf den verzerrten Wangen.

Sie winkelte das rechte Bein an, zielte und streckte es mit voller Wucht. Der Mann schrie auf. Er drehte den Kopf weg und duckte sich unter die Deckskante. Keuchend spuckte er etwas aus.

Vanja trat gegen seinen rechten Arm. Dennoch hielt er sich fest wie angeschraubt. Sie trampelte gegen seine Fäuste. Ein Eisschauer lief ihr in den Nacken, als sie bemerkte, dass sie ins Rutschen kam. Sie verlor den Halt. Mit dem linken Bein konnte sie nicht mehr treten. Sie konnte es nicht mehr zurückholen. Ihre Fingernägel kratzten über das Teakdeck. Der Kerl hatte ihr Bein gepackt. Mit dem rechten Fuß trat sie gegen ihren linken, um seinen Griff zu lockern. Vergeblich. Der Kerl zog wie verrückt. Er war entweder unheimlich stark oder mehrere Zentner schwer.

Sie strampelte und stieß mit dem rechten Fuß zu, aber der Fremde umklammerte ihr Fußgelenk eisern wie ein Roboter. Sie versuchte, die HK23 aus dem Hosenbund zu ziehen. Dadurch verlor sie das Gleichgewicht. Schon halb gezogen glitt die Waffe aus dem Bund und fiel aufs Holzdeck. Es war verrückt. Sie roch das verbrannte TNT aus der Pistole und versuchte, sie wieder zu ergreifen, fand sie in der Dunkelheit nicht sofort, bis sie beim Strampeln und Winden mit der Pobacke dagegen stieß. Dadurch rutschte die Pistole ein kleines Stück das Laufdeck hinunter, nur ein kleines Stück, aber außer

Reichweite. Sie ließ sich auf den Rücken sinken, lag flach auf dem Deck, streckte sich nach der Waffe, rutschte aber immer weiter auf den Decksrand zu. Mit dem rechten Fuß stemmte sie sich gegen eine Relingstütze.

Endlich entschied sie sich und schrie: »*Skipper! u promoc! Quadratscheiße!* Hilf mir, verdammt, der Idiot zieht mich vom Schiff!«

Die Motoryacht lief Gegenkurs. »Der sammelt seine Crew ein«, dachte Claudius befriedigt. Seine Beine vibrierten. Er wünschte sich ein Maschinengewehr an Deck und wunderte sich gleichzeitig über diesen Gedanken. Irgendwo musste hier noch eine kleine Insel liegen. Sokol oder so. Er stierte in die Nacht. Voraus war nichts zu erkennen. Dann erinnerte er sich an den letzten Kurs.

Amica lief nicht mehr einhundertsiebzig, sondern einhundertfünfundvierzig Grad. Das Echolot zeigte zweiunddreißig Meter. Er steuerte nach hundertdreißig Grad, drückte auf den roten Knopf »Auto« der elektronischen Steuerung und verließ das Cockpit. Im Vorbeigehen nahm er eine der alten, schweren Winschkurbeln aus dem Köcher am Niedergang und lief nach vorn. Wut sammelte sich in seinem Magen. Jetzt sah er den Kerl, sah die schwarze Kappe. Der Typ war dabei, Vanja unter der Reling hindurch über Bord zu ziehen. Auf dem Laufdeck in die Knie gehen und ausholen waren eine Bewegung.

Der Schlag traf den Angreifer auf der linken Schulter und riss ein Loch in seinen dunkelblauen Blouson, weil er instinktiv den Kopf zur Seite gerissen hatte. Der nächste landete auf der Schädeldecke des Mannes. Gyrus präcentralis. Claudius wusste nicht, warum ihm der Begriff in diesem Moment einfiel. Ein Relikt aus seinem abgebrochenen Medizinstudium. Die Winschkurbel hatte hart aufgeschlagen, so hart, dass sie nicht abgeprallt war. Er hatte das Gefühl, als wäre das Ende der Kurbel mit dem vierkantigen Einsteckkopf einen Zentimeter in die Schädeldecke eingesunken. »Oh Gott, Mist«, zischte Claudius und griff nach Vanjas Arm.

Der Mann hatte unmittelbar nach dem Schlag losgelassen

und sank ins Wasser. Leblos, reglos, ein Ding, das von den Wellen herumgeschubst wurde. Lautlos verschwand der Körper in der Dunkelheit.

»Wir müssen hier weg«, presste Vanja keuchend hervor. Sie stützte sich auf ihn und rappelte sich in die Hocke auf. »Danke, Skipper«, fügte sie leiser hinzu und gab ihm einen Kuss auf die Wange.

»Hab ich ihn erschlagen?« Er starrte ins Wasser.

»Der hätte mich umgebracht«, sagte sie nüchtern.

»Der war noch keine dreißig, oder?«

»Mein Gott, du hast ihn nicht eingeladen, an Bord zu kommen.«

»Was wollen die?«

»Keine Ahnung.« Vanja klaubte die Pistole auf, stand auf und zog ihn mit hoch. Nachdem er die vordere Luke geschlossen hatte, gingen sie hintereinander in die Plicht zurück. Die Motoryacht manövrierte eine Meile achteraus. Ihre Besatzung arbeitete mit einem Handscheinwerfer.

»Sie haben eine Weile zu tun, bis sie den hier finden«, sagte Vanja. Claudius war am Niedergang stehen geblieben. Vanja lehnte sich auf seine Schulter.

»Keine Chance bei Dunkelheit«, bemerkte er. »Der ist hinüber.« Er löste sich von ihr und steckte die Winschkurbel wieder in den Köcher.

»Was soll das Ganze?«, fragte er gereizt. »Was sind das für Leute? Miliz? Polizei? Serben?« Er stellte sich hinter das Ruderrad. Das Speedometer zeigte 8,8 Knoten an. Das Echolot 33 Meter. Der Motor dröhnte auf Volllast.

Vanja setzte sich neben Claudius, legte die Pistole auf die Bank und begann, ihr linkes Bein zu massieren. Ja, das war ihr Land, ihre Heimat. Aber den Vorwurf musste sie zurückweisen. »Kann dir überall passieren. Jedenfalls haben sie sich die Sache leichter vorgestellt«, sagte sie.

»Was haben die mit ihrem Lautsprecher gebrüllt?«

»Wir sollten langsam weiterfahren und Kurs halten.«

»Das kennen wir ja schon. Polizei?«

»Waren sie aber nicht. Glaube ich auch nicht. Hast du den Schiffsnamen gesehen?«

»Irgendwas mit M und dann ein E und ein D oder B.«

»Haben wir nicht in der Liste, oder?«

»Kein TNO?«

»Eher die Gegenpartei.«

»Wer?«

Dass sie die Schultern hob, konnte er nicht erkennen. Es war zu dunkel. Sie schob das Hosenbein runter und stand auf. »Ich muss mir andere Socken anziehen. Der Fuß ist nass.«

Er sah sich nach achtern um. »Hier muss noch ’ne Insel sein. Sokol. Kannst du mal nachsehen?«

Sie steckte die Pistole ein und verschwand nach unten. Claudius murmelte: »Ich habe ihn umgebracht, mein Gott. Mist, wieso musste der sich an sie klammern?« Das ist Krieg hier, dachte er. Der Treffer fiel ihm wieder ein, den er am Schiff gespürt hatte. Er kontrollierte die Instrumente an der Steuersäule. Alle Geräte arbeiteten normal. »Wieso konnten die uns auflauern?«

Vanja erschien im Niedergang. »Sokol, die Falkeninsel, liegt dort drüben.« Sie wies nach steuerbord achteraus.

»Wo? Könntest du das präzisieren?« Er brüllte es ihr regelrecht entgegen. In der Finsternis konnte er nicht sehen, wohin sie zeigte.

»Was?«, fragte sie kleinlaut.

»Wo ist diese Scheißinsel? Brummen wir drauf, sind wir vorbei, wo ist sie?«

»Meine Güte. Dahinten ist sie. Wir sind längst vorbei. Wie soll ich es denn sonst sagen?«

»Achteraus, achtzehn oder siebzehn Uhr.« Er schrie es in die Nacht. Es wirkte befreiend.

Er nahm das Glas und peilte in die Richtung. Aber er spürte, dass er zitterte. »Mist«, fluchte er noch einmal und drehte sein Schiff wieder auf hundertsiebzig Grad. »Hatte ich Recht mit der Kursänderung. Was für ein Massel, Leute«, brummte er vor sich hin. *Amicas* Bug drang mit Wucht in die anrollenden

Wogen, wurde hochgehoben und krachte in die nächste. Unten schepperten die Gläser in der Spüle. Vanja verschwand, um das Geklirre abzustellen.

Er überließ das Boot dem Automaten und ging unter Deck. Dort angelte er sich eine Taschenlampe und zwängte sich wortlos an Vanja vorbei zur Maststütze, wo er den Bilgendeckel öffnete.

»Immer noch trocken?«, fragte Vanja.

»Wie in der Wüste«, knurrte er.

»Ich habe auch nachgesehen. Ich habe den Treffer gespürt. Weiß aber nicht, wo es eingeschlagen hat.«

»Vielleicht am Bug. Klang irgendwie metallisch.«

»Im Vorschiff ist nichts.«

»Ich schau mir den Bug an.« Er ging zurück durch den abgedunkelten Salon und stieg hinaus.

Es waren zwei Löcher. Claudius musste sich weit über den Bugkorb beugen. Die Lichtringe der Taschenlampe fanden sie etwa einen Fuß unterhalb der Deckskante. Sie sahen unscheinbar aus, zwei kleine schwarze Flecken auf dem makellosen Weiß der Außenhaut, gut dreißig Zentimeter voneinander entfernt. »Mist verdammter, Grund- und Obermist«, fluchte er und wandte sich dem Ankerkasten auf Deck zu. Er öffnete den Deckel. Die Projektile hatten die Bordwand glatt durchschlagen. Innen war GFK-Material abgesplittert. Das eine Geschoss musste im Kettenhaufen gelandet sein, vom anderen, dessen Einschussloch darüber lag, sah er weiter keine Spur. Claudius erinnerte sich an die Schussfolge. Es waren mehr als fünf gewesen. Wenn bei einer solchen Garbe auf dieser kurzen Distanz die Treffer so weit auseinander lagen, hatte der Schütze aus einer linearen Bewegung heraus gefeuert. Das hieß, die restlichen Treffer mussten ungefähr auf einer Verlängerung der Geraden durch die beiden Trefferpunkte liegen. Entweder der Rest war ins Wasser gegangen oder über Deck. Tatsächlich fing der Lichtkegel seiner Lampe einen weiteren Treffer ein, an der vorletzten Stütze des Bugkorbes. Die Kugel hatte eine Delle im Stahlrohr verursacht.

Claudius richtete sich auf. »Typisches blaues Auge«, schimpfte er laut vor sich hin. Er prüfte die Rollanlage der Genua. Da er keine Unregelmäßigkeit feststellen konnte, wandte er sich wieder nach achtern. »Eigentlich könnte ich auf Begegnungen dieser Art gänzlich verzichten«, maulte er und sprach im Gehen weiter, »aber ich habe im Grunde möglicherweise dennoch Anlass, euch zu danken. Es hätte schlimmer kommen können. Ich muss allerdings betonen, dass mir nicht viel fehlen würde, wenn ihr künftig solche Leute etwas auf Distanz halten könntet. Aber bitte, kann sein, ihr überblickt das Ganze hier besser. Vielleicht lasst ihr mir ja gelegentlich die Einsicht zukommen, dass solche Begegnungen für meinen Lebensweg von Bedeutung sind. Obwohl ich mir das ehrlich gesagt kaum vorstellen kann.« Damit war er wieder im Cockpit angekommen. Vanja stand im Niedergang »Redest du mit mir?«

»Ich?«

»Ist hier sonst noch jemand?«

»Nein, nein. Ich, ähm …«

»Verstehe. Ist was kaputt?«

»Drei Einschüsse, zwei Löcher.«

»Schlimm?«

»Was heißt schlimm? Absoluter Mist, kann ich dir sagen. Zwei Löcher im Ankerkasten, eine Relingstütze im Arsch.«

Sie wunderte sich über seine Wortwahl. Entsprechend besorgt fragte sie: »Läuft Wasser rein?«

»Quatsch. Der Ankerkasten hat eine Lenzöffnung, da rinnt alles wieder raus.«

»Doch nicht schlimm?«

»Wenn ich bedenke, was hätte passieren können, wenn die richtig gezielt hätten …«

»Die schießen nie mehr, das kann ich dir versprechen.« Die Härte in ihrer Stimme erinnerte ihn an die Augenblicke ihrer Ankunft an Bord. Er sah sie an. Ein bleiches Gesicht, wie in Marmor gemeißelt, so hart.

»Du hast sie … getroffen, beide?«

»Denke schon.«

Er sah nach achtern. Der Scheinwerfer fingerte immer noch über die schwarze Wasserfläche. »Die werden das nicht so einfach hinnehmen. Zwei Leute verloren.« Er zitterte immer noch und war sich nicht sicher, ob es von der Kälte kam. Er ging zur Steuersäule und hielt sich am Nirobügel fest. Er fühlte sich kalt an.

»Drei. Du hast auch einen erledigt«, verbesserte sie trocken, »wer so was anfängt, muss mit Verlusten rechnen.«

»Was werden die jetzt machen?«

Sie stieg vollends ins Cockpit herauf und setzte sich in den Windschatten neben den Niedergang. »Sie sind nicht vom TNO. Ich habe nachgesehen. Kein Schiff mit MED oder MEB.»

»Aber die wissen von den Papieren …«

»Wenn sie nicht vom TNO sind, woher sollten sie …?«

»Die haben den Funk abgehört.«

»Und was haben sie dabei erfahren?« Sie lehnte sich zurück und fuhr fort: »Wir haben lediglich den Namen *Bella Adria* genannt …«

»Und unseren Standort im Lavdarski-Kanal.«

»Und unseren Schiffsnamen, nicht wahr?«

»Na und?«, protestierte er. »Woher sollten sie wissen, dass dies hier fünfundzwanzig Meilen östlich …?»

»Du hast selber gesagt, dass zu dieser Jahreszeit hier kaum einer herumsegelt.«

»Gut. Aber das erklärt nicht, warum sie uns angreifen. Was wollen die, verdammte Kacke?« Ihm war zum Heulen. »Diese bescheuerten Papiere!« Statt friedlich nach Malta zu segeln, befand er sich mitten im Krieg. Gehetzt, zum Killer gemacht. Er hockte sich in die Backbordecke neben das Ruder, stützte das Kinn auf die Faust und stierte nach achtern. Dort funkelte immer noch das einzige Licht.

»Wenn es die Gegenpartei war …«, deutete Vanja behutsam an.

Er wandte sich ihr zu. »Ist mir egal, wer. Sie konnten uns finden, bei Dunkelheit. In einem Gewirr von Inseln konnten die uns auflauern, hinter dieser engen Durchfahrt. Wie geht das?«

»Radar?«, tippte sie.

»Radar zeigt nur ein Signal, nicht dass wir eine Segelyacht sind und irgendwelche geheimen Papiere an Bord haben.«

Er sah nach vorn. Das Deck mit Mast, Baum, Wanten, Tauwerk und Luken war in tiefe Dunkelheit getaucht. *Amica* bohrte sich unbeirrt in die Finsternis. Nur die Gischtkronen der von Süd anrollenden See und die Schaumspur der Bugwelle ließen zu beiden Seiten helle Flecken auf der Wasserfläche ahnen.

29

Sranje. Blöde Situation«, sagte Vanja und stieg in die Messe hinunter. Claudius brummte zustimmend. Er fühlte sich leer. Und hungrig. Also folgte er ihr. Unten setzte er sich an den Kartentisch, las die Positionszahlen am GPS-Display ab und übertrug sie in die Karte. Vanja sortierte das Dinner aus der Spüle und stellte Teller auf rutschfesten Unterlagen auf den Tisch.

»Wie konnten die uns finden?«, grübelte er. »Wir haben sie hier drüben bei Kornat gesehen.«

»Wenn es überhaupt dasselbe Schiff war«, warf sie ein.

»Mal der Reihe nach: Ganz egal, ob es dasselbe Schiff war. Dort sind Leute drauf, die wissen, wohin wir segeln.«

»Ist ganz einfach: Es sind Leute, die erstens von dieser angeblichen Renovierung wissen und zweitens davon, dass auch wir darüber Bescheid wissen.«

»Deshalb müssen wir doch nicht gleich dorthin segeln. Ich glaube einfach nicht, dass hier jemand eine x-beliebige Yacht angreift. Das wäre glatte Piraterie.«

Sie füllte Kartoffeln auf die Teller.

»Und wenn es doch Kollegen von dir waren?«, fing er wieder an. »Dieser TNO oder wie der heißt?«

Sie stellte den Topf weg und griff nach dem Wurstkessel. »Vergiss es. Dann hätten wir in den nächsten Minuten die ganze kroatische Küstenwache auf dem Hals. Hubschrauber, Schnellboote, die Milizia und was noch alles. Nein Skipper. Das Boot war, wie sagt man? *Civil.* Und sie trugen keine Uniform. Nein. Das war ein krimineller Überfall.«

Er sah auf die Karte und schüttelte leicht den Kopf. »Die TNO-Typen auf Silba trugen auch keine Uniform.«

»Das waren Landstreifen. Wachleute. Aber der Oberst und

seine Besatzung von der *Bella Adria* trugen Uniform. Dieses Boot vorhin, das waren einfach Kriminelle.«

»Glaub ich nicht«, murmelte er. Er kam sich vor, als führe er im Nebel Kreise. Vanja legte die Würstchen zu den Kartoffeln. Plötzlich bemerkte sie, dass er sie durchbohrend anstarrte. »Was ist«, fragte sie und versuchte seinem Blick standzuhalten.

»Ich sag dir was, meine Liebe.« Er redete langsam und klopfte dabei mit dem stumpfen Ende des Bleistifts auf den Kartentisch. »Der einzige Mensch, der weiß, dass du und ich mit diesem Schiff Richtung Hvar segeln …«

Sie warf den Topf in die Spüle und fauchte: »Petar hat damit nichts zu tun. *Quadratscheiße verdammte.* Er hat damit nichts zu tun. Außerdem erwartet er mich auf der Fähre. Was weiß ich, mit wem du gesprochen hast am Telefon!«

»Ist ja gut. Ist ja gut. Ich hab meinen Spruch nur Petar gesagt. Weiß der Teufel, wer da noch zugehört hat.«

»Das hab ich doch gleich gesagt. Das Telefon. Die hören alles ab! Wer wollte denn unbedingt die Polizei anrufen!«

»Wenn ich nur …« Aufgebracht fuhr er sich mit beiden Händen durch die Haare und schüttelte sich. »Also gut. Aber dass sie uns hier erwarten können, das begreif ich nicht.« Er nahm den Zirkel und fuhr damit auf der Karte herum. »Wir hätten Dutzende andere Wege nehmen können zwischen den Inseln.«

Vanja hielt sich mit beiden Händen am Süll der Arbeitsfläche der Pantry fest und stierte in die Spüle.

»Was ist mit dir«, fragte er besorgt. »Musst du kotzen?«

»*Nee.* Skipper! Da ist noch … *mogúćnǒst*?«

»Was?«

»Wenn man etwas sucht, kann man es finden mit einem Sender.«

Claudius warf den Zirkel auf den Tisch, lehnte sich zurück und verschränkte die Arme. Er blies die Backen auf und ließ die Luft entweichen. »Du hast ja wirklich alles drauf. Du meinst, sie haben uns eingepeilt?«

»Wenn man das so sagt auf Deutsch.«

»Ginge aber nur, wenn wir senden würden.«

»Sie haben uns …«

»Einen Sender?«

Sie setzte sich auf das Sofa und sah ihn mit zusammengekniffenen Augen an.

»In Silba?«

»Nein. Die Polizisten, heute Morgen.«

»Deine Kollegen? Das hältst du für möglich?«

»Alles ist möglich. Wo waren sie hier im Schiff?«

»Überall.«

»Warst du dabei?«

»Nein. Der eine war oben bei mir am Steuer und der andere turnte durch das Boot.«

»Gut. Wir müssen suchen. Systematisch.« Sie war schon unterwegs. »Ich fange da hinten an.«

»Gut, dann fang ich vorne an«, sagte er. Bevor er an Deck kletterte, steckte er sich eine Kartoffel in den Mund und nahm eine Wurst von einem der beiden Teller.

Anscheinend hatte der Wind etwas nachgelassen. »Gewöhnungseffekt«, dachte er und hielt nach achtern Ausschau. In der Ferne flimmerte der Scheinwerfer herum. »Die haben den Kerl immer noch nicht. Hoffentlich kann er schwimmen«, murmelte er und turnte, sich an Handlauf, Reling und Wanten festhaltend, zum Vorschiff.

Das Teakdeck war nass. Jedes Mal, wenn der Bug der *Amica* einen Wellenkamm zerstäubte, wehten Gischtfahnen darüber hinweg. Er überlegte, ob er Ölzeug anziehen sollte. Der Wind war nicht kalt. »Ankerkasten kann ich mir schenken«, entschied er, stieg in die Segelkammer und schloss die Luke hinter sich.

Da lagen die Säcke mit der Fock I und der Fock II, die Sturmfock, das Ersatzgroß, das Trysegel, der Spinacker, das Bimini. Alle waren säuberlich von ihm selbst zugeknotet. Kreuzknoten mit einfacher Slipschleife links, seine Handschrift. Im Lichtkegel der Taschenlampe überprüfte er jeden einzeln. Die Kammer besaß auf halber Höhe eine Art Werkbank, eine Ablage, die über die ganze Breite reichte. Drei Trossen lagen dort säuberlich aufgeschossen. Die schwarze Nylontrosse war heruntergefallen. Auf diese Ablage wuchtete er nun die ersten drei Säcke. Eine schweißtreibende Arbeit in der engen Kammer, auch wenn er sich die Schiffsbewegung zunutze machte. Gut eineinhalb Meter sackte das Vorschiff nach jedem Wellendurchgang ab, und am Scheitelpunkt der Aufwärtsbewegung wuchtete er die Säcke hoch. Als die Ablage voll gestaut war, stapelte er die restlichen in der frei gewordenen Ecke.

Als er den letzten Sack hochziehen wollte, fiel die Taschenlampe von der Ablage und verlosch. »Ist doch zum ...«, schimpfte er vor sich hin. In absoluter Finsternis zog er den Segelsack hoch, stemmte ihn auf den Stapel und tastete den Boden der Kammer ab. Er fand zwei Taschenlampen. Jedenfalls hatte er zuerst diesen Eindruck Die eben runtergefallene erkannte er an der vertrauten Form. Der Leuchtkopf war schwenkbar. Die andere war ebenfalls zylindrisch geformt. Aus dem stabförmigen Gerät hing ein kurzer Draht heraus. Das Ding erinnerte ihn an Schnurtelefone, die sie als Kinder aus Konservendosen gebastelt hatten. Er wusste, auf welch fatale Weise dieser Vergleich stimmte. Augenblicklich empfand er maßlose Wut. Auch darüber, dass die Taschenlampe nicht funktionierte. In diesem Moment nahm *Amica* eine neue Welle. Claudius flog mit den beiden Geräten in der Hand in die Ecke gegenüber des Segelsackstapels. Die obersten beiden Säcke folgten der ruckartigen Bewegung ebenfalls. Auch derjenige mit dem Spinnacker, der auf der Ablage gelegen und am weitesten über sie hinausgeragt hatte.

»Warum tut ihr mir das an, verdammt noch mal?«, brüllte Claudius ungehemmt. Wütend stieß er den Spinnackersack weg, der auf seiner Brust lag, und stemmte mit den Füßen die anderen beiden beiseite. Leise vor sich hinfluchend, rappelte er sich auf, warf die Segelpacken in die Ecke und fand tastend endlich sowohl die Taschenlampe wie die sonderbare Dose mit dem Draht wieder. Er steckte jedes Teil in eine Hosentasche und warf die Segelsäcke wieder auf den Boden der Kammer.

Als er die Luke öffnete, erwischte ihn eine Gischtfontäne, und obgleich er sich sofort zurückzog, lief ihm das Wasser in den Kragen und den Rücken hinunter. Fluchend setzte er zum nächsten Versuch an.

Ins Cockpit zurückgekehrt, sah er, dass *Amica* nur noch 6,8 Knoten gegen Wind und See schaffte. Achteraus blinkte nun kein Scheinwerfer mehr. Es war überhaupt kein Licht zu sehen, es umgab sie einfach nur Schwärze.

»Jugowetter«, zischte er und kletterte in die Messe hinab, »auch das noch«. Vanja rumorte im vorlichen Waschraum. Er schrie »Ich hab's Vanja! Ich hahab's!« Augenblicklich erschien sie in der vorderen Salontür, lief auf ihn zu und rief mit großen Augen: »Was? Wo? Was ist es für ein …«

Er hielt die schlanke Dose an dem Draht wie eine Maus am Schwanz hoch und ließ sie vor ihrer Nase baumeln. Ihm kam es vor, als sei Vanja etwas überrascht, vielleicht sogar enttäuscht. »Ach so was … *star sprava*. Alt, aber viel Reichweite.«

»Du kennst das Ding?« Er nahm es in die Hand und begann den Bodendeckel aufzudrehen.

»*Moment!*«, rief sie. »Nicht aufmachen.«

»Was ist denn? Sprengstoff?«

»*Ne, ne.*« Sie warf die Haare in den Nacken und antwortete: »Natürlich kenn ich das. Ein JCM 79. Es wird nicht mehr genommen, ähm, verwendet. Ist zu groß eigentlich.«

»Kannst du es abschalten, oder sollen wir es einfach über Bord werfen?«

»*Stopp, moment.*« Sie nahm ihm das Ding ab und schraubte den Bodendeckel wieder fest zu. »Ist ganz eigentlich einfach: Ohne Energie kein Sender.«

»Eben. Das dachte ich mir auch.«

»Aber wenn man die Minibatterie herausnimmt, bleibt noch ein fester Speicher. Das sendet noch vierundzwanzig Stunden weiter.«

»Raffiniert.«

»Ist noch nicht alles.«

»Und dann explodiert es oder was?«

»Nein, Skipper. Raffinierter. Wenn man Batterie entnimmt, die Minibatterie, es ändert den Sendeton, wird schneller. Verstehst du?«

»Was soll das?«

»Der Empfänger merkt: Das Gerät wurde entdeckt, die Batterie entnommen, es bleiben noch vierundzwanzig Stunden.«

»Genial. Das ist wie ein Alarm.«

»*Točno*.«

»Was machen wir?«

»Sie sollen glauben ...«, Sie wies nach draußen und deutete mit der Hand Wellen an.

»Verstehe. Vanja!« Er nahm mit beiden Händen ihren Kopf und küsste sie auf die Stirn.

»Wir nehmen zwei leere Bierdosen. Darf es nass werden?«

»*Nema problema*.«

Während er aus seiner Werkzeugkiste unter dem Kartentisch ein Allzweckklebeband kramte, wühlte sie aus dem Mülleimer die zwei Bierdosen heraus, die er vor dem Überfall ausgetrunken hatte.

Er verband die Bierdosen und den Sender so, dass der Schwerpunkt unter den Dosenöffnungen lag und die Antenne in die Luft ragte, sobald die Konstruktion auf den Wellen tanzen würde. Schließlich verklebte er die Dosenöffnungen. Als er nach draußen stieg, fesselte ihn ein Geräusch.

In diesem Moment hörte es auch Vanja. Es hatte gegen den Wind anzukämpfen aber es war kräftig genug, bis in die Messe vorzudringen. Sekunden später bekam sie die Bestätigung dafür, dass der kalte Schauer, der ihr bis in die Haarspitzen stieg, berechtigt war. Ein gut bekannter Indikator, ein Indikator für Lebensgefahr. Sie tastete nach der HK23 und rannte Richtung Vorschiff.

Claudius überwand die Lähmung real im Bruchteil einer Sekunde – ihm erschien es eine Ewigkeit. Das satte Dröhnen kam genau von achtern und verhieß nichts Gutes. Für ihn stand fest, dass es von einer großen Motoryacht verursacht wurde. Zu sehen war nichts.

Als erste Reaktion warf der Skipper den Sender nach steuerbord ins Meer. Als zweite änderte er den Kurs der *Amica* um neunzig Grad nach backbord, und zwar so hart, dass Vanja quer über den Salontisch auf das Sofa flog, zum zweiten Mal Teller, Kartoffeln, Würste mit sich reißend. Als dritte Maßnahme legte er den Gashebel in die Waagerechte nach vorn. Seine vierte Maßnahme war, nach unten zu brüllen: »Sie kommen wieder. Licht aus. Mach die Kanone klar.«

Vanja krabbelte über Teller, Kartoffeln und Würste, löschte das Kabinenlicht und tastete sich in die Vorschiffkabine. Aus dem Schrank rechts von der Tür fummelte sie das volle Ersatzmagazin heraus. Sie wechselte die Magazine aus, steckte das alte, fast leer geschossene in das Kleiderschapp zurück. Besser zehn als drei Schuss in petto zu haben. Das Schiff rollte jetzt stark wegen des Seeganges, der nun von der Seite auf den Rumpf traf. Bevor sie nach oben kletterte, steckte sie die Pistole wieder in den Hosenbund.

»Sie müssen sich entscheiden«, knurrte Claudius, während er angestrengt nach backbord in die Nacht lauschte. Unverkennbar röhrten zwei große Motoren von dort herüber.

»Was?«, fragte sie.

»Wem sie glauben. Ihrem Radar oder ihrem Peilgerät.« Gischtfahnen wurden nun quer über das Deck der *Amica* geweht. Vanja duckte sich unter die Sprayhood.

»Wir sollten ein Segel setzen gegen die verdammte Schaukelei«, rief Claudius. »Kannst du mal 'ne Weile aufpassen, ich zieh mir Ölzeug an. Und vorher sollte ich vielleicht noch das Groß setzen. Zumindest bis zum zweiten Reff.«

Vanja übernahm das Steuer. Ihre Mähne stand wie eine Fahne nach backbord. Er warf die Großschot los und turnte auf das Kabinendach zum Mast. Als ein Wellenkamm an die Bordwand klatschte, sickerte Nässe in seine Hosenbeine. »Keine Badetemperatur mehr!«, zuckte ihm durchs Hirn. »Eigenartig, worüber man selbst angesichts der Gefahr noch nachdenkt«, grinste er in sich hinein.

Wild knatternd stieg das Groß hoch. Er fühlte am kalten

Metallring das zweite Auge im Segel, drückte es in den Reffhaken, setzte das Fall durch, holte das Unterliek stramm und fierte die Dirk. Zurück im Cockpit holte er die Großschot auf Halbwindstellung. Das Rollen hörte auf, die Geschwindigkeit nahm auf siebeneinhalb Knoten zu. Als er die Genua halb ausrollte, purzelten die matt leuchtenden Zahlen auf dem Speedometer auf über acht Knoten.

Die Schaumspur ihrer Bugseen verlor sich schon wenige Meter abseits ihres Weges. Neben der Dunkelheit war nun auch diesige Unsichtigkeit hinzugekommen. Obwohl nur wenige Meilen von der Küste entfernt, war kein Licht zu sehen.

Claudius haderte mit seiner Entscheidung, in Pula kein Radargerät angeschafft zu haben. Es war keine Sparsamkeit gewesen. Es war Eigensinn. Er wollte so wenig anfällige Elektronik wie möglich an Bord haben. Er hatte Radar selten vermisst, die jetzige Situation konnte man ja nicht vorhersehen.

Seine Füße waren nass. Er musste dringend Ölzeug anziehen.

Vanja war nach unten gegangen und hatte sich eilig die rote Regenjacke übergezogen. An Deck zurück, kauerte sie nun unter der Sprayhood in Lee, immer dem fernen Brummen zugewandt.

»Sie arbeiten mit der Polizei zusammen«, stellte er fest. »Der Polizist wirft uns den Sender rein, und die Gangster peilen uns.«

»Vielleicht ja nur der eine Polizist.«

»Ich glaube gar nichts mehr. Ich will hier weg, so schnell es geht.« Er stand auf und starrte in die Dunkelheit, dorthin, von wo das Motorengeräusch über das Wasser rollte. »Was ist bloß los mit mir?« Claudius glotzte abwesend nach backbord in die Nacht. Wäre sie nie an Bord gekommen! Er hätte sich irgendwo in eine Bucht verzogen und so lange gepennt und gelesen bis der Südwind sich ausgetobt hätte. Dann wäre er gemütlich weiter nach Süden gesegelt. Weit draußen auf der Adria. »Wenn wir nur schon in Hvar wären. Sollen sich die doch in die Luft sprengen nach Gusto. Verdammt …« Laut sagte er plötzlich, so bestimmt, dass es ihn selbst überraschte: »Ich geh runter, Standort prüfen und Ölzeug anziehen. Schrei, wenn du was siehst.« Er drückte die Steuerarbeit dem Autopilot auf und ging. Mit der linken Hand berührte er kurz ihren Oberschenkel, als er an ihr vorüberkam. Sie griff nach seinem Unterarm und strich an ihm entlang bis zu den Fingerspitzen. Dass sie zu ihm aufsah, nahm er nicht wahr.

30

Er zog sich erst trockene Socken an und schlüpfte in seinen roten Overall, dann stellte er am Kartentisch fest, dass sie direkt auf Primošten zuhielten. Noch fünfundzwanzig Minuten und *Amica* würde am felsigen Westufer der Insel Smokvica stranden. Sie liegt im Nordwesten der Halbinsel, auf der sich die malerische Stadt Primošten ausbreitet. »Genau. Das ist die Lösung.« Er sagte es so laut, dass Vanja den Kopf in den Niedergang steckte und fragte, was los sei.

»Wir gehen dicht unter Land nach Süden. Da können die sehen, wie sie mit ihrem Radar klarkommen, wenn sie eins haben.«

Sie antwortete nicht. Der Skipper hatte einen Ausweg gefunden. Sie musste sich darauf verlassen. Sie war auf ihn angewiesen. Er hatte den Angriff gut pariert. Sie hatten perfekt zusammengearbeitet. Er hatte sie entschlossen von dem Angreifer befreit. Aber er hatte sogleich bedauert, dass er den Jungen über den Jordan geschickt hatte. Petar hätte keinen Gedanken daran verschwendet. Und sie selbst?

Zwei Männer. Ihrem Gefühl nach hatte sie den ersten in der Brust erwischt. Beim zweiten war ihr kein großer Spielraum geblieben. Sie hatte nur Kopf und Schulter gesehen. Der Kerl hatte die Maschinenpistole zum Zielen an die Wange gehalten. Notwehr, dachte sie. Klarer Fall.

In Innsbruck war es das erste Mal gewesen und es hatte sie tief erschüttert. Sie sollte für das Belgrader Büro irgendwelche Immatrikulationsunterlagen und eine Doktorarbeit beschaffen. Eigentlich eine Kleinigkeit.

Der Typ hatte doch tatsächlich geglaubt, sie als Mitwisser erpressen zu können, und dann wollte er sie auch noch … Was sollte sie tun? Er hatte ihr keinen Ausweg gelassen. Und jetzt?

Jetzt saß sie hier auf einer Segelyacht und rauschte durch die stockfinstere Nacht. Sie fühlte die HK23 im Hosenbund. Wo waren die Verfolger? Sie musste nach Hvar, die Papiere in sichere Hände geben, Petar treffen, sich selbst in Sicherheit bringen. Das Brummen aus der Ferne war weg. Und der Skipper? Wo steckte er eigentlich?

Vanja beugte sich in den Niedergang. »*Mein Gott, das habe ich ganz vergessen!*« Sie sagte es kroatisch, aber Claudius hätte es im Lärm der auf Hochtouren laufenden Maschine ohnehin nicht gehört. Er trug den roten wasserdichten Overall und klaubte im Schein der Taschenlampe die Kartoffeln und die restlichen Würste vom Sofa, sammelte Teller und Besteck ein und versorgte alles in einem der Spülbecken. Dabei kaute er mit vollen Backen. Was immer noch von ihrem missglückten Dinner brauchbar war, wurde von ihm vertilgt.

Sie schrie nach unten: »He, Skipper, Entschuldigung, das hätte ich machen sollen.«

Er leuchtete sie an. Sie strich ihre Haare aus dem Gesicht und versuchte ein Lächeln.

»Schon gut. Ich hab ja die Kurve gedreht.«

»Glaubst du, die sind noch hinter uns her?«

Er kam zum Niedergang und schluckte den letzten Bissen runter. »Müssten eigentlich längst da sein. Hörst du sie noch?«

»Nein. Schon eine Weile nicht mehr.«

»Dann haben sie doch kein Radar. Oder können es nicht bedienen. Ist bisschen komplizierter als eine Kalaschnikow.«

»Vielleicht suchen sie immer noch den Sender.«

»Möglich. Aber wenn wir erst um Maslinovik rum sind …«

»Was ist das?«

»Eine Insel südlich von Primošten. Da finden die uns nicht mehr.« Er stieg ins Cockpit hinauf und warf einen Blick in die finstere Runde. »Da sind ja wieder ein paar Lichter.«

Im Osten zeichneten ein paar schwach leuchtende Punkte die Küstenlinie. Er angelte sich das Fernglas und fuhr fort: » In ein paar Minuten müssen wir den Kurs ändern. Eigentlich sollten wir das Feuer von Kremik schon sehen.«

Er peilte nach steuerbord voraus.

»Verdammt diesig.« Er hielt sich mit einer Hand an der Sprayhood fest und peilte darüber hinweg. Er spürte, dass sie aufgestanden war und neben ihm stand. »Da. Ich glaub ich hab's. Weiß, *bjelo*. Einundzwanzig, zweiundzwanzig, dreiundzwanzig. Da ist es wieder. Drei Sekunden. Stimmt. Kap Kremik.«

»Wie lange dauert es dann noch bis Hvar?«

»Das kommt drauf an, wie der Wind ... Ich schätze so sechs Stunden.«

Er setzte das Glas ab und blickte sie an. Der schwache Schimmer, der aus der Navigation durch den Niedergang heraufleuchtete, tauchte sie in zarten Schein.

»Sechs Stunden noch«, wiederholte sie leise und blickte in die Nacht.

»Länger brauchen wir nicht«, sagte er. Sie wandte sich ihm zu und sah ihm in die Augen. Plötzlich war ihr alles gegenwärtig, was diese Augen ihr bisher gesagt hatten. Sie hatte sie überrascht und angstvoll aufgerissen gesehen, als sie völlig erschöpft das Seitendeck erklommen hatte. Sie hatte sie neugierig forschend gesehen und heimlich verlegen, angefüllt mit Sehnsucht, und sie hatte sie hart gesehen, drohende Entschlossenheit versprühend. Jetzt waren sie tief wie ein unergründlicher See im Schatten eines mächtigen Berges, ein anheimelndes Bild aus ihrer Jugend. Und sie hielten ihrem Blick stand. Da erschien es wieder, das versonnene Lächeln, das zuerst in den Augenwinkeln auftaucht. Das sie umfangen hatte, als er zum ersten Mal den Arm um ihre Schultern gelegt hatte.

Ohne den Blick von ihm zu wenden, schob sie mit der Linken eine Haarsträhne aus dem Gesicht.

Er sah in das helle Braun, dem auch bei diesem zarten Schein viel Gold beigemengt schien. Die Härte war gewichen. Der Glanz seidiger Sonnenreflexe kam ihm in den Sinn. Das schwache rötliche Licht verzauberte ihre ebenmäßigen Züge.

»Ja, sechs Stunden noch«, sagte er tonlos ins Rauschen und Spülen der Seen und das Dröhnen der Maschine.

Sie ließ sich auf die Leebank nieder, griff nach seiner Rechten und zog ihn zu sich herab. Er folgte ihr mit leichtem, schnell überwundenem Widerstreben. Sie umfasste seinen Hals und zog sich zu ihm hin. Keinen Moment ließen beider Augen voneinander ab, bis sie ihre schloss und seine warmen Lippen und den Kitzel der Barthaare fühlte. Kosend stieß ihre Zunge vor, tastete verhalten nach der seinen, als seine weichen Lippen sich öffneten.

Er umfing mit beiden Händen ihren Kopf. Die Leidenschaft überraschte und verwirrte ihn. Hatte sie nicht von den beiden Inseln geschwärmt, sie und …? Mit der Zunge koste sie ihm Antwort und Rationalität hinweg. Er fühlte ihre Hand in seinem Nacken und über seinen Kopf streichen. Sie schlängelte sich in seinen Overallkragen und tastete nach seinem Rücken. Eine heiße Welle durchlief sein Rückenmark. »Vanja, hast du nicht?« Er drückte sanft ihren Kopf zurück. Sie schlug die Augen auf und versank wieder in den seinen.

»Vanja«, hauchte er. »Wir sollten …«

Sie schüttelte kaum merklich den Kopf, dann nickte sie ebenso verhalten und verschloss seinen Mund aufs Neue. Wieder drückte er sie sanft zurück und setzte erneut an: »Du hast gesagt …«

»Sechs Stunden noch, Skipper. Dann muss ich zurück. Musst du immer alles verstehen?«

Alles überrollte ihn. Wie Nebel in der Wärme des sonnigen Tages verflüchtigte sich seine Hilflosigkeit. Vanja, *Amica*. Seine Sinne schüttelten seine Gedanken wie im Kaleidoskop.

Saß er wirklich hier, auf seinem Boot, das unter Maschine und Segeln mit acht Knoten durch die Nacht rauschte, mit einem Engel im Arm, der ihn von Gefahr zu Gefahr lotste, nur um … Schneidendes Piepen holte ihn an die Oberfläche zurück.

Er löste seinen Mund von dem ihren und sagte leise, aber entschieden: »Vanja, das ist der Wegepunkt. Wir müssen den Kurs ändern.«

»Aye aye, Skipper«, hauchte sie zurück und ließ ihn zögernd los.

31

Ab jetzt müssen wir höllisch aufpassen.« Er ging zur Genuawinsch und warf die Schot los. Das Segel begann wild zu knattern. Vanja beseitigte den Lärm, indem sie die Genuareffleine rasch einholte und damit das Segel wegrollte. Hinter dem Ruderrad stehend, drückte er die Standby-Taste des Autopiloten. Dann drehte er die Yacht sachte nach steuerbord, bis die Kompassmarkierung bei einhundertfünfundsiebzig ankam. Nun begann das Großsegel zu knallen. Vanja holte es dicht. »Gut gemacht«, lobte er.

Wie selbstverständlich schoss sie die Großschot auf. Ihre Fertigkeit erstaunte ihn. Aber dann dachte er an die Zeit. Nur noch sechs Stunden.

»Kein Fels genau voraus?«, fragte sie.

»'ne Menge. Wir gehen hier nach Süden und schrubben dicht an der Küste entlang«, antwortete er. »Schau. Das Leuchtfeuer Kap Kremik.«

»Und diese Lichter?« Sie wies nach backbord.

»Endlich sieht man wieder was. Das ist Primošten. Schöne Stadt.«

»Jetzt können sie uns nicht mehr finden, oder?«, fragte sie etwas ängstlich. Er sah sich nach achtern um.

»Dürfte schwierig sein.« Er wandte sich nach steuerbord, legte die Hände an die Ohren und lauschte konzentriert in die Nacht hinaus.

»Nichts mehr zu hören«, sagte er nach einer Weile und wandte sich wieder dem Steuer zu. Sie hatte die Großschot an die Winsch gehängt. Jetzt kam sie zu ihm, stellte sich neben ihn. Der Seegang hatte abgenommen. *Amica* nahm die Halbmeterwelle souverän und zerstäubte sanft wiegend die Kämme zu feiner Gischt, die der Wind gleichwohl über Deck wehte.

Das zweifach gereffte Großsegel gab dem Schiff Stabilität gegen seitliches Rollen. Immer mehr Lichter durchbrachen an Backbord die diesige Nacht. Claudius glaubte eine Wetteränderung zu erkennen. Es schien klarer zu werden. Bekam die dumpfe Schwärze den Zauberglanz der Nacht zurück?

Er stand breitbeinig hinter dem Steuerrad, hielt sich mit einer Hand fest und wiegte sich mit dem Boot. Es lief 7,8 Knoten, hatte dreiundsiebzig Meter Wasser unter dem Kiel. Die Zeit! Weniger als sechs Stunden, dachte er. Der Bug musste repariert werden. Kann das noch in Dalmatien geschehen, oder wäre es sicherer, das Gebiet auf schnellstem Weg zu verlassen? Er versuchte den nächsten Tag klar vorzuzeichnen: Einlaufen in Hvar gegen zwei Uhr nachts. Schlafen bis acht Uhr. Frühstücken, Vanja absetzen. Die Löcher provisorisch verkitten. Auslaufen gegen zehn bei abgeschwächtem Jugo. Er sah sie von der Seite an. »Du solltest schlafen gehen«, sagte er.

»Später«, gähnte sie und setzte sich in die Cockpitecke. Was mag in Stari Grad geschehen sein? Wurde der Anschlag vereitelt? Petar wusste, dass sie nach Hvar kommen würde. Er wusste von dem Skipper. Würde er wieder denken, dass … Nur ein einziges Mal hatte er einen Anflug von Eifersucht gezeigt.

»*Erkläre mir jemand die Männer*«, seufzte sie in die Nacht.

»Was ist los?«, erkundigte sich Claudius und verlor den Faden seines Gedankens. Vanja jetzt loslassen?

»Ach nichts«, sagte sie. »Vielleicht könnten wir mal Radio einschalten?«

»Jetzt?«, fragte er bang.

»Wenn Nachrichtenzeit ist.«

Er kramte eine kleine Stablampe aus einer Tasche seiner Jacke und beleuchtete das Zifferblatt seiner Armbanduhr. »In zehn Minuten ist es neun.«

»Neun? Da gibt es Nachrichten, ich glaube von Radio Split.« Sie streckte sich und fuhr fort: »Ich geh runter und such schon mal den Sender. Kommst du mit?«

»Nee, meine Liebe. Erst, wenn wir diese Felsbrocken alle hinter uns haben.«

Etwas steif kletterte sie in die Messe hinunter. Claudius sah ihr nach, bis sie hinter dem Blendschutzvorhang verschwunden war.

»Was habt ihr mir da für ein Wesen an Bord geschickt? Der Ordnung halber möchte ich mal feststellen, dass ich völlig unschuldig bin. Meine Rolle war nichts weiter als die, allein auf einem soliden Segelschiff zu leben. Alles andere stammt nicht von mir. Natürlich will ich kein Spielverderber sein. Ihr kennt mich ja. Also seht zu, wie ihr damit zurechtkommt.«

Er schloss den Kragen seines Overalls und wandte sich dem östlichen Horizont zu. Dort erschienen nach und nach mehr Lichter. Ihr Widerschein ließ die Unterseite der tief ziehenden Wolken hellgrau leuchten. Seit Stunden der erste Lichtschimmer am Himmel. Selten hatte er sich so nach dem Tageslicht gesehnt. Gleich würden sie die Bucht passieren, an deren Ende die Marina Kremik lag.

Dann blieb sein Blick an einem Blinklicht hängen. Rot. Die Untiefentonne Peles. Und gleich daneben blinkte es weiß. Er begann automatisch zu zählen und ermittelte fünf Sekunden Pause. »Unser Leitfeuer«, murmelte er. Er wusste, dass es noch gut vier Meilen waren bis zu diesem Punkt. Dort würde er den Kurs nach Südosten direkt auf das Kap Pelegrini der Insel Hvar absetzen. Vier Stunden.

Er überließ die Steuerung der Automatik und holte sein Fernglas. Aus der Messe quäkte das Radio. Er versuchte in Luv am Vorstag vorbeizupeilen. Er fing das rote Blinklicht ein und danach das weiße vom Leuchtturm Mulo. Es klang irgendwie dramatisch, was die Radiosprecherin hastig verkündete. Er verstand nichts, sie sprach kroatisch. Aber Vanjas Reaktion verstand er, wenn auch nicht wörtlich.

32

V*erdammte Quadratscheiße, Idioten, Verbrecher, Scheiße, Scheiße, ich hab's gewusst, Scheiße!«*

Claudius fuhr zusammen. Um ein Haar wäre ihm das Fernglas aus der Hand gefallen. Er hatte sie noch nie so kreischen gehört. Er hatte überhaupt noch nie jemanden so kreischen gehört. Der Vorhang im Niedergang wedelte herum. Claudius konnte nicht wahrnehmen, was dahinter vorging. Zum ersten Mal verwünschte er seine Erfindung. Offenbar rannte Vanja im Salon hin und her. Die Sprecherin im Radio quasselte schnell. Es wirkte sehr dramatisch. So viel war ihm klar: Was Vanja in kroatischer Sprache von sich gegeben hatte, war kein Kirchenlied. Jetzt schimpfte sie leise vor sich hin. Es hörte sich außerdem an, als schlage sie gegen die Inneneinrichtung der Messe.

»Vanja! Was ist passiert!«, brüllte er nach vorn.

Das Radio wurde lauter.

»Vanja, was ist passiert, was ist los?«

Sie hatte keine Lust mit ihm zu reden. Sie hatte Anlass, bis ins Mark entsetzt zu sein. Was die Nachrichtensprecherin mitgeteilt hatte, ließ noch viel Schlimmeres befürchten. Es sei eine Routinekontrolle der kroatischen Sicherheitskräfte gewesen, hieß es. In einer Unterkunft bosnischer Kroaten in Stari Grad auf der Insel Hvar hätten die Beamten eine Gruppe angetroffen, die offenbar dabei war, einen Anschlag auf das Gebäude vorzubereiten. Diese Leute hätten versucht, sich den Fluchtweg freizuschießen. Dabei hätte es drei Verletzte gegeben. Zwei der Attentäter, deren Identität noch unbekannt sei, und einen der Sicherheitsbeamten, einen Polizeioffizier.

Vanja stierte auf die Seekarte. Der Wetterbericht sagte voraus, dass der Südwind am nächsten Tag einschlafen würde. Es könne kurzzeitig mit ruhigem Hochdruckwetter gerechnet werden, bis ein schwaches Tief aus Italien Dalmatien erreiche. Dann würden leichte Winde aus Ost bis Nord bis Stärke vier auftreten. Sie schaltete das Radio ab.

Es war also passiert. Unglaublich, wie sich die Dinge wendeten. Warum nur hatte sie Petar dorthin gehetzt? War es nicht vorhersehbar gewesen, wie sie sich fühlen würde, wenn genau das eintraf, was sie eigentlich befürchten musste? Sollten sich diese Idioten doch gegenseitig in die Luft jagen. Was hatten sie, Vanja Mutschler und Petar Brendijlkovic, damit zu tun? Sie wollten nichts weiter als leben, hier in diesem wunderbaren Land am Meer mit seinen wilden Gebirgen und den einsamen Inseln. Sie wollte leben mit Petar, dem starken, entschlossenen, hochfahrenden, stolzen Kroaten, ihrem Begleiter, Partner. Wenn es nun Petar war? Verletzt. Was heißt verletzt?

»Vanja, was ist los!«, brüllte Claudius draußen aufs Neue.

Sie verschränkte die Arme auf dem Kartentisch und steckte den Kopf dazwischen, hielt sich die Ohren zu.

»Vanja, verdammt, was ist los?«, wiederholte er, und seine Stimme überschlug sich. In seinem Kopf rotierten Gedanken immer schneller. Was kann geschehen sein? Sie hatte eine Nachricht erhalten. Ist der Anschlag ausgeführt worden? Petar betroffen?

Sie passierten die Enge zwischen der Insel Maslinovik und Kap Kremik. Das Feuer wanderte an Backbord vorüber. Der rote Blitz der Untiefe Peles lag nun klar an Steuerbord. Aber die Felsen jenseits der Kremikbucht! Konnte er es wagen? Entschlossen drückte er den Automatikknopf, stieg um die Steuersäule herum und kletterte in den Salon hinunter.

Sie hob nicht einmal den Kopf. Er strich ihr über das Haar und sagte: »Vanja, was ist passiert?«

Sie schluchzte.

»Hey Vanja, ist er …« Er ertappte sich dabei, die Einrichtung der Messe zu mustern. Es war ihm egal, ob das angemessen war. An Bord war es einfach lebenswichtig, viele Dinge gleichzeitig im Auge zu behalten. Es war nichts beschädigt. »Hey Vanja, was ist mit ihm?«

»Diese Idioten, diese Verbrecher. In Stari Grad. Er hat sie überrascht.« Sie zischte es wie eine Schlange. »Es hat drei Verletzte gegeben. Einen Polizeibeamten.«

»Bist du sicher, dass er es ist?«

»Weiß ich nicht.«

»Und die anderen?«

»Verbrecher. Terroristen. Zwei von vier. Angeblich nicht identifiziert.«

»Tot?«

»Verletzt. Ich bring sie um.«

»Vanja!«

Sie sah ihn an. Ihr Blick war hinter der Tränenschicht fest und klar. »Ich hätte es ihm nicht sagen sollen. Was geht das uns an?«

»Hinterher ist man immer klüger. Aber es ist euer Job, und … eure Heimat. Du musstest es tun. Denk an deine Situation. Du bist tot, hast du gesagt.«

Ihre Augen funkelten. »Ja verdammt. Das ist wahr. Ich weiß nur nicht, für wen ich noch tot bin. Aber wer auch immer: Sie werden sich wundern, was Tote alles fertig bringen.«

»Wenn er verletzt ist? Was passiert mit ihm?«

Vanja schlug die Augen nieder. »Krankenhaus. Je nachdem. Stari Grad vielleicht, oder Split.«

»Was machen wir?«

Sie sah ihn erstaunt an. »Weitersegeln nach Hvar. So schnell es geht.«

»Schau auf die Karte, Vanja. Wir könnten in einer Viertelstunde in Kremik festmachen. Du könntest mit dem Taxi nach Split …«

»Du willst mich loswerden?«

»Quatsch! Ganz im … Ich meine nur, wegen …«

»Und der TNO? Und die anderen Typen von dem Motorboot?« Sie wischte sich Tränen aus den Augen und fuhr fort: »*Nee*, ich kann nicht an Land gehen, nicht hier. Ich finde, wir verstecken uns noch eine Weile in der Nacht und tauchen erst in Hvar wieder auf.«

»Okay. Dann schlage ich vor, du legst dich jetzt schlafen und ich wecke dich kurz nach elf. Oh, ich muss nach oben!«

»Und was dann?«

»Dann kannst du die Wache übernehmen.«

Er las die Ziffern der GPS-Anzeige ab. N 43° 33'84,5 und E 15° 55' 22,3. Rasch übertrug er die Daten in die Karte, zeichnete ein Kreuzchen und schrieb einundzwanzig Uhr zwanzig daneben. »Da liegen wir ja goldrichtig«, sagte er, gab Vanja einen Kuss auf die Stirn flüsterte »Schlaf gut!«

»*Budi oprezan*«, wisperte sie leise und erhob sich.

Er enterte ins dunkle Cockpit hinauf. Der fahle Schimmer der Wolken spiegelte sich auf der glatten finsteren Wasserfläche der Kremikbucht, die sich an Backbord ausbreitete. Der südliche Hügel zeichnete sich deutlich gegen den Himmel ab. Es war der Widerschein der Ortschaften, die hinter den bewaldeten Rücken lagen. Er kannte die verzweigte Bucht, die sich dort verbarg. Herrliche Ankerplätze. Eine neue große Marina sollte dort entstehen. Das Projekt war seit langem im Gespräch. Wo würde dann die Verschwiegenheit dieser heimeligen Bucht bleiben?

Amica stampfte nun wieder gegen einen höheren Seegang. Mit 6,9 Knoten nahm sie die Wellen frontal. Claudius gab ihr fünf Grad nach steuerbord, damit sie mehr von den Felsen frei blieben. Das Schiff lief klaren Südkurs.

Vanja hatte sich in ihre Koje verzogen. Mit Gedanken an Petar, an ihre und an seine Mutter wollte sie einschlafen. Sie bildeten das Dreigestirn ihres Lebens. Mutters neuer Lebensgefährte verschwand mehr und mehr aus Vanjas Gefühlsleben. Seit sie mit Petar zusammen war, verblassten ohnehin alle anderen Kontakte. Petar! Wellen der Empörung erschütterten sie. Aber es blieb ihr nichts anderes übrig, als sie in schmerzlicher Hilflosigkeit davonrinnen zu lassen. »*Petar, wir werden uns wiedersehen*«, tröstete sie sich. Dieser Gedanke sollte der Anker sein, an dem sie ihren Schlaf festmachen wollte. Sie wollte. Aber es gab auch den anderen. Ein dunkler Glanz, der ihr viel näher war. Wie eine samtene Decke umhüllte er sie und gab den Geräuschen um sie herum, dem Gurgeln am Bug, dem Singen und Pfeifen an Deck eine wunderbare Harmonie. Eine Harmonie, die Nähe und Ferne verband, die Weite und Geborgenheit in Einklang brachte, die gleichzeitig Fernweh stillte und vertraute Heimat bot. Eine gefährliche Mischung. Das war der Gedanke, mit dem sie endlich in einen tiefen Schlaf sank, in den unheimlichen Schimmer grundlos tiefer dunkler Augen.

Als er das Leuchtfeuer Mulo passierte, hielt er den navigatorisch schwierigsten Teil der Strecke für erledigt, denn er wusste freie See vor sich. Claudius brachte das Schiff auf einen Kurs von 135 Grad, fierte das Großsegel und übergab die Steuerarbeit der Elektronik.

Dann stieg er in den Salon hinunter und setzte Wasser für frischen Tee auf. Dazu fand er eine Packung stark gewürzter Kekse, deren Geruch ihn an Weihnachten erinnerte. »Weihnachten«, dachte er murmelnd, schüttelte den Kopf und las den Barometerstand ab. Er wanderte zum Kartentisch und studierte den weiteren Weg. Bei dem Gedanken an den Überfall vor zwei Stunden zitterte er wieder. Wenn es stimmte, was Vanja vermutete, hatte einer der Polizisten den Sender in die Segelkammer platziert, dessen Signal von einer ganz anderen Organisation empfangen wurde. Mit wem arbeitete der Typ zusammen? War es doch schlichte Piraterie?

Der Wasserkessel begann leise zu pfeifen. Nachdem er sich Tee aufgegossen hatte, kehrte er an den Kartentisch zurück und nahm sich sein Logbuch-Kalendarium vor. Es galt einiges nachzutragen: Fünf Uhr dreißig: Anker auf Skarda. Uvala Griparica. Er überlegte, ob er die Auseinandersetzung mit seiner Crew hier verewigen sollte. Aber Vanja kam in seinem Logbuch bisher überhaupt nicht vor. Auch ihre Enterung hatte er nicht verzeichnet. »Vielleicht besser so. Schließlich kam sie als Tote an Bord«, sagte er sich und schrieb weiter: Sechs Uhr: Polizeikontrolle. Achtzehnvierzig bis neunzehn Uhr: Angriff durch unbekanntes Motorboot. Name Med … oder Meb … Durch Manöver abgewehrt. Schäden: Zwei Einschüsse, Ankerkasten und Bugkorb. Vermutlich durch Maschinenpistole. Einundzwanzig Uhr: Kap Kremik. Zweiundzwanzig Uhr: Arkandel querab.

Wer immer dieses Logbuch einmal lesen sollte, er würde nicht erfahren, dass eine weitere Person an Bord war, dass von der *Amica* aus geschossen wurde und dass ihr Skipper in den Tod dreier Menschen verwickelt war. Entschlossen klappte er das Buch zu und ging in die Pantry hinüber. Mit einem Becher Tee in der Hand kletterte er schließlich zurück an Deck.

Das Großsegel stand etwas zu offen. Er holte die Schot dicht und bemerkte, dass sich *Amica* auf einem Kurs sehr hart am Wind befand. »Wenn ich allein wäre, liebe Freunde«, sagte er in die Dunkelheit, »würde ich jetzt segeln, Diesel sparen und keinen Krach machen. Bisschen abfallen und nördlich von Hvar durchgehen. Aber so kann ich die Abdrift nicht gebrauchen, meine Lieben. Wir werden also weiterhin motoren. Ich geh mal davon aus, dass ihr damit einverstanden seid.«

Im Osten zeigten die Wolken helle Streifen. Das war nicht der neue Tag, sondern es waren die Lichter der Städte und Ortschaften an der Küste, die den Himmel beleuchteten.

Er zog seinen Overallganz bis zum Kinn zu und setzte sich mit dem Teebecher in der Hand neben das Steuerrad. Achteraus grüßte ihn das Leuchtfeuer Mulo alle fünf Sekunden mit einem weißen Blink. Es war knapp vor der Insel Arkandel auf einem Fels installiert. An backbord blitzte ebenfalls ein Licht: Alle drei Sekunden schickte der Leuchtturm Mulijca einen weißen Blink und bezeichnete damit den Weg nach Split. Von hier aus wäre es in die Metropole Dalmatiens ebenso weit wie nach Hvar. Ob auf der Promenade am alten Hafen immer noch dieses abendliche Gewimmel stattfand? Er wollte an das fröhliche Fest mit einer Gruppe Studenten denken, das sie vor Jahren auf dem Platz der Republik feierten. Eine beeindruckende Kulisse umgibt die spiegelnde Marmorfläche: Nach dem Vorbild Venedigs hat man den Platz mit Colonaden ähnlich der Prokuratien am Markusplatz eingefasst. Er wollte sich an die hübsche, rotblonde Ukrainerin erinnern, aber er kam nicht weit.

Ein wohl bekanntes Geräusch unterbrach seinen Wachtraum. Es war geeignet, seinen Puls augenblicklich auf Hochtouren zu jagen. Es kam von steuerbord achtern. Er holte das Fernglas und stierte in die Nacht. Die Motoren liefen mit hoher Leistung. Diesen Sound kannte er leider nur zu gut. Aber zu sehen war nichts.

Fieberhaft überlegte er, was zu tun sei. War es wirklich wieder *das* Motorboot? Er dachte an die schwarze, schwimmende Nylontrosse. Bei diesem Seegang das Schlauchboot ausbringen? Vanja wecken?

Vorsichtig tappte er auf das Vorschiff und holte aus der Segelkammer die schwarze Trosse. Zurück im Cockpit löste er ein Ende und band es an einen Fuß des Heckkorbes. Den Rest des Bündels legte er klar zum Ausrauschen auf das Achterdeck. Als er fertig war und sich wieder dem Motorengebrumm zuwandte, fiel ihm die hundert Meter lange Rettungsleine ein. Er band das Ende der schwarzen Trosse wieder los und knüpfte es an das Ende der leuchtend orangefarbenen Rettungsleine. Er überzeugte sich, dass sie an der Spule festgemacht war. »Schließlich dient sie zu unserer Rettung«, sagte er laut und stieg in die Plicht zurück.

Die Yacht lief trotz der kräftigen Dünung, die der Südwind aufbaute, 6,9 Knoten. »Die anderen können mindestens zwanzig«, stellte er fest. »Sie haben also Radar und können es auch bedienen. Schöner Mist. Ihr solltet euch langsam was einfallen lassen, meine Freunde. Zwar werden sie uns bei diesem Seegang nicht so leicht entern können, aber zwei Löcher im Rumpf sind eigentlich schon zwei zu viel, ihr versteht das doch? Also bringt sie wenigstens ein bisschen durcheinander, lasst ihr Radar ausfallen, die Maschinen oder irgendwas. Sonst geizt ihr doch auch nicht mit Zufällen und Pannen!« Mit dem Fernglas versuchte er die Dunkelheit zu durchbohren.

Das Brummen wurde zum Dröhnen. Aber dort, wo das Geräusch entstand, war immer noch ungebrochene Finsternis. Da erhaschte er einen Schimmer. Und fast gleichzeitig unterschied er das Rauschen der Bugwelle.

Er legte hastig das Glas weg und warf die Trosse am Heck ins Wasser. Die Motoryacht kam klar aus Westen auf.

»Die sind aber weit nach Süden gedüst«, wunderte sich Claudius. Erneut nahm er das Glas zu Hand. Vom Geräusch geleitet, fand er einen Lichtpunkt. Es war das schwache Kabinenlicht. Schemenhaft zeigten sich die Umrisse der Yacht in der Dunkelheit. Sie kam von steuerbord achtern heran. Der Seegang von der Seite machte dem Steuermann zu schaffen. Er hörte es am Schwanken des Geräuschpegels und am Aufklatschen des Rumpfes. Kam die Yacht auf ihn zu?

»Leute, wenn hier eine Yacht aufkreuzt, die keine Lichter führt, dann können es eigentlich nur die Banditen von vorhin sein. Stimmt ihr mir darin zu?«

Amica glitt einen Wellenberg hinab und wurde sogleich vom nächsten Kamm energisch hochgehoben. Sie schoss durch ihn hindurch, sodass der Bug für Sekunden in die Luft ragte, als würde das Boot seinem Element entfliehen. Doch es fiel ins nächste Wellental, klatschte dort aber nicht auf, sondern landete weich, die Fluten teilend und schob sich kraftvoll in die nächste Woge.

Jetzt sah er deutlich den Vordersteven der Motoryacht. Eine mächtige Bugwelle vor sich herschiebend, rollte sie durch den Seegang. Keine fünfhundert Meter entfernt. »Haben die uns nicht erkannt?« Das Boot schien das Kielwasser der *Amica* kreuzen zu wollen. »Die gehen zwischen Groß-Drevnik und Solta durch. Haben wohl doch kein Radar an Bord. Aber Autopilot an. Ach du liebe Zeit!« Er turnte flugs zum Heckkorb und begann, die Rettungsleine einzuholen. Aber schon zwei Sekunden später ließ er sie wieder fahren. Das Dröhnen hatte sich verändert. Das Boot war optisch schwer auszumachen in der Finsternis, aber was er zu erkennen glaubte, reichte aus, ihm kalten Schweiß auf die Stirn zu treiben. Es war die Lampe im Steuerhaus der Yacht, die er durch ein rundes Klarsichtfenster sehen konnte. Solche Drehscheibenfenster befinden sich nur in Frontscheiben. Die Yacht hatte Kurs auf die *Amica* genommen. Jetzt hörte er wieder das Aufrauschen der Bugsee.

Er stürzte zum Ruder, drückte zitternd die Standby-Taste und legte langsam Ruder hart backbord. *Amica* legte sich nur wenig über, weil das Großsegel nun vollen Winddruck bekam und gegen die Fliehkräfte der Takelage wirkte. Aber der erste Wellenkamm, der ihre Breitseite traf, schickte eine wuchtige Ladung Gischt über Deck. Das Motorboot wurde deutlicher erkennbar. Es folgte der Kursänderung.

»Freunde, lasst es nicht so weit kommen, dass ich wirklich wütend werde!«, grummelte er vor sich hin. Er versuchte sich zu konzentrieren. Er wusste genau, welchen Widerspruch seine Worte zu seinem wirklichen Zustand bedeuteten. Das Motorboot kam nun rasch näher. Er legte wieder Ruder, jetzt nach steuerbord. Dabei stellte er sich den weiten Bogen vor, den die Trosse im Wasser nun beschreiben würde. Wieder folgte der Steuermann da drüben brav seiner Bewegung. Aber er versuchte natürlich abzukürzen. »Jetzt«, dachte Claudius. »Gleich muss es passieren.« *Amica* lief wieder auf ihrem alten Kurs. Der Skipper schaltete die Steuerelektronik ein, sprang nach achtern zum Heckkorb und löste den Knoten, der die Rettungsleine hielt, und betete: »Lass ihn keinen Abweiser haben, lass ihn verdammt noch mal keinen Abweiser haben!«

Plötzlich sah er wieder das hellrote Feuer, noch bevor er die Detonation hören konnte. Das Pfeifen und der Überschallknall der Geschosse hatten einen neuen Schweißausbruch zur Folge. Er legte sich flach auf das Deck. »Keine Angriffsfläche bieten, kein Ziel darstellen«, dachte er und fühlte, wie seine Beine auf das Teakdeck trommelten.

Dann verstummten die Motoren. Mit einem kläglichen Rülpser kehrte Ruhe ein. Die helle Bugwelle schrumpfte und zerfloss in der Schwärze der See. Claudius spürte einen harten Ruck in der Rettungsleine und ließ sie sogleich fahren. Eine neue Salve von fünf oder sieben Schüssen prasselte achterlich des Hecks ins Wasser, keine zwei Meter von ihm entfernt. Seine Gedanken rasten. Sie berührten eine Actionfilmszene, und augenblicklich schrie der Skipper wie getroffen auf. – Bei diesem Seegang hatte der Schütze keine Ahnung, wo seine Garbe landete. Bekam er ein akustisches Erfolgssignal, konnte er sich weitere Munitionsvergeudung sparen. So war das damals in dem Film. Sein Schrei versank dumpf im Tosen des Meeres.

Währenddessen lief *Amica* unbeeindruckt durch die anrollenden Seen. Der Abstand zu der Motoryacht vergrößerte sich, schon hatte die Finsternis sie wieder verschluckt.

»Skipper, was ist los? Was machst du? Führst du Krieg? Wer hat geschossen? Hey, wo bist du?« Vanja stand im Niedergang. Sie sah das verwaiste Ruder, dahinter das Schlauchboot. Vom Skipper keine Spur. Mit der HK23 in der Hand sprang sie ins Cockpit und sah sich um. »Hey, Skipper!«

»Vanja! Diese Idioten!« Er erhob sich halb hinter dem Schlauchboot und schlich ins Cockpit, als könnte gleich die nächste Salve über ihn hinwegpfeifen.

»Bist du verletzt?«, fragte sie besorgt.

»Nein. Horch, was sie sagen!«

»Wer?«

»Horch!«, fuhr er sie an.

Aufgeregte Stimmen schallten über das Wasser herüber. Kroatisch. Vanja stand an der Sprayhood, hielt sich mit einer Hand fest und lauschte. Nach einer Weile sagte sie: »Es sind zwei Leute. Die Maschine ist kaputt. Einer hat gesagt: Mach den Deckel auf. Der andere: Ist der Tank leer, sieh nach, so eine Scheiße. Gib den Scheinwerfer …«

»Idioten. Sie haben schon wieder auf uns geschossen.«

»Die führen Krieg, Skipper. Ich weiß nicht, wie das noch enden soll. Wie haben sie uns gefunden?«

»Ich glaube, es war Zufall.« Er berichtete, was in den letzten fünfzehn Minuten vorgefallen war.

»Jetzt sind wir die Trosse los«, stellte sie trocken fest.

»Dafür leben wir noch. Bis die Idioten draufkommen, dass sie tauchen müssen, sind wir verschwunden.«

»Wie lange noch?«

»Zweieinhalb Stunden.«

Sie ging hinunter und legte die Pistole in die Kühlbox.

33

Drei weiße Blinke alle zehn Sekunden. Sie hatte sie links neben dem Vorstag gesehen, etwa eine Stunde nachdem sie die Wache übernommen hatte. Gestützt vom gerefften Großsegel war *Amica* unter Maschine durch die Nacht und das aufgewühlte Meer gepflügt. Zuverlässig und unbelästigt.

Um sich noch einmal zu vergewissern, hatte Vanja ihren einsamen Platz im Cockpit verlassen und war zum Kartentisch hinuntergestiegen. Aber es stimmte. Sie hatte es vor einer Stunde zum ersten Mal gesehen. Der Skipper hatte ihr eingeschärft, darauf zu achten und sogleich den Standort des Schiffes in die Seekarte einzutragen. Sie wunderte sich etwas, wie vertraut ihr der Umgang mit Zirkel und Kurslineal schon war. Die Daten vom GPS abzulesen war wirklich keine Hexerei. Aber nun konnte sie auch Standlinien nehmen. Die erste zum Feuer von Kap Pelegrin. Es stand auf der westlichsten Huk der Insel Hvar. Die zweite vom Leuchtfeuer Vodnjak. Es lag etwas südlicher, war auf der westlichsten Insel der Pakleni Otoci, der Hölleninseln, postiert. Sie peilte mit dem Fernglas und zeichnete dann unten am Navigationstisch die Linien in die Karte. Es hatte etwas Beruhigendes, dass ihr Schnittpunkt ziemlich genau mit dem Kreuzchen übereinstimmte, das die GPS-Daten ergaben. In dieser Finsternis genau bestimmen zu können, wo man sich befand, faszinierte sie.

Eigentlich sollte sie den Skipper wecken. Das Feuer von Kap Pelegrin blinkte bereits achteraus an backbord und Vodnjak war längst nicht mehr zu sehen. Es lag auf der Südseite der westlichsten Hölleninsel. *Amica* hatte das Eiland nördlich passiert. Mit 7,6 Knoten rauschte die Yacht in absolut ruhigem Wasser auf Hvar zu. In den Pakleni-Kanal drang kein Seegang mehr vor. Er ist am Eingang nur wenig mehr als eine Meile breit, und die sechs Meilen lange Inselgruppe der Paklenis hielt wie eine natürliche Mole die Wellen ab.

Noch eine halbe Stunde bis zum Stadthafen. Die Lichter glitzerten am Horizont. Ob es noch ein Taxi gab nach Stari Grad? Noch genoss sie es, Herrin über das Boot zu sein. Sie überlegte, ob sie es allein in den Hafen würde bugsieren können. Sie hatte das Hafenhandbuch gefunden und den Hafenplan »Hvar« aufgeschlagen. Mitten im Becken zu ankern, das würde sie sich zutrauen. Aber an der Kaimauer festmachen vor Buganker, wie es im Handbuch empfohlen wurde? Jemand müsste vorne den Anker fallen lassen und gleichzeitig rückwärts steuern und die Taue an Land festbinden? Nein, sie verzichtete auf den Alleingang. Wie sagte Petar immer: Nimm Hilfe in Anspruch, aber verlier nie die Kontrolle darüber. Petar. Wo würde sie ein Telefon finden? Wann würde sie den Skipper endgültig verlassen?

Sie nahm die Fahrt zurück auf 5 Knoten, stieg hinunter und öffnete die Tür zur Achterkammer. Sie knipste das Licht an. Claudius hatte die Kleider abgelegt und schlief im Trainingsanzug unter einer dicken Steppdecke.

»Hey, Skipper!« Er lag in dem breiten Bett an der Backbordwand. Sie setzte sich.

Zaghaft berührte sie seinen Arm, der auf der Bettdecke lag.

»Hey, Skipper, wir sind gleich da.«

Er fuhr hoch, schlug die Augen auf und schüttelte sich. »Vanja, sind sie wieder da?«

»Nein, wir sind gleich in Hvar. Kommst du?« Sie strich ihm über den Kopf.

»Dann ist es also vorbei?« Er ließ sich wieder auf das Kissen sinken.

»Sieht so aus, Skipper«, sagte sie.

Er starrte zur Kabinendecke. »Warst du schon einmal in einer Oper?« Er fragte sie, ohne sie anzusehen.

»Ja. In Zagreb ein paarmal, in Wien ein paarmal als Kind und in München, zuletzt vor einem Jahr. Warum fragst du?« Sie sah ihn misstrauisch an.

»Was hast du in Müchen gehört?«

»Meistersinger, Wagner.«

»War's schön?«

»*Vrlo lijep*, sehr schön.«

»Schon Beethoven gehört?«

»Fidelio! Ja sehr gut. Ich liebe das: Heil sei dem Tag, heil sei der Stunde. Ist so feierlich.«

Er setzte sich ruckartig auf, sodass sie vor Schreck etwas zurückwich. Er sah sie an. »Du bist verrückt.«

Seine braunen Augen hüllten sie ein, umfingen ihren Blick. Sie wurde etwas unsicher. »Wieso?«

»Du willst hier leben, in diesem Land?«

Aus ihren Bernsteinaugen funkelte Energie. »Du bist noch viel verrückter. Du lebst nirgendwo.«

»Ich habe schon lange genug in einem Land gelebt. Jetzt möchte ich an vielen Orten sein. Jeden Augenblick woanders, verstehst du?« Er verlor sich im Bernsteinglanz.

»Für mich macht das keinen Sinn. Ich brauche einen Fixpunkt.«

Er zuckte die Achseln und schüttelte sich. »Wir müssen hinauf und Lichter einschalten.« Dann drückte er ihr einen schnellen Kuss auf den Mund, ließ sie los, stand auf und schlüpfte in seinen Overall und die Gummistiefel. Noch vor ihr verließ er die Kabine.

»Ich muss das Groß bergen.« Im Umdrehen sagte er: »Der Fixpunkt sitzt im Kopf.« Erst an Deck wandte er sich ihr erneut zu: »Geh bitte ans Ruder. Nimm die Fahrt weg, dreh das Schiff in den Wind, ich hol das Segel runter«, kommandierte er.

»Jawoll, Käpt'n«, gab sie heiter zurück und stellte sich an das Steuerrad.

Er kletterte auf das Kabinendach und löste das Fall. Augenblicke später war das Segel aufgetucht. Er blieb oben auf den Großbaum gelehnt und betrachtete das Ufer, während sie *Amica* zum Hafen steuerte.

Die Lichter waren ganz nah. Man konnte Straßenlaternen und Leuchtreklamen unterscheiden. »Endlich wieder Lichter«, dachte er. Sie spiegelten sich vielfarbig im Wasser. Vanja sah auf einer Bergstraße ein Auto fahren. Er fragte: »Wie spät ist es eigentlich?«

»Ein Uhr vierzig etwa«, antwortete sie. Weitere Autoscheinwerfer fingerten hoch über dem Ufer durch die Nacht. Er ging nach vorne, öffnete die Segelkammer und holte zwei Festmachertrossen heraus.

»Da ist noch allerhand los«, bemerkte er, als er mit den beiden Bündeln an der Plicht vorbei nach achtern ging. Rasch schlug er die Leinen an. Dann holte er Fender aus der Backskiste und knotete sie an die Reling. Drei auf jeder Schiffsseite. Lautlos glitt Amica auf das äußere Hafenfeuer zu. Es blinkte gleichmäßig grün.

Ruhig stellte er sich neben Vanja ans Steuer. »Hast du schon mal den Holländer gehört?«

»Wen?« Sie legte Ruder nach Backbord.

»Den Fliegenden Holländer von Wagner.«

»Ich glaube schon. Ein Stück im Radio oder von einer CD.«

»Es beginnt mit der Ankunft eines Schiffes mitten in der Nacht.«

»Ah, schön.«

»Ein Geisterschiff«, sagte er in ihr Schweigen. Erst als sich nach einer Weile der Blick in den beleuchteten Hafen auftat, sagte er: »Jetzt nach backbord drehen und Fahrt wegnehmen, ganz langsam.«

Sie drehte das Rad und zog den Gashebel zurück. Die Maschine war kaum noch zu hören. Das silbrige Plätschern der Bugwelle war deutlicher. Im glatten Hafenwasser spiegelten sich die Lichter und Palmen der Uferpromenade. Claudius fühlte, wie gut das Wiedererkennen vertrauter Bilder und schöner Erinnerungen tat. Langsam verdrängte es die Schrecken der vergangenen Nacht. Die Stadtloggia stand wie immer nur mit den Füßen im warmen Licht der Straßenlaternen. Ihre hohen dunklen Fenster verbreiteten nach wie vor diesen fürstlichen Anspruch. Der gedrungene viereckige Turm daneben sandte in ockerfarbenem Licht die Zeit über Marktplatz und

Hafenbecken. Das weite Maul des ehemaligen Arsenals stand wie eh und je aufgerissen dem Ankömmling gegenüber. An Steuerbord ruhte das Franziskanerkloster mit seinem Türmchen am Fuß des Stadtberges. Der gelb angestrahlte Kampanile der Sankt Stefanskathedrale überragte die Dächer. Über allem thronte dunkel auf dem Berg droben die Festung Spaniola.

An der Promenade lagen drei Kutter und zwei Dutzend kleiner Motorboote. Im Sommer schipperten sie Touristen zu den herrlichen Stränden der Pakleni-Inseln, wo sich eine Badebucht an die andere reiht. Neben dem Arsenal und vor Marktplatz und Stadtloggia breitete sich das ursprüngliche Hafenbecken aus. Über die niedrige Pier hinweg und durch die schmale Einfahrt waren im Schein der Laternen Dutzende kleiner Motorboote zu erkennen. Daneben wogten sehr sacht die Fächer eines kleinen Palmenhains. Die Boote im weiten Vorhafen lagen teils vor Buganker mit dem Heck zur Pier, teils anders herum.

Claudius wies Vanja an, das Schiff an den drei Kuttern vorübergleiten zu lassen, dann nach backbord zu drehen und *Amica* mit dem Rückwärtsgang aufzustoppen. Er ging nach vorne, ließ den Anker ins Wasser fallen und steckte Kette bis zur Zehnmetermarke. Dann ging er nach achtern zurück.

Vanja legte den Rückwärtsgang ein und steuerte *Amica* Richtung Kaimauer. Claudius griff einmal ein, bis sie die Ruderwirkung spürte und sie kontrollieren konnte.

Er drückte am Schaltpaneel vor dem Steuerrad den Knopf »Anchor down«, worauf vorne die Kette ins Wasser rasselte. Als das Heck noch zwei Meter von der Kaimauer entfernt war, ließ er den Knopf los, hieß Vanja die Maschine stoppen, nahm den Luv-Festmacher und stieg auf das Hecksüll. Die Uferpromenade schien menschenleer. Nur ein jugendliches Pärchen, das sich in eine Nische neben der Markthalle drückte, war zu entdecken. Unter den weißlackierten Straßentischen eines Cafés fauchten sich eine graugetigerte und eine gelbweiße Katze an.

Als das Schiff nah genug war, sprang er an Land, legte den Festmacher um einen der Poller, kletterte mit der losen Part an

Bord zurück und belegte sie auf der Klampe. Weil *Amica* zu dicht an die Mauer geraten war, drückte Vanja den Knopf »Anchor up«. Gehorsam zog die Winsch das Schiff einen halben Meter von der Mauer weg. Der Skippter beobachtete sie, sprungbereit den zweiten Festmacher in der Hand. Sie schätzte den richtigen Abstand genau so ein, wie er es getan hätte. Als sie fertig war, blickte sie ihn an. Er lächelte und schüttelte verwundert den Kopf. Sie nahm eine kecke Haltung am Steuer ein, warf ihre Haare mit gewohnter Eleganz zurück und strahlte ihn lächelnd an.

»Perfekt«, lobte er und sprang an Land. Diesmal warf er die lose Part Vanja zu. Sie fing die Leine sicher und legte sie auf der Backbordklampe fest. Auch dabei sah er ihr zu. Sie verwendete genau den gleichen Knoten, den er soeben gegenüber gelegt hatte.

»Einfach gut«, sagte er und sprang an Deck zurück. Sie stand im Cockpit und betrachtete die Stadt. Er ging auf sie zu, umarmte sie und drückte ihr einen Kuss auf die Stirn.

»Irgendwie ist das auch ein Geisterschiff«, sagte sie leise.

»Natürlich«, sagte er. »Es ist voll von guten Geistern. Wie hätten wir sonst diese Nacht überlebt?«

»Sie ist noch nicht zu Ende, mein Lieber.«

»Du würdest gut zu ihnen passen. Sie mögen dich.«

»Haben sie das gesagt?«

»Spürst du's nicht?«

Sie drückte sich an ihn und hauchte: »Ja. Sie fangen mich.«

Er küsste sie auf den Mund. Ihre Zungen spielten miteinander. Sie schienen ineinander zu versinken. Vanja war es, die sich von ihm zu lösen suchte. »*Ljubavi*, mein Lieber. Ist so gut mit dir. Komm.«

»Du bist eine liebe Fee.« Er flüsterte es ihr ins Ohr, ehe er sie losließ. Seine Hände glitten an ihr entlang. Ihre Rechte fing die seine. Gemeinsam stiegen sie nach unten. Er schaltete die Navigationslichter und die Instrumente aus. Ausgenommen die Ankerwinsch. Reine Sicherheitsmaßnahme, sie eingeschaltet zu lassen.

Sie zog die signalrote Regenjacke aus, während er sich aus dem Overall schälte und ihn in seiner Kajüte verstaute. Als er zurückkam, stand Vanja in der Pantry und schenkte Sherry in zwei Gläser. Sie stellte die Flasche weg und hob ein Glas.

»Danke, Skipper«, sagte sie und kam mit dem zweiten auf ihn zu, reichte es ihm und fuhr fort: »Das Schicksal hat uns zusammengeführt.« Sie schluckte und setzte leise fort: »Es trennt uns wieder.«

Er sah sie ungläubig an, nahm das Glas und bemerkte, dass seine Hand zu zittern begann. »Du willst …«

»Skipper, ich danke dir so, ich weiß nicht, es zu sagen. Ich muss telefonieren gleich. Aber du bist … mein Retter.« Sie schmiegte sich an ihn und blickte zu ihm auf. Er sah in hellwache Augen. Sie sank in die dunkle samtene Tiefe und fühlte seinen geschmeidigen Körper. Sie küssten sich, die Gläser in der Hand.

Wieder war sie es, die sich von ihm löste. »*Nazdravlje*«, sagte sie sanft. Sie nippte von dem Sherry. Er trank das halbe Glas aus.

»Es ist zwei Uhr. Willst du jetzt nach Stari Grad?«

»Ich will erst telefonieren. Das Krankenhaus in Stari Grad und vielleicht die Polizei. Versteh bitte, ich muss wissen …«

»Ja, verdammt, ich versuch's ja. Ich begleite dich. Okay?«

Er trank den Rest aus und stellte das Glas in die Spüle. »Irgendwo steckt die Telefonkarte von Silba.« Er fand sie im Kartentisch. »Und die Nummern?«

»Vielleicht können wir ein Hotel finden. Darf ich deinen Pullover noch benutzen?«

Er sah sie an. »Vanja. Blöde Frage.«

»Danke«, sagte sie und holte die HK23 aus dem Kühlfach. Sie schob sie in den Hosenbund und schlüpfte in den Pullover.

Er sah es und zog die Augenbrauen hoch. »Glaubst du …?«, fragte er.

»Sicher ist sicher.«

Er nahm die Schiffsschlüssel an sich. Sie stiegen hinaus und schlossen den Niedergang ab.

Die Pier bestand aus gewaltigen Steinblöcken, die in Jahrhunderten vom Schuhwerk von Millionen Menschen blank geschlurft worden waren. Doch nun war sie für die beiden schwankender Boden unter den Füßen. »Es ist lustig, alles wackelt«, lachte sie.

»Siehst du. Alles ist relativ. Auch das scheinbar feste Land schwankt. Es kommt nur auf dich an.« Er sah sie von der Seite an.

»Ja. Du hast Recht. Man muss sich entscheiden.« Jetzt lächelte sie und schritt schneller voran. An der nächsten Querstraße leuchtete ein Hinweisschild »Hotel«.

Es war eine schmale, von jahrhundertealten Mauern gesäumte Gasse. Fassaden mit venezianischen Simsen und Balkönchen. Die gläserne Hoteltür stand offen. Ein Motorroller in Silbermetallic mit schräg gestelltem Lenker stand daneben.

34

Der Nachtportier war ein halbwüchsiger blasser Jüngling. Das pechschwarze Haar ließ das Knabengesicht noch weißer erscheinen. Dunkler Flaum verlor sich auf den Backen, Schatten um die Augen erzählten von Schlafmangel. Claudius vermutete, den Sohn des Eigentümers vor sich zu haben. Zwei Gleichaltrige saßen bei ihm, und sie unterhielten sich vor dem laufenden Fernsehgerät. Ein kräftiger Kerl mit kurz geschorenem Haar und Pickeln auf Stirn und Backen, Blue Jeans und schwarzer Lederjacke. Und ein schlacksiger Typ mit Brille und blondiertem Haar, das von Pomade starrte. Ebenfalls Blue Jeans und ein leichtes, dunkelrotes Sweatshirt.

Ein gutes Dutzend Zimmerschlüssel hing an einer aluminiumfarbenen Tafel mit Nummern und Fächern. Vanja bemerkte, dass nur drei fehlten.

»Ein Wunder, dass der Laden geöffnet hat«, raunte sie Claudius zu. Der Junge, der den Portier gab, glaubte neue Gäste zu begrüßen und legte schon den Block bereit. Ja, er hatte ein Telefonbuch und ein Telefon. Claudius verstand nichts von dem, was Vanja mit ihm verhandelte. Aber er sah, dass plötzlich alle drei eifrig ins Gespräch verwickelt waren. Ihn musterten sie abschätzend, versuchten gar nicht erst, ihn anzusprechen. Sie hatte ihn als Ausländer vorgestellt. Dann hörte er bekannte Ausdrücke: *Policia, Stari Grad, bolnica, bosnanci, liječnik.* Sie hatten also auch schon von dem Anschlag gehört. Sie quetschte die Jungen nach jeder Einzelheit aus. Er bekam das Gefühl, sie habe ihn völlig vergessen. Die Jungen kamen sich wichtig vor. Sie strahlten Vanja an. Plötzlich bemerkte er, dass sie schluckte. Ihre Augen weiteten sich und sie wollte die Hand vor den Mund nehmen. Aber sie hielt in der Bewegung inne. Stattdessen ließ sie sich ein Blatt Papier und einen Schreibstift geben und notierte ein paar Nummern, die der übernächtigte junge Mann ihr aus dem Telefonbuch vorlas.

Als sie zu der kleinen Telefonzelle im hinteren Teil des Raumes gingen, berichtete sie: »Hat eine böse Schießerei gegeben. Angeblich wohnten dort auch Albaner. Schlimmer als im Radio gemeldet. Vier Terroristen wollten das Haus anzünden. Kamen mit einem Auto. Ganz fremde Leute. Einer ist tot, zwei schwer verletzt, einer geflohen, mit einem Auto. Die Verletzten liegen in einer Arztpraxis in Stari Grad. Noch. Sollen morgen nach Split rüber ins Krankenhaus. Auch der verletzte Polizist.«

Sie waren am Telefon angekommen. Sie begann zu wählen und fuhr fort: »Er kam aus Split. Der hat das angeblich ohne Befehl gemacht. Nur mit zwei Kollegen. Das sieht ihm ähnlich. Nur eins versteh ich nicht …«

»Wo rufst du eigentlich an?«

»Polizei. Da weck ich niemand.«

»Bist du sicher?«

Sie warf ihm einen vorwurfsvollen Blick zu und meldete sich kroatisch. Aber nicht als Vanja Mutschler, sondern als Karola Brendijlkovic. Die Schwester von Petar. Sie sprach nur ein paar Sätze, dann notierte sie eine Adresse in Stari Grad und eine Telefonnummer. Sie sagte noch ein paar Worte und legte auf. »Ich hab ihn gefunden.«

Sie wählte sogleich neu. Es dauerte, bis sich jemand meldete. »*Oprostite*«, das verstand er auch. Aber dann sprach sie schnell weiter. Pause. Sie wurde weiterverbunden, oder es kam jemand anderer ans Telefon. Endlich sprach sie wieder. Ihr Blick veränderte sich, und er wusste sofort, weshalb. Ihre Stimme wurde sanft.

Er verließ die Zelle, schlenderte durch die kleine Hotelhalle und sah den jungen Burschen zu. Sie rauchten und alberten vor dem Fernseher herum, mimten Autorennen. Erst jetzt fiel ihm auf, dass das Foyer nagelneu eingerichtet war. Gelbe glatte Wände mit abgesetzten Bordüren in Ockertönen, modernes Mobiliar wie aus dem Designerstudio. Vanja stand in der aluminiumfarbenen Zelle hinter der Glastür. Sie wandte ihm den

Rücken zu, fuhr sich mit der freien Linken durch das Haar, fasste eine Strähne, hielt sie sich vor das Gesicht, drehte sie in den Fingern. Der Pullover schlabberte wie eine Jacke um ihren Po. Er war ihr viel zu weit.

Er fühlte Unruhe aufsteigen, griff nach dem Bootsschlüssel in seiner Hosentasche und trat vor das Hotel, konnte aber von dort den Hafen nicht sehen. Also betrachtete er den geparkten Roller, ging wieder hinein, zur Telefonzelle hinten gegenüber der Treppe, und klopfte. Sie wandte sich um, wischte sich über die Augen, ohne die Feuchtigkeit beseitigen zu können. Mit einem strahlenden und doch verhangenen Blick sah sie ihn an und absorbierte seine Energie, ließ sie zusammenschmelzen zu einem Achselzucken und einem fragenden Blick. Doch sie nickte heftig. Nach ein paar Worten legte sie auf.

»*Oprostite*, Skipper. Entschuldigung. Er hat nur eine Fleischwunde. Sagt er. Am Oberschenkel.«

Sie gingen an der Theke vorbei. Vanja bedankte sich bei dem Bleichgesicht. Die Burschen winkten fröhlich. Draußen fuhr sie fort: »Zwei von seinen Leuten sind in das Haus, um die Bewohner zu schützen. Er blieb draußen, um die Leute abzufangen. Sie kamen mit einem Mercedes. Es war ganz komisch. Zwei gingen in das Haus. Eine frühere Pension oder Hotel. Sie wollten in die Küche oder durch die Küche, fragten nach einem Typen. Als die beiden Kollegen sie überprüfen wollten, flüchteten sie. Draußen wollte er sie stoppen, aber sie schossen sofort. Die Kollegen haben einen noch im Flur erwischt, den anderen verletzt. Petar schnappte den Beifahrer. Der andere ist mit dem Wagen weg.«

»Kann ja nicht weit kommen auf der Insel.«

»Schon. Aber auf dem Meer gibt es keine Spuren. Die haben sicher irgendwo ein Boot liegen.«

»Ich denk, die wollten den Laden anzünden, in die Luft jagen oder so was.«

»Machten keine Anstalten. Das ist ja das Komische. Renovierung, das war immer …«

Sie waren Richtung Hafen gegangen. Sie blieb plötzlich stehen und wandte sich um. »Gibt es hier keine Autos? Ich brauche ein Taxi.«

»Willst du hinfahren, jetzt?«

»Ich habe es versprochen.«

»In Hvar gibt es keine Autos, nicht in der alten Stadt.«

»Nicht einmal ein Taxi?«

»Ich weiß nicht, lass uns im Hotel fragen.«

Sie gingen zurück.

»Taxi?«, sprachen sie den Jüngling an der Rezeption erneut an.

Was das Bleichgesicht erzählte, hörte sich negativ an. Aber dann mischte sich der picklige Kräftige ein. Er besaß offenbar ein Gefährt und erklärte sich bereit, sie zu fahren. Er machte sogleich Anstalten aufzubrechen.

»Ihm gehört der Roller draußen«, sagte Vanja. »Er will mich hinbringen. Bist du böse? Ich komme morgen früh um acht Uhr oder so. Er will dich und das Schiff sehen. Und ich hole meine Sachen. Dann bist du frei. Okay?« Sie gingen auf die schmale Gasse hinaus.

»Frei? So ein Quatsch«, brummte er. »Traust du ihm?«

»Dem? *Momku!* Kein Problem.«

»Dann bist du wieder die Insel.« Er legte den Arm um ihre Schultern und zog sie zu sich. Sie ließ es geschehen. Er steckte die Nase in ihr Haar und küsste sie auf die Stirn.

»Skipper«, sagte sie und blickte offen in seine Augen. »Du wolltest allein sein.«

»Ja. Und meistens bekomme ich, was ich will.«

»Deine Freunde?«

»Sie sorgen dafür. Fürchte ich.«

»Also liegt es nur an dir!«

»An Land sind sie machtlos.«

Der Junge in dem Lederblouson kam heraus. Er fummelte einen Schlüssel aus seiner Jacke und sagte auf Kroatisch: »*Bitte sehr. Wenn Sie mitkommen möchten?*« Er klappte den Ständer weg und setzte sich auf die Maschine. Claudius schätzte ihn auf siebzehn oder achtzehn. »Mit dir wäre ich frei«, flüsterte Claudius und umfing ihre Taille.

»Du bist ein Spinner«, sagte sie leise und drückte ihm einen Kuss auf die Wange.

»Wie lange soll ich morgen warten?«, fragte er.

»Spätestens halb neun. Dann bist du frei.«

»Und du gefangen!«, schnippte er zurück. »Um neun bin ich weg. Ich geh direkt nach Italien.«

»Das ist gut.«

Der Junge ließ die Maschine an. Das Knattern hallte in der engen Gasse.

»Wenn du nicht kommst, verkaufe ich die Papiere an die Carabinieri oder die Comorrha oder an beide«, scherzte Claudius.

Sie sah ihn ernst an: »Das ist kein Spielzeug, Claudius.« Er lockerte seine Umarmung. Sie hatte tatsächlich »Claudius« zu ihm gesagt. Sie löste sich von ihm. »Soll ich sie gleich mitnehmen?« Sie fragte mehr sich selbst.

»Auf dem Schiff sind sie sicherer, bestimmt.«

»Sie bedeuten eine Gefahr für dich, mein Lieber.« Sie kniff die Augen zusammen und ihre Lippen wurden schmal. »Wir holen sie gleich jetzt.« Sie wandte sich an den Jungen, sprach mit ihm und wies zum Hafen. Der Junge nickte über die Schulter. Er wendete den Roller. Sie saß auf dem Soziussitz auf und rief: »Komm. Wir fahren schon vor.«

Qualmend knatterte der Roller mit den beiden die Gasse hinunter. Claudius fiel in leichten Trab. Er hatte die Schlüssel in der Tasche.

35

Von rechts ragten abgebrochene, graue Betondecken in den freien Raum. Armierungen aus Stahl stachen daraus hervor, schlangengleich verbogen, Abstand heischend. Unter schiefen grauen Flächen gekrustete und gezackte Trümmer, die in der Tiefe des geborstenen Zimmers im Dunkel verschwammen. Die Explosion gerade verhallt. Poltern, Kollern und Rieseln bildeten ihre Schleppe. Links ein Abgrund. Unten das Tosen eines graugrünen Etwas. Gurgeln und Schlingen und Schwappen. Der andere Teil des entsetzlich zerrissenen Bauwerkes, dort auf halber Höhe, hängen geblieben, schwebend irgendwie.

Zwischen Trümmern und Abgrund ein schmaler Pfad. Das war sein Weg. Durch, nur durch vor der nächsten Detonation. Weg hier. Schon schwoll es wieder, das Kollern und Rieseln. Da, eine Bewegung zieht den Blick auf sich. Der kantige Rest der Ruine schwankte und fiel vollends hinab mit Getöse. Machte den festen Boden zittern. »Claudius, hey, Skipper, du musst da durch. Los verschwinde!«

Wer rief da? Entsetzt wandte er sich um. Drehte sich zweimal um sich selbst, sah niemanden. »Skipper!« Kam das von oben? »Skipper, hey!« Da polterte es, und wieder zitterte der Boden. Er hob abwehrend den Arm und schlug gegen die hölzern vertäfelte Wand der Kajüte.

»Hey, Skipper!« Ihre Stimme.

Claudius wachte auf, fuhr sich durch das schwarze Haar, setzte sich auf und sah zum Backbordfenster hinaus. Die Sonne schien durch eine diesige Wolkendecke, das Wasser war ruhig. Der Kutter, der nachts dort gelegen hatte, fehlte. Der nächste spiegelte sich im glänzend platten Hafenwasser. Auf der Pier gingen Menschen geschäftig ihren täglichen Zielen nach. Frauen mit Einkaufstaschen, Kinder mit Schulranzen, Männer mit Angelzeug. Und Männer in olivgrünen Kampfanzügen. Zwei hier, zwei dort. Alle mit Maschinenpistolen behängt. Funkgeräte am Mund. Polizeimützen auf dem Kopf. Claudius spürte sofort seinen Haaransatz im Nacken. Wenn das ihm und der *Amica* galt …

Er hustete vor Aufregung und rief heiser: »Hallo, ich komme. Augenblick.« Er sprang aus dem Bett, lief in die Messe, sah auf den Chronometer. Sieben Uhr vierzig. Er schloss den Niedergang auf und nahm das Schott heraus. Vanja saß in der Plicht draußen.

»Hallo, mein Lieber«, säuselte sie. »Gut geschlafen?«

Sie trug eine hellblaue Bluse und einen grauen Pullunder, dazu die Jeans und die Sportschuhe aus Silba. Das Haar, frisch gewaschen und geföhnt, flog ihr ins Gesicht. Sie strich es zurück. Mit der anderen Hand hielt sie seinen Pullover auf den Knien und spielte mit einer großen Sonnenbrille. Neben ihr auf der Bank lag eine Tüte. Der Duft frischer Brötchen kam ihm vermischt mit feinem Lavendelparfum entgegen. Sie lächelte. Es wirkte ein wenig verlegen.

»Hier ist er«, sagte sie und nickte zum Ufer. Ein kräftiger untersetzter Mann stand dort, zehn Meter abseits vom Heck der *Amica*. Mitte dreißig, schätzte Claudius. Breites bartloses Gesicht, schöne gerade Nase, schwarze geschwungene Augenbrauen, die Stirn breit und stark, braune Haut des Südens, kurzes schwarzes Haar, sehr trendy frisiert. In schmucker dunkler Uniform mit blinkenden Goldapplikationen auf den Schultern und glänzenden Knöpfen. Eine Schirmmütze unter den linken Arm geklemmt und unter der rechten Achsel eine graue Krücke. Der rechte Oberschenkel war unter der Hose offenbar dick bandagiert. Er sah mit gesenktem Haupt misstrauisch herüber, musterte die Breitseite des Bootes. Als sich ihre Blicke trafen, nickte er und winkte lässig mit der Linken. Er begann zum Heck zu humpeln.

»Möchte er an Bord kommen?«, fragte Claudius.

»Wenn er darf.«

»Ach, er fragt sogar?«, rutschte ihm heraus.

»Er schon«, gab sie zurück und funkelte ihn an.

»Kann er denn?«

»Sei nicht gemein. Sie haben ihm einen Muskel zerschossen.«

»Entschuldigung. Kannst du die Gangway rüberlegen, dann zieh ich mich an und mach Tee, okay?«

»Okay. Er möchte mit dir nachher zur Hafenpolizei gehen. Wegen der Einschüsse.«

»Und du? Was ist mit dir? Du bist noch tot?«

»Ich bin jetzt seine Schwester«, sagte sie leise. »Die echte ist zurzeit in Italien. Petar hat bei Direktor Bolmanc nach mir gefragt. Die wissen nichts. Keine Ausrede. Kein Einsatz bekannt. Die Mutschler ist verschwunden. Sieht blöd aus.« Sie setzte sich die Sonnenbrille auf, gab ihm den Pullover und stand auf.

Er setzte Wasser auf und ging ins Bad. Während er duschte, hörte er das Rumpeln der Gangway, die Vanja aus ihrem Lager im Heck zog und auf die Pier schob. Er hatte damals mindestens eine Viertelstunde gebraucht, um den Mechanismus zu durchschauen. Er seufzte, stellte das Wasser ab und rubbelte sich mit dem Handtuch trocken. Beim Zähneputzen hörte er Schritte an Deck. Schnell zog er sich an.

»*Ein prächtiges Schiff. Du hast Schwein gehabt. Wie hast du es geschafft?*« Claudius hörte die Stimme durch das geöffnete Luk unter dem Schlauchboot, aber er verstand kein Wort.

Sie antwortete: »*Hier an der Seite. Die Reling war ganz unten im Wasser. Ich habe sie erwischt und bin unten …*« Sie gingen offenbar auf das Seitendeck an Steuerbord.

Der Wasserkessel begann zu flöten. Claudius ging hin, stellte das Gas ab und goss Tee auf.

»*Der Arsch hat dich in Silba sitzen lassen!*« Wieder hörte er Petar reden und glaubte, er würde sich anerkennend über *Amica* auslassen.

»*Es war ein Missverständnis*«, erwiderte Vanja entschuldigend. »*Er kommt aus einer anderen Welt. Er hat mit unseren Ermittlungen nichts zu tun.*«

»Jetzt hängt er voll drin. Die werden ihn nicht mehr aus den Augen lassen.«

»Kann die Kommandantur was machen?«

»Vielleicht kriege ich einen Geleitschutz nach Italien hin.«

»Er wird es erst reparieren wollen.«

»Kann er ja hier machen.«

»Ist er hier sicher?«

»Wir werden heute vierzig Polizeistreifen auf der Insel haben, die nach dem Mercedes suchen. Da werden sich die anderen ganz schön verkrümeln.«

»Polizei! Wir sind auf dem Meer von der Küstenmiliz kontrolliert worden und sie haben eine Wanze dagelassen.«

»War das wirklich kroatische Milicija? Hast du sie gesehen?«

»Das Schiff schon. Sah ganz so aus.«

»Fachsimpelei unter Exekutivbeamten«, dachte Claudius. Er hatte die Begriffe *Policija* und *Milicija* verstanden, während er Tassen und Teller auf den Tisch stellte.

Petar brauchte keine Krücke, um über Deck zu gehen. Aber er hielt sie trotzdem unter der Achsel, als er auf Claudius zu kam. Der Skipper war hinausgestiegen und hatte die beiden angesprochen: »Frühstück ist fertig. Wollt ihr kommen?«

Petar hielt ihm die rechte Hand hin und sagte *»Petar Brendijlkovic. Dobrodosao u Hvratsku Republiku.«*

»Claudius Kettermann. *Dobar dan.* Wir haben ja schon miteinander telefoniert, nicht wahr?«, erwiderte Claudius und reichte ihm die Hand.

»*Da.* Telefoniert. *Da.* Ich wenig gutt Deutsch als Vanja«, radebrechte Petar und fuhr fort: »Danke für Vanja kann sein auf Ihr Schiff.«

»Gern geschehen. War eine schöne Überraschung.«

»Was?«

»*Iznenadenje*«, übersetzte Vanja und verzog die Lippen zu einem bescheidenen Lächeln.

Petar grinste. Er zeigte auf Vanja und sagte: »Wie ähm … *riba* wie Fisch.« Er ahmte mit der Hand einen schwänzelnden Fisch nach.

»Ja, wie ein Delfin. Klug!« Claudius tippte sich mit dem Finger an die Stirn.

»*Da delfin! Ah. Pametan! Da.*« Er schickte eine lustig meckernde Lachsalve hinterher und strich zärtlich Vanja über den Arm. Vanja lächelte verschmitzt und wandte sich dem Niedergang zu.

»Schlimm?«, fragte Claudius und deutete auf Petars Bein.

»Nix schlimm. Loch in Fleisch. Wieder gut sehr, ähm, sehr schnell.«

Als Vanja hinunterkletterte und Petar die Krücke abnahm, knatterte ein Motor auf der Pier. Claudius wandte sich um. Fahrzeugverkehr war auf der Pier eigentlich untersagt. Ein Roller mit zwei Burschen besetzt schepperte vorbei, fuhr elegant Slalom zwischen den beiden Polizeistreifen, die in zwanzig Meter Abstand vom Heck der *Amica* patrouillierten. Claudius erkannte die Rollerbesatzung. Der picklige Kerl aus dem Hotel fuhr die silbermetallic glänzende Maschine und sein schlaksiger Freund saß hinten drauf. Sie wendeten, kamen noch mal vorbei und verschwanden in der Gasse neben der Markthalle. Der Sozius wandte sich noch in der Kurve um. Er musterte die Yacht.

Es war ein Blick, den Claudius nicht mochte. Ganz und gar nicht. Eine Art von Neugierde, die ein ganz bestimmtes Signal in ihm wachrief.

Als er in die Messe hinabkam, schenkte Vanja Tee ein. Claudius nahm Platz und säbelte sich ein Brötchen auseinander. Er versuchte Petar zu erläutern, wie er es erlebte, als Vanja an Bord kam. Und sein »Missverständnis« von Silba, und die Polizeikontrolle, und die Auswertung der Papiere. Das mit dem Bootshaken vergaß er. Vanja auch. Aber Claudius beschlich das Gefühl, dass Petar ohnehin schon Bescheid wusste.

Vanja berichtete Claudius, die Unterlagen befänden sich nun bei dem Arzt, der Petar versogt hatte. Dort seien sie sicher. Der Skipper versicherte, er wolle auf schnellstem Wege kroatische Gewässer verlassen. Petar zog die Augenbrauen hoch.

»Allein mit Schiff?«, fragte Petar.

»Willst du mitkommen?«

»Ich mit auf Schiff? *Rado!* Aber leider. Geht nicht. Aber du allein ist nix gutt.«

»Petar meint«, mischte sich Vanja ein, »die Leute von dem Boot letzte Nacht würden keine Ruhe geben.«

»Kennt er sie?«

Petar stellte die Tasse ab und sah ihn an. »*Ne*. Problem. Leider. Wir nicht wissen genau ...« Er blickte Hilfe suchend zu Vanja.

Sie übernahm die Erläuterung. »Hier fahren Boote aus Italien herum. Liegen wochenlang in Biševo.«

»Biševo? Die kleine Insel vor Vis?«

»Ja, mit blauer Grotte, wie Capri. Soll sehr schön sein ...«

»Ich kenn sie bloß von der Seekarte. Wollte schon immer mal hin.«

»Ist nicht ganz klar, was die dort wollen. Die Leute geben sich als Touristen.«

»Biševo?«, mischte sich Petar ein. »*Malo sumljivo*. Policija okay, verstehen? Fremde da aus Italia mit Boot.«

Claudius nickte, Verwunderung und Verständnis zeigend. Er fragte Vanja: »Kennt er den Oberst und den TNO?«

»Den TNO natürlich. Aber der ist eigentlich schon abgeschafft. Mit dem Oberst ist er sogar irgendwie verwandt. Hat ihn aber seit zwanzig Jahren nicht mehr gesprochen.«

»Saubere Verwandtschaft.«

Petar grinste und schob das letzte Stück des Brötchens in den Mund. Claudius nahm an, dass er den Sinn nicht verstanden hatte, und war froh darüber. Er fuhr fort: »Was soll ich jetzt machen?«

»Hör mal. Es ist ihm wahnsinnig peinlich, dass dein Schiff hier in Kroatien von diesen Gangstern beschädigt wurde. Er will den Schaden ... wie sagt man in Deutsch ... ?«

»Vergiss es, Vanja. Die zwei Löcher mach ich selber dicht. Ich hab alles dabei.«

»Aber lass dir von ihm helfen. Irgendwie. Kroaten sind stolz.«

»Gern. Aber wie?«

»Er will dir einen Geleitschutz besorgen.«

»Was? Wie soll das denn aussehen? Eine Eskorte der kroatischen Marine?«

»Küstenmiliz.«

»Die mit den Wanzen? Damit jeder genau weiß, wo ich hin segle? Nein danke. Ich komm schon klar.«

»Claudius, egal was die auf der *Amica* suchen, die wollen Rache. Die sind unberechenbar.«

»Eben. Das wird eine Eskorte nicht ändern. Ich verdufte lieber nachts ungesehen und gehe erst wieder in Malta oder Zypern in einen Hafen. Die können lange suchen, das versprech ich dir.«

»Die werden lang suchen, das versprech *ich* dir!« Vanja sah ihn besorgt an. Ihre Blicke trafen sich. Ihre strahlende Entschlossenheit wies einen Schatten auf. Eine intensive wechselseitige Kommunikation entspann sich in kaum wahrnehmbarer Zeit. Vanja nahm seine Wehmut auf, und er bekam eine Portion Entschlusskraft ab.

»Okay. Ich bleibe erst mal hier und repariere den Bug. Dann werden wir weiter sehen«, entschied er.

»Gut. Und Petar geht mit dir zum Hafenkommandanten, um dich anzumelden. Er sagt, du bist sein Gast.«

Das Gesicht des Skippers hellte sich auf. »Oh, das ist ein feiner Zug von ihm.« Er nickte Petar freundlich zu. »Bleibst du inzwischen an Bord?«

»Ich wollte eigentlich ein paar Sachen besorgen, zum Anziehen. Wir werden heute Abend nach Split zurückfahren. Die Mutschler muss ja schließlich irgendwann mal wieder auftauchen.«

Der Skipper verschluckte sich. Stellte die Tasse ab und hustete, schlug sich auf die Brust.

»*Oh bože. Was ist mit ihm?*«, rief Petar und klopfte Claudius auf den Rücken. Der Hustenreiz schüttelte den Skipper. Er hustete, als wollte er sich von seiner Seele trennen. Sein Gesicht rötete sich. Vanja starrte ihn erschrocken an. Langsam beruhigte sich der Anfall. Claudius wischte mit dem Handrücken über seine Augen.

»Musst du?«, krächzte er und sah sie aus tränengefüllten Augen an. Mitfühlend erwiderte sie seinen Blick und sagte, absichtlich im gleichen sachlichen Tonfall wie bisher: »Wir sind hier auf den Inseln. Du bist der Seemann.« Sie wandte den Blick zu Petar und fuhr fort: »Wir bleiben zurück.«

Petar grinste sie freundlich an und nickte dann Claudius zu. »*Idemo*«, sagte er und erhob sich.

Wellenschlag erfasste die *Amica*. Sie schaukelte sanft und majestätisch. Eine Welle schlug gegen den Bug. Claudius stand ebenfalls auf und sah durch das Seitenfenster des Salons. Der Trawler lag noch da, aber er spiegelte sich nicht mehr klar. Das Wasser war aufgewirbelt. Im Hafenbecken drehte vor dem Bug des Kutters eine große, im Sonnenschein blendend weiße Motoryacht. Ihre klassischen Linien beeindruckten Claudius. Als Vanja seinen Gesichtsausdruck wahrnahm, sprang sie auf. Schließlich starrten alle drei auf das Boot. Aber nur Vanja und Claudius wurden bleich um die Nase.

Zwei Männer in Zivil, etwa dreißig Jahre alt, lehnten auf dem Achterdeck der Yacht an der Seereling. Graue T-Shirts, Blue Jeans, Baseballkappen auf dem Kopf, Sonnenbrillen. Einer hielt eine Trosse in der Hand, der andere machte sich eben bereit, an Land zu springen. Auf der Flybridge stand ein dritter Mann, ebenfalls etwa dreißig Jahre alt. Schwarze Sonnenbrille und kurzes blondes Haar. Er trug das gleiche graue T-Shirt wie die beiden auf dem Achterdeck. Als die Yacht in Rückwärts-Position kam, war der Schriftzug auf dem Rücken seines T-Shirts deutlich zu lesen. Er lautete wie die großen Messingbuchstaben am breiten Heck des Bootes: »Bella Adria«.

Langsam schob sich das Schiff jenseits des Kutters an die Pier. Die Ankerkette rasselte aus der Klüse. Dann verschwand der weiße Rumpf hinter dem schwarzgrünen des Fischtrawlers.

36

Okay, ich bleibe an Bord«, entschied Vanja und begann den Tisch abzuräumen. »*Das ist das Boot von Oberst Gerlan. Als wir es in Silba sahen, waren die Leute in Kampfuniform*«, klärte sie in Kroatisch ihren Freund Petar auf.

»*Sollen wir ihn festnehmen?*«, fragte Petar.

»*Ich weiß nicht, ob er an Bord ist*«, antwortete sie. »*Um das Schiff zu betreten, brauchst du einen Beschluss, oder nicht?*«

»*Pah. Bürokratie! Wenn er eine illegale Armee betreibt …*«

»*Ich weiß nicht, ob sie illegal ist. Er kennt meinen Metzgerboss …*«

Petar zog ein kleines Funkgerät aus der Tasche. Nach einem professionell geführten, knappen Gespräch verabschiedete er sich und steckte das Funkgerät wieder in die Uniform zurück. Mit einem überlegenen Lächeln strahlte er Claudius an und stieg ins Cockpit hinaus. Der Skipper nahm die Schiffspapiere aus dem Kartentisch und folgte ihm.

In herrlichem Schein der Novembersonne glänzte die alte Stadt. Schwarze Schlagschatten zeichneten die venezianischen Bögen, Simse und Balkonetten auf die Fassaden. Es war warm, die Luft roch nach jener typischen Mischung, die nur hier in Dalmatien so intensiv zu existieren schien: Pinienholz, Lavendel und Seeluft. Die Glocke vom Kirchturm des Franziskanerklosters schallte etwas blechern über den Hafen. Die volle Stimme der Domglocke aus dem romanischen Kampanile über den Dächern der Altstadt fiel mit ein.

Durch das Netzgeschirr des Trawlers hindurch entdeckte der Skipper die beiden Polizeistreifen. Sie standen am Heck der *Bella Adria* und sprachen mit den zwei Besatzungsmitgliedern, die das Boot festgemacht hatten. Es sah nach einer intensiven, freundschaftlichen Unterhaltung aus.

Petar humpelte zum Heck und stieg über die Gangway auf die Pier. Claudius folgte ihm.

Petar erwartete ihn ein paar Schritte weiter auf der Pier. »Policija hier schützen dich und Schiff«, sagte er und deutete auf die Stelle, wo die Gangway der *Amica* auf dem hellen Steinquader des Kais auflag.

Claudius lächelte dankbar und sagte: »Das wäre sehr gut. Ich muss das Boot reparieren, bevor ich weitersegle. Verstehen Sie?«

»*Da*. Ich sehen.« Er deutete auf seine Augen und dann zum Bug der *Amica*. »Kommen. Jetzt Kommandantura.« Behände hinkte er voran.

»Ein Draufgänger«, dachte Claudius. Bevor sie an der Markthalle um die Ecke bogen, blieb Petar stehen. Er sah auf den Kai zurück. Auch der Skipper wandte sich um.

Die beiden Polizeipatrouillen beschäftigten sich noch mit der *Bella Adria*. Jetzt stand ein drittes Besatzungsmitglied bei der Gruppe. Einer der Polizeibeamten im Kampfanzug hielt ein Papier in der Hand. Die *Amica* lag friedlich und wohl vertäut dreißig Meter weiter innen im Hafenbecken, jenseits des Kutters. Ihr schlanker Mast ragte elegant in den Himmel. Ihr Teakdeck und die geschwungenen Linien des Deckssprungs, das glänzende Steuerrad und das etwas provisorisch aufgetuchte Groß entlockten Claudius ein Lächeln. »Ich werde es nachher ordentlich auftuchen«, dachte er. Er warf noch einen Blick auf die See. Ein Schlauchboot mit Außenborder kurvte in die Hafeneinfahrt. Ein Mann und ein Kind, so schien es. Dann folgte er Petar zum schönen alten Gebäude der Hafenkommandatur.

In dem rauchigen Geschäftszimmer war Petar sofort der Mittelpunkt. Das war alles, was Claudius verstand. Das Getue um den Helden des Vorabends amüsierte ihn. Petar verlangte ein Anmeldeformular und drückte es dem Skipper in die Hand. Claudius begann es auszufüllen.

Erst als er das Knattern eines Motorrollers hörte, stieg ein unbestimmtes Gefühl in ihm auf. Er richtete sich auf. Aber das

Fenster dieses Geschäftszimmers ließ keinen Blick auf den Hafen zu.

Petar bemerkte seine Unruhe. Er wandte sich an ihn: »*Capitano, momento.*« Er wies einen jungen, hochgeschossenen Beamten an, die Anmeldung zu bearbeiten. »*Ja ču platiti*«, fügte er hinzu und deutete auf sich selbst. Er sah Claudius an und zwinkerte mit dem rechten Auge. Der junge Polizist kam zu Claudius an den Tresen. Aus dem schmalen Gesicht des Jünglings leuchteten blaue Augen und Augenbrauen, die so blond waren wie sein kurzes Haar. Er legte einen Meldeblock vor sich hin.

Claudius reichte ihm den Bootsschein. Artig bedankte sich der junge Mann und begann, den Schein abzuschreiben.

37

Inzwischen hatte Vanja die Lebensmittel in die Kühlbox geräumt. Weil die HK23 im Gürtel drückte, hatte sie die Waffe wieder unter den Schinken gelegt. Sie hatte das Radio angestellt, um Unterhaltung zu haben, während sie abwusch. Aber von den Neun-Uhr-Nachrichten bekam sie nur noch den Wetterbericht mit: Nach dem Abklingen des Schirokko sollte es in den nächsten Tagen ruhig und sonnig bleiben. Gute Sicht, Wind aus West mit Stärke drei bis vier.

»Ideal«, dachte sie. »Es würde eine Lust sein, mit der *Amica* weiter die Küste entlang nach Südosten zu gondeln.« Das Radio dudelte weiter, während sie die gespülten und abgetrockneten Teller und Teebecher in das Schapp ganz rechts oben in der Pantry räumte.

Als sie das Schapp schloss, sah sie mit einem Mal die samtenen braunen Augen vor sich. Es war, als würde Claudius jeden Moment aus der Achterkabine kommen und am Kartentisch Platz nehmen. Er würde ihr einen jener Blicke zuwerfen, mit denen er Anerkennung ihrer Person mit tiefer Geborgenheit in seiner Zuneigung verband.

Nein. Er wird das Schiff reparieren und morgen oder übermorgen die Leinen lösen, den Anker hochwinden und den Bug allein nach Südosten richten. Petar würde ihn überwachen lassen. Aus der Distanz. Er würde es gar nicht bemerken, hat Petar gesagt. Aber nah genug, um sofort zur Stelle zu sein. Petars gute Verbindungen hier im Süden! Sie waren Gold wert. Wenn nur das Biševo-Problem gelöst werden könnte.

Sie wischte den Tisch ab und danach die Arbeitsfläche der Pantry. »So ein Boot ist ein richtiger Haushalt«, dachte sie. Vanja überlegte, ob sie den Salon fegen sollte. Sie hörte das bohrende Knattern eines Außenbordmotors, aber sie nahm es nicht wirklich wahr. Stattdessen konzentrierte sie sich auf ihre Suche nach einem geeigneten Besen. *Amica* wurde wieder sanft gewiegt. Der Außenborder verstummte.

Das vorliche Bad nutzte der Skipper auch als Stauraum für Putzutensilien. So viel hatte sie mitgekriegt. Tatsächlich fand sie dort einen Besen. Er war mit einem Ersatz-Decksschrubber, einem Teppichklopfer, einer zweiteiligen Angelrute, einem grünroten Sonnenschirm und einem Ersatz-Teleskop-Bootshaken zusammengebändselt. Es dauerte, bis sie ihn losbekam.

»Länger nicht mehr gefegt«, dachte sie. »Länger-nicht-mehr-gefegt«, sagte sie lächelnd halblaut auf Deutsch und wunderte sich, dass sie wieder Deutsch gedacht hatte. Sie nahm den Besen endlich aus dem Nassraum, nicht ohne vorher im Spiegel ihr Aussehen überprüft zu haben. Sie vermisste ihr Make-up. Die energisch geschwungenen Augenbrauen kamen zu wenig zur Geltung, fand sie. Und die Lippen wirkten etwas blass.

Es war ihr nicht sofort klar, warum ihr Puls begann, schneller zu schlagen, als sie Schritte auf dem Achterdeck vernahm. »Er ist wieder zurück«, war ihr nächster Gedanke. Sie schloss die Nasszelle und wandte sich zur Messe.

Die Kühlbox erreichte sie nicht mehr. Der Mann mit den schulterlangen Haaren stand bereits im Salon, beugte sich über den Kartentisch zur Schalttafel und legte den Batterieschalter um. Er hatte erledigt, was er wollte, als Vanja mit dem Besen in der Hand aus dem Vorschiffsflur in die Messe trat. Offenbar hatte er nicht mit ihr gerechnet.

»*Oh, nobel, hier gibt's eine Putze*«, spottete der Typ. Sein Schreck, ertappt zu sein, war unübersehbar. Er ging auf Vanja zu. Er war immer noch überrascht. Das war ihr Vorteil.

»*Wollen Sie helfen?*«, gab sie schnippisch zurück. Von da an lief alles sehr schnell, fast automatisch. Natürlich hatte sie den Fremden sofort als jemand eingeschätzt, der hier völlig fehl am Platz war. Jemand, der sich nicht verlaufen hatte und kein dreister, neugieriger Segelschiff-Freak war, der sich die Frechheit nahm, eine hübsche Segelyacht ohne anzuklopfen von innen zu beschnuppern. Nein.

Als er nah genug war, rammte sie ihm den Besenstiel in die Magengrube.

Der Typ war einen halben Kopf größer als sie und ziemlich breit gebaut. Seine wuschelige, strähnige dunkelblonde Mähne fiel nach vorn, als er sich vor Schmerz krümmte. Ein verzerrtes Gesicht stierte sie aus dem gesenkten Kopf von unten her an. Graublaue Augen, die vor Wut, Zorn und Schmerz tränten. Der Mann ächzte.

Er erwischte den Besenstiel und riss mit der ganzen Gewalt seines Körpers daran. Vanja brauchte nur loszulassen, und der Fremde ging rücklings zu Boden. Sie sprang auf das Sofa und versuchte, um den Tisch herum zum Niedergang zu gelangen. Als sie auf den Polstern stand, wurde ihr bewusst, dass die Maschine lief.

Der Fremde rappelte sich behände auf, und ehe Vanja den Niedergang erreichen konnte, stand er davor. Sie griff sofort an.

Ihre rechte Ferse traf seine linke Brustseite. Sie glaubte ein leises Knacksen gehört zu haben, was ihrer Energie neuen Schwung gab. In den Gang vor der Pantry zurückweichen und nach dem Deckel der Kühlbox greifen war eins. Der Kerl presste einen unterdrückten Schrei heraus und stürzte sich auf sie. Es blieb keine Zeit, hineinzugreifen.

Sie empfing ihn mit dem linken Knie. Der Deckel der Kühlbox fiel wieder zu. Sie ließ sich auf den Rücken zurückfallen und schnellte wie eine Stahlfeder mit beiden Beinen voraus hoch. Mit Wucht traf sie seine rechte Schulter. Er taumelte rückwärts gegen die Ecke der achterlichen Nasszelle. Vanja fiel rücklings auf den Kirschholzboden, zog die Beine an, rollte zurück und kam mit dem vorlichen Schott im Rücken wieder zum Stehen. Gleichzeitig hörte sie, wie die Ankerkette über die Winsch lief.

Warum war der Kerl nicht bewaffnet? Warum benutzte er keine Pistole? Fieberhaft fetzte der Gedanke durch ihr Gehirn. Kein Lärm! Kein Aufsehen hier im Hafen! Sie musste ihre HK23 erreichen. Und die Schalttafel am Kartentisch, die Ankerwinsch! Aber als sie die Pantryzeile entlang lief, war auch der Angreifer wieder auf den Beinen.

Seine Wut schien den letzten Damm gebrochen zu haben. Er stürzte sich auf Vanja und bekam ihren rechten Fuß zu fassen, mit dem sie ihn am Hals getroffen hatte. Er drehte ihr Bein mit unglaublicher Gewalt. Sie schrie vor Schmerz auf.

»*Tih!*«, zischte er. »*Halt's Maul, du Ratte!*«

Der Anker plumpste in sein Lager am Bug. Jemand gab der Maschine Gas.

»*Ich bring dich um, du geile Sau*«, stieß der Eindringling hervor.

Vanja fiel. Der Fremde stolperte über den Besen, fiel über sie, lag schwer auf ihr im engen Durchgang vor dem vorlichen Schott. Sie brüllte um Hilfe. Aber schon nach der ersten Silbe lag eine fleischige Pranke auf ihrem Mund.

Ihr war nicht klar, was der Typ mit seiner anderen Hand machte. Er fummelte irgendwo an sich herum, während er sich mit seiner Linken auf ihren Mund stützte. Sie trommelte gegen seine Brust. Offenbar hatte er eine gebrochene Rippe, denn er zeigte Schmerzwirkung, wenn sie auf die linke Brustseite schlug. Als seine Rechte wieder in ihr Blickfeld kam, umklammerte seine Faust ein Stilett, ein Kampfmesser mit schwarzer Klinge, fast einen Fuß lang. Er setzte ihr das Messer an die Kehle und flüsterte: »*Ein Laut und du bist hinüber!*«

»*Was wollt ihr mit dem Boot? Ihr kommt nicht weit.*«

»*Das ist unsere Sorge. Sag, wo der Stoff ist, aber schnell!*«

Vanja hatte mit vielem gerechnet, aber nicht damit. Hatte Claudius …? Die samtenen, tiefen braunen Augen. Hatte der was mit Stoff, mit verdammten Drogen am Hut?

Der Fremde richtete sich auf, wobei er die Hand mit dem Messer schwer auf ihren Brustkorb stützte.

»*Ich hab keine Ahnung, verdammte Quadratscheiße. Ich bin erst zwei Tage auf dem Boot.*«

»*Das ist mir völlig egal, du Luder. Ich werde dir mal eine Kostprobe geben, dann sagst du ganz schnell, wo das Zeug ist. Und wenn du drauf gehst, auch egal. Wir zerlegen den Kahn sowieso!*«

Er packte ihr linkes Handgelenk und rammte die Klinge in ihren Oberarm. Sie schrie auf. Seine Pranke patschte auf ihren Mund und erstickte ihren Schmerzensschrei. Er zog das blutige Messer zurück. Blut quoll aus der Wunde, rann über ihre hellblaue Bluse. Das Gewebe sog es auf. Auf dem Kirschholzboden bildete sich rasch eine ständig ausufernde Blutpfütze. Er wischte das Messer an ihrer Bluse ab.

»*Vierundzwanzig Kilo Rohkokain. Ihr glaubt doch nicht, dass wir euch das Zeug kampflos überlassen. Wo ist es?*« Er lockerte seinen Griff über ihrem Mund.

»*Au, au, Scheiße, Quadratscheiße*«, wimmerte Vanja. »*Was faselst du für einen Quatsch?*«

»*Vierundzwanzig Kilo! Wo ist das Zeug?*«

»*Ich hab kein Koks. Keine Ahnung.*«

»*Die haben es aus dem Wagen von dem Ungarn, dann auf das Boot, dieses Scheiß Motorboot nach Silba und dort habt ihr es abgeholt. Wir wissen alles. Verkohl mich nicht. Also, mach's Maul auf. Wo ist der Stoff?*«

Sie glaubte in einen Abgrund zu blicken, einen gähnenden Abgrund, der sie unaufhaltsam in die Tiefe sog. Wieso war sie so auf Sprengstoff fixiert gewesen? Die drei Kübel Wandfarbe waren also doch in dem beschissenen BMW dieses idiotischen Ungarn gewesen. Aber nicht mit Sprengstoff, sondern mit Rohkoks gefüllt. Vierundzwanzig Kilo, ein Millionenwert in Deutschmarks, Dollars, Euros, völlig egal. Deshalb keine Renovierung.

Ihr Arm schmerzte. Es war die Hölle. Sie fühlte, wie sie von einer ungeheuren Hilflosigkeit geschüttelt wurde, wie Tränen hemmungslos ihre Augen überfluteten

»*Ihr seid total falsch informiert.*« Sie zwang sich, sachlich zu reden. »*Wir haben keinen Stoff. Da müsst ihr euch an den Oberst wenden.*«

Der Kerl schlug ihr ins Gesicht. »*Du willst mich verkackeiern, du Scheißzicke. Ich hab eine andere Idee.*«

Er angelte ein Küchentuch von der Herdreling, wickelte es Vanja um den Oberarm und verknotete es stramm. Dann drehte er sie brutal auf den Bauch. Ihr Gesicht landete mitten in der Blutlache. Die Flüssigkeit drang zwischen ihre Lippen. Ihr eigenes Blut. Kaltes Blut. Er presste ihr die Arme auf den Rücken, hielt sie eine Weile mit einer Hand fest, während er mit der anderen irgendwo herumgruschte. Schließlich umwickelte er ihre Unterarme mit breitem Klebeband. Vanja bemerkte, dass er aufstand. Er zerrte sie an den Armen hoch und fuhr sie an: »*Los, hoch verdammt.*« Sie kam auf die Beine. Er riss das Schott zum Vorschiff auf und stieß sie hinein. Sie stolperte den Flur entlang an der Nasszelle vorbei. Prallte mit dem Kopf gegen die Tür zur Vorschiffskabine. Er griff an ihr vorbei und öffnete auch dieses Schott. Versetzte ihr einen Stoß. Sie fiel auf das halbhohe Bett und nutzte die Bewegung zu einem kräftigen Tritt mit beiden Beinen. Sie traf seine Brust und er taumelte zurück, fing sich am Rahmen des Schotts.

»*Das machst du kein zweites Mal, Süße*«, zischte er.

Vanja robbte in die vorderste Ecke der Liegefläche. Das Küchenhandtuch war längst blutgetränkt. Sie zog eine dunkelrote Spur über das Bett. Mit angewinkelten Beinen hockte sie zitternd im schmalen Ende der Kabine, am Fußende ihres Bettes. Sie schauderte, dachte an ihre Mutter, sah ihr sorgendes Gesicht, dazwischen Filmbilder, abscheuliche Szenen, und ihn. Wo ist er bloß, was macht er so lange. Petar, Skipper. Sie versuchte klare Gedanken zu fassen, Einzelheiten wahrzunehmen.

Der Fremde hatte das Messer auf die kleine Anrichte neben dem Kleiderschrank gelegt. Er nestelte an seiner dreckigen Hose herum, öffnete sie. Endlich rutschte sie. Er war erregt.

Vanja scannte mit den Augen den gesamten Raum ab nach einer Möglichkeit, einer Chance, den nächsten Minuten auszuweichen, diesem entfesselten Monster zu entkommen. Die Luke in der Decke war geschlossen. Die einzige Fluchtmöglichkeit. Um sie zu öffnen, brauchte sie beide Hände. Dieses verdammte Klebeband.

Er krabbelte auf das Bett, griff nach ihren Beinen. Sie täuschte mit dem linken Fuß eine ausholende Bewegung an. Er griff danach. In dem Moment setzte sie blitzschnell ihren rechten Fuß ein. Die Ferse traf hart seinen linken Backenknochen.

»Hau ab, du Arsch«, kreischte sie. *»Ich hab keinen Stoff! Ich bin Staatsbeamtin, Polizei!«*

Er rieb sich die Wange. *»Verdammte Zicke«*, zischte er. Er fing ihr rechtes Bein, hielt beide in eisernem Griff umklammert und erwiderte: *»Polizistin. Total geil, ich werde dir zeigen, wie man eine Polizistin vögelt, komm, Kleine.«* Er zog sie an beiden Beinen zu sich, griff nach ihrem Hosenbund, riss ihn auf, langte nach dem Messer, stach in den Schritt der Hose und schlitzte ihn bis zum Gesäß auf. Dann zerfetzte er den Schlüpfer. Ihre kastanienbraune Scham bebte wie der ganze Körper.

»Nein, Hilfe, Hilfe, verdammt Scheiße, hau ab!«, schrie sie verzweifelt. Ihr Körper bäumte sich auf. Er zog sie näher zu sich, warf sich auf sie, drang mit wilden, brutalen Stößen in sie ein wie ein Tier.

Tränen überschwemmten ihre Augen, strömten über ihre Wangen. *»Das wirst du büßen, du Schwein, das wirst du büßen, du verdammtes Schwein, das wirst du …«*

»Hey, Taco, Taco, verdammt noch mal, was machst du? Hast du's gefunden?« Eine sonderbar kreischende Stimme krächzte von draußen. Der Typ, der Taco gerufen wurde, atmete brünstig, ächzte, packte Vanjas Kehle und würgte sie. Vanja spürte, wie er in sie stieß und sich endlich ergoss.

Sie bekam keine Luft, röchelte. Ihre Kindheit. Sie sah ihre Kindheit, die Cousins und Cousinen am blauen Attersee, die treuherzige Lehrerin, Mutter, die sorgende Mutter in Tränen, als Vanja damals einfach mit Freunden über Nacht weggeblieben war, ohne Bescheid zu sagen. Vater mit seiner Glatze und den zwinkernden Augen, dem schiefen Eckzahn, Josip, Petar, oh Petar! Liebster, entschiedener, stolzer Petar, wo bist du? Der Skipper mit den tiefen Augen und den weichen Zügen, den verführerischen Mundwinkeln. Verschwunden. War das nun das Ende? War das alles? Atmen, atmen!

Wie ein Tonnengewicht lastete der Kerl auf ihr. Dennoch zuckte ihr Körper unter heftigem Schluchzen. Sie heulte hemmungslos. Der Griff um ihren Hals lockerte sich.

»Hey, Taco, komm hoch, verdammt noch mal!«

Taco brüllte: »*Ja, ich komme!*« Er rutschte von dem Bett, zog seine Hosen hoch und verschwand im Flur.

Vanja winkelte die Beine an. Das Schluchzen schüttelte sie. Sie versuchte sich zu konzentrieren. »Nicht aufgeben, Vanja«, sagte sie sich vor. »Nicht aufgeben. Töte den Kerl, quäle ihn, quäle ihn in die Hölle!«

Sie hörte das Spülen der Wellen am Bug, presste das Gesicht in die Polster und schluchzte unaufhörlich, die Hände auf dem Rücken gefesselt. Langsam kam sie zu analytischem Denken zurück. Vor Schmerz und Empörung hatte sie jeden Zeitbegriff verloren. Sie hatten also die *Amica* entführt. Eine dumme, dreiste Tat. Die Insel wimmelte nach der Schießerei vom Vortag in Stari Grad von Polizei. Das mussten sie wissen. Petar und Claudius konnten jeden Moment zurückkehren. Es wäre eine Sache von Minuten, dass Polizeiboote der *Amica* nachspürten, sie einholten, die Beamten an Bord kämen und die Täter festnähmen. Wann?

Vanja versuchte den Ablauf nach Zeit zu rekonstruieren. Sie erinnerte sich an den Anker. Ein neuer Weinkrampf schüttelte sie. Wie durch einen Schleier von Tränen und Hilflosigkeit versuchte sie, genauere Gedanken zu fassen, Konturen ihrer Situation zu denken.

Wie lange mag sich ihr Kampf hingezogen haben? Fünf Minuten? Wie lange lag sie in ihrem Blut? Sie kam auf zusammen fünfzehn Minuten. Sie erinnerte sich an die Berechnungen des Skippers. Bei hoher Fahrt legte *Amica* in der Stunde acht Meilen zurück. In fünfzehn Minuten also zwei Meilen. Wann werden sie außer Sicht geraten oder aus dem Bereich des Küstenradars? Wann würde die Entführung entdeckt werden? Wann die Stunde der Rache anbrechen?

38

»*Uzavalu! Hajde idemo!* Komm mit, wir fahren.« Petar wollte unbedingt den Mercedes selbst in Augenschein nehmen. Er war ganz aus dem Häuschen. Endlich war der entscheidende Anruf eingelaufen. Der graue Mercedes stand in Zavala.

Der junge blonde Beamte hatte die Anmeldung längst ausgefüllt. Petar hatte ihm erklärt, dass der Skipper allein auf dem Boot sei. Und dass er, Kapetan Petar Brendijlkovic, selbst für die Liegegebühr aufkommen würde. Und er hatte den Dienststellenleiter gebeten, eine Doppelstreife auf den Kai zu schicken, um die *Amica* zu bewachen. Der hatte das zwar zugesagt, aber irgendwas Bedauerndes hinzugefügt.

Übersetzt hatte dem Skipper das alles der junge Beamte, der vor ihm am Tresen stand. Er sprach besser deutsch als Petar.

»*Dann können wir den Hubschrauber wieder abblasen*«, tönte einer der Beamten. Es war ein untersetzter kräftiger Mann mit vollem pechschwarzem Haar und dunklen Augen. Er saß an dem Schreibtisch unterhalb der Karte. Vor seinem breiten fleischigen Gesicht mit starken Augenbrauen hielt er eine zierliche Kaffeetasse in seiner kräftigen Hand. Alle wandten sich ihm zu.

»*Nee, nee, Stepan. Erst müssen wir die Leute haben*«, widersprach der Dienststellenleiter energisch. »*Lass die Luftjungs nur kommen.*«

»Worum geht es?«, hatte Claudius gefragt.

»Wir suchen die Insel nach den zwei Leuten von gestern Abend ab. Den Fahrer von dem Mercedes und dem Beifahrer. Das machen Hubschrauber«, hatte ihm der Junge aufgeregt erzählt. Dann war Petar zu ihnen getreten. Er hatte Claudius mit an die Karte genommen und ihm gezeigt, wo man den Wagen gefunden hatte. Zavala lag im Süden der Insel.

»Nach Zavala fahren? Jetzt?«, fragte Petar.

Claudius schüttelte den Kopf. Er sah den jungen Beamten Hilfe suchend an. »Können Sie ihm übersetzen, bitte?«, fragte er ihn. Er nickte. »Ich muss das Schiff reparieren. Und ich muss noch einiges einkaufen. Frische Sachen, Gemüse, Obst.«

Petar war sofort einverstanden. »Ich kommen eine und halbe Stunde, ja? Ich kommen zu Schiff, Hafen, eine und halbe Stunde. Okay?« Er deutet dabei auf seine Armbanduhr.

Damit war der Skipper entlassen. Er nahm seinen Bootsschein, steckte ihn in die Brusttasche seines Hemdes unter dem Pullover und verdrückte sich ins Treppenhaus. Vor der Haustür blieb er einen Moment stehen.

Der Roller stand immer noch da. Neben der Kreuzung lehnte ein jüngerer Mann an der Hauswand und rauchte. Er trug ein schwarzes Baseballcap, einen braunen Lederblouson und verwaschene Jeans. Die Augen verbargen sich hinter einer modischen eckigen Sonnenbrille. Claudius war, als hätte die Hand mit der Zigarette kurz gezuckt, als der Mensch ihn entdeckte. Claudius ging die Gasse hinauf.

Das uralte Pflaster führte über flache Stufen. Der Mann mit der Baseballkappe sah ihm unverwandt entgegen. Claudius grüßte mit einem Kopfnicken und ging weiter. Er kam bis zu dem Haus, vor dem der Roller stand. Es war offenbar nagelneu renoviert. Eine nussbaumfarbene Haustür mit massivem Messing-Klopfring, der einen Löwenkopf zeigte.

»Sieh da, der venezianische Löwe ist allgegenwärtig«, murmelte der Skipper vor sich hin. Es stand kein Name an der Tür. Er blickte die Fassade hoch. Im ersten Stock war ein Fenster nur angelehnt. »Was soll's«, dachte er und schlenderte weiter.

Einem plötzlichen Einfall folgend, machte er nochmals kehrt. Der Mann ließ die Zigarettenkippe fallen und wandte sich eine Spur zu auffällig ab. Es war offensichtlich: Er war im Begriff gewesen, Claudius zu folgen.

Rasch bog der Skipper an der Kreuzung nach links ab. Die Gasse, so stellte er sich vor, musste zum Hafen zurückführen. Nach der nächsten Ecke stieg sie leicht an. Claudius war irritiert. Er wollte zum Hafen hinunter, nicht den Stadthügel hinaufgehen. Er sah eine Abzweigung nach rechts. Hinter einem schlichten, aus Feldsteinen gemauerten Haus senkte sich das bucklige Pflaster tatsächlich. Es waren sogar breite Stufen eingelassen. Kein Wunder, dass hier Fahrzeugverkehr unmöglich war. Dennoch schepperte ihm Motorenkrach entgegen.

Er bog um die Ecke. Eine Betonmischmaschine auf zwei Eisenrädern stand auf halber Strecke zum Ende der Gasse. Vor zwei einander schräg gegenüberliegenden Häusern lagerten Sandhügel und Ziegelstapel. Das linke Haus war mit einem stählernen Rohrgerüst versehen. Die Rohre glänzten neu.

Aus diesem Haus trat ein Mann mit einem Jochprügel im Genick. An jedem Ende hing ein leerer Eiseneimer. Der Arbeiter in seiner mörtel- und staubverdreckten Latzhose stellte die Eimer vor der drehenden Mischtonne ab, rückte seine graue Filzkappe zurecht und fummelte eine Zigarette aus einer verdrückten Packung. Claudius sagte im Vorbeigehen: »*Dobar dan*«, und fügte fragend hinzu: »*Luka?*«

»*Dolje i desno*«, sagte der Arbeiter und deutete mit der Linken den Weg hinunter und einen Haken nach rechts.

»*Hvala*«, antwortete Claudius und bemerkte noch, dass der Mann sich die Zigarette anzündete. Als er wieder nach vorne sah, verlangsamte er instinktiv seinen Schritt.

Zwei Gestalten traten unten aus der Quergasse. Ein größerer, kräftiger junger Mann mit hoher Stirn und ein etwa gleich großer, schlanker mit spitzem Kinn und Brille. Beide trugen dunkelblaue Baseballcaps mit irgendeiner Reklame vorne drauf, gut sitzende Bluejeans und hellgraue Pullis mit einer gelben Aufschrift: »Bella Adria.«

Claudius wandte sich um. Der Typ mit dem Lederblouson war inzwischen schon fast bei der Betonmischmaschine angelangt. Claudius fühlte es heiß und kalt gleichzeitig in den Nacken kriechen: ein Kribbeln, ein haarsträubendes Kribbeln. Er fuhr sich mit der Hand entschlossen durch die Haare und ging weiter. Die beiden Leute mit den *Bella-Adria*-T-Shirts blieben stehen und sahen ihm entgegen. Als er an ihnen vorbeigehen wollte, traten sie ihm in den Weg. Er blieb stehen und sagte: »*Dobar dan.*«

Sie waren beide glatt rasiert und trugen ihr Haar sehr kurz. Den Größeren taxierte der Skipper etwa auf seine eigene Statur, wenn auch beträchtlich breiter. Ein rundes Gesicht, aus dem ihn graublaue Augen unter der hohen Stirn freundlich musterten. Der andere war schlanker, sehniger. Ein drahtiger Typ mit blauen Augen hinter den kreisrunden Brillengläsern und einer scharfen geraden Nase, deutlichen Backenknochen und dünnen Lippen.

»*Dobar dan*«, sagte der mit der Brille und fuhr in Deutsch fort: »Sie sind der Kapitän der *Amica*?«

»Ja, was heißt Kapitän. Sie ist mein Schiff. Was ist mit ihr?«

»Gut, gut. Keine Aufregung. Ganz ruhig. Wir müssen reden mit Ihnen. Kommen Sie.«

Claudius drehte sich hastig um. Der Typ mit der ledernen Bomberjacke war weg. Er spürte eine Berührung am rechten Oberarm. Der Größere fasste ihn an und sagte gewollt freundlich: »Bitte, nur kurz.«

Claudius schüttelte ihn ab und erwiderte: »Um was geht es? Wollen Sie was verkaufen?«

»Nein«, sagte der Kleinere. »Eher anders. Wir kaufen vielleicht.« Er lächelte zynisch. »Kommen Sie. Ist nicht weit.«

»Was soll das? Ich verkaufe nichts.«

»Müssen Sie auch nicht. Kommen Sie.«

»Ich habe überhaupt keine Lust. Ich muss zurück zum Boot.«

»Später«, sagte der Kleine und griff sehr entschieden nach dem linken Arm des Skippers. Der andere packte ihn am rechten. Sie schoben ihn die Gasse nach links weiter.

Claudius' Rückenmuskeln spannten sich. Er schüttelte sich frei, drehte sich um und begann, die Gasse zurückzurennen. Zurück zum Hafen, zur *Amica*. Schon nach dem dritten Schritt stolperte er über etwas. Es war der Fuß des Größeren. Claudius bemerkte es im Stürzen.

Er landete hart auf den abgeschlurften hellbeigen Steinplatten, fing aber den Sturz mit dem Handballen der rechten Hand und dem linken Ellenbogen ab. Von links schoss ihm ein stechender Schmerz den Arm hinauf. Er rollte sich nach rechts auf den Rücken und hielt sich das Ellenbogengelenk.

Die zwei standen über ihm. Beide lächelten bitter und boten ihm ihre Hände.

»Tut mir Leid«, sagte der Drahtige und fuhr fort, »bitte, nur kurz. Es ist wichtig, wirklich.«

»Worum geht es, verdammt noch mal? Mein Freund ist bei der Polizei und wartet auf mich.«

»Ich weiß. Und ihre Freundin auch, nicht wahr?

»Ja, verdammt. Nein.«

»Kommen Sie, bringen wir es hinter uns.« Die beiden bückten sich und rissen Claudius hoch, sodass er wieder auf die Beine kam. Eine Frau mit Kinderwagen und einem vielleicht dreijährigen Kind an der Hand bog in die Gasse ein. Das Kind deutete auf Claudius und rief: »*Mama, Papa!*« Die Frau lächelte kurz und zog ihren Sprössling an der Hand weiter.

»Bitte, was soll das?«, schimpfte Claudius laut. Die Frau sah ihn schnell an, wandte sich ab und ging rasch an der Gruppe vorbei.

»Es ist ja nicht weit. Komm jetzt«, sagte der Drahtige ebenso laut.

Sie schoben und zerrten Claudius die Straße hinauf. Nur hohe, dunkle Wohnhäuser säumten die Gasse. Sie bogen die nächste nach rechts ab. Auch hier wurde ein Haus renoviert. Hölzerne Gerüstteile lagerten gestapelt davor. Ein Sandhaufen und fünf Zementsäcke ließen nur einen schmalen Pfad zu der dunklen Öffnung, in der die Haustür fehlte.

»Da hinein«, kommandierte der Schlankere. Er ging voraus und zog Claudius am Ärmel hinter sich her. Claudius schüttelte ihn ab, sperrte sich.

»Verdammt, mach kein Scheiß.« Der Große schubste ihn in den dunklen Raum. Der Boden bestand aus Kies und Schutt. Es war eine Art Treppenhaus. Hölzerne Verschalungsteile für eine Betontreppe lagen rechts neben der Tür.

Die beiden Männer führten ihn den dunklen Flur entlang, öffneten eine quietschende Tür nach links in einen noch dunkleren Raum. Im schwachen Lichtschimmer erkannte Claudius auf dem dreckigen Boden aus Steinplatten zwei abgeschrammte Holzböcke, über die zwei Schalungsbretter gelegt waren und einen Tisch bildeten. Ein alter weißer Plastikstuhl leuchtete in verwegener Eleganz in der dunkelsten Ecke. Eine starke Bohle, über zwei leere gelbe Bierkisten gelegt, stellte Sitzgelegenheiten vor dem improvisierten Tisch dar. Leere Flaschen, zertretene Kippen und verbeulte Bierdosen kamen zum Vorschein, als sich seine Augen an die Dunkelheit gewöhnt hatten. Das einzige Fenster war mit Brettern vernagelt.

»Setz dich«, befahl der Drahtige. Der Große versetzte Claudius einen groben Stoß, sodass er zum Tisch hinstolperte.

»Was soll das, verdammt. Ich hab euch nichts getan.«

»Das kann man auch anders sehen.« Es war eine neue Stimme. Tief, rauchig, bestimmt und doch weich. Sie kam vom Eingang her. Claudius wandte sich um. Der Mann war mittelgroß und hielt sich imposant aufrecht. Seinen Schädel zierte eine borstige Bürste aus schlohweißem Haar. Ein ebensolcher Schnauzbart mit schwarzen Melierungen kennzeichnete das Gesicht. Eine feine gerade Nase und ein rundes Kinn ließen Claudius an die strenge Eigenwilligkeit seines Großvaters denken. Er wunderte sich, dass er den übrigen Körper kaum wahrnahm. Erst als sich der Neue auf den weißen Plastikstuhl niederließ, erkannte er die Lösung: Der Mann trug einen militärischen Kampfanzug in Tarnfarben.

»Machen wir es kurz«, sagte er. »Ich will wissen, wer Sie angeheuert hat.« Lupenreines Deutsch, dachte Claudius. Waren das blaue Augen unter den dünnen Augenbrauen?

Claudius erwiderte: »Wer sind Sie? Was bilden Sie sich ein, dass Sie mir solche Fragen stellen, mich kidnappen? Soll das Europa ein?«

»Europa! Mein Freund, in Europa passieren noch ganz andere Dinge. Bleiben wir bei der Sache: Wer hat Sie angeheuert?«

»So ein Quatsch. Niemand. Ich bin nicht angeheuert, zu nichts und für niemanden. Ich will ins südliche Mittelmeer und meine Ruhe haben.«

»Und diese Superagentin aus der Abteilung zwo ist Ihnen wohl zugeflogen.« Er räusperte sich, wie um mehr Energie in die Stimme zu bekommen. Tatsächlich legte er danach richtig los: »Erzählen Sie keine Märchen. Sie sind in Silba in ein Haus eingedrungen, haben Dinge gestohlen, die Sie im südlichen Mittelmeer bestimmt nicht gebrauchen können. Dinge, die sehr wichtig sind für uns hier in Kroatien. Also raus mit der Sprache.« Die Stimme hatte alle Weichheit verloren. Der Mann sprach im Bass, hart und scharf.

»Zugeflogen nicht. Zugeschwommen, aufgefischt mitten auf dem Kvarner.«

»Was?«

»Ich habe sie im Kvarner aufgefischt. Ihr Boot ist ... ähm, es ist gekentert.«

Der Alte lachte scheppernd. Gefährlich leise sagte er: »Wenn sie mich verscheißern wollen, muss ich Ihnen sagen, dass ich dafür keine Zeit habe. Sie arbeiten für einen dieser korrupten Scheißkerle, die dieses Land in den Ruin treiben, und jetzt will ich wissen, für wen.«

»Ich will Sie nicht verarschen, Mann. Ich bin in Urlaub. Ich arbeite für niemanden.«

Der Schlag raubte dem Skipper das Gleichgewicht. Er traf den rechten Unterkieferknochen und verursachte einen Höllenschmerz. Er schrie auf, stützte sich links mit der Hand auf der Bohle ab und hob die Rechte, um einen weiteren Schlag abzuwehren. Ein Licht flackerte im Raum auf. Schon war es wieder weg. Es hatte den Großen beleuchtet. Er stand nah vor Claudius. Der fühlte mit einer Hand einen feuchten Riss in seiner Wange. Er sah seine Finger an. Sie waren dunkelrot von Blut.

»Sollen wir noch mehr nachhelfen?«, fragte die Bassstimme aus dem Dunkel.

»Jetzt ist es aber genug«, schrie Claudius. Er schleuderte aus der sitzenden Position sein rechtes Bein hoch, sodass der Fuß mit Wucht im Schritt des Großen landete. Der krümmte sich augenblicklich jammernd. Der Skipper sprang auf die Beine. Er hörte die Schritte des Drahtigen auf der anderen Seite und empfing ihn aus der Drehung heraus mit einem schwungvollen Haken in die Magengrube.

»Aufhören«, brüllte die tiefe Stimme aus der Ecke. Der Skipper gewahrte einen rot glimmenden Punkt im Gesicht des Alten. Der Drahtige rang nach Luft, nahm dennoch Anlauf für einen Angriff. Wie ein altgriechischer Faustkämpfer streckte ihm der Skipper die Fäuste entgegen.

Der Gegner kam heran, Claudius hieb nach seinem Kopf. Der Mann wich zurück. Für einen Augenblick öffnete er seine Haltung. Panisch erinnerte Claudius sich an eine turbulente Schlägerei während seiner Militärzeit. Es war die letzte seither, in die er wirklich verwickelt gewesen war. Sie hatte stattgefunden auf dem Truppenübungsplatz am kalten Markt auf der Schwäbischen Alb in Deutschland. Der Gefechtsschießplatz wurde auch von französischen Einheiten genutzt. Die Verständigung war nicht immer einfach und uferte gelegentlich ins Nonverbale aus.

Auch damals war er abgedrängt worden. Allein stand er im Garderobenflur der Mannschaftskantine zwei grobschlächtigen bretonischen Bauernsöhnen gegenüber. Sie gehörten zu einer Eliteeinheit, deren Ehre von Lippen befreundeter Boches schon durch eine falsche Zuckung besudelt wurde. Mit einem simplen, aber brutalen Trick hatte er sich seinerzeit aus der Affäre gezogen. Jetzt sah die Situation ähnlich aus.

Er täuschte einen neuen Faustangriff vor und trat blitzschnell mit dem rechten Fuß hart und nachdrücklich gegen das linke Knie seines drahtigen Gegenübers. Dem Einknickenden rammte er schockauslösend sein linkes Knie in die Brust. Der Mann japste nach Luft. Sich von ihm abstoßend, holte er Schwung zu einer pirouettenartigen Drehung, hob ein Bein wie zu einem Fallrückzieher und traf den Großen, noch immer gekrümmten, direkt aufs linke Ohr.

»Hören Sie auf, verdammt noch mal!«, tönte der Bass. Die Stimme kam nicht mehr aus der Ecke. Jemand trat ihm in die Kniekehle und riss ihn gleichzeitig an der Schulter nach hinten. Claudius plumpste hart auf den Steinboden. Mit dem linken Schulterblatt zerknautschte er deutlich hörbar eine leere Bierdose. Der Aufschlag des Schädels klang unheilvoll dumpf. Dann wurde es finster.

Er hatte das Zeitgefühl verloren. Kalter Zigarettenrauch erzeugte leichten Brechreiz. Sein Schädel schmerzte, seine Wange blutete, und die linke Schulter fühlte sich perforiert an. Als er die Augen aufschlug, sah er schmutziges dunkles Strohgeflecht und darum herum weiße fleckige Flächen. Er erkannte das Bild als renovierungsbedürftigen Plafond. Als er sich in dem Halblicht umsah, kehrte seine Erinnerung zurück.

»*Er ist wieder da*«, sagte der Kleine.

»*Gut. Dann versuchen wir es noch mal*«, bestimmte der Bass. Das gütig-harte Gesicht des Alten kam in sein Blickfeld. Der Mann wedelte mit dem Bootsschein der *Amica*. Claudius begriff, dass man seine Taschen durchsucht hatte.

»Herr von Kettermann, für wen machen Sie das alles?«

»Was wollen Sie? Ich mache überhaupt nichts. Ich habe Schmerzen, verdammt. Ich zeige Sie an.« Er stöhnte. Das Brummen im Schädel mochte nicht verstummen.

»Wer hat Ihnen diese Oberinspektorin aufs Boot gesetzt, für wen spionieren Sie auf unseren Inseln herum?«

»Für niemanden, verdammt. Ich bin deutscher Staatsbürger und will nur meine Ruhe haben.«

»Sie haben es vielleicht noch nicht begriffen, Herr von Kettermann. Sie haben Unterlagen gestohlen, die für den Kampf gegen das organisierte Verbrechen wichtig sind.«

»Ich habe nichts gestohlen. Überhaupt nichts. Wer sind Sie eigentlich?« Er ächzte und versuchte sich aufzusetzen. Jemand schlug ihm den Arm weg, auf den er sich stützte. Es war der Bullige. Er hockte auf der Bank hinter dem Skipper. »*Liegen bleiben*«, kommandierte er.

»Was ist das hier für eine Veranstaltung? Geheimpolizei?«

»So könnte man sagen«, antwortete der Alte. »Wir werden in diesem Land aufräumen. Es fit machen für eine neue Epoche.«

»Ach du meine Güte. Das hat es in Deutschland schon mal gegeben.«

Schneidend kam die Antwort von dem Alten: »Damit haben wir nichts zu tun. Gar nichts. Wir sind nicht politisch tätig. Unser Kampf gilt der Mafia und der Korruption in Regierung und Verwaltung. Wir kennen die Drogenfabrik hier ganz in der Nähe. Wir werden sie vernichten. Aber Sie und Ihre Kollegin haben unsere Unterlagen geklaut.«

»Drogen?«

»Ja, Drogen. Schnee, Kokain für den europäischen Markt, Italien, Österreich, Deutschland, Frankreich.«

»Nicht Sprengstoff?«

»Pah, Sprengstoff. Damit können Sie kein Geld machen.«

»Sind Sie Oberst Gerlan?«

»Wer ich bin, tut nichts zur Sache. Wir brauchen den Inselplan, und zwar sofort.«

»Ich hab ihn nicht. Wieso sprechen Sie so gut deutsch?«

»Bin in Wolfsburg geboren. In Celle aufgewachsen.«

Der Skipper griff nach seiner Wange und suchte gleichzeitig die Augen des Alten. Er fand nur schwachen Schimmer von weißen Augäpfeln in der dunklen Ecke. Und die rote Glut einer Zigarette. Dann fragte er: »In Wolfsburg? Nach dem Krieg?«

»Im Krieg. Aber das ist eine andere Geschichte. Wo sind die Papiere?«

»Irgendwo in Stari Grad. Ich weiß es nicht. Fragt bei der Polizei nach. Petar Brendijlkovic. Mich geht das alles nichts an.«

»Sie sitzen mitten drin. Die Papiere sind auf Ihrem Schiff. Sagen Sie mir, wo.«

»Nein, sind sie nicht. Sie hat sie weggebracht.«

»Wer? Die Inspektorin von der Abteilung zwo?«

»Ja.«

»Wohin hat sie sie gebracht?«

»Hab ich schon gesagt: Nach Stari Grad.«

»Wohin dort?«

»Weiß ich nicht. War nicht dabei.«

»Wie ist sie dahingekommen? Taxi?«

»Nein. Ein junger Kerl hat sie mit einem Roller hingebracht.« Claudius erinnerte sich an den Blick des Soziusfahrers. Er legte nach: »Ein silberfarbener Roller. Ein kräftiger Kerl mit Pickeln, kurze Haare. Sein Freund arbeitet in einem kleinen Hotel nah am Hafen.«

»Gut. Sie haben einen Namen genannt vorhin, Petar …«

»Petar Brendijlkovic.«

»Wer ist das?«

»Der Freund, Verlobte, was weiß ich. Auch so ein Aufräumer wie Sie.«

Ein elektronischer Mehrklang quirlte los. Der Alte warf die Kippe weg und griff in eine Tasche seines Kampfanzuges. Er holte ein Mobiltelefon heraus.

»*Da*«, sagte er. »*Was?*« Er sprang auf. »*Penner, Idioten verfluchte. Wir sind gleich fertig. Wir kommen.*« Er steckte das Gerät wieder weg.

»Haben Sie eine Ahnung, wer mit Ihrer Yacht unterwegs sein könnte?«

Claudius schnellte hoch wie eine Stahlfeder. »Mit der *Amica* unterwegs? Jetzt?« Er vergaß seine aufgeprungene Wange, den Schmerz in der Schulter, das Brummen im Schädel.

»Sie ist weg.«

»Seit wann?«

»Wissen wir nicht.«

»Und Vanja?«

»Wer?«

»Vanja Mutschler, die Oberinspektorin.«

»Ist sie auf dem Boot?«

»Ja. Verdammt noch mal. Ich muss sie finden.«

»Oh, Sie müssen?«, erwiderte der Alte süffisant. Dann änderte er den Ton: »Wir müssen die Pläne finden, und zwar schnell. Die Inspektorin hatte einen guten Riecher, die Papiere vom Schiff zu holen.« Er erhob sich und trat nah vor Claudius. Die beiden anderen standen auch auf.

»Wenn Sie Ihre … ähm Ihre *Amica* suchen … Mit viel, viel Glück finden Sie sie in Biševo. Aber Sie sollten sich beeilen. Die Leute dort sind keine Gentlemen.« Er wandte sich zum Gehen.

Der Drahtige sagte zum Alten auf Kroatisch, und Claudius fiel dabei der vorsichtige, Distanz wahrende Ton auf: »*Sollten wir ihn auffordern, uns nicht zu folgen?*«

Der Senior blieb stehen: »*Sie haben Recht. Das hätte ich beinah vergessen.*« Er wandte sich zu Claudius um, stand dicht vor ihm. Der Skipper konnte in seinem Atem noch den würzigen Tabak riechen, als der Alte ihn anredete: »Eins noch, Herr von Kettermann. Wenn wir jetzt da rausgehen, gehen wir rechts runter. Und sie gehen links rauf. Ist das klar?«

Dem Skipper sträubten sich die Nackenhaare. »Was bilden Sie sich eigentlich ein?«, erwiderte er. »Ich kann hingehen, wo ich will.«

»Auf Ihre Verantwortung. Und noch eins, Herr von Kettermann: Wir haben uns nie gesehen. Tut mir Leid, dass Sie über einen Ziegel gestolpert sind. Hier wird viel renoviert.«

Die Rechte kam so unverhofft aus der Armbeuge, dass Claudius allein vor Schreck die Luft weggeblieben wäre. So aber grub sie sich zusätzlich sehr konkret in sein Zwerchfell unterhalb der untersten Rippenbögen. Der nächste Schlag traf seine Schläfe. Er sackte auf die Bohle zurück und fiel zur Seite.

Als er wieder zu sich kam, war er allein.

39

Als er auf die Gasse trat, bebte er vor Zorn. Die Wunde an der Backe verschorfte. Die Blutspur zum Hals herunter zerbröselte schon. Er fuhr sich mit der Hand durchs Haar und dachte daran, einen Rechtsanwalt aufzusuchen. Schließlich machte er es davon abhängig, ob er auf dem Weg zum Hafen an einer Kanzlei vorbeikommen würde.

Er sah an sich hinunter. Die Jeans war verdreckt. Die Bootsschuhe, die er immer noch trug, versandet. Am Pulloverärmel hingen alte, zertretene Kippen. Er klopfte sich ab und wandte sich nach links. Was sollte er tun? Die *Amica*, war sie wirklich weg? Augenblicklich fiel er in Trab.

Die Gasse führte bergab. Immer mehr Geschäfte reihten sich aneinander. Souvenirläden voller Schnitzereien, Tüchern, Bildern, Juwelierläden mit blitzenden Silberarbeiten in den Auslagen, Tabakläden, Boutiquen. Manche lagen im Winterschlaf hinter verschlossenen Holzläden oder herabgelassenen Gittern. Endlich erreichte er die Hafenpromenade.

Viel mehr Menschen als am Morgen liefen umher. An der Ecke zur Promenade blieb er stehen. Sein Atem flatterte. Er fühlte den Pulsschlag in den Schläfen, als er den Hafen überblickte. Der dunkelgrüne Trawler lag da. Die weiße *Bella Adria*. Die kleinen Motorboote dümpelten im leicht bewegten Wasser. Eine weiße Segelyacht lief gemächlich ein. Eine Achtunddreißig-Fuß-Yacht mit vier fröhlichen Menschen an Bord. Eine Frau stand vorn am offenen Ankerkasten, die anderen im Cockpit, sich auf das Anlegen vorbereitend. Am Heck die Trikolore Blau, Weiß, Rot. Die Yacht drehte, um rückwärts an die Pier zu gehen. Sie zielten genau auf den Platz, an dem die *Amica*, seine *Amica* gelegen hatte. Der Platz war von einer Leere, die geradezu Sogwirkung entwickelte. Ganz langsam ging er darauf zu, wie hypnotisiert. Sie war weg. Er ging bis zur Kante des Kais und blickte auf die weite Öffnung des Hafens hinaus.

Die Insel Galisnik und die Pakleni-Inseln ruhten in einem tiefblauen Meer unter einem ebenso blauen wolkenlosen Himmel. Sie haben sie entführt. Die rote Mähne um die leuchtenden Bernsteinaugen. Sie haben sie entführt. Sie haben sie entführt unter den Augen all dieser Passanten, unter den Augen der Polizeistreifen. Er brauchte ein schnelles Boot. Er musste Petar auftreiben. Tränen der Wut verwässerten seinen Blick.

»*Hey, would you help?*« Die Stimme riss ihn aus seinen Gedanken. Eine Frau mit schwarzem Haar, gerötetem Gesicht, schickem weißem Pullover mit blauen Streifen und eng sitzenden Jeans stand am Heck der Yacht und winkte mit ein paar Buchten aufgeschossener Leine.

»*Oui*«, antwortete er automatisch angesichts der Flagge am Heck. Das Schiff trieb langsam heran.

Die Frau warf die Leine. Er fing sie und legte sie um den Poller. Hier hatte er sein eigenes Schiff festgemacht. Es rumorte in seiner Magengrube. Er wischte sich über die Augen, aber sah deshalb nicht viel klarer. Er knüpfte einen Palstek in das Tau und nahm auch die zweite Leine an.

Die Dame bedankte sich höflich: »*Merci beaucoup!*« Er wandte sich wortlos ab und ging den Weg, den er am Morgen mit Petar gegangen war.

Der junge Beamte war noch da. Drei andere waren zur Pause in ein Café gegangen. Der Rest bestürmte ihn sofort. Der Junge übersetzte. »Was ist passiert? Wer hat Sie geschlagen? Wie konnte das passieren?«

Er sah unsicher in das jugendliche Gesicht. Es versuchte seine Situation zu erfassen und sagte nur: »Mein Schiff ist weg. Sie haben es entführt.«

Die Augen des Jungen weiteten sich. Er übersetzte sofort dem Dienststellenleiter. »*Wer?*«, fragte der.

Claudius zuckte mit den Achseln. Dann sagte er zögernd: »Wahrscheinlich Leute von Biševo. Ich weiß nicht.«

»Wieso von Biševo? Haben Sie sie gesehen? Wie kommen Sie auf Biševo?«

»Petar hat was von Biševo gesagt. Ist Ihnen das Problem nicht bekannt?«

»Biševo, Biševo! Kein Problema wirklich«, sagte der Dienststellenleiter. »Haben Sie die Leute gesehen?«, ließ er übersetzen.

»Nein«, antwortete Claudius und fuhr fort: »Wo ist Petar? Er muss unbedingt sofort kommen. Es ist wichtig.«

Stepan, der Beamte vom letzten Mal, hatte gerade erst begonnen, Claudius' Anzeige aufzunehmen, als ein anderer Beamter verkündete: *»Ich habe gerade mit Kapetan Brendijlkovic gesprochen. Er kommt in zwanzig Minuten.«* Der Junge übersetzte.

Claudius blickte auf seine Armbanduhr. Dabei kam ihm in den Sinn, dass er nichts mehr besaß außer dieser Uhr, seinen Papieren, seiner Geldbörse und den Klamotten, die er auf dem Leib trug, wenn er sein Schiff nicht auf irgendeine Weise zurückbekam.

Der Skipper schwitzte. Stepan hatte eine durchdringende bohrende Art zu fragen. Selbst über den Dolmetscher kam das durch. »Letzter Hafen, wann eingelaufen, wann von Bord gegangen, wie verschlossen, wann zurückgekommen. Wie sah das Boot aus, welche Maße, welche Maschine, wie stark, welche Besegelung, welches Tauwerk, wie viel Tankinhalt, wie viel und welche Verpflegung an Bord?«

Claudius griff sich in den Hemdkragen. Er spürte, dass es diesem Stepan Spaß machte, Menschen in die Enge zu treiben. *»Was? Das Boot ist nicht verschlossen gewesen?«* Der Übersetzer sah Claudius hilflos fragend an.

In diesem Moment stürmte, humpelnd zwar, aber dennoch flott zur Tür herein: Polizia-Kapetan Petar Brendijlkovic.

Mit gesenktem Haupt versprühte er seine wütende Empörung. *»Habe ich nicht eine Streife dahin befohlen? Wo sind die Idioten? Das darf doch nicht wahr sein! Ich glaube es einfach nicht! Das gibt ein Disziplinarverfahren, verdammte Scheiße. Vors Kriegsgericht! Wo ist das Streifenboot? Ist der Helikopter* *schon da? Die sollen sofort sämtliche Segelyachten rund um Hvar nach Typ und Nationalität auflisten. Es können jetzt nicht viele sein. Ich werde mit zwei Mann und meinem Freund in das Boot gehen und diese Hunde finden. Wir bleiben in Funkkontakt.*«

Der junge Übersetzer teilte dem Skipper das Wesentliche mit. Das mit dem Streifenboot gefiel Claudius nicht. Es wäre schon von weitem als solches erkennbar. Die Entführer könnten zu Panikreaktionen verleitet werden.

»Petar, lass uns ein ziviles Boot nehmen.« Der Dolmetscher übersetzte. Petar sah Claudius an und nickte. Er beriet sich mit dem Dienststellenleiter. Sie erwogen offenbar verschiedene Möglichkeiten.

Der Übersetzer teilte Claudius mit, das Streifenboot könne sowieso erst in vierzig Minuten in Hvar sein.

Endlich wies der Chef einen Kollegen an, eine bestimmte Nummer anzurufen und irgendetwas zu fragen.

Petar winkte Claudius zu sich. Er führte ihn in einen Nebenraum und blieb vor einem eisernen Schrank stehen.

»Was passiert, dein Gesicht?«

Der Skipper blickte sich um. Sie waren allein.

»Jemand glaubte, ich sei ein Agent.«

»Du Agent?«

»Sie glauben das.«

»Wer?«

»Kenn ich nicht. Von der *Bella Adria.*«

»Schlagen?« Er deutete einen Faustschlag an.

»Ja. Wegen der Papiere.«

»Papiere von Vanja?«

»Ja.«

Petar sah zum Fenster hinaus. Es rahmte den sonnenbeschienenen Kampanile der Stephans-Kathedrale ein. Er riss sich von seinen Gedanken los, öffnete den Schrank und holte eine Schutzweste heraus.

»Das, so unten«, sagte er und hob Claudius' Pullover hoch. Claudius zog die Weste unter den Wollpullover. Petar überprüfte den Sitz. Er sah Claudius in die Augen.

»Soldat du *i Njemačka*?«

Claudius nickte und salutierte flüchtig. Sie lächelten beide bitter.

Petar öffnete eine weitere Schranktür und griff hinein. Seine Hand kam mit einer Pistole samt Gürtelhalfter heraus. Dem Skipper fiel die Kinnlade herunter. Er trat einen Schritt zurück.

»*Nee, nee!*«, sagte er und streckte Petar abwehrend die Hände entgegen.

Der zog die schwarzen Brauen hoch, sodass sich auf seiner breiten Stirn tiefe Falten wellten und sagte: »Verteidigung, Notverteidigung. *Odbrana u nuždi!*« Er hielt ihm die Waffe nachdrücklich vor die Brust. Mit dem im Halfter verdeckten Griff voraus.

»Ich weiß nicht«, stammelte Claudius. »Wie funktioniert die denn?«

»Ah, Funktion? Momento.«

Petar nahm die Pistole aus der ledernen Tasche. Claudius erkannte, dass es sich um das gleiche Modell handelte, das Vanja an Bord hatte. Petar zog den Verschluss zurück. Es befand sich keine Patrone im Magazin, deshalb blieb der Schlitten hinten stehen. Petar nahm das leere Magazin aus der Griffschale, und der Schlitten schnappte nach vorn. Er zeigte dem Skipper den Sicherungshebel an der Seite und sagte: »Fertig. Einfach, sehr einfach.«

Claudius nahm das Halfter, schnallte es wortlos an den Gürtel unter dem Pullover und steckte die Pistole hinein. »Ich muss sie ja nicht benutzen«, dachte er sich.

»Momento«, sagte Petar. Er wies ihn per Gesten an, den Raum nicht zu verlassen, während er ihn allein ließ. Nach einer Minute kam er zurück und drückte ihm zwei volle Magazine in die Hand.

»Kommen mit!«, befahl er.

40

Unter der schwarzlackierten Haube am Heck brodelte ein Hundertzwanzig-PS-Außenborder.

Das Boot lag mitten im Innenhafen. Sie hatten die Plane entfernen und es an die Kaimauer verholen lassen. Claudius musste über mehrere andere Boote turnen, um an den Schönwetterflitzer zu kommen, der einem Freund des Polizeichefs von Hvar gehörte. Die Weste unter dem Pullover und das Gewicht am Gürtel fühlten sich dabei ungewohnt an.

Es war ein offenes Motorboot. Vor der Windschutzscheibe lud eine Vertiefung zum Sonnenbad. Hinter der Windschutzscheibe befanden sich sechs weiße Polstersessel, der am Steuerstand eingerechnet. Zwei riesige Kühlboxen und ein Gepäckfach für Badesachen. Das war's. Ein Funboat, eine Rennflunder zum Angeben.

Der Freund war Hotelier und hatte keine Zeit mitzukommen. Man hatte nicht diskutiert, wer es führen sollte. Der Eigner, ein quirliger runder Zwerg mit flinken schwarzen Augen, Halbglatze und schulterlangem graumeliertem Haar, wies Claudius freundlich in die Bedienung des Bootes ein. Unter dem Armaturenbrett gab es ein Kartenfach. Insgesamt waren sieben Seekarten da. Alle mit Plastikfolie überzogen. Alle betrafen die lang gestreckte Insel Hvar und ihre Umgebung.

Der Skipper hielt die Badeschale aus Plastik an der Kaimauer, während die Besatzung zustieg: Petar in dunkelblauer Polizeiuniform samt Krücke sowie zwei Beamte in dunkelgrünen Kampfanzügen, ausgestattet mit Helm, Pistole und Maschinenpistole samt Ersatzmagazin und je vier Handgranaten, ließen sich auf den achterlichen Plätzen nieder.

Vorsichtig bugsierte Claudius die Rennschüssel aus dem Innenhafen durch die schmale Einfahrt. Eine zweite Segelyacht hatte neben dem Kutter festgemacht. Rot-weiß-rot wehte es am Heck. An Bord war niemand zu sehen.

Claudius schob den Gashebel sachte nach vorne. Das Brodeln wurde lauter, die Geschwindigkeitsanzeige hüpfte auf viereinhalb Knoten. Die Maschine wurde auf diese Weise schonend angewärmt. Eine schnelle Folge von Pieptönen irritierte ihn. Er prüfte die Instrumente. Alles normal. Das Piepen hörte auf. Er drehte sich um und sah, dass sich Petar ein winziges Mobiltelefon ans Ohr drückte. Er winkte ihm lässig zu.

Sie passierten den Bug der *Bella Adria*. In der dunkel verglasten Brücke waren zwei Gestalten zu erkennen. Eine davon hob ein Fernglas vor die Augen und sah auf das Motorboot herab. Claudius verkniff sich ein Winken. Aber die Silhouette dort oben hob eine Hand zum Gruß.

Claudius schob den Gashebel weiter nach vorn. Das Brodeln wurde zum Dröhnen. Der Bootskörper hob sich aus dem Wasser. Der Flitzer kam in Gleitfahrt. Mit weiß schäumender Bugwelle und kochender Hecksee flog das Boot über das glatte Wasser. Der Fahrtwind zerrte am Pullover des Skippers. Die Luft war nicht kalt, aber der Fahrtwind kühlte. Die Schutzweste tat gute Dienste, wenn auch nicht unbedingt im eigentlichen Sinn. Auf der Digitalanzeige purzelten die Ziffern auf zweiundzwanzig und schließlich auf achtundzwanzig Knoten.

Er rechnete die Zeit zusammen, die er an diesem Vormittag in Hvar verbracht hatte. Es war elf Uhr vorbei. Wenn sie *Amica* entführt hatten, kurz nachdem er sie verlassen hatte, hatten sie das Schiff zwei Stunden in ihrer Gewalt. Sie konnten fünfzehn Meilen entfernt sein. Nach Biševo waren es fünfundzwanzig.

Vanja, was machst du? Was haben sie mit dir gemacht? »Beeilen Sie sich, das sind keine Gentlemen.« Ein Schauer lief ihm über den Rücken. »Wir werden sie vernichten …« Kein Zweifel, dass das der Oberst war. Er tastete nach seiner Wange. Sie sah sicher nicht hübsch aus.

Sie hatten die *Amica* also ständig im Visier gehabt. Waren es seine Leute, die sie nachts angegriffen hatten? Wussten sie, dass sie nach Hvar kommen würde?

Er zog das Boot in einer weiten Kurve nach backbord um die Insel Galisnik herum. An Steuerbord bemerkte er zwei kleinere Boote. Motorboote mit kleinem Aufbau. Fischer. Sie tuckerten auf den Pakleni-Kanal hinaus. Voraus kam ein Fels mit Leuchtturm zum Vorschein. Claudius holte mit der freien Hand die Karten halb aus dem Fach, blätterte und fand die Karte Hvar, West. Der Klotz voraus hieß Pokolnij Dol.

Petar kam von achtern nach vorn und setzte sich auf den Beifahrersitz neben Claudius. Er machte ein rotierendes Zeichen mit der Rechten und schrie in den Motorenlärm: »Helikopter nix da!« Dazu schüttelte er den Kopf. Claudius nickte, zum Zeichen, dass er verstanden hatte.

Er schrie zurück: »Biševo?«

Petar nickte heftig und wies nach steuerbord. Sie passierten die letzte Insel der Paklenis. Sie heißt Jerolim. Claudius legte das Boot in eine Kurve nach steuerbord. Der weite Horizont tat sich auf. Weit im Westen erhob sich ein Berg aus dem Dunst. Die zehn Meilen entfernte Insel Vis mit dem fast sechshundert Meter hohen Hum-Gipfel. Claudius hielt geradewegs darauf zu. Genau dahinter versteckte sich laut Karte die kleine Insel Biševo.

Petar beobachtete ihn. Claudius fing seinen Blick auf und lenkte ihn auf die Karte. Er deutete auf den Kurs nach Vis. Er wollte die Insel im Süden passieren. Petar nickte.

Der Skipper suchte den Horizont ab. Der Fahrtwind trübte seinen Blick, trieb ihm Tränen in die Augen. Oder der Gedanke an sein Schiff. Ein Fernglas! Sie hatten nicht einmal ein Fernglas dabei. Alles war auf der *Amica*. Seine *Amica*, sein Boot, seine Heimat. Zorn wallte wieder auf.

Er hatte den Blick dieses Soziusfahrers auf dem Roller gesehen. Warum war seine Intuition nicht stark genug gewesen? Und das Schlauchboot, das in den Hafen gekurvt war. Er hätte bleiben sollen. »Oh Mann, du musst noch viel lernen.« Er sagte es laut vor sich hin. »Ihr habt mich geradewegs in die Hölle gefahren. Ich muss euch sagen, dass ich momentan nicht sehr gut zu sprechen bin auf eure Freundschaft.«

Sie hatten zwei Stunden Vorsprung. Der Wind stand günstig: eine hübsche Segelbrise aus Nordost. Für die fünfzehn Meilen brauchte die Rennschüssel sicher nicht viel mehr als dreißig Minuten. Er legte den Gashebel vollständig nach vorne und erschrak.

Das Dröhnen steigerte sich zu betäubendem Lärm. Die Maschine schob so mächtig an, dass das Boot einen Satz aus dem Wasser vollführte. Die Badeschale mit Renntriebwerk bretterte jetzt hart und donnernd über den schwachen Seegang, den der leichte Wind aus Nordost fabrizierte. Rückenwind. »Lächerlich«, dachte Claudius. Das Boot war um ein Vielfaches schneller als diese Brise.

Petar sah den Skipper von der Seite an. Er zog die schwarzen Augenbrauen hoch und verzog die Lippen zu einem unsicheren Grinsen. Die Finger seiner linken Hand krampften sich in die Armlehne des Sessels, die rechte suchte am Armaturenbrett Halt. Die Digitalziffern purzelten und purzelten. Bei vierunddreißig blieben sie einigermaßen konstant. Das Boot flog wirklich. Da, eine größere Welle. Die Flunder schoss in die Luft, kam nach fünf oder zehn Metern wieder ins Wasser, setzte hart ein.

Claudius stand von seinem Sitz auf. Es schien ihm gesünder, die Stöße in den Beinen abzufedern. Bei diesem Speed würden sie in zwanzig Minuten in Vis sein. Sollte *Amica* Richtung Biševo entführt werden, müsste sie bald in Sicht kommen. Er warf einen schnellen Blick auf die Karte. Klar: Der kürzere Weg führte südlich an Vis vorbei. Außerdem würde dort das Wasser glatter sein. Man sollte einen exakten Kurs absetzen, um sich unnütze Umwege zu sparen. Aber Kartentisch und Navigation waren auf diesem Boot nicht vorgesehen. Aber immerhin war ein Kompass im Armaturenbrett integriert. Er zeigte, dass das Boot Richtung zweihundertvierzig Grad lief. Vis wuchs zügig aus dem Meer.

41

Die Hilflosigkeit machte sie wütend. Sie lag auf den Polstern im Vorschiff, die Hände auf den Rücken gefesselt, das Gesicht in einem tränennassen Kissen. Die Blutspur auf dem weißen Laken, die schmerzende Stichwunde im linken Oberarm, die zerschnitte Jeans, der zerfetzte Slip: Zeichen des Grauens. Hatte sie geschlafen?

Sie fühlte sich gedemütigt, in der Tiefe ihrer Seele verletzt. Noch nie im Leben war ihr etwas Ähnliches widerfahren. Natürlich hatte sie sich mit dergleichen Szenarien beschäftigt. Im Kreise der Kolleginnen auf der Polizeiakademie war darüber gesprochen worden. Abwehrtechniken, Ausweichmanöver, Ablenkungen, Täterbeeinflussung. Schöne Theorien! Es war ihr passiert, und sie war hilflos. Die Hoffnung auf schnelle Befreiung war dahin. *Amica* war sicher längst außer Sichtweite von Hvar.

Die Kabinentür stand offen und schlug in unregelmäßigen Abständen gegen den Türstopper am Schrank. Ein paar breite, obszön anmutende Lacher drangen durch die Messe herein. Sie schloss daraus, dass die Crew mit sich selbst beschäftigt war. Ihre Gedanken kreisten um die Möglichkeit, dass sich mehr Kerle dieses Kalibers an Bord befanden. Da es jedenfalls mindestens zwei waren, die das Schiff überfallen hatten, ihr Martyrium durch den zweiten aber noch nicht fortgesetzt worden war, klammerte sie sich an verschiedene Schlüsse.

Entweder es handelte sich bei dem zweiten um einen zivilisierteren Typ. Oder der brutale Taco wollte sie allein besitzen. Oder, die dritte Möglichkeit, er hatte gegen einen wie auch immer zustande gekommenen ethischen Kodex seiner Kumpel verstoßen und sprach nicht über seine Tat.

Sie suchten Kokain. Stoff, der ihnen offenbar abgejagt worden war. Aus dem Wagen des Oggi Nosty. Die Kollegen in Rijeka hatten jedenfalls keinen blassen Schimmer davon. Wandfarbe! Waffen! Vanja verfolgte den Faden. Die drei Eimer hätten nach Hvar, vielleicht nach Biševo gebracht werden sollen. Stattdessen landeten sie im Besitz des Obersten und seiner Untergrundorganisation, dem TNO oder was davon übrig war.

»Wie haben die anderen erfahren, dass die *Amica* in die Sache verwickelt ist?«, überlegte Vanja. Es war anzunehmen, dass ihnen das Motorboot *Rakovica* bekannt war, und die Tatsache, dass es dem Oberst gehörte. Wenn sie auch seinen Stützpunkt Silba kannten, war das die Verbindung zur *Amica*. Sie hatte ja unübersehbar dort im Hafen gelegen. Man musste nur genug Spitzel haben. Aber warum durchsuchten sie jetzt das Schiff nicht nach ihrem verdammten Stoff?

Vanja schüttelte sich. War sie wirklich hilflos? Sie drehte sich auf den Rücken und betrachtete die Luke in der Kabinendecke. Sie hob die Beine. Es musste möglich sein, mit den Füßen die beiden Griffe zu drehen. Es nahm einige Zeit in Anspruch, aber es gelang ihr. Nun war die Luke entriegelt, sie brauchte sie nur noch aufzustoßen. Ein Erfolg!

Als Nächstes musste sie unbedingt ihre Hände freibekommen. Sie robbte rücklings zum Ende des Bettes. Mit den Füßen schloss sie vorsichtig die Tür. Das Klacken des Schlossriegels ging für andere Ohren im Brummen der Maschine sicher unter. Sie setzte sich auf die Bettkante.

Der Spiegel! Sie stand auf und drehte sich vor dem Spiegel, der über der kleinen Anrichte angebracht war. Sie betrachtete die Fesselung. Es war glattes, braunes Paketklebeband. Sie brauchte eine scharfe Kante, eine Ecke, um es einzureißen. Wenn sie nun den Spiegel zertrümmerte? Sie versuchte ihre gefesselten Hände an die Glasfläche zu bekommen, was außerordentlich schwierig war. Es war nicht vorherzusehen, wie das Glas splittern würde. Es fiel ihr ein guter Grund ein, sich dagegen zu entscheiden: das Tauchermesser. Hatte sie es nicht in die Ablagerinne neben dem Bett geworfen?

Sie hopste auf die Liegefläche und kniete sich auf das Polster. Da war das Messer. Sie drehte sich um und konnte es mit den gefesselten Händen aus der Ablage greifen. Sie robbte wieder zum Schrank. »Tut mir Leid, Skipper, aber ich muss«, murmelte sie und rammte das Messer mit Wucht in die stabile Ecke des Mahagonischrankes. Dann führte sie vorsichtig ihre Fessel über die Klinge. Ein gefährlicher Akt beim Schaukeln des Bootes. Aber es funktionierte.

Aus dem Salon kam ein Klappern. »Sie fangen an zu suchen. Wenn der Idiot Rauschgift an Bord hat, schieß ich ihm eigenhändig ein Loch in den Rumpf, und zwar unter der Wasserlinie«, schwor sie grimmig. Der Idiot! Wo war er bloß? Er musste doch längst bemerkt haben, dass sein Schiff weg …

Sie schreckte aus ihren Gedanken, als sie das typische Klackern der Schnappverschlüsse der Kühlbox wahrnahm.

»*Wenn die nun meine Knarre finden*«, dachte sie und entfernte die Reste des Klebebandes von den Handgelenken. Sie sah auf ihre Armbanduhr. Zehn Uhr vierzig. »*Zwölf Meilen*«, murmelte sie. Ihr linker Oberarm schmerzte wie verrückt. Die Blutung war gestillt. Wut stieg wieder in ihr auf, als sie sich frontal im Spiegel betrachtete. Sie versuchte sich die Tränenspuren aus dem Gesicht zu wischen und strich ihr Haar zurecht. Gleichmütig zog sie die zerschnittene Hose hoch und knöpfte den Bund zu. Der Reißverschluss war unbrauchbar.

Sie hebelte das Messer aus dem Holz und stieg auf das Bett. Vorsichtig hob sie die Luke an. Der Anblick eines friedlichen Urlaubstages. Voraus und nach steuerbord freie blaue See mit weißen Gischtkrönchen. Blauer Himmel, warme Sonne. Nur am Horizont steuerbords einige Wolkenbänke. Achteraus die grünbraunen Höhen von Hvar.

Ein Motorschiff mit weißer Bugwelle lief in die Gegenrichtung steuerbord voraus. Den Aufbauten nach ein Fischtrawler. An Backbord erhob sich ein Berg, eine Insel aus Fels. Abweisend fielen die dunkelbraunen, ockerfarbenen und grauen Wände mit schwarzen Furchen senkrecht ins Wasser. Die zerklüfteten Klippen lagen im Schatten, und das machte sie nicht freundlicher. *Amica* lief also im Norden einer Insel. Über den Felsabbrüchen wellten Hügel, stiegen zu Bergen empor. Verdorrtes Gelbgrün von Karstflächen und dunkle Hänge von Macchia und Weinbergen bedeckten sie. Im Abstand von mehr als einer Meile glitt die Yacht an dem Eiland entlang. »Das muss Vis sein«, dachte Vanja.

Vorsichtig drückte sie die Luke weiter auf. Sie wandte sich nach achtern. Die Sprayhood verdeckte die Sicht auf den Steuermann. Oder es stand dort niemand.

Entscheiden. Vanja erinnerte sich an Augenblicke ihrer Ausbildungszeit. »Bevor Sie eine Entscheidung fällen, bedenken Sie …«

Welche Möglichkeiten boten sich? Über Bord springen und nach Vis schwimmen? Mit verletztem Oberarm? Hier bleiben, allein gegen mindestens zwei Kerle? Keine Option sagte ihr im Moment zu.

Jetzt tauchte eine Figur hinter der Windschutzscheibe auf. War mit etwas Rotem bekleidet, der Kopf dunkelhaarig mit einer hellen, gelben Baseballkappe bedeckt, deren Schirm das Gesicht beschattete.

»Asterix und Obelix«, sinnierte sie. Obelix kam den Niedergang hoch. Er reichte seinem Kumpel eine Bierdose. Sie redeten miteinander, aber Vanja hörte keinen Laut. Der Kopf des Größeren kam über die Sprayhood. Vanja zog sich zurück. »Der Kleine führt das Schiff, der Große leistet Hilfsdienste«, stellte sie fest.

Sie rutschte vom Bett und legte eine Hand auf die Türklinke, entriegelte mit der anderen die Tür und zog sie langsam auf. Sie sah den Flur entlang in den Salon. Soweit sie es vom Flur aus überblicken konnte, lagen im Salon die Polster reichlich unordentlich übereinander. Diese Stauräume hatten sie also bereits durchgewühlt.

Vanja machte einen Schritt in den Flur und kauerte sich in die Hocke. Im offenen Niedergang sah sie einen Teil des chromglänzenden Steuerrades und die übereinander geschlagenen Jeansbeine des Großen.

Sie kroch auf allen Vieren, das Messer in der rechten Hand,

den Flur entlang. Von hier zur Pantry und zur Kühlbox waren es nur noch wenige Meter. Der Besen lag vor dem Niedergang. Die Blutlache. Verschmiertes, schon angetrocknetes Blut auf dem Kirschholzriemenboden. Dort, an der Pantry, würde sie in den Sichtbereich der Cockpitbesatzung geraten. Der Typ hatte Getränke aus der Kühlbox geholt. Hatte er die HK23 entdeckt?

Es schien ihr zu riskant. An der Kühlbox entdeckt werden und die Kanone ist nicht da: Keine schöne Situation. Sie zog sich zurück. Als sie am Schott der Gästekabine ankam, die gegenüber der Nasszelle lag, schoss ihr ein Gedanke durch den Kopf. Sie drückte die Tür sorgsam auf und schlüpfte hinein.

Wer das Vorschiff aufsuchte, musste an dieser Tür vorbeigehen. Konnte sie die beiden Kerle trennen, sich auf einen Kampf einlassen? Sie sah keine andere Wahl. Flugs ging sie den Flur zurück und knallte die vorliche Tür dreimal kräftig zu, zog sie dann endgültig ins Schloss und verdrückte sich in die Gästekabine.

Sie presste das Ohr an die Tür.

»*Ich seh mal nach*«, sagte diese schäbige Stimme, die sie in so schrecklicher Erinnerung hatte. Er war offenbar schon im Salon. Sie hörte das Brett vor dem Eingang in den Flur knarzen. Sie hörte ihn atmen direkt hinter dem Holzschott, an dem ihr Ohr lag. Sie vergaß die Schmerzen im Oberarm. Jeder Muskel spannte sich. Sie zwang sich zu ruhigem, regelmäßigem Atmen. Ein kochendes Verlangen nach Rache, Sühne, Vergeltung, Wiedergutmachung, Gerechtigkeit baute vibrierende Energien auf. War das der Augenblick? Dieses Schwein, dieser brutale Hund! Eine kranke Kröte zertreten, die zu nichts weiter taugt, als die Welt zu besudeln.

Er drückte die Klinke zur Vorschiffskabine. Jetzt würde er das leere Bett sehen, die Luke überprüfen. Sie zog die Tür auf.

Die graue Bomberjacke und darunter ein breiter Rücken, Schultern, auf die das zerzauste, struppige Haar fiel. Er war im Begriff, in den vorderen Raum einzutreten. Katzengleich schlich Vanja in den Flur. Als sie mit dem Messer ausholte, geriet der metallene Knauf ganz leicht gegen die Mahagoniwand. Es genügte für ein deutliches, hohles Geräusch. Er drehte sich um. Sofort und mit ganzer Kraft stieß sie zu.

Die Klinge fuhr bis zum Heft in seine Schulter. Er brüllte auf und zuckte mit einem Ruck weg. Der Messergriff entglitt ihr. Er warf sich vollends herum. Der Knauf schlug gegen den Türrahmen. Sein Gebrüll überschlug sich, starb ab zu schmerzerfülltem Jammern. Sie stützte sich gegen die gegenüberliegende Wand, landete einen kraftvollen Tritt in seinen Unterleib und versuchte, nach dem Messer zu greifen. Sie brauchte es, doch es war unmöglich. Brüllend stürzte er in die Vorschiffskabine, versuchte selbst, das Messer zu fassen zu kriegen. Er drehte sich wie von der Tarantel gestochen. Sie versetzte ihm wütende Tritte in die Seite.

Er begann sich zu wehren, wandte sich ihr halb hockend zu, griff nach ihrem Fuß. Sie zog sich zurück, lief in den Salon, in die Pantry. Sie hatte die Hand auf dem Kühlboxdeckel, als ein scharfes schrilles »*Stopp!*« ihre Bewegung gefrieren ließ. Ein unerhört lauter Knall unterstrich die Forderung.

Im Niedergang hockte die Gestalt mit der roten Jacke und der grellgelben Baseballmütze. Der Lauf der Beretta hauchte schwarzen Rauch. Vanjas rechter Oberarm brannte wie verrückt. Sie hatte den Einschlag nicht gespürt. Sie ließ den Kühlboxdeckel fahren und griff sich mit der linken Hand an den rechten Oberarm.

»*Wenn du ein Bier willst, frag zuerst*«, bellte die schrille, bösartige Stimme.

»*Was wollt ihr eigentlich, verdammt?*«, schrie Vanja. Sie warf ihre Haare aus dem Gesicht und musterte die Gestalt. Vanja zitterte vor Angst. Aber sie fühlte, wie sich Erleichterung breit machte: Es war eine Frau, etwa so alt wie sie selbst. Nicht hässlich, aber verschlagen in den Augenwinkeln. Sie hielt die Beretta auf Vanja gerichtet.

»*Den Stoff, du blöde Ziege. Dieser verrückte Oberst hat einen Lieferanten überfallen und umgebracht. Und ihr habt in Silba den Stoff abgeholt. Vierundzwanzig Kilo!*«

»*Ihr findet das Zeug nie ohne mich!*« Vanja schoss den Satz wie einen Ideenblitz heraus. Sie dachte fieberhaft nach. Eine Frau! Kein zweites schwanzgesteuertes Arschloch mehr an Bord. Und Claudius kein Drogendealer. Das war die gute Seite der Situation. Die schlechte: Diese Leute waren tatsächlich einer falschen Information aufgesessen. Den Beweis dafür konnte sie jetzt nicht auf den Tisch legen. Sie hatte keinen. Es galt, Zeit zu gewinnen, mitzuspielen, Schaden zu begrenzen. Schaden? Der Schuss war neben der Maststütze in die Wand zur Gästekabine eingeschlagen. Ein Loch klaffte dort.

»*Taco, was ist mit dir?*«, schrie die Frau.

»*Scheiße, dieses geile Mistvieh! Ich bring sie um*«, ächzte es aus dem Flur.

»*Geh dort rüber und setz dich*«, kommandierte die Frau Vanja und wies mit der Pistole auf die Polsterbank. Sie stieg herab.

Vanja setzte sich und sagte: »*Wenn Sie ein Loch in den Rumpf schießen, saufen wir alle ab.*«

»*Klugscheißer*«, gab die Frau zurück und trat an die Kühlbox. »*Irgendwas da drin interessiert dich brennend*«, stellte sie zynisch fest und hob den Deckel hoch. Sie kramte darin herum, immer wieder einen Blick auf Vanja werfend.

»*Was zum Trinken*«, sagte Vanja, während sie ihren Oberarm untersuchte. Der Schuss war zwischen Arm und der Brust durchgegangen und hatte beides oberflächlich verletzt. Die Wunden bluteten. Ihre linke Hand troff von dunkelrotem Blut.

Taco kam aus dem Flur gewankt. Er hielt sich an den Wänden fest. »*Hilf mir, verdammt, ich verrecke! Das Messer! Zieh es raus!*« Er war weiß im Gesicht. Das Messer stak immer noch in seiner Schulter. Mit aufgerissenen Augen starrte die kleine Frau ihren Kumpel an. »*Mein Gott. Was hast du? Scheiße, komm her.*« Sie zog das Messer heraus und warf die bluttriefende Waffe in das achterliche Spülbecken. Taco sank jammernd auf die Knie.

Vanja sagte: »*Ich hol Verbandszeug*«, und versuchte aufzustehen.

Die Frau kreischte: »*Du bleibst, wo du bist. Ich schieße sofort!*«

»Taco, Scheiße, was ist los? Komm hoch, verdammt noch mal!«

»Gib mir die Knarre, ich leg sie um«, ächzte er.

»Hätt'st 'se nicht verloren, du Idiot. Markier nicht den Schwachen, komm hoch.«

»Dann leg du sie um, dieses Stück Scheißdreck. Mach sie alle, verdammt. Ich geh drauf, mir ist schlecht.« Er fiel auf den Boden.

»Was hast du mit ihm gemacht? Das wirst du büßen, Bullenflittchen, sobald wir den Stoff haben.« Sie sah sich im Raum um. Ihr Blick fiel auf den Flur zur Nasszelle. Sie ging hin, öffnete sie, sah hinein. Dabei hielt sie die Beretta eigenartig waagerecht auf Vanja gerichtet. Vanja bemerkte, dass die Frau den Besen in ihre Überlegung einbezog. Sie nahm ein Kissen, klemmte es unter den Arm und sagte: *»Wir brauchen Verbandszeug. Dein Freund verblutet.«*

»Deine Schuld. Wo ist das Zeug?«

»Unterm Kartentisch.«

»Okay, ich hol es. Los verzieh dich hier rein, schnell, oder ich verpass dir noch ein Loch!«

Vanja stand auf. *»Ich brauch aber Verbandszeug«*, sagte sie.

»Einen Dreck brauchst du. Verschwinde.«

Vanja ging in die Nasszelle. Die Frau zog die Tür zu. Vanja hörte, wie sie den Besenstil in die Türklinke klemmte.

»Wenn du hier rauskommst, knall ich dich ab, kapiert?«, schrie die Frau ihr nach.

»Dann kriegt ihr den Stoff nie!«

Zitternd vor Ärger setzte sie sich auf die geschlossene Toilettenschüssel. Warum hatte sie sich benommen wie eine Anfängerin? Den Typ nicht tödlich getroffen? Das Messer verloren! Sie hatte sich viel zu lange mit dem Kerl beschäftigt und deshalb die Pistole nicht erreicht.

Sie sah in den Spiegel. Ihre Bluse triefte an der Seite von Blut. Sie zog sie aus und wusch sich. Der Verband über der alten Streifschußwunde war unversehrt. Die neue Verletzung lag etwas darüber. Der Arm war schlimmer getroffen. Sie schlang ein Handtuch aus dem Schapp unter dem Waschbecken darum. Dann trank sie etwas Wasser. Sie hörte, wie die

Frau den Kerl versorgte, ihm offenbar die Jacke auszog und das Hemd aufschnitt. Das Schapp am Kartentisch klapperte.

»*Hey, du wirst schon wieder, verdammt. Dann gehen wir rüber nach Italien, das schwör ich dir. Diese Scheißinsel. Wir brauchen diesen Deal noch, dann hauen wir ab. Jetzt, wo sie den Tito haben. Scheiße. Mach nicht schlapp, Taco. He, Taco, so ist es gut. Ich muss mal wieder nach oben.*« Die Frau wollte flüstern, redete aber vor Aufregung zu laut. Vanja hörte die Klappe der Kühlbox. »*Da haben wir's ja.*« Sie zuckte zusammen, als vor der Tür etwas zu Boden krachte. Es klang nach ihrer HK23. »*Scheißknarre*«, schimpfte die Frau. Hatte sie die Pistole verloren? Vanja hörte die Schritte auf den Niedergangsstufen.

Das Bullauge der Nasszelle saß im Decksaufbau und ging nach steuerbord. Vanja sah den Trawler jetzt weit achteraus auf dem tiefblauen Wasser vor dem Horizont, der die flachen Pakleni-Inseln und dahinter die vierhundert Meter hohen Berge von Hvar ahnen ließ. Eine Bewegung in den Wellen lenkte ihre Aufmerksamkeit nach vorne. Da war sie wieder. Ein Delfin schoss aus der See, vollführte glänzend einen hübschen Bogen und tauchte wieder weg. Da, noch einer. Sie sah die Flossen. Die Tiere schwammen auf das Boot zu, begleiteten es. Vanja dachte an den Skipper. Wo war er? Wussten es die Delfine? »Sucht ihn! Sucht ihn! Sagt ihm, wo ich bin. Sagt ihm, mir geht es beschissen schlecht. Sagt ihm das! Er versteht euch!« Sie rief es laut durch das Bullauge. Sie schrie es in Deutsch. Da vollführten wieder zwei Delfine ihre Luftnummer.

»*Maul halten*«, kreischte die Frau aus dem Cockpit. »*Halts Maul, hier ist niemand.*«

Vanja setzte sich resigniert auf die Toilettenschüssel. Sie erinnerte sich, dass die Tür zur Nasszelle vom Rudergänger nicht eingesehen werden konnte. Sie drückte die Klinke. Ab einem bestimmten Winkel sperrte sie der Besenstiel. Sie zog die Tür nach innen. Der Stiel ließ das jedoch nicht zu. »Das kenn ich ja«, murmelte sie und schloss die Tür wieder. Es musste einen Weg geben.

42

Im Windschatten von Vis war das Wasser nahezu spiegelglatt. Claudius hatte es vorhergesehen. Mit vierunddreißig Knoten flitzte das Boot dröhnend über die platte Fläche und malte zwei breite Wellenbänder und weiß gequirltes Kielwasser in die blaue See. Der Skipper konnte sich nicht darüber freuen. Wo befand sich sein Schiff, seine Heimat? Was war mit Vanja geschehen?

An Steuerbord ragte die Insel Vis mit Furcht erregenden Felswänden steil aus dem Wasser auf. Gelb, grau und ocker strahlten die senkrechten in der Sonne, schwarze Schlagschatten zeichneten Vorsprünge und Schluchten. Sie waren zwischen den drei vorgelagerten Inseln Parzan, Budikovac, Ravnik und Vis hindurchgedüst. Ein gutes Dutzend kleinerer Fischer- und Anglerboote hatten sie auf dieser Strecke umschifft. Claudius wusste genau, dass ihm die Besatzungen keine Liebesworte mit auf den Weg gaben, so wie er an ihnen vorüberschoss und ihnen die beschauliche Ruhe mit dem Schwellteppich dieser Flunder verschaukelte.

Wieder versuchte er sich auf die Karte zu konzentrieren. Sieben nennenswerte Buchten an der Südküste von Vis zählte er auf dem Papier. Fünf hatte er bereits passiert. Wenn ihm keine entgangen war, konnte er seine Position in der Seekarte einigermaßen genau bestimmen.

Biševo lag voraus. Wie eine ägyptische Mumie streckte sie sich flach auf dem Horizont. Den Kopf zeichnete im Süden der 240 Meter hohe Strazbemka-Gipfel. Er schätzte die Entfernung auf weniger als zehn Meilen.

Wenn sie die *Amica* nun in irgendeiner kleinen Bucht vor Anker gelegt haben?

Er sah auf die Seekarte und prägte sich die Umrisse von

Biševo ein. Sie würden das Nordkap umrunden und eine der Buchten an der Westküste ansteuern. »Wir hätten den Inselplan aus Stari Grad holen sollen«, murmelte Claudius. Es war nur etwas mehr als vierundzwanzig Stunden her, dass er sich die Zeichnung angesehen hatte.

Petar bemerkte seine Beschäftigung mit der Seekarte.

»Nix weit *udaljenost*, ähm, entfernt jetzt?«, radebrechte er mit finsterem Blick. Er schnippte die filterlose Zigarettenkippe über Bord.

»Zwanzig Minuten zum Ziel«, bestätigte Claudius.

Er erinnerte sich an die Zeichnung. Der Teddybär. Tatsächlich glich Biševo auf der Seekarte im Nordteil einem Teddy. Unterhalb der vorderen Tatze lag die tief eingeschnittene Bucht. Dort waren die Verteidigungsanlagen auf der Skizze am dichtesten eingezeichnet gewesen. Dort lag vermutlich das Hauptquartier. Die Bucht diente als Hafen. Sie hieß auch so: Bisevska Luka. Richtige Hafenanlagen gab es auf Biševo nicht. Also würde er diese Bucht ansteuern. Auf dem Weg dorthin müssten sie *Amica* längst überholt haben. Es beunruhigte ihn, dass die Yacht nicht auftauchte.

Er wandte sich zu den beiden jungen Beamten um. Sie rauchten offenbar um die Wette, bargen ihre Glimmstängel in hohlen Händen vor dem Fahrtwind. Er hatte herausbekommen, dass der mit dem blonden Schnauzbart Tilhje hieß und der andere Mihovil. Tilhje war ein Schrank, breit und groß mit lustiger Knollennase und blauen Augen. Könnte gut einen Wikinger abgeben, dachte der Skipper.

Sein Kollege war kleiner, ebenfalls von recht kompakter Statur. Mit seinem schwarzen Dreitagebart und dem dunklen Teint wäre er auch als Italiener glaubhaft gewesen. Tatsächlich sprach er italienisch und ein wenig deutsch, witzigerweise mit einem schwäbischen Akzent. Er hatte in verschiedenen Hotels gejobbt, in Deutschland und später in Italien. Die politische Entwicklung in der Heimat hatte ihn zurückgerufen, wie so viele Kroaten.

Claudius bedeutete den beiden, sie mögen nach Segelyachten Ausschau halten. Je länger die Fahrt dauerte, desto nervöser wurde er. Wieder und wieder rechnete er sich aus, wie lange man mit der *Amica* über den Nordkurs nach Biševo brauchen würde. Er kam auch diesmal auf mehr als drei Stunden. Da sie mit der Rennschüssel des Hoteliers aus Hvar nur weniger als eine Stunde benötigten und die *Amica* womöglich schon zwei Stunden unterwegs war, würden sie knapp vor ihr ankommen. Immer vorausgesetzt, sie würde nach Biševo gefahren werden. Und was dann?

Was sollte geschehen, wenn sie *Amica* fanden? Natürlich würde er sie wieder übernehmen, egal in welchem Zustand. Wer würde dann diese Rennschüssel zurückbringen? Vanja? »Keine gute Idee«, dachte er. Er sah Petar an.

Der spürte seinen Blick und wandte sich ihm zu. Claudius sagte: »Übernimm du mal das Boot, komm!« Er unterstrich seine Worte mit entsprechenden Gesten. Petar blickte ihn fragend an und sagte: »Steuer ich? *Zašto?* Warum?« Ablehnend schüttelte er den Kopf.

Der Skipper wandte sich zu Mihovil um und sagte: »Kannst du mal was übersetzen?«

»Ja. Was denn?«

»Einer von euch muss das Boot hier zurückfahren, wenn ich die *Amica* wieder habe.«

Mihovil übersetzte und Petar sagte: »*Kein Problem. Ich mach das dann. Oder Vanja oder im Schlepp mit Amica.*« Mihovil übersetzte. Und er fügte hinzu: »Ich mach das auch. Kein Problem, Chef.«

In diesem Moment sah er sie. Gleichzeitig mit Petar. Der schrie: »Da, guck!«

Es waren drei, vier, fünf, ein ganzes Rudel. Direkt voraus sprangen sie aus dem glatten Wasser. Nicht zu übersehen. Ihre Körper glänzten in der Sonne. Claudius legte sachte Ruder nach Süd, um ihnen auszuweichen, sie nicht zu gefährden. Aber das schien genau ihre Zugrichtung zu sein. Wieder waren sie vor dem Bug.

»Sie fischen und kommen zum Luft holen an die Oberfläche. Hier muss ein großer Fischschwarm sein.« Er sagte es laut und legte wieder sachte Ruder, diesmal in die Gegenrichtung. Aber das Rudel zog in die gleiche Richtung wieder zurück. Wieder spielten sie genau vor dem Bug.

Sie waren schon da. Mitten in einer großen Schule von Tümmlern. Pfeilschnell schossen die Delfine in Fahrtrichtung durchs Wasser, aber diese Flunder war zu schnell für sie. Claudius verlangsamte das Boot.

»Sehr sonderbar«, brummte der Skipper. Drei Tiere begleiteten ihn an Steuerbord, an seiner Seite. Dicht unter der Wasseroberfläche hielten sie das Tempo des tiefer eingesunkenen Bootes. Ab und zu durchschnitten ihre Rückenflossen die Oberfläche. Er sah sich um. Tilhje und Mihovil standen im Boot und reckten mit offenen Mündern die Hälse. Wieder sprangen zwei voraus aus der See. Fünf begleiteten nun das Boot. Drei steuerbords, zwei backbords. Sie hielten Abstand, drehten sich verspielt.

»Da seid ihr ja«, begrüßte sie Claudius. »Was ist los mit euch? Habt ihr hier eine Versammlung? Sollt ihr was gutmachen?«

Die beiden auf seiner Seite überholten sich gegenseitig. Einer überrollte den anderen, Körper an Körper. Einer der drei an Steuerbord spielenden Tiere tauchte weg. Die zwei verbleibenden flitzten dicht beieinander durch das klare, unglaublich türkisfarbene Wasser. Erneut ließ einer seinen Kumpel allein. Wie rasend glitt der Alleingelassene durch die See. Plötzlich schoss der andere gleich einer Polaris aus dem Wasser, zischte wieder in die Fluten – und weg waren sie. Total weg. Alle. Keine Flosse mehr zu sehen. Nicht achtern, nicht an Backbord, nicht Steuerbord, nicht voraus. Still ruhte das Meer.

Die Männer sahen sich schweigend an, blickten auf die sachte wogende Fläche im Sonnenglanz. Claudius fing sich zuerst.

»Was soll das denn nun? Könnt ihr vielleicht ein bisschen deutlicher werden?«, rief er über das Wasser. Er blickte zurück.

Dann rief er: »Leute, ich glaube, wir sollten uns beeilen, da ist was faul.«

Er schob den Gashebel nach vorn, weit nach vorn. Die Maschine jaulte auf, steigerte sich zum gewohnten Brüllen. Das Boot hob sich aus dem Wasser. Er dachte nach und versuchte bewusst die rechte Gehirnhälfte mit einzubeziehen. Noch konnte er nur raten, was dieses Schauspiel sagen wollte. Es war eine ferne Ahnung, blassgrau, verschwommen und undeutlich.

Er steuerte im Abstand einer Meile an den ockergelben Felswänden von Vis entlang.

»Zwei«, sagte er plötzlich. »Erst drei, dann zwei. Zwei reiben sich aneinander, zwei. Vanja die eine. Zwei gleiche? Aber nur einer schießt aus dem Wasser.« Er redete laut vor sich hin wie im Fieber. »Zwei reiben sich aneinander. Zwei reiben, ringen, kämpfen, aber nur einer, zwei gleiche, erst drei, aber nur einer, nur eine, eine!«

Petar hörte ihm erstaunt zu. Er krallte sich wieder in die Armlehne und sah ihm auf die Lippen, verstand vermutlich kein Wort. Mit einem Mal fragte er: »Was ist los? Was sprechen, ähm, sagen?«

»Nur eine schießt!«, schrie Claudius wie verrückt.

Kap Stupisce, die südwestliche Ecke von Vis, lag an Steuerbord voraus. Nur noch ein paar Kabellängen. »Gleich werden wir sie sehen!«, brüllte er.

Die Einzelheiten auf Biševo zeichneten sich jetzt ab. Hinter dem Leuchtturm auf der Huk des Kaps Kobila schoben sich die gut sechzig Meter hohen Wände der Nordküste hervor.

Am Kap Stupisce drehte Claudius in einer eleganten Kurve nach steuerbord auf Kurs Nordnordwest. Petar schrie in den Motorenlärm: »*Biševo, tamo!*« Er wies mit ausgestrecktem Arm auf die Insel, die nun an Backbord achteraus lag.

»*Vanja tamo!*«, antwortete der Skipper und wies voraus. Alle sahen in diese Richtung. Dann erkannte Petar den dünnen senkrechten Strich. Der Mast einer Segelyacht.

43

Du kommst da nicht raus, vergiss es.«

»*Du brauchst keine Angst vor mir zu haben. Ich tu dir nichts. Du hast ja jetzt meine Knarre.*«

»*Halt die Klappe. Du hast Taco fast umgebracht.*«

»*Er hat mich gevögelt, vergewaltigt.*«

»*Was hat er?*«

»*Vergewaltigt hat er mich. Als du das Schiff aus dem Hafen fuhrst.*«

Vanja hatte trotz der auf hohen Touren laufenden Maschine die Schritte der Frau gehört und die Klappe der Kühlbox. Sie hatte sich ein weiteres Bier geholt. Vanja hatte wie verrückt an der Tür gerüttelt, nur um mit ihr ins Gespräch zu kommen. Nun wusste sie, dass Möglichkeit Nummer drei zutraf. Das war ihre Basis.

»*Taco, verdammt Taco, du Idiot. Du bist nicht nur sturzblöd, sondern auch noch ein Schwein.*«

»*Lass mich, glaub ihr nicht*!« Er lag offenbar immer noch vor der Pantry am Boden.

»*Komm hoch, verdammt, wir sind gleich da!*«

Vanja entnahm den Geräuschen, dass die Frau Taco hoch zu zerren versuchte.

»*Ich kann dir helfen. Wie heißt du?*«, fragte Vanja.

»*Helfen? Du bist eine Bullenhure, halts Maul!*«

»*Verdammte Quadratscheiße! Ich bin nicht, was du glaubst. Ich will auch nach Italien. Tito hat auch mich bezahlt!*«

»*Wer hat dich bezahlt?*«

»*Na Tito, der Boss. Was glaubst du wohl, was ich in Hvar suche?*«

»*Du bist bei den Bullen.*«

»*Na und? Der Tito hat eine ganze Menge Kumpel bei denen.*

Komm schon, wir ziehen an einem Strang. Was meinst du, warum das so glatt gegangen ist mit dem Boot? Ich hab diesen bescheuerten Deutschen um den Finger gewickelt. Zieh den Scheißbesen weg. Ich helfe dir.«

»*Du glaubst wohl, ich lasse mich verarschen? Wieso habt ihr dann Stipe und Milan angeschossen auf der Meduza? Und Guilio erschlagen?*«

»*Das war er. Außerdem war das nicht abgesprochen. Der Idiot wollte den Funk nicht anmachen und mein Handy war weg. Ich hab gedacht, das wäre dieser verdammte Oberst.*«

»*Wo ist der Stoff?*«

»*Hey, überleg mal, würdest du den rausrücken in meiner Lage?*«

Die Tür flog auf. Vanja blickte in harte, böse Augen. Die Frau stand mit der Beretta in der einen Hand und dem Besen in der anderen davor, trat die paar Schritte zurück und lehnte sich an den Kartentisch. Vanja stand ihr barbusig und blutverschmiert gegenüber. Den rechten Oberarm mit zwei Handtüchern verbunden. Das eine Handtuch hielt sie mit der Linken fest. Sie trat aus der Nasszelle. Durch den klaffenden Schnitt in der Jeans wurde ihre Scham sichtbar. Die Frau sah es: »*Das war er?*«

Vanja nickte.

»*Taco, du Schwein!*« Sie spuckte auf den am Boden Liegenden. Er atmete schwer.

»*Okay, Süße. Ich bin Krisne. Versuchen wir es mal zusammen. Tito kann ich im Moment nicht fragen. Den haben sie in Stari Grad gekrallt. Da war so ein blöder Bullenarsch aus Split am Werk.*« Sie stellte den Besen ab, griff nach der Bierdose, die hinter ihr auf dem Kartentisch stand und nahm einen Schluck.

»*Ist blöd gelaufen, die Renovierung dort, was?*«

»*Was weißt du denn von der Renovierung?*«

»*Hey, Krisne, ich bin nicht von gestern, bloß weil ich aus Rijeka komme.*«

Die Frau sah ihr mit forschendem Blick in die Augen. »*Wie heißt du eigentlich?*«

»*Vanja.*«

»Hey, ich hab immer gedacht, das ist ein Kerl. Kommst du aus Zagreb?«

»Ja genau.«

»Mann, so kann man sich täuschen. Du bist beim Zoll, stimmt's?«

»Nein Quatsch, beim Betrug. Kripo, Betrugskommissariat, weißt du das nicht?«

»Natürlich. Hättest du ›ja‹ gesagt, wärst du jetzt hinüber, das schwör ich dir. Ich muss hoch. Das Boot läuft mit Autopilot. Das kennst du ja.« Sie steckte die Beretta in den Hosenbund und kletterte ins Cockpit hinaus.

Vanja sah den Verbandskasten auf dem Polster. Daneben lag friedlich die HK23. Hastig griff sie danach. Sie spürte sofort am Gewicht, dass das Magazin nicht im Handgriff steckte. Sie legte die Waffe zurück und nahm das Verbandszeug mit ins Cockpit hinauf.

Oben blinzelte sie in die Sonne. Sie war frei! An Backbord befand sich das Ende einer großen Insel. Drei winzige Felseilande lagen vor dem Kap. Weit voraus tauchte eine größere Insel auf. Das musste Biševo sein. Flach wie ein ausgestreckt auf dem Rücken ruhender Mensch schwamm sie am Horizont.

Vanja sah Krisne an, die hinter dem Steuerrad stand. Sie schien sich mit Booten auszukennen. Sie tippte dem Autopilot einen neuen Kurs ein. 190 Grad, las Vanja vom Display. Als sie wieder aufblickte, sich umdrehte und über den Bug hinweg den Horizont betrachtete, bemerkte sie das Boot.

Es tauchte hinter einer Huk auf, jener Huk, die an Backbord voraus das Ende von Vis darstellte. Das Boot hielt direkt auf sie zu. Vanjas Puls wurde schneller. Das konnte nur er sein. Er hatte sich ein Boot besorgt. Es würde eine merkwürdige Begegnung geben. Sie sah ihr mit gemischten Gefühlen entgegen.

»Kannst du mir mal helfen?« Sie wandte sich an Krisne. Während Krisne ihr die Wunden versorgte, behielt Vanja das Boot im Blick. Beiläufig knüpfte sie den Gesprächsfaden weiter.

»Was war denn gestern in Stari Grad?«

»Da war dieser Typ aus Split. Plötzlich, echt Scheiße. Tito und

Alberto wollten in Stari Grad den neuen Kurier treffen. Ich hab sie gefahren. Taco sollte bewachen. Der Ungar sollte auch da sein. Aber der ist verunglückt.«

»*Verunglückt? Den hat dieser Oberst umgelegt.*«

»*Genau, und den Stoff geklaut. Aus'm Wagen von dem Ungarn. Mit dem Motorboot vom Oberst haben sie das Zeug weggebracht. Nach Silba.*«

»*Eben, und da sollte ich es abholen. Irgendwie. Erst hab ich gedacht: Der Tito hat Nerven. Irgendwie das Zeug von Silba holen! Da hab ich mir diesen Deutschen geangelt. Hab die Schiffbrüchige gespielt. Hat natürlich keiner wissen können, dass ich auf dem Boot war.*«

»*Das ist ja blöd gelaufen. Und jetzt ist der Stoff hier auf dem Boot? Die ganzen vierundzwanzig Kilo?*«

»*Mehr! In Silba in der Bude von dem Oberst war noch mehr. Hab's nicht gewogen.*«

»*Das hört sich ja geil an.*« Krisne untersuchte Vanjas Wunde an der linken Seite. »*Da hast du noch eine andere Schramme.*«

»*Die Bullen auf Silba, wie ich aus dem Haus raus bin.*«

»*Hast Schwein gehabt.*«

»*Kannst du laut sagen und …*« Vanja verstummte.

Das Motorboot war nicht mehr allein. Ein zweites kam mit sehr hoher Fahrt aus einer Bucht. Es war eine große Motoryacht. Vanja erkannte die Silhouette sofort.

»*Was ist?*«, fragte Krisne und hielt mit dem Umwickeln von Vanjas Oberarm inne.

»*Da kracht's gleich*«, sagte Vanja tonlos.

»*Wo?*«

»*Guck.*«

Die große Yacht schnitt dem kleinen Boot ganz offensichtlich den Weg ab. Vanja sah fassungslos zu. Krisne frohlockte: »*Hey, das ist die Meduza! Alberto! Sind das andere die Bullen?*«

Die Boote näherten sich einander mit höchster Fahrt. Es knatterte etwas durch die Luft. Schüsse. Das kleine Boot wich aus. Jetzt liefen sie nebeneinander.

»*Mach den Verband fest, schnell*«, haspelte Vanja hervor.

Krisne klebte einen Pflasterstreifen über das Ende. Der Stich und die Schussverletzungen waren sauber versorgt. Mustergültig, fand Vanja.

»*Danke. Bist du Krankenschwester?*«

»*Schwester?*«, machte sie abfällig. Sie sah den beiden Booten zu und fuhr fort: »*Ich war in Tuzla ... Lazarett und im Krankenhaus Dubro ... Scheiße, das sind wirklich die Bullen. Hey, Taco, komm hoch verdammt.*«

Es sah so aus, als könnte das kleine Boot um die große Yacht einen Bogen fahren. Da hämmerte es wieder wütend über die See. Vanja sah das gelbrote Blitzen auf dem kleinen Motorboot. Das waren zwei Mündungsfeuer mit schneller Schussfolge. Maschinenpistolen. Auch über der großen Yacht stieg dünner schwärzlicher Rauch auf. Von dort wurde an der von der *Amica* abgewandten Seite gefeuert. Vanja stieg hinunter in den Salon und holte das Fernglas.

Taco bewegte sich. Er versuchte aufzustehen, kam auf die Knie. Tappste Richtung Niedergang.

Sie hetzte wieder nach oben. Das Motorboot drehte in einer engen Kurve ab. Sie fing es im Glas ein. Der Skipper mit seiner schwarzen Bürste stand am Steuer. Er wirkte gestresst, sah um sich, als wollte er alles gleichzeitig wahrnehmen. Neben ihm stand Petar, und hinten kauerten zwei in Kampfanzügen mit Maschinenpistolen. Jetzt vollführte auch das große Boot eine Kurve. Der Skipper drehte weiter. Die beiden Schiffe kamen genau auf Gegenkurs. »Was soll das?«, dachte Vanja. »Die knallen euch ab.«

Claudius wählte die andere Seite. Mit einer schnellen Ruderbewegung in letzter Sekunde zischte er an der Seite der Motoryacht vorbei, an der keine Schützen standen. Jetzt flog das Motorboot über die Bugwelle der Yacht und wurde aus dem Wasser katapultiert. Trotzdem reckten die zwei im Kampfanzug plötzlich die Arme. Das Boot kam hart auf das Wasser zurück. Der Skipper drehte eine Kurve nach Steuerbord. Plötzlich schoss hinter der Yacht eine Wasserfontäne in die Höhe. Eine Detonation rollte über das Wasser. Sekundenbruchteile später sahen die beiden Frauen den grellen Blitz auf dem Achterdeck der Motoryacht. Die zweite Detonation. Ein Teil des achterlichen weißen Schanzkleides flog davon. Ein Klirren folgte der Explosion. Aber die Yacht rauschte weiter und drehte eine neue Kurve auf das kleine Motorboot zu.

Drei Gestalten gingen hinter dem Bugschanzkleid der Yacht in Stellung. Die mittlere schob ein besonders großes Gerät über die Kante. An einer Stütze der niedrigen Reling fand das Rohr seitlichen Halt. Vanja konnte genau verfolgen, wie sich der Schütze auf dem Vorschiff auf den Bauch legte und zu visieren begann. Auch den Schiffsnamen am Heck konnte sie nun einwandfrei entziffern: *Meduza*. Das war also das Boot, mit dem sie nächtens bereits nähere Bekanntschaft gemacht hatten. Jetzt befand es sich zwischen der *Amica* und dem kleinen Motorboot. Sie hatten es also wieder flott bekommen.

Claudius zog erneut eine ziemlich enge Kurve. Das war sein Vorteil: Beweglichkeit. Enge Kurven schaffte die *Meduza* nicht bei dem Tempo. Aber jetzt brüllte das Maschinengewehr los. Wütend knatterte es über die See.

Claudius war bereits auf Gegenkurs. Er verschwand hinter der Windschutzscheibe. Die anderen beiden feuerten, was das Zeug hielt. Claudius hielt genau auf die *Meduza* zu. Einer der beiden Uniformierten stellte das Schießen ein, fummelte an sich herum. Was machte Petar? Er feuerte im Stehen mit einer Pistole! Vanja fluchte leise: »*Scheiße, Verdammt. Lieber Gott, pass auf, wenn es dich gibt, verdammt. Claudius! Pass auf!*«

Plötzlich riss Petar die Arme hoch. Er wankte, brach zusammen, fiel nach hinten über den weißen Sessel und verkrümelte sich dort, wie ein Embryo oder eine beleidigte Katze.

»*Quadratscheiße!*«, kreischte Vanja. Sie erschrak über sich selbst. Sie waren jetzt dicht dran. Der im dunklen Kampfanzug schleuderte etwas von sich. Vanja wusste nicht, dass es Tilhje war, der Hühne. Er warf die Handgranate, während sein Kollege Mihovil mit der MP das Schanzkleid der *Meduza* bearbeitete.

Die Granate detonierte auf dem Vorschiff. Das Rohr des Maschinengewehrs wies plötzlich in den Himmel und verfeuerte den restlichen Gurt in das endlose Blau.

»*Was ist los?*«, wollte Krisne wissen. »*Was plärrst du so?*«

Vanja schluckte. Sie presste sich die Okulare in die Augen. Sie schluckte noch mal. Die Mundwinkel zuckten ihr weg. Ihre bloßen, schönen Brüste begannen zu beben.

»*Sie haben eins abgekriegt, eine Granate. Es hat ihn erwischt.*« Sie quälte die Worte möglichst schnell heraus.

»*Wen?*«

»*Den mit dem Maschinengewehr.*«

»*Lass sehen.*«

»*Moment noch.*« Sie musste wieder schlucken.

»*Jetzt gib schon her. Wer ist es?*«

Vanja gab ihr das Glas.

»*Ist es Sladko, der Bruder von Taco?*« Sie hob das Glas an die Augen. »*Tatsächlich. Du kennst ihn, stimmt's? Das Glas ist ganz nass.*« Sie setzte es ab und wischte die Okulare an ihrer Bluse trocken. Ohne sie anzusehen, peilte sie weiter durch das Glas. »*Du kennst ihn, du magst ihn. Kein Wunder. Er kam auch gerade aus Rijeka. Ihr müsst euch getroffen haben in der ›Blauen Adria‹.*«

Sie setzte es wieder ab und sah Vanja an. Sie hatte sich die Augen gewischt, versuchte normal dreinzuschauen. »*Vielleicht überlebt er ja. Muss ja nicht gleich tot sein, nicht wahr?*«

»*Nee, das muss er nicht. Hier. Der ist zäh. Der kommt sicher durch.*« Sie reichte ihr das Glas zurück.

»*Ja*«, schluckte Vanja. »*Nur keinen Ausbruch*«, dachte sie, »*bitte keinen Ausbruch.*«

Die *Meduza* qualmte heftig aus den Auspuffrohren. Sie verlor an Fahrt. Claudius fuhr noch einen Angriff. Wieder von der anderen Seite. Auf der *Meduza* sprang nur noch ein Schütze auf die andere Seite. Das kleine Motorboot flitzte nah am Heck der großen Yacht vorbei. Direkt in den Qualm, der sich langsam über dem Wasser verbreitete. Mihovil kümmerte sich um Petar. Jedenfalls hockte er über ihm und riss ihm die Jacke auf. Dann war das Boot in der Qualmwolke verschwunden.

Vanja zuckte zusammen. Wieder ein greller Blitz auf der Heckplattform der *Meduza*. Der Rest des Schanzkleides flog weg. Gelbroter Schimmer züngelte aus dem Heck. Nun quoll nicht mehr nur weißgrauer, sondern schwarzer Qualm aus dem Boot.

»*Taco, was machen wir jetzt, sollen wir ihnen helfen?*« Krisne rief es ihrem Kumpel zu. Vanja fand das völlig irrwitzig. Sie hielt ihn für tot. So gut wie tot.

Doch tatsächlich kletterte er mühsam den Niedergang hoch, ließ sich aber sogleich auf die Cockpitbank nieder. Er hustete und spuckte blutig aus. Die roten Spritzer besudelten das weiße Süll. Vanja sprang aus dem Cockpit auf das Achterdeck.

»*Der tut dir nix mehr*«, versuchte Krisne sie zu beruhigen.

Taco sah um sich, beschirmte die Augen mit einer Hand, ließ die Hand gleich wieder fallen, stöhnte, hob die andere Hand vor das Gesicht. »*Wo sind wir?*«, fragte er.

»*Guck, da vorn Kap Permikoza. Zwei Meilen noch, dann sind wir da. Dein Bruder, Taco, deinen Bruder hat's erwischt auf der Meduza.*« Krisne deutete voraus.

»*Wieso kommen Bullen von Hvar hierher*«, krächzte er. »*Tito hat das ganz anders …*«

»*Hast wohl vergessen, dass sie den geschnappt haben gestern. Sind welche aus Split oder sonst wo hier. Bringen alles durcheinander.*«

»*Scheiße*«, stieß Taco hervor. Er griff sich mit beiden Händen an die linke Brustseite. Er hustete erneut, spuckte einen Schwall Blut. Dann kippte er auf der Bank um. Blut rann aus seinem Mundwinkel auf die Teakholzauflage der Bank.

»*Scheiße, Vanja, der Taco! Der ist fertig. Massive Hämoptyse nach Pulmoperforation. Du hast das Schwein geschlachtet.*«

Vanja setzte sich auf das Schlauchboot. Sie musste sich festhalten. Krisne stand ungerührt hinter dem Steuerrad und hielt sich am Nirobügel über den Instrumenten fest.

»Was hast du gesagt?«, wollte Vanja wissen.

»*Taco ist tot. Exitus. Dein Werk.*« Sie wies auf den leblosen Körper.

»Das Schwein hat nichts anderes verdient.« Vanja sah Krisne an. Die Frau grinste hämisch. Vanja fuhr fort: *»Du bist Medizinerin, richtig?«*

»Du merkst auch alles. Aber ich rede nicht drüber, kapiert?«

Krisne wandte sich ihr halb zu, kramte aus der rechten Tasche ihrer roten Jacke eine Zigarettenschachtel und fummelte einen Glimmstängel heraus. *»Auch eine?«*, bot sie Vanja die Packung an.

»Nein danke.«

Krisne steckte die Packung weg und zündete sich die Zigarette im Schutz ihrer Jacke an. Vanja studierte das fleischige Gesicht dieser energiegeladenen Person. Die Verschlagenheit in den Augenwinkeln, die heruntergezogenen Mundwinkel. Bitterkeit lag darin. Sie hatte hübsch gewelltes Haar und grünbraune Augen, eher grün, wenn man genau hinsah. Sie inhalierte den Zigarettenqualm tief und bewusst.

»Was machen wir mit Taco?«, fragte Vanja.

»Auf Biševo gibt es einen Friedhof.«

»Wer stellt dort den Totenschein aus?«

»Der Bürgermeister, wer denn sonst.«

»Gibt es dort einen?«

»'türlich. Tito hat ihn gekauft.« Vanja versuchte ein schmutziges Lächeln.

»Sie haben ein Problem auf der Meduza«, sagte Vanja.

Eine große Gestalt kam dort aus der Kajüte auf das Achterdeck und sprühte mit einem Feuerlöscher in den gelbroten Schein.

»Sollen wir hinfahren?«, fragte Krisne.

Die Motoryacht lag jetzt an Backbord achteraus. Wieder knatterten Feuerstöße über das Wasser. Der Schütze kauerte am Bug der Yacht und feuerte dem kleinen Motorboot hinterher. Es war aus der Qualmwolke herausgekommen und zog eine weite Kurve um den Bug der *Meduza*. Vanja nahm das Fernglas und peilte das Boot ein.

»Ich glaub, sie kommen ohne uns zurecht. Am Ende entern uns noch die Bullen«, gab Vanja zu bedenken.

Claudius stand geduckt am Steuer und sah nach Petar und dem Kollegen, der sich über ihn beugte. Vanja stockte der Atem. Der vierte Mann hing reglos über das Seitenbord. Ein eisiges Kribbeln zog sich aus ihrer Kopfhaut in den Nacken hinunter.

»*Das leuchtet ein*«, fand Krisne. »*Wir sollten hier verschwinden.*«

»*Die haben Verletzte auf dem kleinen Boot.*« Sie versuchte es möglichst teilnahmslos klingen zu lassen.

»*Hätten sie sich nicht eingemischt. Ist eigentlich der Deutsche dabei?*«

»*Ja. Der am Steuer. Der wird noch Ärger machen*«, sagte Vanja.

»*Alberto wird mit ihm zurechtkommen.*«

»*Alberto, der …?*«

»*Der die Meduza fährt, der das Feuer löscht. Spezialist für Unfälle auf See.*«

»*Ich glaube, die werden nicht mehr weit kommen mit ihrem Schiffchen*«, sagte Vanja. Sie räusperte sich, um das Beben in ihrer Stimme zu überspielen. Es waren die letzten Blicke, die sie auf das kleine Motorboot werfen konnte.

Amica passierte das Nordkap von Biševo. Sechzig oder siebzig Meter hoch aufragende Felsklippen schoben sich zwischen sie und die beiden Motorboote.

»*Da sind wir ja. Die zweite Bucht, das ist Bisevska luka. Ich werde uns mal anmelden.*« Krisne zog ein Mobiltelefon aus der linken Jackentasche. Das Gespräch war kurz. Fast militärisch kurz, dachte Vanja.

Als sie fertig war, sagte Krisne: »*Du kannst ja schon mal den Stoff rauskramen.*«

»*Gute Idee.*«

Vanja ging nach unten.

44

Zurück, Chef! Zurück!« Mihovil brüllte Claudius an. »Wir müssen zurück, der Kapetan braucht einen Arzt, ganz schnell.«

Nie war er einem ähnlichen Stress ausgesetzt gewesen. Claudius sah sich im Boot um. Es war übersät mit Einschüssen. Tilhje hing halb nach außerbords. Er hatte beim letzten Angriff, als er die Handgranate so genau platziert hatte, einen tödlichen Treffer abgekriegt. Seine Wange lag auf dem Seitendeck, verzerrte seinen Mund zu einem schrägen, blöden Lächeln. Seine blauen Augen starrten ins Nirgendwo. Die Waffe schleifte durch das Wasser und schepperte ab und zu gegen den Rumpf.

»Wieso? Wofür das alles?« Er wäre der Gewalt am liebsten ausgewichen. Aber Petar hatte auf dem Angriff bestanden. Nein, so einfach konnte er es sich nicht machen. Auch er hatte die *Amica* gesehen, wusste Vanja dort. Und Claudius war nicht minder heiß darauf gewesen, sein Eigentum zurückzuerobern. Er begriff nicht, warum sie ausgerechnet sein Schiff mit dieser Gewalt verteidigten? Was war ihnen so wichtig, dass sie dafür Krieg führten?

Mihovil versuchte eine Blutung am Halsansatz von Petar zu stillen, der apathisch und zusammengekrümmt mitten im Boot lag. Mihovil hatte den Kopf des Policija-Kapetans auf eines der Lederpolster gebettet. Auf dem Bootsboden schwappte eine Menge mit Blut vermischten Wassers. Ja, sie brauchten ärztliche Hilfe. Und das Boot hatte sicher einige Lecks.

Claudius sah seine *Amica* hinter der Nordspitze von Biševo verschwinden. Er schätzte die Entfernung zu seiner Yacht auf zwei Meilen, die Entfernung zur Insel auf eine. Im Kopf prasselten ihm noch immer die fürchterlichen Maschinengewehrgarben um die Ohren. Nach den beiden harten Stößen an seine Seite hatte er den Kampf – und sein Leben – für beendet gehalten. Alles schien gelaufen, schlecht gelaufen. Zwei Schüsse hatten ihn gestreift. Die Weste hatte ihm das Leben gerettet. Petar hatte es ihm gerettet.

Die *Meduza* lief rauchend mit geringer Fahrt auf Nordostkurs. »Maschinenschaden durch eine der beiden Handgranaten«, dachte er. Aber immer noch kauerte ein Schütze mit Maschinenpistole auf dem Vorschiff. Als Claudius wieder hinsah, drehte die *Meduza* nach Westen.

Er sollte eine Entscheidung treffen. Jetzt sofort.

»Miho, komm her. Übernimm das Boot. Setz mich dort drüben an Land und bring den Kapetan nach Hvar zurück. Okay?«

Mihovil sah auf. Er blickte den Skipper fragend und zweifelnd an. Er hatte Tränen in den Augen. »Willst du allein?«

»Es ist mein Schiff. Und Vanja ist seine Braut. Ich bringe sie ihm zurück. Ich muss.«

Er drehte eine Kurve nach Süden und schob den Gashebel nach vorn. »Ein Wunder, dass die Kiste überhaupt noch schwimmt«, dachte er bei sich. Er sah nach achtern und musterte die schwarzglänzende Verkleidung der Maschine. Er konnte drei Löcher ausmachen. Der Tank im Boot war offenbar nicht getroffen worden.

Die Maschine dröhnte und schob den Bootskörper aus dem Wasser. Mit einem Auge auf die Karte hielt er auf das Leuchtfeuer von Kap Kobila zu. Die Landzunge war ein Arm des Teddy und wies nach Osten. Dahinter verbarg sich laut Karte die einzige Stelle an der Ostküste der Insel, die für eine Landung geeignet schien. Von dort würde er über Land nach Bisevska luka gelangen. Eineinhalb Kilometer Fußweg, schätzte er.

Minuten später konnten sie am Kap vorbei in die Bucht hineinsehen. Einige Häuser waren auszumachen. Mihovil übernahm das Steuer. »Achte darauf, dass das Boot immer in Fahrt und aus dem Wasser bleibt. Es ist sicher leckgeschossen.«

»Okay«, sagte Mihovil.

Claudius zeigte auf die Karte. »Vielleicht besser, ihr fahrt nach Komiza auf Vis. Da müsste es auch einen Arzt geben. Ihr seid in wenigen Minuten dort. Ich weiß nicht, wie lange es das Boot noch macht mit den Löchern.«

»In Komiza ein Arzt?«, fragte Mihovil unsicher. »Vielleicht können wir einen Hubschrauber kommen lassen.«

Sie passierten das Kap. Die *Meduza* geriet außer Sicht. Claudius hoffte inständig, dass die Besatzung mit dem Boot beschäftigt war und sich nicht um sie kümmern konnte.

»Einen Rettungshubschrauber?«, fragte er zweifelnd.

»Aus Split.«

»Versuchen wir's. Petar hat ein Mobiltelefon. Kennst du die Nummer?«

»Ich glaube schon.«

Der Skipper durchsuchte Petars Uniform. Die Jacke wies ein Loch auf. Die linke Brusttasche. Hatte er nicht da immer … Er griff in die Innentasche, erfühlte das Gerät und zog es heraus. Es hakte erst, dann glitt es aus der Tasche. Es hatte eine eigenartige Form. »Ich treffen, *sranje.* Ah! Vanja!«, stöhnte Petar.

»Miho schau!«, rief Claudius in den Motorenlärm. Der Steuermann drehte sich um und sah ein völlig zertrümmertes Teil in Claudius' Hand.

»Hat ihn gerettet!«, brüllte er und steckte das demolierte Telefon in die Uniform zurück. Petar schlug die Augen auf und hauchte: »Vanja, wo? Was mit Vanja?«

Claudius antwortete sanft: »Ich bring dir Vanja wieder. Ich bring sie dir, Petar.« Er strich ihm über den Kopf.

Petar sah ihn an und hauchte: »*Hvala, moj prijatelju.*«

»Schon gut, mein Freund«, erwiderte Claudius und erhob sich. Er zog die Maschinenpistole von Tilhje herein. Das Magazin war noch zu einem Drittel gefüllt. Er zerrte den Leichnam auf den Bootsboden hinter Petar.

Der Skipper nahm die Waffe an sich und stieg über die beiden Körper hinweg nach vorn. Er drehte die MP in den Händen. Es war eine GS32 mit gebogenem Magazin. Er kannte sie nicht, aber in den Grundfunktionen waren diese Mordgeräte alle gleich: Spannhebel, Sicherungsflügel, Magazinlösehebel, Abzughahn. Er zielte ins Wasser und drückte einmal kurz ab. Drei Schüsse platzten in die See. Miho zuckte am Steuer zusammen. »Was machst du?«, schrie er über die Schulter.

»Sorry. War ein Test. Ich nehme das Ding mit. Okay?« Claudius klappte den Sicherungsflügel auf »S« und schulterte die Waffe. Sie kamen ans Ende der Bucht.

Hoch über dem Wasser erhob sich ein wuchtiges Haus. Ein schmaler Weg führte von dort im Schatten steil herab. Claudius wies auf die Stelle, wo der Weg in eine Art Anlegestelle mündete. Rechts neben dem kleinen Plateau dümpelten vier Fischerkähne. An dreien hingen kleine Außenborder am Heck. Das vierte war etwas länger. Ein braun gestrichener Holzkasten in der Mitte des himmelblau gemalten Gefährts ließ einen Einbaumotor vermuten. Ein Haufen Netze lag im Vorschiff.

Claudius deute auf die kleine Pier. »Dort. Setz mich dort ab.«

»Okay.« Mihovil nahm das Gas zurück und ließ das Boot an die Stelle gleiten.

Ein Mann kam den Weg über den felsigen Absturz herab. Claudius schätzte ihn auf sechzig. In der einen Hand hielt er eine Zigarette, mit der anderen stützte er sich auf einen schwarzglänzenden Stock.

Mihovil betrachtete die kleine Flotte. »Sollen wir auf ein anderes Boot umsteigen?«

»Der blaue Kahn wär nicht schlecht«, antwortete der Skipper. Er sah zu dem Haus hinauf.

Der Mann blieb auf halber Höhe stehen und betrachtete das Treiben auf dem Wasser.

Die zerschossene Badeflunder trieb an die kleine Pier. In den Fels war ein eiserner Dübel mit einem Festmacherring daran getrieben. Claudius griff danach und schlang die Vorleine durch das rostige Auge. Er sah ins Boot zurück. Dumpf brodelte die Maschine im Leerlauf. An Steuerbord sprudelte munter Wasser durch ein Leck, das nun unter die Wasserlinie geraten war.

»*Entschuldigen Sie. Gibt es einen Arzt hier oder Verbandszeug, einen Sanitäter?*«, rief Mihovil nach oben.

»*Liječnik? Ne. In Komiža drüben, ja.*«

»*Gibt es ein Telefon?*«

»*Telefon? Da.*« Er deutete mit dem Stock auf das Haus.

»*Noch eine Frage, mein Herr, wem gehört dieses Schiff?*« Mihovil wies auf das lange himmelblaue Boot mit der Einbaumaschine.

»*Dahomir. In Polje.*« Wieder deutete er mit dem Stock.

»Dahomir. Wohnt offenbar oben im Dorf Polje«, schloss der Skipper daraus.

»Richtig«, sagte Mihovil und wandte sich wieder an den Mann am Ufer: »*Können wir Dahomir anrufen? Wir brauchen das Boot! Wir müssen zum Arzt nach Komiža. Schnell!*«

»*Da da. Ich rufe ihn an*«, sagte der Mann und machte kehrt. Bedächtig, aber zügig stieg er nach oben.

»Geh mit ihm, Miho. Vielleicht kannst du …«

»Bin schon unterwegs.« Er kletterte an Land. Claudius bemerkte, dass seine Uniform im Hüftbereich zerfetzt und blutgetränkt war. Dennoch konnte er sich unbehindert bewegen.

»Ich zieh schon mal um, okay?«

Claudius löste die Leine und bugsierte das Boot gegen den langen Fischerkahn. Dann hob er Petar aus der Nässe. Der Policija-Kapetan kam zu sich und tat alles, um, gestützt von Claudius, in das andere Schiff überzusteigen. Der Skipper bettete ihn auf die Netze. Die Wunde blutete immer noch.

»Petar, verdammt noch mal, halte durch.« Claudius zog sich Pullover, Schutzweste und Hemd aus. Er riss einen Ärmel des Hemdes ab und legte Petar damit einen neuen Druckverband an den Hals. »Arteria circumflexa scapulae, wenn ich mich recht erinnere«, flüsterte er vor sich hin. »Du hast eine Menge Blut verloren, mein Freund. Hoffentlich haben die genug Konserven.« Er zog den Rest seines Hemdes wieder an und schlüpfte auch in die tarnfarbene Schutzweste. Den durchlöcherten dunkelblauen Pullover ließ er über der Windschutzscheibe hängen.

45

Sie hatte sich eines der neuen T-Shirts aus Silba angezogen und den zweiten, jetzt einzigen, Slip. Der Reißverschluss der Hose ließ sich nicht reparieren. Als sie sich im Spiegel ihrer Kabine im Vorschiff betrachtete, erschrak sie über ihr Aussehen. Verheult, verschmiert, traurig. Petar. Was war mit ihm? Das letzte Bild, das sie von ihm in Erinnerung hatte, ließ wenig Hoffnung. Er hatte die Hände hochgerissen und war auf diesem Motorboot über den Sitz nach hinten gefallen. Der andere Typ hatte sich über ihn gebeugt. Der Skipper war bei ihm im Boot. Was war mit ihnen geschehen? War dies Krieg? Drogenkrieg? Sie musste hier wegkommen. Gab es eine Chance, allein mit dem Boot abzuhauen? Wohin?

In ihrem Kleiderschapp fand sie das Magazin mit den restlichen drei Patronen. Sie steckte es in die Hosentasche und ging in die Pantry. Dabei versuchte sie, nicht in die Blutlache zu steigen. Obwohl die HK23 immer noch auf dem Polster im Salon lag, fasste sie sie nicht an. Stattdessen griff sie nach einer Coladose und stieg damit an Deck.

Oben sah sie sich um. Inzwischen hatten sie die erste Bucht passiert. An Backbord war die Felsküste weniger als hundert Meter entfernt. Die leichte Brandung war deutlich zu sehen und zu hören. Das Ufer fiel steil ab. Es gab nur einen winzigen Strandstreifen. Vanja erschrak. Am Heck tanzte ein fremdes Schlauchboot mit Außenbordmotor. Sie hatte es bisher noch nicht entdeckt. Nun wurde ihr klar, wie die Enterung in Hvar abgelaufen war.

»*Willst du auch?*«, fragte sie Krisne und hielt ihr die Coladose hin. Sie winkte ab und sagte barsch: »*Mach den Anker klar.*«

Krisne steuerte von Hand. Noch bevor sie ihn einsehen konnte, drehte sie eine Kurve in einen tief eingeschnittenen

Fjord. Kannte sich offenbar aus hier. Vanja ging nach vorn. Krisnes mürrischer Gesichtsausdruck machte ihr Sorgen. War sie misstrauisch geworden? Was sollte sie tun, wenn die Frage nach dem Stoff energischer gestellt wurde?

Sie öffnete den Ankerkasten, nahm die Steuerung heraus und schob den Anker über die Rolle, sodass er bereit zum Fallen über dem Wasser hing.

Unter anderen Umständen hätte sie sich der Bewunderung der Landschaft hingegeben. Wie in einer Schlucht rückten die Ufer zusammen. Das Wasser ruhte dunkelblau bis grün still und klar. Am Ende der Bucht lagen einige bunte Fischerkähne und ein schnittiges Motorboot. Es erinnerte Vanja an die *Rakovica.* An der kurzen gemauerten Pier stand ein vierschrötiger Mann. Er sah aus wie ein Bodybuilder. Das olivfarbene T-Shirt spannte sich über seinen Schultern und seinen Oberarmen. Vanja fand, dass er einen Hals wie ein Baumstumpf hatte. Der wettergegerbte Kopf wirkte wie aus Holz gehauen. Der Mann winkte zu ihr herüber. Sie winkte nicht zurück.

Zwei schlichte ebenerdige Gebäude aus grauen Natursteinen standen nah am Wasser. Jedes wies zwei dunkle Fensterhöhlen auf. Weiter oben thronte ein größerer Bau mit drei Stockwerken.

Krisne trieb die *Amica* tief in die Bucht. Erst knapp vor den Fischerkähnen fuhr sie eine scharfe Kurve und schrie *»Anker!«*

Vanja löste die Sperre, und das Eisen rasselte in die Tiefe. Der Grund schien ihr sehr tief zu liegen, deshalb ließ sie vierzig Meter Kette ausrauschen. Als sie nach achtern kam, erinnerte sie Krisne an die Notwendigkeit einer Landleine.

Krisne machte eine abfällige Geste und sagte: *»Zauber lieber den Stoff raus. Der Alberto wird ziemlich sauer, wenn das Geschäft nicht läuft.«* Sie schaltete den Motor ab.

»Ich weiß nicht, wo der Skipper ihn verstaut hat.«

»Du spinnst wohl, Kleine. Es geht um eineinhalb Millionen Deutschmarks.«

»Das Zeug ist irgendwo hier an Bord. Hundertprozentig.«

»Dann wirst du es ja finden.«

Krisne turnte hurtig in den Salon hinunter und machte sich am Kartentisch zu schaffen. Vanja bemerkte, dass die Anzeigen auf den Instrumenten an der Steuersäule verschwanden. Sie hatte den Batteriestrom abgeschaltet. Als Krisne wieder an Deck kam, sagte sie: »*Branco wird Taco rüberschaffen.*«

Vanja sah zum Ufer hinüber. Der Muskelmann winkte wieder.

»*Du suchst, und ich fahr rüber. Branco erledigt den Rest.*«

Vanja schluckte. Sie würde sie tatsächlich allein an Bord zurücklassen? Mit diesem Kerl allein an Bord? Krisne ging nach achtern und ließ die Badeleiter runter.

»*Okay. Ich räum den Verbandskasten weg*«, sagte Vanja und trug ihn nach unten. Noch immer lag die HK23 da. Sie nahm die Waffe an sich, bevor sie den Kasten in das Schapp zurückstellte.

Der Außenborder sprang sofort an. Vanja hörte, wie sich das Schlauchboot entfernte. Das war die Gelegenheit. Sie stürzte fast zum Kartentisch, schaltete Instrumente und Ankerwinsch ein. Doch die Kontrolllämpchen blieben dunkel. Mit einem Blick hatte sie es erfasst: Die Frau hatte die zwei Batterieschlüssel der Motor- und der Instrumentenbatterie abgezogen. Ohne Strom keine Ankerwinsch und keinen Motorstart.

Vanja schob das Magazin in die Pistole und lud sie durch. Sie hatte noch nie Kokain in der Hand gehabt. Sie wusste nur aus der Literatur und aus den Medien, dass es sich dabei um weißes Pulver handelte. Vierundzwanzig Kilo weißes Pulver?

Sie setzte sich an den Kartentisch und analysierte ihre Situation. Sie saß auf einer Segelyacht, die in einer engen Bucht vor Anker lag und nicht bewegt werden konnte. Sie könnte von Bord springen und an Land schwimmen. Aber jetzt bei Tageslicht würde man sie sehen und abfangen. Sie sah auf die Uhr. Es waren noch gut fünf Stunden bis zur Dämmerung.

Sie könnte das Dinghi nehmen, den Außenborder darauf setzen und aus der Bucht fliehen. Das würde zu viel Zeit in Anspruch nehmen und außerdem auffallen. Man würde ihr mit dem Motorboot, das dort drüben lag, nachsetzen.

Sie könnte versuchen, die beiden Batterieschalter zu überbrücken. Dazu müsste sie … Sie betrachtete das Schaltpaneel. Es war ein Brett, das von vier Schrauben gehalten wurde. Sie stützte die Ellenbogen auf den Kartentisch und den Kopf auf beide Fäuste. Aber selbst wenn das klappen könnte, würden diese Gangster sie mit dem Motorboot spielend einholen. Und sie hatte nur noch drei Patronen im Magazin.

Ein nahender Außenbordmotor lenkte sie ab. Sie dachte an weißes Pulver. Mehl! Sie musste ein Szenario darstellen, das aussah, als würde sie das Schiff auf den Kopf stellen.

Hektisch begann sie zu arbeiten. Sie warf alle Polster auf den Tisch und riss sämtliche Stauräume in den Sitzbänken auf. Unter der blauen Plane, unter der sie sich versteckt hatte, fand sie eine wasserdicht verschraubte weiße Plastiktonne. Der Inhalt: weißes Pulver.

Sie fühlte, wie ihr Hitze ins Rückenmark floss. Die Tonne war schwer. Nur mit Mühe angelte sie sie nach oben. Ein sauberer runder durchscheinender Behälter mit kräftigem Schraubdeckel. Als sie ihn endlich oben hatte, klemmte sie ihn zwischen die Schenkel und drehte den Deckel auf. Sie griff hinein, nahm mit drei Fingern eine Probe und legte sie sich auf die Zunge. Mehl! Es waren sicher zehn Kilo weißes Weizenmehl.

»Entschuldige meine schlechten Gedanken, Skipper«, murmelte sie. Dann schloss sie das Behältnis wieder, stellte es in eine Ecke der Kajüte und warf eine Decke darüber.

Der Außenborder war verstummt. Jemand kletterte an Deck. Sie ging zur Pantry und nahm aus der Besteckschublade ein großes Küchenmesser.

46

Von wegen eineinhalb Kilometer! Was er auf der Karte gemessen hatte, war die Luftlinie. Sie führte über mörderische Felswände. Der wirkliche Weg war wenig mehr als ein Pfad, folgte einem engen Tal und führte trotzdem steil nach oben. Claudius war ins Schwitzen gekommen.

Im Dorf waren ihm fünf Menschen begegnet. Zuerst hatte ihn die junge Mutter mit einem kleinen Kind auf dem Arm freundlich angesehen. Als sie seine Verletzung im Gesicht wahrnahm und die GS32 an seiner Seite entdeckte, weiteten sich ihre Augen entsetzt. Rasch huschte sie um die nächste Hausecke und verschwand in dem Gebäude neben der stattlichen Kirche. Ein Mann in den Vierzigern schleppte eine Krackse voll Feuerholz auf dem Rücken quer über die Straße und nahm kaum Notiz von ihm.

Am Ende des Dorfes kam er an ein halb verfallenes einstöckiges Haus. Es war bewohnt. Ein alter Mann saß davor auf einer hölzernen Bank in der Sonne. Sein Gesicht erinnerte an eine Knoblauchreklame. Der Alte unterhielt sich lebhaft durch das offene Fenster mit einer Frau, die drinnen mit Geschirr hantierte.

Claudius sah im Halblicht des Inneren ihre Hände, die dunkelrot geblümte Schürze und ein unglaublich faltenreiches Gesicht. Der Alte machte eine wegwerfende Geste gegen ihn und bedachte ihn mit Worten, die die alte Frau neugierig machten, woraufhin sie ihr runzeliges Gesicht im Fenster sehen ließ.

Claudius kam sich vor wie ein Besucher von einem anderen Stern. Völlig ungewiss, wie viele Leute noch hinter anderen Fenstern standen und den Fremden misstrauisch beäugten. Unsicher, ob ihn sein Weg jemals zu seiner *Amica* führen würde.

Als er das jenseitige Meer zum ersten Mal sah, fühlte er deutlich die Halsschlagader. Der Weg hatte zwischen aufgeschichteten Feldsteinmauern hindurchgeführt. Nach einer Biegung entdeckte er plötzlich die schimmernde See westlich der Insel. Das Gelände neigte sich zu einer Schlucht. Dort musste es sein.

Jetzt endlich hatte er sie vor sich – und war ratlos. Da unten lag sie friedlich vor Anker. Aber es mussten seemännische Stümper gewesen sein, die sie dort hingelegt hatten. Der Schwoikreis um den Anker reichte nie und nimmer. Sollte sich der Wind drehen oder die Yacht aus anderen Gründen bewegt werden, würde sie irgendwann gegen das jenseitige Ufer stoßen und mit dem Unterwasserschiff gegen kantige Felsen rumsen. Er musste schleunigst zu seinem Schiff. Es war seine Heimat. Seine Existenz.

Doch im Moment befand er sich etwa vierzig Meter über der Bucht, hinter einem stacheligen Strauch postiert. Er hatte den Weg verlassen, der zu der kleinen Siedlung hinunterführte. Auf der Schulter des Hanges war er nach links ins Gelände abgebogen. Dürre Macchia und ausgebleichtes, trockenes Gras, das bei jedem Schritt raschelte, bildeten die Vegetation. Hin und wieder verlor sich eine grüne Kiefer. Erst mal die Lage peilen.

Vor ihm fiel das Gelände steil ab. Ein herrlicher Fjord mit kobaltblauem und zum Ende hin klargrünem Wasser. Kaum fünfzig Meter breit. Im flachen Teil der Bucht lagen drei kleine Fischerboote. Ein halbes Dutzend freie Bojen ließ auf eine wesentlich größere Flotte schließen. Die Boote, zu denen diese Bojen gehörten, waren vermutlich draußen im Einsatz.

Sein Blick kehrte zum Ende der Bucht zurück. Die Siedlung bestand aus drei Gebäuden. Zwei lang gestreckte einstöckige erinnerten ihn an Baracken. Sie standen schräg versetzt rund fünfzig Meter vom Wasser entfernt. Über diesen steingedeckten Gemäuern erhob sich ein weiterer Bau. Er hatte drei Stockwerke. Der Eingang führte hangseitig in den ersten Stock. Von dort gab es einen Weg zum Wasser hinunter, zum Ufer direkt unter Claudius. Er schob sich etwas nach vorne, um auch das Ufer zu seinen Füßen besser einzusehen.

Dabei entdeckte er eine kurze gemauerte Pier. Ein modernes

schnittiges Motorboot war daran festgemacht. Es erinnerte ihn an die *Rakovica*, die er allerdings auch nur aus der Ferne gesehen hatte. Dieses hier hatte ebenfalls eine kleine Kabine im Bug. Daneben lag ein Schlauchboot mit Außenbordmotor.

Erst dachte er, es wäre sein eigenes. Doch das Dinghi der *Amica* war nach wie vor auf dem Achterdeck über seiner Kabinenluke festgelascht. Auf der kleinen steinernen Pier lag eine Gestalt. Hingestreckt. Er hielt den Atem an.

Vanja! Wo war Vanja? Dieser Mensch da unten war größer. Liegt jemand, der sich ausruhen möchte, so auf den Steinen?

Die Person trug Jeans, helle Sportschuhe und einen ebenso hellen Verband auf der Schulter. Der eine Arm ausgestreckt, der andere angewinkelt, das Gesicht nach unten auf den Steinen. Die Haarfarbe war im Schatten schwer auszumachen. War es rötlich und lang? Die Beine verdreht und doch gerade. Nur der untere, rechte Arm steckte in der grauen Bomberjacke. Der Rest der Jacke mit orangerotem Futter lag hinter dem Rücken der Person auf den Felsen. Die graue Bomberjacke!

Als der rote Sweater mit dem hellen Cap ins Bild kam, wurde ihm der Zusammenhang sofort klar. Die Kombination von grauer Bomberjacke und rotem Sweater hatte er vor einigen Stunden in Stari Grad bereits wahrgenommen. Das war kein Jugendlicher. Es war eine Frau! Eine kleine, kräftige Frau. Die Delfine kamen ihm in den Sinn. Zwei Gleiche! Wo war die andere? Wo steckte Vanja?

Neben der Person in der roten Jacke, die den Weg von einem der oberen Häuser herunterkam, lief ein Mann in Jeans und T-Shirt. Ein kräftiger Kerl. Beeindruckender Bizeps, dachte Claudius.

Der Muskelmann zog die Gestalt, die am Boden lag, hoch und wuchtete sie sich auf die Schultern. »Zwei Zentner toter Mann«, murmelte der Skipper. Der Kerl schleppte die Leiche den Weg hinauf, zwischen den Häusern durch auf den anderen Hang. Die Frau ging voraus. In einem kleinen Kiefernwäldchen verschwanden die beiden.

Wie sollte er vorgehen? Einfach hinunterschlendern, mit

dem Schlauchboot übersetzen und losfahren? Er hatte keinen blassen Schimmer, was diese Basis hier bedeutete, mit wie vielen Leuten, mit wie vielen Gegnern zu rechnen war. Verteidigungsanlagen hatte er bisher nicht gesehen. Oder verbargen sich hinter den kleinen Mäuerchen da drüben Schützenstände und Laufgräben? Man könnte sie dafür halten.

Vor allem musste er herausfinden, wo sich Vanja aufhielt. Er schätzte die Luftlinie zu seinem Boot auf zweihundert Meter.

»Einen Versuch ist es wert«, dachte er, zupfte einen der vergilbten Grashalme ab, spannte ihn zwischen die beiden Daumen und ließ den markerschütternden Schrei einer Seemöwe erklingen. Gleich darauf noch mal und nach einer Pause von fünf Sekunden noch einmal.

Wie ein Luchs lauerte er auf eine Regung. War das absurd, was er hier tat? Eigentlich wolltest du auf deinem Schiff leben und ein wenig philosophieren. Statt dessen hockst du hier im Gebüsch und spielst Indianer wie bei Karl May. Während er in die Hocke ging, griff er nach der Maschinenpistole und überlegte.

»Wenn sie an Bord wäre, hätte sie den Kopf herausgesteckt«, murmelte er. »Man hält sie in einem der Häuser gefangen.« Sollte er auf Dunkelheit warten? Was geschah mit ihr in der ganzen Zeit?

»Auf geht's!«, befahl er sich, erhob sich und legte den Pullover wieder so über den Arm, dass er auch die GS32 und das Gürtelhalfter mit der HK23 bedeckte. Vorsichtig begann er den Abstieg. Er würde einfach als Tourist durch die Siedlung schlendern. Zugegeben, ein sonderbarer Tourist, dem der linke Ärmel seines Hemdes fehlte, der eine tarnfarbene Schutzweste trug, dessen Jeans große, dunkelrote Flecken aufwies und dessen Gesicht verletzt, verschwitzt und blutverschmiert war.

Er dachte an Mihovil, Petar und Dahomir. Sie müssten schon in Komiza angekommen sein.

Dahomir war tatsächlich vom Dorf Polje in die Bucht zu seinem Fischerkahn herübergekommen. Als er gesehen hatte, dass es sich um verletzte Policija-Beamte handelte, hatte er sich ohne zu zögern bereiterklärt, sie nach Vis hinüberzufahren. »*Wird Zeit, dass aufgeräumt wird mit diesen Scheißdrogen*«, hatte er gebrummt. Mihovil hatte übersetzt.

Was meinte er damit? Wurde hier Hanf angebaut oder Marihuana, Kokain gewonnen, Mohn gezogen? Mihovil hatte mit den Schultern gezuckt. Und dann hatten sie abgelegt. Mihovil hatte ihm zum Abschied einen bedenklichen Blick zugeworfen.

Nun müssten sie längst dort sein, dachte Claudius und sah auf die Uhr. Es war vierzehn Uhr dreißig. Für die fünf Meilen brauchten sie mit dem Fischerkahn sicher nicht mehr als vierzig Minuten. Ob Petar die Fahrt überstehen würde? Der Rettungshubschrauber würde kommen, sobald er frei wäre, hatte Mihovil erfahren. Er hatte enttäuscht abgewunken. »Nicht einsatzklar«, war sein Kommentar.

Claudius erreichte den Weg und lief den Berg hinab. Aufmerksam musterte er die Feldsteinmauern zu beiden Seiten. Er fand tatsächlich zwei als Maschinengewehrnester ausgebaute Unterstände. Nicht perfekt, aber brauchbar. Von ihnen aus ließ sich der Weg zur Bucht problemlos sperren. An den Mauern entlang führten vorbereitete Pfade – offenbar als Verbindung zum nächsten Posten. Jemand hat das alles ausspioniert und die Karte gezeichnet, die Vanja in Silba gefunden hatte.

Nach einer Biegung lag die Bucht wieder vor ihm. Er blieb stehen. Der Anblick, der sich ihm bot, war alles andere als beruhigend. Da lag seine *Amica*, und dort draußen, in der Öffnung der Bucht, kurvte ein Schiff in den Fjord. Eine große Motoryacht. Sie fuhr mit kleiner Fahrt und qualmte aus den Auspuffrohren.

47

Der Weg führte direkt auf das obere Gebäude zu. Altes, graues Gemäuer, das notdürftig hergerichtet worden war. Das Dach war ausgebessert. Ein Antennenmast ragte daraus hervor, befestigt an einem Kamin. Die Türen waren zu, die Fensterläden geschlossen.

Seine rechte Hand umklammerte unter dem Pullover den Griff der GS32 und sein Daumen lag auf dem Sicherungsflügel. Der Daumen drückte auf den Flügel, der mit einem leisen Klicken nach unten schnappte.

»Es ist der 15. November um halb drei nachmittags. Ich befinde mich auf einer Insel in der Adria in Europa und laufe mit der Hand am Abzug einer Maschinenpistole herum.« Ungläubig vor sich hin murmelnd ging Claudius an dem Haus vorbei.

Der Weg schlängelte sich weiter abwärts. Er führte an den beiden niedrigen Gebäuden entlang. Neben der Tür des ersten barg ein dürftiger Bretterverschlag zwei Propangasflaschen. Ein paar Schritte weiter erlaubte ein Fenster einen Blick in einen der Innenräume.

Er trat vor die Öffnung und beschattete mit der Hand ein Viertel der Fensterscheibe.

Ein hölzerner Tisch und drei Stühle waren zu erkennen. Auf dem Tisch vier oder fünf Kartons. Daneben zwei große Gläser wie zum Einkochen von Marmelade, drei blecherne Löffel und zwei rote Plastiktrichter. Ergänzt wurde das Stilleben durch ein halbes Dutzend kleiner, durchsichtiger, leerer Plastiktütchen, das vor einem der Kartons verstreut war. Auch auf dem Boden lagen einige davon herum. In der Ecke drei alte Matratzen. Einige Wolldecken waren darauf geworfen. Daneben standen und lagen leere Weinflaschen und eine verstaubte rote Bierkiste, halb gefüllt mit Leergut.

Motorengebrumm schallte durch die Bucht.

Claudius ging bis zur Hausecke weiter. Vorsichtig spähte er zum Wasser. Am gegenüberliegenden Ufer, keine hundert Meter von ihm entfernt, drehte die Motoryacht. Sie bot ihm die Breitseite und lag nun hinter dem kleineren Motorboot. Die *Meduza* ragte über die kurze Pier hinaus. Das Achterschiff war zerstört. Teile der Bordwand am Heck fehlten, der Rest des Hecks war schwarz verkohlt. Die Kajütwand wies Löcher auf. Zwei Fenster dieser Seite waren zersplittert. Auch der Bug schien verbeult. Schrammen zogen sich vom Vordersteven an der elegant geschwungenen Bordwand entlang.

»Oh nein«, flüsterte er entsetzt. Er fühlte sich, als würden seine Füße in Gummistiefeln voll heißen Wassers stehen. Es war selbst auf die Entfernung deutlich zu sehen: Diese Schleifspuren auf der weißen Bordwand stammten von himmelblauer Farbe. Unwillkürlich griff er sich an die Stirn, barg die Augen in der Hand. Die Hitze aus den nicht vorhandenen Stiefeln kroch ihm über die Schenkel in den Magen, das Rückgrat hinauf bis zum Haaransatz. Schweiß brach ihm auf der Stirn aus. Was diese Spuren erzählten, war ihm sofort klar: Sie konnten nur von dem Fischerkahn stammen.

»Was ist los mit euch? Warum lasst ihr das zu? Petar, Mihovil, Dahomir!« Er flüsterte es mit heißer Wut.

Als er wieder aufsah, hantierte auf der steinernen Pier ein Mann mit der Heckleine der Motoryacht. Die Maschine verstummte.

Ein zweiter Mann kam aus der Kabine, trat vorsichtig auf das Achterschiff. Groß, korpulent, mit offenem dunkelblauem Jackett, darunter ein kragenloses, graues Hemd und eine schwarze Hose. Das Gesicht gerötet von Anstrengung oder Aufregung, eine deutliche Knollennase, auf der eine starke Brille mit schwarzem Gestell saß. Schwarzgraues, wallendes Haar, das, zu einem Pferdeschwanz zusammengebunden, weit über den Rücken reichte. Der Mann wandte sich zu den Häusern. Mit halb offenem Mund spähte er lange herüber.

Als der Helfer an Land mit der Heckleine fertig war, ging der

Dicke auf das Vorschiff und warf die Vorleine hinüber. Wieder spähte er zu den Häusern herüber. Er beschattete sein Gesicht mit einer fetten Pranke, an der ein großer Goldring glänzte.

Ein Dritter erschien auf dem Achterschiff. Mittelgroß, von kräftiger Statur, auf dem Kopf einen weißen, fleckigen, offenbar blutgetränkten Verband. Blonde Locken hingen daraus hervor und fielen auf ein dunkelrotes T-Shirt, das sich um seinen Körper spannte. Er steckte ebenfalls in Jeans, die ziemlich verdreckt schienen. Er trug eine Maschinenpistole lässig über der Schulter und kletterte an Land. Dann drehte sich auf der Pier zu dem Dicken um und rief ihm etwas zu. Claudius verstand es nicht. Der Mann trug einen blonden Oberlippenbart und schien im Übrigen seit Tagen unrasiert zu sein.

Die *Amica* lag vielleicht achtzig Meter von ihrem Skipper entfernt. Aber gut vierzig davon waren Wasserfläche. Wie sollte er auf sein Schiff kommen? Das fremde Schlauchboot war bei den beiden Motorbooten drüben an der Pier vertäut. Sollte er schwimmen? Er würde es nicht überleben. Und wenn Vanja gar nicht an Bord war?

Der Typ mit der Maschinenpistole kam auf das Haus zu. Nach zwanzig Metern drehte er sich um und schrie den beiden anderen etwas zu. Es klang zornig und böse.

Claudius suchte die Umgebung ab. Einige Meter weiter endete einer dieser steinernen Wälle. Dahinter befand sich Macchiagebüsch, und weiter oben wurzelte eine Pinie. »Jetzt oder nie«, dachte er sich und wagte die sechs, sieben Schritte. Er rannte so leise und so schnell er konnte, schlängelte sich so flach wie möglich über die Mauer und war schon im Gestrüpp verschwunden. Der bloße Arm kratzte durch einen stacheligen Zweig. Es schmerzte höllisch. Schon rann ihm Blut über den Ellenbogen. Er duckte sich hinter die Mauer. Zwei Schritte weiter war eine Nische eingebaut. Jemand hatte die Mauer dort ausgehöhlt. Auch eine regelrechte Schießscharte war angelegt. Er legte die GS32 daneben ab und zuckte zusammen.

Eine kreischende Frauenstimme überfiel sein Ohr. »*Hey, Alberto, Alberto!*«

Er blickte sich um. Er konnte die Quelle nicht entdecken. Aus diesem Loch heraus ließ sich der Hang über ihm nicht überblicken. Wenige Schritte weiter oben stützte eine Quermauer eine terrassenartige Fläche. Es waren tatsächlich alte Weinstöcke, die dort über ihm in den Himmel ragten.

Durch die Schießscharte konnte er die *Amica* in voller Schönheit bewundern. Unbewegt lag sie dort drüben. Die Kette fiel senkrecht vom Vordersteven ins Wasser. Es regte sich kein Lufthauch hier am Ende der tief eingeschnittenen Bucht.

Der Dicke mit der Knollennase und der starken Brille stand nun auch an Land und winkte herablassend zum Hang hinter Claudius hinauf.

»*Ciao, Krisne!*«, donnerte er zurück. Er gab dem Matrosen offenbar einige Anweisungen, deutete mit der linken Hand auf die Motoryacht, während die rechte in der Hosentasche steckte. Dabei ging er einige Schritte rückwärts, dann drehte er sich zum Weg um und schritt entschlossen auf die Häuser zu.

Claudius leckte seinen Arm und sah dem Blonden mit dem Kopfverband nach. Der marschierte an den flachen Häusern vorbei, offensichtlich auf dem Weg zu dem großen Gebäude.

»*Hi, Carlo*«, plärrte die Frauenstimme. Sie klang wesentlich näher. Er hörte typische Trippelschritte einer Frau.

Der Blonde blieb stehen, drehte sich um und schrie zurück: »*Leck mich am Arsch.*«

Es war italienisch, und der Skipper verstand die Worte nicht gleich. Aber er musste mit ansehen und hören, wie der verletzte Blonde sie unterstrich. Er hob die Maschinenpistole und feuerte eine Salve in die Luft. Vor Schreck duckte er sich tiefer in die Kuhle. Er sah durch die Schießscharte und stockte mitten im Atemzug.

Auf der *Amica* war Bewegung. Jemand war im Cockpit gewesen und wieder verschwunden. Sie war also dort. Sicher hatte sie das Motorboot kommen sehen. Hatte die Spuren des Rammings am Bug wahrgenommen. Was sie bedeuteten, konnte sie nicht wissen. Ahnte nicht, dass diese Schrammen quasi Wegweiser in ihrem Lebensweg bildeten. Wie sollte er es ihr sagen? Er begann zu schwitzen. Seine Nackenmuskeln arbeiteten bis in die Schläfen. Ungeheure Wut kochte in ihm auf.

Inzwischen kam der Dicke zwischen den flachen Häusern daher. Er blieb stehen und breitete die Arme aus. Die kleine Frau mit der roten Jacke kam in das Blickfeld des Skippers. Sie lief auf den großen Mann zu, den sie Alberto gerufen hatte. Er beugte sich zu ihr herab und umfing sie mit seinen dicken Armen, küsste sie auf beide Wangen.

Alberto fragte: »*Mia bella dottora! Hast du den Stoff?*«

»*Der ist auf der Yacht. Aber der Scheißskipper hat ihn irgendwo versteckt.*«

»*Den Typ kannst du vergessen. Den haben wir mit dem verrückten Bullen aus Split versenkt.*«

»*Dann müssen wir eben suchen. Vanja, unsere Tussi aus Rijeka, ist schon dabei. Die hat sich den Stoff in Silba geschnappt und noch einiges mehr.*«

Der Dicke ließ sie fahren und trat einen Schritt zurück.

»*Wer?*«, brüllte er.

»*Vanja aus Rijeka, die den Oggi betreut hat.*«

»*Du hast sie wohl nicht alle. Vanja aus Rijeka ist ein Kerl und keine Tussi.*«

»*Ich dachte der oder die ist bei den Bullen in Rijeka?*«

»*Ja, ist er auch. Aber der ist ein Kerl.*«

Claudius verstand nur zwei Worte dieser Unterhaltung: Vanja und Rijeka. Allerdings wurde sie laut genug geführt, dass er hoffen konnte, sie wäre auch auf der *Amica* noch zu verstehen. Eines war ihm klar: Diese Leute fühlten sich hier absolut sicher.

Er verstand, dass die kleine energische Frau, die der Dicke als »*Dottora*«, als Doktorin, begrüßt hatte, außer sich war, als sie kreischte: »*Diese verdammte Zicke hat mich total verarscht. Der Tito habe sie bezahlt, hat sie gesagt, und sie sucht den Stoff auf dem Kahn. Sie hat den Taco fertig gemacht, weil er sie gevögelt hat. Die ist fällig, aber sofort.*«

Allzu deutlich erkannte der Skipper die kleine Pistole, die sie aus der Jackentasche riss.

»Den Taco? Wie?«

»Erstochen. Wir haben ihn gerade beerdigt, oben.« Während sie ihre Schritte zum Ufer hinunterlenkte, wies sie den Hang hinauf.

Der Dicke, den sie Alberto genannte, hatte, brüllte italienisch über das Tal hinweg: *»Giulio, komm mit dem Schlauchboot. Wir müssen auf den Segler!«*

Claudius sah, dass er auf die *Amica* deutete. Alberto ging zum Ufer hinunter. Drüben warf der Matrose den Außenborder des Schlauchbootes an.

Der Skipper bekam feuchte Handflächen. Schweiß rann ihm über die Stirn in die Augen. Er wischte ihn mit der äußeren Handfläche weg. Blinzelte. Überlegte. Dann griff er zu der GS32. Sie war bereits entsichert. Er wusste noch ein gutes Dutzend Patronen im Magazin. Trotzdem öffnete er auch das Halfter der HK23.

»Leute, ich werde das nicht zulassen. Ich werde nicht erlauben, dass sie Vanja ...« Er murmelte es unhörbar.

Mit der Linken hielt er die GS32 und zog versuchsweise mit der Rechten die HK23. Sie lag gut in der Hand. Viel leichter als die GS32. Er müsste sie durchladen. Würde das Geräusch auffallen? Käme es darauf noch an? »Im Moment schon. Noch.« Er sagte es sich bewusst vor und steckte die Pistole in die Tasche zurück.

Die Schießscharte in diesem Unterstand erschien ihm zu niedrig, engte ihn ein. Er kletterte aus der Kuhle und spähte über den oberen Rand der aufgeschichteten grauen Steine. Von hier hatte er freies Schussfeld. Die beiden Menschen standen kaum dreißig Meter vor ihm am Ufer. Das Schlauchboot kam heran.

Plötzlich schallte eine helle Stimme über die Bucht.

»Hey, Krisne, ich hab ihn. Ich hab ihn!« Es war Vanja, die im Cockpit der *Amica* stand und eine rotblaue Plastiktüte mit schwerem Inhalt vor ihrem Körper schwenkte. Claudius atmete erleichtert durch. Sie trug einen Verband am rechten Oberarm und schien putzmunter zu sein. Aber er fühlte ein Krib-

beln in der Magengrube. Hatte sie nicht gehört, was die beiden besprochen haben?

Vanja sah Krisne mit festem Blick an. In ihrer roten Jacke stand die kleine Frau etwas mehr als vierzig Meter von ihr entfernt am Ufer. Mit gezogener Pistole.

»*Vanja, prima. Wir kommen und holen das Zeug. Dann ist alles okay.*«

Da krachte ein Schuss. Und noch einer.

Blitzschnell verschwand Vanja mit dem rotblauen Beutel. Dort, wo sie gestanden hatte, schwebte eine graue, verästelte Rauchwolke.

Krisne warf die Arme hoch. Ruckartig irgendwie. Die kleine Pistole flog einige Meter weit auf den Uferstreifen und schepperte auf die Steine. Wie lächerliches Spielzeug.

Eine elektronische Tonfolge sang über das Wasser. Verdi. Ein Fragment der Fanfare aus der Oper Aida. Der Dicke rannte etwa sechs Schritte zur Seite und sah nicht, was Claudius sah: Wie die kleine Frau in der roten Jacke zusammenbrach.

Alberto ging in die Hocke, während das Schlauchboot landete und der Matrose heraussprang. Der Dicke zog ein Mobiltelefon aus dem dunkelblauen Jackett. Der Matrose rannte hinter die nächste Hausecke.

Plötzlich schallte Vanjas Stimme herüber. In klarem Deutsch schrie sie: »Skipper, pass auf! Sie hat die Schlüssel für die Batterien in der Tasche!«

Der Dicke fuhr herum. Er hielt sich das Mobilteil ans Ohr und schrie: »*Wo, verdammt, wo habt ihr ihn gesehen? ... Das kann nicht sein! Was? Oben im Dorf? Und jetzt, wo ist er zum Teufel?*« Er zog mit der freien Hand eine Pistole aus der Jackentasche und drehte sich mehrmals um sich selbst. Er beobachtete die Hänge, den Weg, der vom Dorf herunterführte, die Mauern.

Da lag das Schlauchboot, direkt vor Claudius. Der Motor war warm, würde sofort anspringen. Davor wälzte sich die Frau, halb im Wasser. Sie hatte die Batterieschlüssel. Gut, er konnte die Schalter überbrücken. Würde aber eine Weile dauern. Besser, er hätte die Schlüssel. Also musste er die Frau durchsuchen, bevor er ins Schlauchboot steigen konnte. Er brauchte zwei, drei Minuten dafür. Ungestörte Minuten.

»Dieser Kerl hatte mindestens vier Leben auf dem Gewissen. Allein in der letzten Stunde.« Das war's.

Claudius zog die GS32 an die Wange. Der Dicke wollte eben das Telefon in die Seitentasche stecken und hinter dem ersten Haus verschwinden, als die Salve die Stille der Bucht zerstäubte.

Alberto drehte sich noch einmal um sich. Ein Schuss löste sich aus seiner Pistole. Der Querschläger sirrte von der Hauswand über Claudius hinweg.

Der Matrose rannte um sein Leben.

Claudius sprang aus seiner Deckung und gelangte nach wenigen Sätzen zu der Frau am Wasser. Sie lag auf dem Bauch und bewegte sich nicht mehr. Die grellrote Jacke war im Rücken zerfetzt. Dunkles Blut rann aus einer klaffenden Wunde.

Er drehte sie mit Schwung um und fand die Schlüssel in der linken Hosentasche ihrer Jeans. In der rechten befand sich der Bootsschlüssel. Ihre Augen stierten in den Himmel. Bedrückt schloss er ihr die Lider.

Der Dicke robbte unter dem Fenster des ersten Hauses mühsam weiter auf die Hausecke zu. Seine Beine in der dunklen Hose matschten in einer breiten Blutspur.

Claudius war schon am Schlauchboot, als ihn eine Wasserfontäne durchnässte. Es war ein schwerer Gegenstand, der zwei Meter von ihm entfernt ins Wasser patschte. Wieder gellte die vertraute Stimme über das Wasser. »Pass auf, Skipper. Da oben!«

Dann nahm er die Schritte wahr. Der Muskelmann kam den Hang heruntergelaufen. Er hatte bereits den nächsten kinderkopfgroßen Stein in der rechten Hand. In der linken trug er einen massiven Spaten. In seiner Pranke sah das Gerät irgendwie zierlich aus. Ein Schuss krachte und Glas zerklirrte. Es war hoch über ihm.

»Skipper, oben am Haus!« Vanjas Stimme überschlug sich.

Die Bewegung nahm er nur aus dem Augenwinkel wahr. Der weiße Kopfverband leuchtete aus dem zerschossenen Fenster.

Der Skipper zog die Schulterstütze der GS32 an die Wange und zielte. Er hielt etwas links höher, erinnerte sich an das Auswandern der Geschossbahn durch das Durchreißen des Abzughahnes. Die Salve verhallte zwischen den Hängen der Bucht. Glas klirrte wie ein bizarres Echo hinterher. Der weiße Fleck in der Fensterhöhle war verschwunden.

Claudius sprang in das Boot, riss die Anlasserleine und gab Vollgas. Viel zu langsam schob sich das Gummiboot über die Bucht. Wieder platschte ein gewaltiger Stein nur Meter neben ihm ins Wasser. Das Schlauchboot schaukelte auf der Welle. Er drehte sich in der Hocke um und richtete die GS32 auf den Muskelmann, der jetzt das Ufer erreichte.

Der Skipper brüllte: »Bleib am Ufer, du Arsch. *Stay at the beach, dont follow me!*« Fluchend stürzte der Kerl sich dennoch in das Wasser.

Endlich kam das Schlauchboot am Heck der *Amica* an. Claudius schlang die Bootsleine um die Heckkorbstütze und enterte an Bord.

»Die Schlüssel, schnell!«

Er hastete an ihr vorbei, fummelte zitternd die Schlüssel in die Schaltlöcher und drehte sie beide auf »On«. Er kontrollierte das Paneel daneben. Die Lämpchen der Navigationsinstrumente, der Ankerwinsch und der Kontrollanzeigen, gingen an. Vanja ließ die Maschine an.

Der Muskelmann hatte noch zehn Meter zum Heck. Vanja gab mit dem Gashebel einen kräftigen Schub voraus. Die *Amica* setzte sich in Bewegung.

»Es sind ungefähr vierzig Meter Kette draußen!«, schrie Vanja. Der Skipper sprang ins Cockpit drückte auf die Fernsteuertaste der Ankerwinsch. Er sagte: »Hier! Drück drauf. Ich geh nach vorn.«

Auf dem Vorschiff holte er das Steuerungskästchen für die Kettenwinsch aus dem Ankerkasten, hielt es als Zeichen für Vanja hoch und übernahm. Sie ließ den Knopf los.

Amica kam nicht recht vom Fleck. Der Anker lag direkt unter ihr und die Kette bremste ihre Fahrt.

Inzwischen hatte sich der Muskelmann erneut bis auf zehn Meter herangekämpft. Singend zog die Winsch Meter um Meter der Stahlkette herauf.

Vanja sah sich um. Der Schwimmer hatte nur noch ein paar Züge zu machen, ehe er das Schlauchboot erreichen würde. Dann sah sie die GS32 auf der Cockpitbank. Drehte mit der Feststellschraube das Ruderrad fest, ergriff die Maschinenpistole und lief auf das Achterdeck. Der Mensch kämpfte sich durch das klare Wasser. Sie klappte die Badeleiter hoch. Dann hob sie die Maschinenpistole.

»Jetzt gib Gas!«, brüllte der Skipper vom Vorschiff. Der Anker war aus dem Grund gebrochen und frei. Im klaren Wasser konnte Claudius es deutlich beobachten.

Vanja ließ die Waffe sinken, wandte sich von dem Verfolger ab und lief zum Ruderrad. Sie schob den Gashebel vor. Die Maschine brachte Fahrt ins Schiff. Das schwere Ankereisen rumpelte an Bord und fiel über den Beschlag in seine Halterung. Vanja löste die Ruderverriegelung und steuerte die Yacht Richtung Ausgang der Bucht. Als sie sich zum Schlauchboot umwandte, rief sie erschrocken nach Claudius: An der oberen Kante des Heckbrettes sah sie die beiden Pranken. Jetzt erschien der Kopf. Der Typ wuchtete sich hoch, um in das Schlauchboot zu kommen. Doch die Fahrt hinderte ihn daran. Der Kerl versuchte es noch mal. Da kam der Skipper ins Cockpit.

Vanja sah ihn kurz an und nickte nach achtern. Er nahm die GS32 zur Hand und ging wortlos zum Heck. Er bückte sich und schlang den Knoten auf, der das Schlauboot hielt. Dann zielte er auf den Bug des Gummibootes und drückte ab. Zwei Schüsse krachten. Zischend entwich Luft aus den beiden vorderen Kammern.

Wieder zog sich der Muskelmann hoch. Jetzt gelang es ihm. Er ließ sich ins Boot fallen. Aber die Bugwülste sackten zusehends zusammen. Er rappelte sich auf, startete den Motor, gab Gas. Der Bug klappte nach innen. Die Fahrt drückte Wasser in das Boot. Der Mann kippte nach vorn, der Motor folgte ihm. Die Maschine heulte auf. Offenbar war die Schraube aus dem

Wasser gekommen. Das ganze Ding überschlug sich und der Motor starb ab.

Inzwischen war die *Amica* mehr als hundert Meter von dem einsam kämpfenden Menschen entfernt.

Claudius hockte sich mit dem Rücken zur Fahrtrichtung auf sein eigenes Schlauchboot, das auf dem Achterdeck festgelascht lag. Er legte die Maschinenpistole schussbereit in die Armbeuge und musterte die Ufer. Er bemerkte, dass er am ganzen Leib zitterte. Drei Tote ließen sie dort zurück. Vielleicht vier. Wer waren diese Menschen? Lebten sie hier in diesen grauen Gemäuern? Was machten sie da? Die kleinen Plastiktütchen fielen ihm ein. Die Gläser und Löffel. Drogenküche?

Und auf der anderen Seite? Der Fischer Dahomir. War er mit dem Leben davongekommen? Drei Polizeibeamte, Petar und seine beiden Kollegen Tilhje und Mihovil. Wo waren sie? Wie sollte der himmelblaue Fischerkahn einen Rammstoß der Motoryacht überstehen?

Er blickte zu der Anhöhe hinauf, von der aus er sein Schiff wiederentdeckt hatte. Ein malerisches Bild. Die ockerfarbenen und grauen Felsen, die dunklen Wälle aus grau verwitterten Feldsteinen, die grünen Ginsterbüsche und Kiefern und in der Senke die kleine Siedlung. Der Geruch nach trockenem Gras, Olivenlaub, Ginster und eine Ahnung von Lavendel lagen in der Luft.

»Wie soll ich es ihr sagen?« Unmerklich schüttelte der Skipper den Kopf.

48

Claudius legte die Maschinenpistole auf die Steuerbordbank und setzte sich Vanja gegenüber, stützte die Ellbogen auf die Knie und barg den Kopf in seinen Händen. Das Schiff kam aus der Stille der Bucht in die offene, leicht bewegte See.

»Wohin?«, fragte Vanja. Ihre Stimme war trocken, tonlos, nüchtern. Wie graues Papier.

Claudius sah auf, streifte sie nur mit einem Blick und orientierte sich. »Nach Süden.« Es klang ebenso grau.

Sie drehte das Steuerrad und ließ das Schiff schwenken, bis die Kompassmarkierung über der Ziffer einhundertachtzig stand. Die Nachmittagssonne strahlte weißes Licht über die See. Zur Linken, an Backbord, ragten die hellbraunen Felsen mit dunkelgrüner Oberkante steil aus dem Wasser. Rechts an Steuerbord glitzerte das Meer unter der Sonne. Silbern und hellblau. Grenzenlos.

Sie musterte ihn. Er saß da, beobachtete das Ufer und sagte kein Wort. Als er sich umwandte, um den westlichen Horizont zu überblicken, sah sie seine linke Gesichtshälfte, nahm die verschorfte Platzwunde wahr. Das verschmierte Blut bis in den Hals. Sein Hemd war zerfetzt, ein Ärmel fehlte; der nackte Arm blutig zerkratzt. Die Schutzweste blutverschmiert. Die Schutzweste. Woher hatte er die? Petar muss sie ihm gegeben haben. Petar. Wo ist er? Sie wagte es nicht, ihn zu fragen. Sie hatte das Bild noch im Kopf, das Bild von Petar, als er die Arme hochwarf und über den Sitz nach rückwärts fiel. Er musste ja nicht gleich … Es war vielleicht nur eine Finte. Vielleicht ist er in Deckung gegangen.

»Was ist mit den anderen?«, fragte sie schließlich.

Ohne sich ihr zuzuwenden, schüttelte er den Kopf. Seine Gesichtsmuskeln zuckten. Sie sah es an seinem Ohr.

Augenblicklich schossen ihr Tränen in die Augen.

»Nein, das ist nicht wahr!« Sie schrie, sie kreischte es. »Das darf nicht sein!«

Bei jedem Laut zuckte er zusammen wie unter krachenden Salven. Er zog den Kopf zwischen die Schultern und lehnte sich unter der Sprayhood mit den Armen auf das Deckshaus. Trauer und Verzweiflung schüttelten ihn. Er begann zu heulen.

»Wo ist er? Sag endlich was, verdammt, wo ist er, wo sind die anderen alle, die bei dir im Boot waren? Herrgott noch mal!«

Er brauchte einige Minuten, um sich zu sammeln. Fummelte ein schmutziges Taschentuch heraus, wischte sich durch das Gesicht und wandte sich ihr zu. Er erzählte, was sie nicht wissen konnte. Berichtete von dem blauen Fischerkahn, mit dem er die anderen zurückgeschickt hatte.

»Die Motoryacht muss den Kahn gerammt haben. Die blauen Farbspuren am Bug.« Seine Stimme versagte. Er musste schlucken.

»Du hast es nicht gesehen?« In ihrer Stimme zitterte eine vage Hoffnung.

»Nein. Aber die Spuren an der Motoryacht ... Er war schwer verletzt.« Claudius fasste sich an die Halsschlagader. »Hier. Er hat nach dir gefragt.«

Sie setzte sich und wischte sich mit dem Ärmel durch das Gesicht. Stierte auf die glitzernde See, auf den zarten Horizont zwischen Himmel und Wasser. Dann glotzte sie das Steuerrad an, auf dem ihre rechte Hand lag.

Gab es noch eine Chance? Was der Skipper erzählte, schien hundertprozentig zu sein. »Der kraftvolle Petar. Mein Petar. Der stolze Kroate. Er glaubte an sein Land, an unsere Zukunft. Und ich glaubte an ihn. Ich habe ihn hineingezogen. Ich. Ich.« Eine unheimliche Leere breitete sich in ihr aus. Tausend Dinge wollten sie zusammen tun. Nun klaffte ein gähnendes schwarzes Loch. Petar! Wofür hast du gekämpft?

Die Nacht in Stari Grad. Der Junge aus dem Hotel hatte sie vor dem Haus abgesetzt. Es war eher eine Villa. Eine Arztvilla am Hang. Der freundliche Doktor, Mitte sechzig, grauweißes

Haar, ziemlich korpulent, hatte ihr die schwere, sichtlich neue Haustür geöffnet. Er steckte in einem hellen Hemd, drei Knöpfe offen, dunkle Anzughose mit Trägern, schwarz und grau behaarte Brust. Fahles Gesicht, müde, grüngraue Augen.

Petar lag im Souterrain in einem großen Raum. Sanftes, gelbes Licht einer Nachttischlampe, neben dem Bett an der Wand angebracht. Ein richtiges breites, weißes Krankenhausbett stand da und ein schmaler weißer Hochschrank. Wie glücklich war sie gewesen, ihn munter vorzufinden. Er war aufgewacht. Sein schwarzes Haar stand struppig ab. In dem fremden Schlafanzug sah er noch jungenhafter aus. Sein Oberschenkel war dick verbunden.

Petar war mehr als munter. Sie waren beide dem Tod entronnen, aber er war mehr als wütend darüber, was ihr widerfahren war. Er würde die Schuldigen zur Rechenschaft ziehen lassen, wetterte er. Andererseits wusste er von dem Oberst, kannte den TNO, sympathisierte mit der Idee. »Wir müssen verdeckte Antikörper bilden gegen Korruption und Mafia«, hatte er gesagt. So sehr ihn der Helikopterangriff entsetzte, er war überzeugt, dass er ein tragisches Missverständnis war. »Das ging nicht gegen dich, meine Geliebte«, hatte er geflüstert. »Kann nicht sein. Ausgeschlossen.« Wusste er mehr? Er hatte die Papiere dem Doktor übergeben. Er nannte ihn beim Vornamen, Stipe. Sie hatte vergessen, zu fragen, in welcher Beziehung Petar zu ihm stand. Es klang, als wären sie gut bekannt. Jedenfalls wollte der Doktor die Papiere erst mal wegschließen. Vanja überlegte, ob der Oberst sie dort würde aufspüren können. Sie musste sie holen.

Das Haus lag auf der Nordseite des Hafens auf halber Höhe über der Stadt. Würde sie es überhaupt wiederfinden?

Sie fuhr sich mit der Hand durch die dunkelrote Mähne. Unter ihrer Hand bewegte sich das Steuerrad.

»Gib auf das Ruder Acht.« Claudius stand neben ihr und brachte seine Segelyacht wieder auf Südkurs. Der Bug hatte zur Felsenküste gezeigt. Er übernahm das Ruder.

»Entschuldigung«, murmelte sie und setzte sich auf die

Bank neben den Steuermannsplatz. Dabei zeigte ihre Jeans die klaffende Öffnung im Schritt. Claudius fühlte einen kalten Schauer, als er den Schnitt entdeckte.

»Vanja, verdammt. Was haben sie mit dir ...!«

»Das Schwein ist tot«, erklärte sie mit dieser grauen Stimme. »Ich hab ihn mit dem Messer erledigt. Dieser Bodybuildingtyp hat ihn von Bord geholt. Sie haben ihn auf die Insel gebracht.«

»Brauchst du einen Arzt? Was soll ich tun?« Claudius sah sie verzweifelt an. Sie stierte wieder auf die silbern glänzende Nabe des Steuerrades.

»Du musst nichts tun. Es wird keine Folgen haben. Wo können wir Petar finden?« Sie sagte es ohne aufzublicken. Aber sie schluckte.

»Petar? Wir müssen um die Insel rum. Zwei, drei Stunden bis zu der Stelle ...«

»Können wir das machen?«

Er sah sie an und schwieg. An welche Stelle des Meeres zwischen Vis und Biševo sollten sie fahren? War dort noch was zu finden?

»Wir sollten die Küstenwache anrufen. Die können viel besser suchen. Vielleicht haben sie den Hubschrauber jetzt da.«

»Haben sie einen?« Sie blickte endlich zu ihm auf. Er sah in ihr Gesicht. Tränenverschmiert. Irgendwie bleich. Nein, es war weißer Staub.

»Wieso bist du so weiß? Was ist das?«

»Ich?« Sie wischte sich über die Wange und besah sich die Finger. »Mehl. Mehl aus deinem Schiff. Sie haben Stoff gesucht. Kokain. Ich habe ihnen Mehl gezeigt.«

Sie erzählte ihm, was sie von Krisne erfahren hatte.

»Eineinhalb Millionen Mark! Ich fass es nicht. Auf meinem Schiff. Deshalb führen die Krieg!« Er fuhr sich mit beiden Händen durch das dichte Haar. »Aber wer hat den Stoff dann?«

»Der TNO. Der Oberst. Wer sonst. Wahrscheinlich finanzieren sie sich damit.«

»Du meinst, sie jagen der Mafia Koks ab und verscherbeln es selbst?«

Sie zuckte mit den Schultern. Der Moment, in dem sie das erfahren hatte, kam ihr in den Sinn. Ihre Kehle war zu. Die schmerzlichste Niederlage, die sie je erlitten hatte. Sie brachte keinen Ton mehr hervor.

»Was ist?«, fragte er.

Sie wandte sich ab, schüttelte den Kopf.

»Davon hat der Oberst natürlich nichts gesagt«, fuhr er fort.

Sie blickte ihn an. Fragend, mit Tränen in den Augen.

»Sie haben mich abgefangen, mitten in Hvar.« Er berichtete von seiner Begegnung mit den Leuten von der *Bella Adria*.

Sie schluckte und räusperte sich. Sah ihm wieder ins Gesicht und sagte: »Dich geht das alles gar nichts an. Ich habe dich da hineingezogen. Auch dich. Bitte …«

»Vergiss es, Vanja. Wir schaffen das.«

»Ich muss mit ihm reden.«

»Mit wem?«

»Oberst Gerlan.«

»Er ist gar nicht gut auf dich zu sprechen.«

»Egal. Das wird sich ändern.« Sie strich sich das Haar aus dem Gesicht. »Er braucht seine Papiere und ich Informationen.«

»Wir könnten nach Hvar zurücksegeln. In ein paar Stunden …«

»Ja.« sagte sie. »Das müssen wir. Vielleicht erwischen wir ihn noch.«

»Du meinst, er haut ab?«

»Kann sein. Ruf die Küstenwache an und erzähle denen, was passiert ist. Ich wette, dass er mithört.«

Sie stand auf und ergriff das Ruder.

Claudius ließ es zögernd los.

»Aber wenn wir dadurch auffliegen?«, wandte er ein.

»Hey, Skipper! Melde dich unter einem anderen Namen, Butterfly meinetwegen.«

Er wunderte sich über die Energie, die sie schon wieder versprühte.

»Butterfly«, wiederholte er und sah sie unsicher an.

»Wir müssen es versuchen, Skipper.«

»Okay«, entschied er und stieg in die Kajüte hinunter.

Er blieb im Niedergang stehen und schluckte. Die Messe erinnerte ihn an einen Sperrmüllcontainer. Die Polster lagen kreuz und quer, alle Schapps standen offen, der Boden starrte von Blut. Eine breite Spur weißen Pulvers führte nach vorne. Er drehte sich um, blickte Vanja fragend an. Sie zuckte mit den Schultern.

Kopfschüttelnd seufzte er: »Das krieg ich schon wieder hin.« Er schlüpfte aus der Schutzweste, warf sie in die Nasszelle und setzte sich in die Navigation. Abwechselnd auf die Seekarte und auf den Verhau im Salon starrend, nahm er den Funkhörer. Mit einem Bleistift aus dem Fach am Rand des Tisches kritzelte er »Butterfly« auf den Rand der Seekarte. »Segelyacht Butterfly«, prägte er sich leise ein. Dann rief er Split Radio auf Kanal sechzehn.

Die Funkstation antwortete sehr schnell. Die Männerstimme kam etwas verrauscht herein, aber klar zu verstehen: »*Butterfly, Butterfly, Butterfly, this is Split Radio, please come on chanal two seven.*«

Er schaltete um und teilte dem Diensthabenden mit, was passiert war: Schusswechsel zwischen zwei Motorbooten im Seegebiet zwischen Biševo und Vis, im Bisevski-Kanal. Eines der Boote führte den Namen *Meduza*. Vier Menschen vermutlich tödlich verletzt. Schießerei auch in der Bisevska Luka mit wahrscheinlich drei Opfern.

Der Mann in Split sprach einfaches, hartes Englisch. Die Nachrichten schienen ihn nicht sonderlich zu erschüttern. Er verlangte Namen, Nationalität und Wohnort des Butterfly-Skippers sowie den Standort und nächsten Hafen der Butterfly. Claudius fühlte feuchte Hitze in der Hand, in der er den Funkhörer hielt. Sollte er seine lächerliche Tarnung aufgeben? Mit einem trockenen »*Over and out*« verabschiedete er sich.

Als er begann, die Stauklappen zu schließen und die Polster wieder an Ort und Stelle zu setzen, rief Split Radio nach der Segelyacht Butterfly. Aber keiner antwortete.

49

Mit Lappen, Pütz und Schrubber aus der vorlichen Nasszelle zog er durch den Salon und wischte den Boden auf. Vibrierende Wut kroch ihm wieder in den Nacken, als er das Loch im Schott zur Gästekabine entdeckte. Das Geschoss war auf der anderen Seite der hölzernen Wand in schrägem Winkel in die untere Matratze des Etagenbettes gefahren, ebenso schräg durch das Sperrholzbrett darunter und in einem Querstringer der Bordwand stecken geblieben. Die Außenhaut war unbeschädigt. Erleichtert atmete er auf – bis er in die Vorschiffskabine kam. Der Anblick dort jagte ihm einen neuen Schauer des Entsetzens über den Rücken. Angeekelt raffte er die blutgetränkte Bettwäsche zusammen und warf sie durch das Luk an Deck, bevor er selbst hinausstieg und das Bettzeug nach Backbord ins Meer warf. Das Gefühl der Ohnmacht, das ihn angesichts der Ereignisse und dieser Spuren bedrückt hatte, wich einer Erleichterung. Er genoss die kühlende Wirkung der mitlaufenden Brise.

Er sah nach achtern. Vanja stand am Ruder. Er ging über das Backbordlaufdeck zu ihr und hockte sich auf das Cockpitsüll direkt neben der Steuersäule.

»Ich habe Split Radio informiert.«

»Dann wird hier bald einiges los sein.«

»Vielleicht hat einer überlebt.« Er wandte sich dem Kielwasser zu. Ein anderes Fahrzeug am achterlichen Horizont war nicht zu entdecken.

»Du hast keine große Hoffnung?«, hob sie wieder an.

»Er war sehr schwer verletzt. Wirklich.«

»Und die anderen?«

»Dahomir vielleicht, der Fischer, und Miho. Ich weiß es nicht.«

»Ich werde seine Mutter aufsuchen. Ich will es ihr selbst sagen.«

»In Zagreb?«

Sie nickte und blickte ebenfalls nach achtern.

Dann warf sie mit Schwung ihre Haare zurück und sagte: »Kannst du übernehmen? Ich muss endlich unter die Dusche. Ich glaube, wir sind jetzt weit genug weg von allem …«

Während sie nach unten ging, setzte er sich hinter das Ruderrad.

Ein grandioser Blick tat sich auf. Eine imposante Steilküste, überragt von einem über zweihundert Meter hohen Berg. Die bereits tief stehende Sonne zeichnete die Konturen der Felsen mit ihrem Licht- und Schattenspiel wie ein Relief. Hier lag die See spiegelglatt im Windschatten der Felsen von Biševo. Dahinter erhob sich im Dunst Vis mit dem breiten Buckel Hum.

Mit etwas über sechseinhalb Knoten pflügte sein Schiff durch das glatte Wasser. Claudius konnte es kaum erwarten, das Südostkap von Biševo zu passieren. Danach würde er freien Blick auf den Bisevski-Kanal haben und in zwei Seemeilen Entfernung das Gebiet passieren, wo die *Meduza* den himmelblauen Kutter gerammt haben musste.

Dann versuchte er an die Zukunft zu denken. Er hatte überhaupt keine Lust, dem Oberst noch einmal zu begegnen. Vanja aber wollte es. Und sie wollte nach Zagreb. Also würde er sie wie schon einmal geplant in Hvar absetzen und gleich wieder ablegen. Sie würde aus seinem Leben verschwinden und das ganze undurchschaubare Gespinst, in das er geraten war, dazu. Sie würde ihren Lebensweg gehen und er den seinen.

Geschirrklappern holte ihn aus den Gedanken. Seit dem Frühstück hatten sie beide nichts zu sich genommen. Jetzt kam Vanja mit einem einem großen Teller voll geschmierter Wurst- und Käsebrote an Deck. Ihre nassen Haare klebten am Kopf und schlängelten sich in Strähnen um ihren Hals. Die Hose hatte sie notdürftig geflickt. Sie trug seinen dunklen Marinepullover. »Wunderbar«, sagte er. »Aber bitte stell es dorthin«, fügte er an und wies auf die Steuerbordbank. »Der Wind kommt von backbord, und wenn der gleich etwas zunimmt, fällt alles runter.«

»Aber wir segeln doch gar nicht«, protestierte sie.

»Das kann ja noch werden. Es geht um das Prinzip, verstehst du? Alles fällt von Luv nach Lee.«

»Aye, aye, Skipper«, maulte sie, setzte sich nach steuerbord und stellte den Teller neben sich. Sie reichte ihm eine Schnitte und steckte sich selbst ein Stück in den Mund. Beide aßen mechanisch, ohne Appetit und ohne etwas zu schmecken.

Als dünnes Brummen aufkam, blickten beide gleichzeitig zum Horizont. Es war ein winziger Punkt.

Vanja zog die Stirn in Falten und kniff die Augen zusammen. Er konnte ihre Pupillen nur ahnen. Ihre Mundwinkel und ihre Wangen und die Art wie sie mit dem Kauen innehielt, machten deutlich, was sie dachte. Sie stand auf und stieg hinunter. Wenig später kam sie mit der Signalpistole in der Hand und drei Raketenpatronen wieder zurück. Sie legte sie neben sich auf die Bank und mampfte weiter. Er nickte beifällig, schaltete den Autopiloten ein und begab sich ebenfalls zum Niedergang, um sein Fernglas zu holen. Er stellte sich neben sie und lehnte sich mit der Schulter an die Sprayhood.

Mit dem Glas erkannte er den Helikopter als Search-and-Rescue-Hubschrauber der kroatischen Küstenwache. »Eine SAR-Maschine. Unbewaffnet. Kannst die Raketen wieder wegpacken.«

»Da kommt ein Boot aus Komiza heraus«, sagte sie. Er schwenkte das Glas. Es war eine Barkasse, wie sie zum Übersetzen von Touristen oder für kurze Ausflugsfahrten benutzt wird. Dann erfasste er auch das zweite Boot. Eines der typischen Fischerboote mit kleinem weißen Kajütaufbau. Es tuckerte von der Insel Biševo kommend aus der Felsenbucht, in der er sich hatte an Land setzen lassen.

»Eine richtige Suchaktion. Sollen wir mitmachen?«

»Ich weiß nicht«, sagte sie. Er roch ihr frisch gewaschenes Haar, als er das Glas absetzte und es ihr reichte. »Vielleicht ist es besser, wir halten uns da raus«, meinte sie und setzte hinzu:

»Eigentlich müssen wir nach Hvar, und zwar möglichst schnell.«

Claudius sah zum Verklicker an der Mastspitze hinauf.

Je weiter *Amica* aus dem Windschatten von Biševo herauskam, desto mehr nahm der Luftzug zu. Eine kleine See begann um den Bug zu spielen. Claudius klappte die Großschotklemme auf, stieg auf das Deck, löste die Großsegelbändsel, ging zum Mast und kurbelte das Groß hoch. Zurück im Cockpit holte er die Großschot an, bis sich das Segel füllte. Das Rauschen und Glucksen am Bug nahm zu. Das Schiff schob etwas Lage.

»Siehst du, so schnell geht das«, sagte er und setzte sich neben den Teller mit den Wurstbroten.

»Nehmen wir die Genua auch?«, fragte sie.

»Klar.« Er schob sich noch ein Brot zwischen die Zähne und entrollte die Genua, indem er zügig die Steuerbordschot anholte. Jetzt lief die *Amica* mit satten sechs Knoten durch das unergründliche Blau. Vanja schaltete den Motor ab. Nur begleitet von dem gurgelnden Glucksen am Bug zog das Schiff durchs Wasser. Vom Niedergang her tönte wieder ein Funkruf. »*Sailing yacht Butterfly*«, wiederholte die Stimme. Vanja lehnte am Niedergang, presste ihre Augen gegen das Fernglas und starrte auf den Bisevski-Kanal hinaus. Der Hubschrauber war über den Hügeln von Biševo angekommen und verschwand jetzt hinter dem flachen Rücken im Norden der Insel.

Auf der Barkasse zählte Vanja vier Personen. Zwei davon hielten Stangen wie Angeln in der Hand. Nach einiger Zeit kam sie darauf, dass es Bootshaken sein könnten. Als die Barkasse fast mit dem Fischerboot zusamengetroffen war, stoppten beide Boote. Offenbar rief man zwischen den Booten hin und her. Zwei Personen fingerten mit den Stäben im Wasser herum, zogen etwas ans Boot heran und die beiden anderen versuchten, das Ding an Bord zu hieven. Es war ein menschlicher Körper. Dunkel gekleidet. An den Schultern glänzten Rangabzeichen. Kein Zweifel, dort wurde eine Leiche geborgen.

Claudius beobachtete mit bloßem Auge, was Vanja sah. Plötzlich legte sie das Glas weg, stand auf und kletterte den Niedergang hinunter. Er hatte gerade noch die Tränen auf ihrer Wange schimmern sehen.

Er sah in die Segel hinauf, wischte sich mit dem Handrücken über die Augen und versuchte wieder zum Horizont zu blinzeln. Er murmelte: »Was habt ihr da angerichtet? Ich versteh euch nicht. Warum musste ich diese Kurslinien kreuzen? Wo steht geschrieben, dass solche Dinge passieren müssen? Sie wird dieses Schiff immer mit tiefsten Verletzungen verbinden. Immer, hört ihr? Immer!«

Als er eine Weile geschwiegen hatte, fing ein schnarrendes und prustendes Geräusch seine Aufmerksamkeit. Er wandte sich nach Lee und erhaschte gerade noch die zusammenfallende Fontäne. Einem schwarzen Schatten gleich tauchte der Tümmler unter dem Bootskörper weg. Augenblicke später ließ er sich wieder sehen, schoss aus dem Wasser, um nach flachem Sprung wieder einzutauchen. Mühelos hielt das Wesen die Bootsgeschwindigkeit. Es sog leise zischend Luft und legte sich für einen kurzen Augenblick verspielt zur Seite. Es erfasste das Boot mit einem Auge. Dann tauchte der Delfin ab.

»Starke Gefühle machen euch hellhörig, nicht wahr? Die locken euch richtig«, murmelte Claudius vor sich hin. Er überblickte die Wasserfläche rund um das dahinziehende Boot. Dann leerte er den Teller und brachte ihn zusammen mit der Signalpistole und den Raketen in den Salon hinunter. Dort versorgte er das Geschirr in der Pantry und die Pistole im Schrank unter dem Kartentisch. Als er fertig war und bereits den Fuß auf der ersten Stufe des Niedergangs hatte, überlegte er, ob er zu Vanja nach vorn gehen sollte. »Wozu?«, fragte er. »Um in die klaffende Wunde einer verletzten Seele zu dringen?« Ein Gefühl von Übelkeit ballte sich unter dem Zwerchfell. Er atmete tief durch. Energisch schwang er sich an Deck.

Achteraus lag die Insel Biševo im Licht der niedergehenden Herbstsonne. Über den schrägen Buckeln erschien der Hubschrauber wieder und brummte über die Ostküste der Insel.

Als Claudius zum Fernglas griff, nahm das knatternde Flugzeug wieder Kurs auf den Bisevski-Kanal. Wo war die Maschine die ganze Zeit über gewesen? War sie irgendwo gelandet?

Gegen die tief stehende Sonne konnte er sie nur schwer verfolgen. Erst als sie in den klaren Abendhimmel Richtung Vis zog, zeichnete sie sich deutlich ab. Wieso war sie erst zu der kleineren Insel geflogen? Hatten die vier auf See in Not geratenen Personen, Polizeibeamte zumal, nicht Vorrang? Seine Meldung über die Schießerei in der Bucht fand die Besatzung vermutlich besonders interessant.

Claudius setzte sich neben das Ruderrad und betrachtete Kap Stupisce, die Südwestecke von Vis. Dahinter verschwanden die beiden Boote. Offenbar waren die Leute auf der Barkasse und dem Fischerkahn immer noch mit der Suche nach den Havarieopfern beschäftigt.

Je weiter *Amica* die Südküste von Vis gewann und an ihr entlangsegelte, um so entschiedener schob sich das Kap zwischen sie und dieses Unglücksgebiet. Böen fegten von den Hängen herab. Offenbar erkaltete das Land bereits. Die Luft über dem relativ warmen Meer stieg hoch und saugte die schwerere, kühlere Luft über der Insel auf das Wasser heraus. *Amica* setzte diesen Vorgang in gute Fahrtwerte um. Claudius wusste, dass der Landwind nur bis zur Hälfte der Insel reichen würde. Spätestens dort, wo die Küste nach Nordosten abbog und zahlreiche vorgelagerte Inselchen hinterließ, würde er den Motor gebrauchen. Eine Bö neigte *Amica* etwas weiter nach steuerbord. Claudius fierte das Großsegel ein Stück, um Druck herauszunehmen. Als das Schiff dies mit Beschleunigung quittierte, ließ er auch die Genuaschot ein paar Handbreit nach. Bald preschte die Yacht im Abstand einer halben Meile von Bö zu Bö die Küste entlang. Doch *Amica* die Insel Ravnik passierte, schlief die Windmaschine ein.

Der Skipper warf den Diesel an und barg die Segel. Von der Arbeit erhitzt, ging er nach unten und kramte eine Dose Bier heraus. Doch öffnen konnte er sie nicht. Jetzt nicht. Vanja! Verletzte Seele. Noch nie hatte er Segeln im blauen Meer unter goldener Sonne mit solch traurigen Gedanken und Stimmungen erlebt. Da rauschte das Wasser den Wasserpass entlang, da vibrierten die Segel im Winddruck, brummte die Maschine Zuverlässigkeit durchs Boot und dann dieses Unheil, diese unermessliche Trauer.

Entschlossen stellte er die Dose in die Spüle und ging nach vorn, um behutsam an das Schott zum Vorschiff zu klopfen.

»Was ist?« Vanjas Stimme klang unsicher.

Er öffnete die Tür. »Hey, Vanja, was ist los mit dir?«

»Oh, Skipper. Diese Idioten.«

Sie hatte seine gelb-rot karierte Decke gefunden, die im Schapp unter der kleinen Sitzbank gelegen hatte, und sich darin eingehüllt.

Plötzlich fühlte er sich hilflos. »Vanja. Was soll ich tun? Ich bin kein Doktor, kein Pfarrer oder Psychologe. Dein Schmerz … das tut mir weh. Wie soll ich …«

»*Hvala*. Lieb von dir.« Sie schluckte. »Ich weiß, was Tatsachen sind. *Pónor*. Ein Abgrund. Der schließt sich so langsam. Die Luft ist dünn ohne ihn, was soll ich?«

Sie hatte das Gesicht zur Bordwand gedreht und gesprochen, ohne ihn anzusehen.

Mit der Rechten strich er behutsam über ihre Schulter, über die sie die Decke gezogen hatte. »Er hat für dich … was er machte, war für dich, für euch. Und du sollst leben. Er konnte es nicht mehr sagen, aber er hat mich angesehen.«

Sie drehte sich zu ihm. Ihre Augen schwammen in Tränen. Helles Braun leuchtete daraus. Tränen glitzerten auf ihren Wangen. Ihre Lippen bebten. »Du hast ihn verstanden?«

»Ich habe ihn verstanden, Vanja. Ich habe ihm versprochen …«

»Was?«

»Dich ihm zurückzubringen.«

»Das war deine Aufgabe, Skipper. Von Anfang an. Aber ich, ich habe ihn …« Sie wandte sich wieder ab.

»Nein. Du hast ihn nicht dorthin geschickt. Du konntest nicht vorhersehen, was hier passieren würde. Du hast keine

Schuld. Du hast ihn nicht in den Tod geschickt. Es war Schicksal, das … «

Es war ihm keineswegs klar gewesen, mit welcher Absicht er die Kabine betreten hatte. Deshalb traf es ihn wie ein warmer Schauer, als sie sich plötzlich zu ihm wandte, nach seinem Hals griff, seinen Kopf zu sich herabzog und ihn auf den Mund küsste. Ihre Lippen brannten. Seine Gedanken waren wie ausgelöscht. Wie eine alles verschlingende Welle durchlief ein Wärmeschock sein Gehirn. Nur kurz und ganz leicht spürte er ihre Zunge. Dann ließ sie ihn los, drückte ihn ein Stück von sich, sah in die tiefbraunen Augen. »Ich weiß nicht mehr, was mein Schicksal ist, Skipper. Ich will es finden. Ich brauche Zeit.«

»Du sollst sie haben, musst sie haben. Ich bring dich nach Hvar, oder wohin auch immer du willst.«

Er stand auf. Für einen Moment hatte er vergessen, wo er sich befand. Das spülende Glucksen am Bug brachte ihn zurück. Er fuhr sich durch die schwarze Haarbürste. »Ich wollte mich schon immer mal einen Wasserfall hinunterstürzen, nur um herauszufinden, ob ich eine Chance hätte.«

»Du hast eine, Skipper.« Dann drehte sie sich zur Wand.

50

Noch immer lag sie an Ort und Stelle. Die rostdunkle Ankerkette verschwand in der Klüse im Schanzkleid ihres Buges. Das Heck war mit zwei starken Trossen an der Pier vertäut. Im Schimmer der gelben Promenadenlampen glänzten ihre weißen Flächen. Die dunklen Fenster gaukelten Verlassenheit vor. An Deck der *Bella Adria* war niemand auszumachen. Ein paar kleinere Boote lagen neben ihr vor Buganker mit dem Heck zur Pier. Die Fischtrawler waren noch nicht zurückgekehrt. Aber ein paar Liegeplätze weiter innen in der Hafenbucht lag die Yacht mit der Trikolore am Heck. Claudius bemerkte eine Person an Deck. War offenbar soeben vom Landgang zurückgekommen und entdeckte jetzt die einlaufende Yacht.

Er hatte sich gegen die abendliche Kälte geschützt, die dunkelblaue Fleecejacke übergezogen und eine Mütze auf den Kopf gesetzt. Man hätte ihn für einen Berufsseemann halten können, für einen Fischer vielleicht, wie er so am Ruder der *Amica* stand und sie in den Hafen von Hvar bugsierte. Drüben auf der Pier reckten die Palmen in elegantem Schwung ihre gefiederten Wedel in das warm-gelbe Halblicht der Promenade. Im Schein der Laternen sah Claudius einige Gestalten. Spaziergänger, die sich von der Novemberkühle nicht abhalten ließen, und dort, beim Zeitungskiosk neben dem alten Arsenal, zwei Uniformierte.

Er bewältigte das Anlegemanöver allein, brachte das Boot in Position, ließ den Anker fallen und trieb die Yacht mit der Maschine rückwärts zur Pier. Als das Heck der *Amica* neben der französischen Segelyacht auf die Kaimauer zusteuerte, stand an Land die Person vom Nachbarboot bereit, die Leinen anzunehmen, eine braun gebrannte, schlanke Frau. Sie hob die

Hände halb hoch, Bereitschaft signalisierend, und lächelte Claudius entgegen.

Er warf ihr die Heckleine zu und erkannte mitten im Wurf, dass es dieselbe Frau war, der er vormittags den gleichen Dienst erwiesen hatte. Sie erinnerte sich nicht an ihn. Er nahm die Mütze ab, warf sie auf die Cockpitbank und sagte: *»Bonsoir Madame.«*

Sie erwiderte den Gruß, aber es fand sich kein Erkennen in ihrem Gesicht.

Dennoch schenkte die Frau ihm ein weiteres Lächeln und balancierte auf ihr Schiff zurück. »Hey, wir sind schon da!« Vanja rief es ihm vom Niedergang her entgegen. Claudius stieg ins Cockpit zurück. »Hättest mich ja mal wecken können«, fuhr sie fort.

»Sorry, ging nicht«, antwortete der Skipper.

»Wieso?«

»Du hast so schön geschlafen. Kleine Kinder und hübsche Frauen darf man nicht stören.«

»Wer sagt das?«

»Ich.«

»Pah. Was machen wir jetzt?«

»Ich habe schon wieder Hunger.«

»Ich auch.«

»Spaghetti carbonara?«

»Si señor.«

Sie kehrte in den Salon zurück und kramte aus einem Schapp in der Pantry einen großen Kochtopf. Er folgte ihr und holte aus dem Stauraum unter der Steuerbord-Sitzbank eine Packung langer Spaghetti und aus dem Kühlschrank eine Packung Spaghettisoße. Während sie Wasser in den Topf laufen ließ, sah Vanja auf die Schiffsuhr. Als der Topf mit Wasser auf dem Herd stand, ging sie zum Navigationstisch und schaltete das Radio ein. Es war kurz vor sieben. Um sieben meldete sich Radio Split.

Claudius rührte die Soße an, als die Sprecherin mit dem Verlesen der Nachrichten begann. Er hielt inne, um genau hinzuhören, aber konnte beim besten Willen nichts verstehen, außer die Namen Stari Grad und Hvar.

Vanja hatte die Salzdose aus einem Schapp genommen. Jetzt knallte sie mit Wucht die Schranktür zu. Sie pfefferte die Salzdose auf die Arbeitsfläche, hielt sich mit beiden Händen am Süll fest und senkte den Kopf auf die Brust. Ihre Haare fielen nach vorn.

»Was ist los?«, fragte er verwirrt.

Sie schüttelte den Kopf und sagte leise: »Das darf nicht wahr sein, das kann nicht wahr sein. Es darf einfach nicht …«

»Was denn?« Claudius fühlte sich hilflos.

»Er ist weg. Sie haben ihn laufen lassen. Diese Idioten.«

»Wen? Wer hat wen laufen lassen?«

»Tito. Der Boss. Er ist auf freiem Fuß.«

»Tito? Ist doch längst tot.«

Sie warf ihre Haare zurück und sah ihn aus funkelnden Augen an.

»Giovanni Titus Bagheri, genannt Tito. Der lebt, und wie!«

»Ein Italiener?«

»*Si.* Er ist der Boss der Biševo-Gang. Er hat alle gekauft. Bürgermeister, Polizisten, auch einen gewissen Vanja, Beamter bei der Polizei in Rijeka.«

»Der war bei der Schießerei in Stari Grad?«

»Vanja? Nee, aber Tito, der Italiener. Petar hat ihn festgenommen. Nun haben sie ihn laufen lassen, die Idioten.« Sie brach plötzlich ab und sagte: »*Tišina*, still!«

Sie übersetzte die restliche Meldung: »Eine Schießerei mit Ausländern. Drei kroatische Beamte und ein Mann aus Vis, ein Fischer, kamen ums Leben. Soweit festgestellt, wurden vier Ausländer getötet. Vermutlich aus Italien. Ein Deutscher wird vermisst.« Sie lauschte.

»Vermisst?«, krächzte Claudius. Er runzelte die Stirn. Nun war er Objekt der Ermittlungen kroatischer Behörden. Und das war nicht alles.

»Psst«, machte Vanja. Fast im selben Moment winkte sie erleichtert ab. »Nichts mehr. Die Regierung versucht alles, sich

Europa anzunähern und am großen Europäischen Markt teilzuhaben. Haha. Vorläufig sind wir am internationalen Mafiamarkt beteiligt. Augenblick, das Wetter ... Hochdruckgebiet über dem Festland und schwaches Tief über Italien ... Winde aus West bis Nord, Stärke drei bis vier.«

Er drehte die leere Soßenschachtel in der Hand und sah Vanja an. Sie richtete sich auf, nahm die Salzdose und schüttete etwas Salz ins Wasser. Dann stellte sie die Dose ins Schapp zurück.

»Kennst du diesen Tito?«

Vanja setzte sich an den Salontisch, stützte die Ellenbogen auf die Platte und legte das Kinn auf die Fäuste. »Nie gesehen. Petar sagte ...« Sie barg das Gesicht in den Händen. Mit einem Ruck nahm sie die Hände runter, lehnte sie sich zurück, sah zu Claudius auf und fuhr fort: »Er sagte, der kommt selten rüber. Nur zu diesem Meeting ... wo auch mein Ungar aus Rijeka dabei sein sollte.«

Claudius nahm einen Kochlöffel aus der Schublade und rührte in der Soße.

»Der mit den drei Eimern.«

»Richtig. Mit dem Stoff, den sie hier im Schiff vermuten.«

»Tito auch?«

»Was, Tito auch?«

»Glaubt der das auch?«

»Logisch. Bin sicher, der hat die *Meduza* auf uns gehetzt. Eineinhalb Millionen schreibt man nicht so schnell in den Wind, oder?«

»Am besten verschwinde ich noch heute Nacht. Das Wetter ist günstig.«

»Wirst ihnen nicht entkommen, fürchte ich.«

»Was soll ich dann?«

»Der Oberst.«

»Danke. Ein Gespräch genügt.«

»Lass mich das machen. Er ist der Einzige, der uns jetzt helfen kann. Sie haben den Tito laufen lassen. Dem Oberst wär das nicht passiert.«

»Was willst du tun?«

»Er soll der Mafia klar machen, dass du den Stoff nicht haben kannst. Dafür gebe ich ihm seinen Papierkram zurück.«

»Du meinst, das reicht?«

Das Wasser begann zu kochen. Er schüttete die halbe Packung Spaghetti hinein. Sowie die eingetauchten Teile weich wurden, schob er die Enden nach. Auch die Soße begann zu brodeln. Er rührte darin herum.

»Der wird diese Bande ... « Vanja hielt inne.

An Deck draußen polterte etwas.

Sie sahen sich an. Claudius wich das Blut aus dem Gesicht. Beide lauschten. Männer unterhielten sich in kurzen Sätzen halblaut, offenbar auf der Pier vor dem Heck der *Amica*.

Sie zischte: »Wo ist die MP?«

»Dort hinter dem Rückenpolster. Ich hab sie ...«

»Still.« Sie griff hinter sich in den Hosenbund. »Lösch das Licht!«

Mit einem Schritt war er an der Navigation und kippte die Schalter die Kabinenbeleuchtung. Der Vorhang im Niedergang verhinderte den Blick nach draußen. Im Dunkeln hörte er das Aufreißen eines Klettverschlusses und metallisches Scheppern. Vanja hatte die GS32 gefunden. Draußen raunten die Stimmen weiter. Plötzlich wurde eine davon laut.

»Hallo, *Amica*. Kapitän, darf ich an Bord kommen?«

Claudius fuhr zusammen. Es war klares Deutsch und eine vertraute Stimme, ein angenehmer, etwas angestrengter Bariton.

Er ging zum Niedergang, kletterte die Stufen hoch, bis er über das Schlauchboot auf dem Achterdeck sehen konnte. Drei Gestalten standen an der Pier. Ein kleinerer und zwei große. Die beiden großen trugen dunkelblaue Baseballcaps. »Die schon wieder«, dachte Claudius. Er musterte den Kleineren. Kräftig gebaut mit weißem Haar auf dem massigen Schädel, sah aus wie ein Unternehmensführer auf Urlaub. Perfekt sitzende Jeans, modischer Pulli, eine schicke sandfarbene Seglerjacke mit vielen Taschen, randlose Brille. Die Jacke saß schräg. Irgendein Gewicht zog sie nach backbord. Die anderen beiden trugen die grauen T-Shirts mit »Bella Adria« auf der Brust.

»Der Stimme nach ist es dieser Oberst. Steht da mit seinen zwei Schlägern«, sagte Claudius. »Was machen wir?«

»Lass ihn an Bord. Nur ihn.«

Claudius stieg hinaus. Ein kühler Windhauch empfing ihn. Auf der erleuchteten Pier herrschte spärlicher Passantenverkehr. Die beiden Uniformierten standen immer noch am Kiosk. Das Cockpit des Nachbarbootes war leer. In der Kabine brannte Licht. Claudius stieg auf das Achterschiff. Eine Bohle lag als Gangway vom Heck der *Amica* zum Kai.

»Sie sind ja so gut wie an Bord«, raunzte Claudius, als er das Brett entdeckte.

»Wollte Ihnen die Mühe ersparen. Ich muss mit Ihnen reden, ist wichtig für Sie.«

»Oberst Gerlan, nehme ich an?«

»Ja, Sir. Wir sollten …« Der Mann machte einen Schritt auf die Gangway.

»Was wollen Sie eigentlich? Ich sollte Sie anzeigen wegen Körperverletzung, Freiheitsberaubung und …«

Der silbergraue Bart des Obersten zog sich kurz in die Breite. Er machte eine weite Geste auf die *Amica* und sagte: »Habe gehört, was Sie geleistet haben. Meinen Respekt. Und Sie haben Ihr Schiff wieder.«

»Nicht zu übersehen. War ein verdammt hoher Preis. Wussten Sie …?«

»Wollen wir hier draußen?«, fiel er Claudius ins Wort.

»Was wollen Sie?«

»Mich entschuldigen. Wir hatten zu wenig Informationen … die falschen.«

»Entschuldigen? Können Sie das noch, nach allem, was passiert ist?« Sein Nackenhaar stand ab und er spürte, wie Hitze in ihm hoch stieg. »Sie haben sie fast umgebracht!«, spuckte er ihm entgegen. »Und mich …« Er griff sich an die linke Schläfe und tastete nach seiner Wunde.

»Es tut mir Leid. Sie werden es bemerkt haben, hier läuft manches chaotisch. Aber Sie sind immer noch in Gefahr.«

»Schlimmer kann's kaum werden.«

»Eben deshalb möchte ich Sie … sagen wir, beraten. Wollen wir hier …?«

»Gut. Kommen Sie. Aber nur Sie allein.«

»Okay.« Er nickte den beiden anderen zu und balancierte behände auf das Schiff. Der Mann war gut trainiert. Sein würdevolles weißes Haar, die schnellen grauen Augen und diese geschmeidigen Bewegungen vermittelten Sicherheit. Dieser Mann wusste, was er tat. Auch wenn er aus einer offiziellen Organisation, sei es Armee oder Küstenwache oder wo immer er dazugehörte, abgetaucht war und seine eigenen Ziele verfolgte. Er schien zu jener Sorte von Männern zu gehören, denen einfach alles zuzutrauen war.

Dicht vor Claudius blieb er stehen und sah durch die randlose Brille zu ihm auf.

»Gerlan, Bogdan Gerlan.« Er streckte ihm die Hand entgegen.

Der Skipper traute seinen Ohren nicht, aber sein Mund sagte es wirklich: »Kettermann, Claudius von Kettermann. Willkommen an Bord der *Amica*.« Dabei ergriff er die Hand des Obersten. Es war eine weiche Hand, gut gepflegt, aber durchaus voll nachdrücklicher Energie.

Er musste den harten Druck von Claudius' Seglerpranke wohl registriert haben. Der Oberst ließ rasch wieder los. Sie stiegen ins Cockpit.

Aus dem Niedergang sprang ein metallisches Geräusch mit markantem Klicken herauf. Der Skipper wandte sich zu seinem Gast um. Trotz des fahlen Lichts sah Claudius, wie die grauen Augen des Obersts zuckten und ihn scharf fixierten.

»Sagen Sie ihr, dass ich mich bei ihr und bei Ihnen entschuldigen möchte. Wir befinden uns im selben Boot.« Er nickte zum Niedergang hin.

»Ich hoffe, Sie haben eine gute Erklärung für sie.« Claudius versuchte seine Angriffslust zu zügeln.

»Sie ist eine Katze, kein Kätzchen.« Der Oberst zischte es leise mit einem bewundernden Unterton.

»Sie kennen sie?«

»*Cv rena mačka*, die rote Katze. Jeder kennt sie.«

Claudius sah den Besucher ungläubig an.

»Vanja, wir kommen zu zweit«, rief der Skipper ins Schiff.

51

Sie hatte die Flammen am Herd abgestellt und vorsorglich nur die Beleuchtung des Navigationstisches angemacht. Der Salon blieb im Halbdunkel. Sie saß in der Polsterecke. Wie zufällig lag die GS32 auf ihrem rechten Knie, die Mündung auf den Niedergang gerichtet. Neben ihr auf dem graublauen Polster die HK23.

Die beiden Männer stiegen die vier Stufen herab. Claudius blieb am Navigationstisch stehen, schob den Vorhang zur Seite und sagte: »*Voilá,* Oberst Gerlan. Er möchte sich bei dir entschuldigen.«

»*Hallo, Oberst. Sehen Sie, ich lebe noch.*« Sie sprach ihn kroatisch an. Er warf einen schnellen Blick auf Claudius, ehe er ebenfalls in der Landessprache antwortete.

»*Ich hatte keine Ahnung, dass Sie auf der Rakovica waren. Es tut mir wahnsinnig Leid, Frau Oberinspektor.*«

»*Aber Ihre Leute in diesem Kaff auf Cres …*«

»*Lassen Sie mich erklären … ähm, aber erst …*« Er wandte sich zu Claudius um, der hinter ihm stehen geblieben war. »Haben Sie vielleicht ein paar Gläser?« Dabei griff er mit der Rechten in seine Jacke. Er sah die Töpfe auf dem Herd. »Oh, Verzeihung, Sie wollen essen … «

Vanja zischte: »*Stopp, Oberst.*« Sie hob die GS32 leicht an, der Zeigefinger ihrer rechten Hand lag auf dem Abzughahn.

Der Oberst fuhr herum. »*Oberinspektor, ich bin in bester Absicht hier. Bitte.*« Er hob die Hände und fuhr in Deutsch fort: »Bitte, Herr von Kettermann, nehmen Sie das aus meiner Jacke heraus. Es ist nur ein kleines Geschenk, eine Flasche Rotwein.«

»Ist okay«, sagte Vanja eine Spur freundlicher. »Holen Sie's selbst raus. Setzen Sie sich dort.« Sie wies auf den ihr gegenüber liegenden Platz am Tisch. Gerlan stellte den Rotwein auf den Tisch. Die Flasche trug ein bronzefarbenes Etikett mit roter Schrift. Nicht zu entziffern im Dämmerlicht des Salons. Claudius holte drei Gläser aus dem Schapp.

»*Ich habe gehört, was da draußen passiert ist. Kann mir vorstellen, was sie durchgemacht haben*«, setzte Gerlan erneut an.

»*Das bezweifle ich.*« Vanja schob mit der freien Linken eine Haarsträhne aus dem Gesicht und schluckte, während sie den Oberst nicht aus den Augen ließ.

»*War es so …*«

»*Krieg.*« Ihre Augen wurden schmale Schlitze. »*Es war Krieg. Das sind Leute, Verbrecher. Petar ist tot …*«

»*Wir müssen sie hinauswerfen, finden Sie nicht?*«

»*Natürlich. Aber warum …*«

»*Ich glaube, es wäre der Atmosphäre unseres Gespräches sehr dienlich, wenn Sie die Waffe beiseite legen würden.*

Vanja ließ die GS32 von ihrem Knie auf das Polster gleiten. »*Ich musste lernen, mich zu verteidigen, Oberst. Aber zur Sache, was ist in Bakari passiert? Sie waren doch …*«

»*Damit das klar ist*«, fiel ihr Gerlan barsch in Wort, »*das war eine dienstliche Operation.*«

»*Das ist mir zwar neu, aber wenn Sie das sagen. Jedenfalls lag Ihr …* «

»*Ach ja, mein Schlüsselbund. Muss ich beim Aussteigen verloren haben.*« Der Eisbart verzog sich, und eine Reihe nikotingelber Zähne des Unterkiefers schimmerten im Halblicht. Gerlan wischte sich über den Bart. »*Sie wissen doch: Wir haben einen von Titos Lieferanten abgefangen.*«

»*Wer wir? TNO?*«

»*Was fragen Sie?*«

»*Wer steht dahinter?*«

»*Sagen wir: Eine patriotische Gruppierung. Sie wissen es genauso gut: Dieses Land braucht eine neue Ordnung. Jeder macht, was er will. Wer Kohle und Waffen hat, bekommt alles.*«

»Hallo, ich bin auch noch da«, mischte sich Claudius ein und sah von Gerlan zu Vanja und wieder zurück. »Könntet ihr vielleicht mal deutsch parlieren?«

»Entschuldige, Skipper. Wir versuchen es.«

»Könnten Sie, hier …« Gerlan schob Claudius die Weinflasche hin. Claudius angelte sich einen Öffner aus einer Schublade und entkorkte die Buddel. Ein würzig-herber Rotweinduft stieg ihm in die Nase. Typisch Balkan. Jede Menge Sonne, doch das Samtige, es kam irgendwie zu kurz. Steinige Angelegenheit. Er schenkte ein.

»Sie wollen dem Land eine neue Ordnung geben. Sie persönlich?«

»Wenn man mich darum bittet.«

»Hat schon jemand angefragt?«

»Wir sind in der Aufbauphase. Plan eins. Die Mafia ausschalten. Nachschublinien kappen.«

»Die Richtung stimmt«, sagte Vanja. »Aber gehört dazu auch, eigene Motorboote zu bombardieren und Ermittlungen zu behindern? Die *Rakovica* war doch Ihr Boot. Wer hat sie versenkt? Ich hätte beinahe mein Leben eingebüßt. «

»Eine komplizierte Sache. Bei unserer Operation in Bakari haben wir, ähm, es lag ein Missverständnis vor. «

»Die drei Kübel Kokain? Wollten Sie unter die Dealer gehen?« Vanja trank einen Schluck Rotwein.

»Quatsch. Wir befürchteten eine Explosion, einen Riesenknaller. Wir dachten, es wäre Sprengstoff. Deshalb galt: Die Eimer raus und runter mit der Karre.«

Vanja hustete, wollte das Glas zurückstellen, blieb damit am Rand des Tisches hängen, verschüttete den halben Inhalt und hustete weiter, als es ihr gelang, das Glas abzustellen.

»Oh sorry, tut mir Leid«, sagte sie.

Claudius holte einen Wischlappen und fing den Wein auf der Tischplatte auf.

»Was haben Sie?«, fragte Gerlan besorgt.

»Ich auch«, hustete Vanja. »Ich dachte auch erst an Sprengstoff. Renovierung stand auf dem Zettel.«

»Eben. Und die Destination. Stari Grad. Sie wissen doch, das Flüchtlingsproblem. Dass die Biševo-Gang eine Konferenz in Stari Grad und dann noch in einer Flüchtlingsunterkunft hält!

Ist einfach keiner draufgekommen. Ich ließ die Kübel von zwei Mitarbeitern auf die *Rakovica* bringen. Aber Branco, einer der beiden, bekam plötzlich Lust auf seine eigene Suppe.«

»Echt? Der guckte rein und fand Koks statt TNT?«, staunte Claudius.

»Genau. Und hat gleich über Mobiltelefon Kontakte gemacht. Wollte das Zeug schnell auf eigene Rechnung verhökern. Stipe, sein Partner, hat kalte Füße bekommen und ist ausgestiegen.« Gerlans Stimme verlor jede Weicheit, wurde blechern. »Statt nach Opatija fuhr Branco die *Rakovica* Richtung Krk. Hat das Zeug irgendwo deponiert und sich angeblich mit einem Abnehmer getroffen. Was wirklich auf der *Rakovica* abgelaufen ist, wissen Sie vielleicht besser als ich. Wir haben sie erst wieder in Martincica entdeckt, als sie offenbar nach Italien unterwegs war ... Da haben wir beschlossen, sie auszuschalten. Ich war zu der Zeit mit der *Bella Adria* auf dem Weg nach Silba. Hatte keine Ahnung, dass es auf der *Rakovica* einen Crewwechsel gegeben hat. Es waren nur ein paar Stunden! Wusste nicht, dass Sie das Boot fuhren, Ehrenwort. War ein schönes Boot.«

»Es war ein Helikopter der Küstenwache«, entgegnete Vanja.

»Klar. Wer sollte das sonst machen? Wir können so was nicht durchgehen lassen, verstehen Sie?«

»Was?«, wollte Claudius wissen.

»Mann! Dass jemand einfach auf eigene Rechnung handelt. Ist natürlich verlockend. Fünfundzwanzig Kilo Kokain. Damit kann man sich zur Ruhe setzen.«

»Zur ewigen«, warf Claudius ein.

»Kann passieren«, versetzte Gerlan. »Was ist aus meinem Mitarbeiter auf der *Rakovica* eigentlich geworden?«

»Ich tippe auf ewige Ruhe. Waren Löcher im Schiff. Innenbords. Neun Millimeter. Muss an Bord passiert sein oder von einem größeren Schiff, das sehr nah daneben lag. Blut war auch da. Ist jetzt bei der Kriminaltechnik. Es waren Tauchanzüge an Bord und Flaschen, aber keine Tauchgewichte.«

»Klingt nicht gut. Es waren immer welche dort.«

»Haben Sie die Personalien ihres Mitstreiters irgendwo?«

»Selbstverständlich. Er heißt Kandlevic, Branco Kandlevic. Die Akte liegt in der Zentrale. Fragen Sie nicht, wo die ist. Spielt keine Rolle.« Er fasste sich an die Nase, nahm dann das Glas, trank einen Schluck.

Claudius und Vanja wechselten ein paar Blicke. Beide dachten an Silba. Sie wollte darauf zu sprechen kommen, aber der Oberst hob wieder an: »Haben Sie es mitgekriegt? Die haben den Tito laufen lassen.«

»Wundert Sie das? Nach dem, was ich von Krisne erfahren habe, stehen hier einige Leute auf der Gehaltsliste der Biševo-Gang.«

»Von wem …?«

»Eine frühere Medizinerin oder so was. Hat die *Amica* entführt. Nun ist sie auch tot.«

»Tot?«, fragte Gerlan ungläubig.

Vanja nickte.

»Und dieser Alberto? Der Boss der Gruppe?«

»Auch«, schaltete sich Claudius ein. »Ließ sich nicht vermeiden.« Er machte ein bedauerndes Gesicht und zuckte die Schultern. »Die waren der Meinung, wir hätten das Kokain an Bord.«

»Klar. Die *Rakovica* gehört nach Silba. Die *Bella Adria* wurde dort gesehen und die *Amica*. Deshalb waren die so scharf auf Ihr Schiff. Aber der Spuk ist bald zu Ende. Das versprech ich Ihnen.«

Gerlan griff das volle Glas, hob es an und sagte: »*Na zdrâvlje. Auf das neue Kroatien!*« Vanja und der Skipper taten es ihm gleich und tranken mit ihm. Man müsste ihn noch eine Weile reifen lassen, dachte Claudius und nahm einen zweiten Schluck. Er ließ ihn über die Zungenseiten rinnen und fahndete nach der Rebsorte.

Vanja fixierte den Oberst. »Und wer hat mir die Gorillas ins Hotel geschickt? Von wegen, ich sollte mich nicht in Angelegenheiten anderer Leute mischen. Ist das Ihr neues Kroatien?«

»Welche Gorillas?«

Vanja berichtete von den Typen, die sie zur Flucht mit der *Rakovica* getrieben hatten.

Gerlan schüttelte den Kopf. Er sah Claudius an, dann Vanja. »Nein, entschuldigen Sie. Das ist nun überhaupt nicht unsere Art. Wir behindern nicht Ermittlungen der Staatsorgane. Ganz im Gegenteil.« Er trank sein Glas aus. »Das bringt mich auf eine Idee: Sie haben sich wirklich tapfer zur Wehr gesetzt. Wollen Sie beide uns nicht ein wenig unterstützen?«

»Ich? Krieg führen?« Claudius lachte bitter. »Machen Sie denen klar, dass wir den Stoff nicht haben. Ich will in Ruhe weitersegeln.«

»Das werden wir, verlassen Sie sich darauf. Aber Sie könnten doch ...«

Vanja strich mit der Rechten über den Verband an ihrem linken Oberarm. Dann schob sie die MP ein Stück von sich und warf mit Schwung ihre Haare über die linke Schulter. »Ich habe einen hohen Preis bezahlt, Oberst. Petar ist, verdammt, er ist tot. Ich muss morgen nach Zagreb reisen. Danach in Rijeka ... Nein. Rechnen Sie nicht mit mir in nächster Zeit.«

»Es tut mir Leid. Wenn ich gewusst hätte ... Wir konnten nicht eingreifen.«

»Haben wir nicht erwartet. Aber jetzt könnten Sie mir helfen. Haben Sie ein Mobiltelefon da?«

»Hab ich«, sagte Gerlan und griff in seine Jackentasche.

Claudius warf Vanja einen fragenden, verwunderten Blick zu und zog die Stirn kraus. Er sah zu Gerlan. Dessen Hand kam wieder zum Vorschein, mit einem schwarzen Mobiltelefon. Er reichte es über den Tisch.

»Ich hatte keine Gelegenheit, meiner Dienststelle Bescheid zu sagen.« Sie sah auf die Schiffsuhr. Achtzehn Uhr vierzig. Flüssig tippte Vanja eine vielstellige Nummer ein und hielt das Gerät an das linke Ohr. Plötzlich sagte sie: »*Direktor? Hier Mutschler. Ich bin in Hvar. Ja. Habe den Oberst getroffen ... Nein. Überhaupt nicht ... Ja, verletzt ein bisschen. Hören Sie. Kripo Rijeka. Der Kollege Vanja Markic ... ja genau. Das ist hundertprozentig. Nein. Ich reise morgen nach Zagreb. Ich weiß noch nicht. Ja, Direktor. Ist gut. Mach ich. Bis dann. Laku noč.*« Sie nahm das Ding vom Ohr, drückte die Auflegetaste und schob es über den Tisch. Der Oberst griff danach und sah dabei Claudius an. »Haben Sie keines an Bord?«

Der Skipper schüttelte den Kopf. »Hatte zu Hause in Deutschland eines, nein drei. Ich will meine Ruhe haben. Es gibt Telefon an Land. Das reicht.«

»Gut. Aber wollen Sie jetzt vielleicht auch telefonieren?«

Claudius überlegte. Seine Schwester in Berlin. Sie würde sich vielleicht Sorgen machen, weil er sich seit mehreren Tagen nicht gemeldet hatte. Genau genommen seit eineinhalb Wochen. In Pula zuletzt. Sie würde den Rest der Familie informieren, soweit erforderlich. Laut sagte er schließlich: »Gut, wenn es geht. Auch nach Deutschland?«

»Egal.« Gerlan unterstrich es mit einer großzügigen Geste. Solche Gesten scheint er gut zu beherrschen, dachte Claudius. Er nahm das Telefon, ging zum Navigationstisch und schlug sein Notiz- und Logbuch auf. Er fand die Berliner Nummer und tippte sie ein.

»Hallo, Schwesterchen. Claudius hier ... Genau. Nein, in Hvar, Nähe von Split, richtig ... Etwas kühl, ja ... Läuft prima, ja wirklich schön. Morgen geht es weiter. Genau, Dubrovnik. Wie bitte?«

Er sah Vanja an. Sie spielte mit der HK23 neben sich und sah nun auch ihn an. Gerlan schenkte allen Wein nach.

»Hallo, Herr Staatssekretär.« Claudius lachte trocken. Sein Schwager war leitender Ministerialrat im Amt für auswärtige Angelegenheiten in Berlin. Ihn mit einem höheren Dienstgrad zu necken, hatte etwas davon, einem wohlerzogenen Deutschen Schäferhund mit leckerer Wurst vor der Schnauze zu wedeln.

»Ja sicher, Dubrovnik«, sagte der Skipper. Was er dann hörte, ließ ihn schlucken und still werden.

Vanja sah die Falte zwischen seinen Augen. Er blickte vor sich auf die Karte. Sie suchte seinen Blick.

»Es hat sich hier eine Frage gestellt, mein Lieber«, sagte der

Ministerialrat in Berlin. Seine Stimme klang nach Büro und Dienst, nach Akten und Vorgängen.

Claudius lehnte sich zurück und hob den Blick. Über das weiße Haar Gerlans hinweg sah er Vanja an. »Die rote Katze«, dachte er. Sah verführerisch aus, wie sie da so im Halbdunkel hockte. Die Verbände an ihren Armen störten. Schwer, seinem Schwager zuzuhören.

»Es ist eine harmlose Sache, aber diplomatisch etwas kniffig. Ich hole jetzt nicht weiter aus. Aber da du schon mal da unten bist, könntest du uns einen kleinen Dienst erweisen ...«

»Einen was?«

»Die Sache ist ganz einfach. Du weißt doch, Dubrovnik Industriehafen, der heißt ...«

»Grusch. Geschrieben G-R-U-Z.«

»Richtig, Gruz. Wenn du kannst, bleib dort die nächsten fünf Tage. Geht das?«

»Fünf Tage in Dubrovnik? Na, ich weiß nicht. Ist zwar schön dort, aber ...«

»Bist du jetzt allein, jetzt, im Moment?«

»Ähm, wieso?« Fieberhaft spielte er eine Reihe von Konsequenzen durch. Was würde sein Schwager weitertratschen, wenn er nun nicht allein wäre, und was, wenn er allein wäre? Er entschied sich. »Nein.«

»Gut, dann antworte jetzt nur mit Ja oder Nein, ob dir das möglich ist. Wenn du ab dem achtzehnten November bis zum vierundzwanzigsten die ausländischen Schiffe in Gruz, also alle nichtkroatischen Schiffe notieren könntest. Namen und ungefähre Größe, nur Motor, keine Segler natürlich, vor allem unter französischer Flagge.«

Claudius fuhr sich mit der Hand durch seine schwarze Bürste und kratzte sich am Hinterkopf. Er zögerte. »Ich weiß nicht. Fünf, sechs Tage ...« Der Skipper sah Vanja an. Sie zuckte mit den Schultern. Der Anflug eines verlegenen Lächelns spielte um ihre Augen. Ihr Weg war klar: Sie würde nach Zagreb reisen. Sie brauchte Zeit dort. Würde sie zurückkommen, zu ihm?

»Ja oder nein. Es wäre eine Erleichterung für uns. Wir haben zwar jemanden da …«

»Die Übermittlung?«

»Telefon, Fax oder Kurier. Wir können noch mal telefonieren.«

»Ja gut. Okay. In Dubrovnik dann.«

»Vielen Dank. Bist du erreichbar? Handy?«

»Nein.«

»Scheiße. Warum nicht? Aber macht nichts.«

»Eben. Ich wollte eigentlich aussteigen.«

»Wo? Aus dieser Welt?«

»Du weißt schon. Also gut, ich ruf wieder an, okay?«

»Prima. Tschüss Claudius, Seebär.«

»Tschüss, Herr Außenminister, grüß die Kinder von mir.«

Er nahm das Teil vom Ohr und drückte die Auflegetaste. Stand auf, ging zum Tisch und reichte das Gerät Gerlan zurück.

»War lang, stimmt's?«

»Einen Moment.« Gerlan drückte eine Taste und sagte dann: »Nee, paar Deutschmarks. Nicht der Rede wert.«

»Wie viel?«

»Lassen Sie's mein Lieber«, sagte Gerlan und steckte das Telefon wieder in die Tasche. »Ich habe was gutzumachen.« Er griff nach dem Glas und hob es. »Erzählen Sie mir lieber von dieser Westbucht in Biševo.«

Claudius war noch etwas abwesend. Das Gespräch mit seinem Schwager ließ ihn nicht los. Er nahm sein Glas, hob es, prostete flüchtig Vanja und Gerlan zu. Vanja betrachtete ihn nachdenklich. Sie forschte in seinen Augen, während sie begann, von der Entführung der *Amica* zu erzählen. Er sah das Bernsteinleuchten.

»Wir sollten Ihnen die Papiere zurückgeben, nicht wahr?«, platzte er plötzlich dazwischen. Vanja sah ihn erstaunt an.

Auch Gerlan sah ihn überrascht an und hob die Augenbrauen. »Haben Sie die hier?«

»Nein«, sagte Vanja. Ihre Augen blitzten Claudius an. Erneut spielte ein Lächeln um ihre vollen Lippen. »Sie können sie abholen lassen. Ich geb Ihnen die Adresse«, seufzte sie.

Claudius holte einen Notizblock und einen Bleistift. Vanja schrieb die Anschrift des Arztes in Stari Grad drauf und die Bemerkung: *Bitte händigen Sie dem Überbringer dieses Schreibens die deponierten Papiere aus. Vanja Mutschler.*

Gerlan erhob sich, bedankte sich und ging von Bord. Die Flasche war ohnehin leer. Claudius zog die Gangway-Bohle an Deck, als der Oberst an Land war. Dann schloss er den Niedergang – von innen.